新世界より 下

全3巻

新世界より㊦ 目次

講談社文庫

新世界より(下)

貴志祐介

講談社

新世界より 上 目次

新世界より 中 目次

V

劫火

1

　わたしは、大根や牛蒡(ごぼう)、人参などの根菜類を水洗いして、食べやすい大きさに切った。まとめてボウルに入れると、飼育室の中に設えられたハダカデバネズミの巣箱へ持って行く。本来は、地中に掘った穴の中で暮らしている生き物だが、今は、複雑に組み合わせた太いガラス管の中を、活発に行き来していた。

　餌場の蓋を開けて、ボウルの中身を空けてやる。ばらばらと落ちた餌の音を聞きつけて、ハダカデバネズミたちが、ガラス管を通って集まってきた。地中生活に適応しているため、視力は弱いが、音と震動にはきわめて敏感なのだ。

　どの個体も、身体にほとんど毛がないため、皺だらけのハムかソーセージに短い手足が付いているように見える。働き鼠(ワーカー)たちには、生まれた順に『公一(こういち)』〜『公三十(こうさんじゅう)

一（いち）』という名前が付けられており、容易に見分けがつくように、皮下まで浸透する塗料で、胴体に数字を書き込んであった。ちなみに、『公』というのは、役所で飼われているという意味に加えて、『ハム』というもじりでもある。

　ワーカーたちが餌を食べ始めたとき、一回り身体が大きなハダカデバネズミが現れた。ガラス管の途中で、一匹のワーカー、公八と鉢合わせしたが、いささかも頓着せずに突き進んでくる。公八は、必死に後ずさりするが、間に合わず、結局、大柄な個体に踏みつけられ、乗り越えられるのを我慢するしかなかった。

　大柄な個体は、この巣の女王である沙裸美（さらみ）だった。こちらは、ワーカーたちと比べると体色がより赤黒く、暗褐色や白の斑が入っていて、サラミ・ソーセージを思わせるのが、名前の由来である。

　沙裸美の後には、『♂1』〜『♂3』のマークが付いた三匹の個体が付き従っていた。巣では数少ない生殖能力を持つ雄であり、餌集めや巣の防衛などの労働には一切従事せず、沙裸美と交尾して子孫を残すのが唯一の役割だったが、これも、元はといえば、沙裸美の産んだ息子たちなのだ。

　沙裸美が餌場に現れると、ワーカーたちは、あわてて場所を譲った。女王の沙裸美と、その愛人である息子たちが、まず最初に餌を独占するのである。

外見、習性ともに、これくらいげんなりさせられることの多い生き物も珍しいだろう。それでも、飼育を担当するうち、多少の情は移るようになっていたが、しばしば、子孫であるバケネズミの最も厭らしい部分を見せつけられた気分になり、辟易したものだった。

そのたびに、疑問に思わざるを得ない。数百年前の人々は、いったい何を考えて、これほど醜悪な生き物に、わざわざ品種改良を施し、人間に近い智能を持った存在にまで引き上げてやったのだろうか。

もちろん、絶対的な権力を持つ女王に働き鼠(ワーカー)たちが従う、蜜蜂のごとき真社会性を持った哺乳類は、ほかにはいない。だが、単に、人類の下僕として仕えさせるためだけならば、もっとまともな動物は、いくらでもいたように思う。同じように穴居性(けっきょせい)で集団生活を送る哺乳類が良いというのなら、たとえば、ミーアキャットだったら、ずっと見映えも良くて、親しまれたのではないだろうか。

ともあれ、ハダカデバネズミの飼育は、否応なしに、わたしの担当となってしまったが、何も、これが本業というわけではない。わたしに与えられた本来の職務は、茅輪(ちのわ)の郷(さと)にある町立保健所の異類管理課(いるいかんりか)という部署で、バケネズミの実態調査と管理を行うことだった。

二三七年の七月。わたしは、二十六歳になっていた。六年前に、全人学級を卒業して、就職先に選んだのが町の保健所だった。呪力において優秀な成績を残した同級生たちは、栄えある抽籤会議において、各種の工房から指名を受けて、三顧の礼で迎えられていった。その一方で、わたしのように呪力は平凡だが、学業はそこそこ優秀だったという生徒は、町の管理部門に就職するのが、一般的なならわしだった。

正直に言うと、卒業と同時に、倫理委員会から声がかかり、将来の町の指導者候補として輝かしい第一歩を印すことを、一度も夢想しなかったわけではない。だが、富子さんは、なぜか、まったく知らん顔だったし、わたしの方も、最初から町の中枢に足を踏み入れる資格があると思うほど、自分自身を過大評価してはいなかった。

だが、それまでの様々ないきさつから、教育委員会及び学校関係には、ひそかな不信感（というより、嫌悪に近い感情）を抱いていたし、職場環境としてはほとんど申し分のない図書館も、早く母の庇護下から脱したいという思いがあって、ほとんど考慮しなかった。しかも、そのとき、父はまだ町長を務めていたため（異例ともいえる長い在任期間だった）、役場が直轄する部門も避けたいとなると、結局のところは、保健所くらいしか候補が残らなかったのだ。

とはいえ、誤解しないでもらいたいのだが、けっして、単なる消去法で就職先を選んだわけではない。

はっきりとした理由はわからないが、わたしは、バケネズミに関して不吉な予感を抱くようになっていた。バケネズミは、将来必ず、何らかの禍（わざわい）を引き起こす。それは、いつしか、強迫観念に近いものになっていた。さらに、大多数の人間は、バケネズミのことを、猿より多少ましな智能を持つが悪臭を放つ不気味な生き物としか見ていなかったことも、わたしがひそかに危機感をつのらせる一因となった。

そんなわけで、保健所に入所してすぐ異類管理課を志望したときには、周囲から呆れたような視線と失笑とが投げかけられたものである。どうやら、よほど暇な職場が好きだと思われたのだろう。

「早季（さき）ちゃーん。お客さんだよ」

伝声管から聞こえてきたのは、妙に間延びした、綿引課長の声だった。

「はい。すぐ行きます」

わたしは、餌の残り屑を手早く片付けて、手を洗うと、飼育室を出た。誰かが訪ねてくることなど、めったにない部署である。お客さんと言われても、見当もつかなかった。

異類管理課の部屋の扉を開けると、綿引課長の人の良さそうな笑顔が、わたしを迎えた。四十年前に全人学級を卒業して以来、保健所勤務一筋だった人で、定年前の最後の役職が、課員がわたし一人だけという異類管理課の課長である。真面目で穏やかな人柄は、上司としては申し分ないのだが、ご本人が、異類管理課をただの閑職としか思っていないのは、いかがなものだろうか。

「早季ちゃんは、朝比奈君とは、同級生だったんだって?」

綿引課長の視線の先にいたのは、覚（さとる）だった。

「……ええ、そうです」

わたしは、戸惑いながら、答えた。

「そうかー。まあ、ちょっと早いけど、二人でお昼休憩にでも行ってきたら? 今日は、そんなに仕事もないしね」

「いえ、そんな」

わたしは、固辞しようとした。

「あの……綿引課長。今日伺ったのは、職務上のことですので」

覚も、当惑したように言う。職務上とは、いったい何だろう。

「わかった、わかった。じゃあ、僕が、一足先に休憩に行ってきてもいいかな? ここで、二人で話せばいいよ」

綿引課長は、訳知り顔で、さっさと出て行ってしまう。上司に向かって、まだ休憩には早いですと言うわけにもいかず、わたしたちは、ぽつんと部屋に取り残された。

「何だか、参ったね。課長さん、勝手に気を回して」

覚が、気まずさを取り繕うように言う。何だったか思い出せないが、つまらないことで喧嘩して、わたしたちは、一月以上も口をきいていなかった。

「それで、今日は、何のご用ですか？」

わたしは、よそよそしく訊ねる。別に、冷戦状態が継続していることを宣言したかったわけではなく、純粋に、職務上の理由というのが気になったのだ。

「ああ……うん。バケネズミのことで、ちょっと訊きたいことがあったんだ」

覚は、爽やかなバリトンで答えた。子供の頃は、ころころした仔犬のような印象だった彼も、思春期以降、見違えるように成長し、見上げるような長身白皙(はくせき)の青年になっていた。わたしも、女性としては平均より高い方だったが、覚と話す際は、見上げることにすっかり慣れていた。

「今、戦争をしてるバケネズミのコロニーって、どこかあるのかな？」

覚の質問が、あまりにも意外だったので、わたしは、他人行儀に話そうと思っていたのを忘れてしまった。

「戦争？　……ううん。どこもないはずだけど」

「それ、たしか？　どこか、弱小コロニーでも、小競り合いをしてるってことない？」

わたしは、机の引き出しから、数枚の書類を取り出した。覚を促して、応接用のテーブルに向かい合って座る。

「ほら、これ見て。バケネズミは、戦争をする前に、これを提出することが義務づけられているの。怠った場合、最悪、コロニーが消滅させられることもあるから、出し忘れたり、ましてや故意に申請しないなんて、まず考えられないわ」

覚は、わたしが手渡した用紙を、物珍しそうに見た。

「『異類A号書式①：コロニー間の戦争行為等許可申請書』……？　やつらって、相手に奇襲をかけようと思ってるときでも、前もって、こんなものを書かされるの？」

「別に、それで相手側に情報が漏れるわけじゃないもの」

「後は、『異類A号書式②：コロニー間統廃合届』と『異類B号書式①：幼獣等管理移転申請書』か。なるほどな。だから、どこのコロニーでも、日本語が堪能な奏上役が必要になるわけか」

覚は、ようやく腑に落ちたというようにうなずいた。

「ええ。どの書式も、バケネズミの奏上役と、女王や摂政などの最高管理責任者の鼻紋を押すことになってるの。……ねえ、馬鹿馬鹿しいって思ってる？」

「え？」

「こんな仕事、くだらないと思うでしょう？　お役所仕事って、結局、形式ばかりなのよ。あなたがしてるような、本当の意味で町の発展に役立つ仕事じゃないもの」

「いや、そんなことはないよ」

図星だったらしく、覚は、口ごもった。

覚は、呪力、学業ともに、全人学級で上位三人に入っていたため、さまざまな工房から勧誘があった。その運命は、抽籤会議に委ねられるかと思われたのだが、公的機関に限って逆指名できるという制度を利用し、妙法農場に職を得たのだった。わたしの場合と同じく、彼の選択も、多くの人から意外なものと受け止められたが、生物工学では並ぶ者なしと評されている建部優の研究室で、品種改良と遺伝子の研究にいそしんでいるのを見ると、まずは妥当な判断だったと言わざるを得ないだろう。

覚は、もともと光の操作に長けていたこともあって、この頃は、呪力を補助的に用いる新しい顕微鏡の製作に携わっていたはずだ。

「ただ……何というか、文言が特殊だよな。早季の課で扱ってるのは、要は、バケネズミ関係だろう？　だったら、漢字で『化鼠』と書けばいいのに、なんで、わざわざ『異類』なんて言い換えるのかな」

「だって、『化鼠管理課』じゃ、あんまりだもの」

そう言いながら、自分自身、以前から疑問に思っていたことを思い出した。『化鼠』は、まるで忌み言葉であるように、役所では一切使われない。どんな場合も、必ず『異類』と言い換えられるのだ。それは、会話のほんの端々に使うだけでも訂正を受けるくらいの、徹底ぶりだった。

「……それより、どういうこと？　バケネズミが戦争してないかなんて？」

わたしは、本題に戻る。

「うん。早季も知ってると思うけど、うちの研究室では、バケネズミによく試料の収集を依頼してるんだ。やつらは、森の中や沼の底からでも、必要なものを見つけてきてくれるからね」

「たしか、妙法農場では、鼈甲蜂（ベッコウバチ）コロニーとか、筬虫（オサムシ）コロニーを、使ってるのよね」

「ああ。この間から、鼈甲蜂コロニーに、櫟林（くぬぎばやし）の郷の奥で粘菌の採集をやらせてたんだ。ところが、昨日の朝、待ち伏せされて攻撃を受けたらしい」

「攻撃？」

「相手がどこのコロニーなのかは不明だけど、いきなり、矢を掃射してきたらしいんだ。鼈甲蜂（ベッコウバチ）コロニーの方は、応戦準備はできてなかったんで、逃げるしかなかったんだけど、何匹かは死んだらしいんだよ」

「……狩りをしてて、間違えたんじゃない？」

「いや。鼈甲蜂コロニーの連中は、見通しのいい場所を歩いてたらしいから、見誤るわけがない。相手は、物陰に潜んで、狙い撃ちしてきたんだ。あきらかに故意だよ」

わたしは、考え込んだ。バケネズミは、根っから戦争好きの種族だが、現在、それほど緊張が高まっている場所はないし、実力行使に出そうなコロニーも思い当たらなかった。

「見通しのいいところを歩いてたっていうことは、相手は、鼈甲蜂コロニーであることも、認識してたのかしら？」

「そこまでは、わからないけど。どうして？」

覚は、憤っているように、鼻孔を膨らませていた。

「まず、襲われたのが、ただの弱小コロニーじゃなく、鼈甲蜂だったっていうところが、引っかかるのよ。かなりの戦闘力があるコロニーだし、それ以上に、大雀蜂（オオスズメバチ）直系だもの。大雀蜂コロニーに宣戦布告してるのと同じことになるわ」

「人間の逆鱗に触れるのも怖れず、最強コロニーにも平気で牙を剝くのか……。やっぱり、外来種じゃないのかな？」

わたしたちは、土蜘蛛のことを思い出していた。たしかに、無謀きわまりない行動は、地域のルールには無知な外来種のようではあるが。

「でも、ここしばらく、外来種は、現れてないわ。外来種の斥候が現れただけで、必ず、どこかのコロニーが気づくはずだし、すぐに、わたしたちのところに報告が上がってくるはずよ」

覚は、立ち上がって、窓際に行った。腕組みをしながら、外を見る。

「ここへ来れば、すぐにわかると思ったんだけどな。謎は、深まるばかりか」

「ねえ、それより、鼈甲蜂は、あなたのところに被害を訴えてきたの？」

わたしは、奇妙なことに気づいて、眉をしかめた。

「いや。うちの農場の人間が、たまたま、森の中で攻撃を受けた鼈甲蜂コロニーの連中に行き合ったんだ。攻撃を受けた連中が保護を求めてきたんで、すぐに付近を捜索したんだけど、そのときはもう、敵の姿は見えなかったらしい」

「ふーん」

どうも、納得できない。通常、他のコロニーから攻撃を受けたら、まずは、いの一番に、異類管理課にその事実を報告し、報復の許可を得ようとするはずだ。鼈甲蜂コロニーは、なぜ、今に至るまで音無しの構えなのだろうか。

「とにかく、こんな事態を放っておいたら大問題だろう？　試料収集にも差し支えるし、何より、人間が舐められるよ」

「そうね。わかった。大至急、調べてみるわ」

「攻撃したコロニーが特定できたら、どうする？」

「少なくとも、何らかの懲罰は必要になると思う。大雀蜂コロニーに代理処罰を命じるか、どこかの課が出張ってくるかもしれないわね」

保健所の中で、日頃、異類管理課と連携して仕事をすることが多いのは、環境衛生課と、有害鳥獣対策課だった。中でも、後者が本格出動したときには、対象となったコロニーは完全に消滅させられることになる。

「それにしても……」

覚は、笑いを堪えるような表情になった。

「何？」

「いや。何だか、早季が一人で仕切ってるから、まるで、異類管理課の課長さんみたいだなと思って」

わたしたちは、顔を見合わせて微笑した。わだかまりは、いつのまにか、すっかり解けていた。

　このときのわたしの中には、どこかの馬鹿なコロニーが暴発的な行動を取ったお陰で、覚と仲直りするきっかけができたと、喜ぶ気持ちさえあったのだ。町で、最もバケネズミに警戒心を持っていたわたしですら、これが、どんなに恐ろしい事件の幕開けなのか、想像だにしていなかった。

　保健所の月例会議は、各課から毎月変わりばえのしない報告がだらだらと続くだけの、退屈きわまりない行事と決まっていた。だから、二三七年七月の会議に出席した保健所の職員たちは、全員、仰天したことだろう。

　まず、保健所の責任者である金子弘所長の隣には、三人の町の重鎮が、オブザーバーとして鎮座ましましていた。職能会議代表の日野（ひの）光風（こうふう）氏。安全保障会議顧問の鏑木（かぶらぎ）肆星（しせい）氏。それに、倫理委員会議長の朝比奈富子さんである。前二者は、それぞれ最高と最強の呪力を持つと評されている町の二枚看板であり、言葉の真の意味での実力者だった。富子さんについては、いまさら説明の必要はないだろう。

　この三人が顔を揃えることなど、めったになく、ましてや、保健所の月例会議に興味を持つとは、常識では考えられない。もしや新種の疫病でも発生しつつあるのかと、多くの人間が思ったはずだ。

「今回は、優先議題がありますので、各課の定例報告は、すべて省略します」

金子所長の、いつもより緊張気味の第一声が、これだった。

「一週間前に、妙法農場の依頼で試料を採集していた鼈甲蜂コロニーのバケネズミ六匹が、正体不明の相手から攻撃を受けるという事件がありました。うち二匹は、毒矢を受けて、絶命しております」

会議室の中が、ざわついた。重大事件だからではない。たかが、バケネズミが殺されたくらいで、なぜ優先議題に取り上げるのかという、怪訝なざわめきだった。

「現時点で、異類……バケネズミの『戦争行為等許可申請書』で、承認が下りているか、あるいは提出中で未決裁のものはありません。したがって、これは、あきらかな違法行為であり、懲罰の対象となります。今、別室に、異類の代表二匹を出頭させておりますので、それぞれから証言を録取した上で、処罰の内容を決めるのが適当と考えますが、その前に、予備知識として、現在の異類界の勢力図について、異類管理課の方より説明をいたします。じゃあ、渡辺早季さん。お願いします」

「はい」

わたしは、少し固くなって立ち上がった。会議室中程の壁に掛かった白板の前に行き、振り返って一礼した。本来、こういう報告は綿引課長の職務だが、今では、バケネズミについて誰より詳しいのはわたしということで、白羽の矢が立ったのだった。

「関東近郊にある異類コロニーは、ここ十年ほどの流れから、二つのグループによって集約化が進み、現在は、ほぼ均衡状態に達しています」

わたしは、呪力に感応して線が引けるようになっている白板に、ごく簡単な表を書いた。呪力で書いても、手書き同様の金釘流にしかならないのが、残念なところである。

「第一のグループは、大雀蜂(オオスズメバチ)系です。大雀蜂コロニー本体の兵力は、約十万匹。傘下の有力コロニーは、足長蜂(アシナガバチ)、鼈甲蜂(ベッコウバチ)、黒山蟻(クロヤマアリ)、筬虫(オサムシ)、斑猫(ハンミョウ)、埋葬虫(シデムシ)、大蟷螂(オオカマキリ)、鬼蜻蜓(オニヤンマ)、大鍬形(オオクワガタ)、源五郎(ゲンゴロウ)、蟋蟀(コオロギ)、首切螽蟖(クビキリギス)、竈馬(カマドウマ)の十三で、これらを合算した総兵力は、五十万匹に達します。どれも、きわめて人間に忠実なコロニーですし、人間に不向きな仕事に関しては、貴重な労働力の担い手でもあります」

「私たちはオブザーバーですが、質問してもかまいませんか？」

手を挙げたのは、鏑木肆星氏だった。最近、少し額が後退してきたようだが、真っ黒なサングラスをかけた風貌は、あいかわらず迫力充分だった。

「どうぞ」

金子所長が、すばやく答える。

「バケネズミ……異類ですか……これらのコロニーは、どういう繋がりによって結びついているんですか？　グループは、常に一枚岩と考えてもいいんでしょうか？」

「大雀蜂系の場合は、いわば、封建領主間の主従関係のようなものと思っていただければ、よいと思います。それぞれのコロニーは、絶対的な存在として女王を戴く独立国家のような存在で、大雀蜂コロニーを頂点とする盟約によって、一つのコロニーに対する攻撃は、グループ全体に対する攻撃と見なします。生殖能力のある雄を交換しているほか、女王が老いて代替わりする際には、グループの別のコロニーから新女王を迎え入れるなどして、血縁による結びつきを強めており、裏切りは、まず考えられません」

鏑木肆星氏は、うなずいた。

「もう一つのグループは、塩屋虻（シオヤアブ）系です。塩屋虻コロニーの兵力は、推定で五万五千匹。これに、盲虻（メクラアブ）、螟蛾（メイガ）、火取蛾（ヒトリガ）、夜盗蛾（ヨトウガ）、青頭蜈蚣（アオズムカデ）、女郎蜘蛛（ジョロウグモ）、宿蠅（ヤドリバエ）、浮塵子（ウンカ）の八コロニーが加わり、総兵力は二十五万匹～三十万匹程度と思われます。こちらも、人間に対しては常に恭順の姿勢を見せており、かねてから、大雀蜂系が独占している人間の与える仕事の一部を分担したいと申し入れております。……先ほどのご質問に対する答えの続きですが、塩屋虻系ではコロニー間の融合が比較にならないほど進んでおり、それぞれのコロニーの名称は、もはや、城砦の名、あるいは軍事行動の単位となる師団名として残存しているにすぎません」

「どういうことですか？」と、鏑木肆星氏。

「まず、塩屋虻系のコロニーは、すべて、革命によって女王による支配を覆しております。各コロニーの意思決定は、選挙によって選ばれた代議員たちが行うのです。さらに、それぞれのコロニーの代表が集まって、グループ全体の意思決定を行います。女王の職務は、完全に、生殖だけに限定されているのです」

ざわめきが起きた。バケネズミの社会における、いわば地殻変動とでも言うべき動きについて、一般の人たちは、ほとんど知らないままなのだ。これらのコロニーについて、女王が家畜同然の扱いを受けていることには、あえて触れなかった。

「この二グループによる集約化が進んだ結果、いずれにも与しない独立系のコロニーは、ほとんど残っていません。有力なものでは、大陸から帰化した馬陸(ヤスデ)コロニーくらいでしょうか」

「なるほど。……すると、大雀蜂系の鼈甲蜂コロニーに攻撃を加えたのは、塩屋虻系コロニーか、その馬陸コロニーである可能性が高いということですか?」

鏑木肆星氏が、たたみかけるように訊ねる。わたしは、そこまで自分が答えていいものかどうか判断に迷って、金子所長の方を見た。

「……現場に残されていた遺留物を慎重に鑑定した結果、鼈甲蜂コロニーを襲撃したのは、木蠹蛾(ボクトウガ)コロニーの兵士であったことが判明いたしました」

「木蠹蛾コロニー?」

鏑木肆星氏は、不審げな声になる。

「そこの表には、そういう名前はありませんね。独立系コロニーとしても名前が挙がっていませんでしたが、どういうことでしょうか?」

再び、わたしが質問を引き取る。

「木蠹蛾コロニーは、十数年前から中立を宣言しており、自ら独立系のコロニーであると主張しております。そのため、一応、リストから除外してあるのですが、わたしたちは、現状では、きわめて塩屋虻系に近いと認識しております。そうした事情から、一応、別枠としました」

まさか、十二年前に両者を結びつけるきっかけを作ったのが、他ならぬわたしであるとは、口が裂けても言えなかったが。

「なるほど。そういう話ですか！」

日野光風氏が、でっぷりした頬に笑みを浮かべ、周囲を見渡しながらキンキン声で言う。血色のいい禿頭が、照明に照り映えていた。

「つまり、この問題は、場合によっては、一コロニーの消滅では終わらんということだ。もし、塩屋虻系全体が関与していたとすれば、これは人間に対する反逆と言ってもいい。ここいら辺におるバケネズミの半数を、駆除することになるやもしれんな！」

「いや……そこまでは、まだ、何も決まっておりませんので」

金子所長が、あわてて否定しようとしたが、会議室は、日野光風氏の発言に動かされて、雰囲気が一変していた。最終的に、最大三十万匹にも及ぶバケネズミを抹殺しなければならないとなれば、とんでもない大事（おおごと）である。三人の超重量級のオブザーバーが、わざわざ出張ってきた理由もうなずける。

「それでは、待機させている異類の代表を、ここへ呼びたいと思います。大雀蜂コロニーの主席司令官である奇狼丸（きろうまる）と、塩屋虻コロニーの代表、野狐丸（やこまる）の二匹です。いかがいたしましょうか？　最初は、奇狼丸の方から証言を採ろうかと思いますが」

金子所長に異議を唱えたのは、それまで黙って話を聞いていた、富子さんだった。

「私たちはオブザーバーですので、指図をするつもりはありませんけど、両方いっぺんに入れてみたらどうかと思うの。もし話が食い違うようなら、直接対決させた方が、白黒が付けやすいんじゃないかしら？」

「なるほど、おっしゃるとおりと思います。それでは、そのように」

金子所長は、深くうなずいた。それを受けて、綿引課長が、これぞ自分の仕事とばかりすばやく立ち上がって出て行き、会議室に、二匹のバケネズミを連れてきた。白い寛衣（ローブ）に身を包んだ奇狼丸は、人間並みの長身を、やや前傾させて、ゆったりとした足取りで入ってきた。十四年前と比べると、さらに風格を加えていたが、反面、すでに老境に入っていることも窺われる。どうやら、バケネズミの老化は、先祖であるハダカデバネズミほどではないにせよ、人間よりは早いらしい。

奇狼丸の後には、こちらも白装束の野狐丸が続いた。体格はずっと小さいが、今が男盛りの年代らしく、以前よりずっと堂々として精気に満ちている。二匹は、会議室の下手に並び立ってからも、互いに距離を開け、視線すら合わせなかった。

「それでは、まず、大雀蜂コロニーの奇狼丸に訊く」

金子所長が、厳かな声で口火を切った。

「鼈甲蜂（ベッコウバチ）コロニーは、大雀蜂の傘下にあるコロニーだね？」

「さようでございます」

奇狼丸は、少し嗄れているが、しっかりした声で答えた。

「今から一週間前の朝、鼈甲蜂コロニーの兵士六匹が、何者かに襲撃されて、うち二匹が死ぬという事件が起きた。そのことは知ってるね？」

「はい」

「それをやった相手の目星は、付いているのか？」

「生き残った兵士から事情聴取した結果、直接手を下したのは、木蠹蛾コロニーの兵士であったことがわかりました」

「直接手を下した？　つまり、指令を下したものは、別にいたということか？」

「はい」

奇狼丸は、大きな目で、じろりと野狐丸を見やった。

「木蠹蛾コロニーは、塩屋虻と一体です。したがって、塩屋虻コロニーの命を受けたものと思われます」

野狐丸が、何か言いたそうに身じろぎしたが、会議室に居並ぶ人間たちを見ると、顔を伏せた。

「では、今度は、塩屋虻コロニーの野狐丸に訊こう。おまえは、木蠹蛾コロニーに命じて、鼈甲蜂コロニーの兵士を襲わせたのか？」

「とんでもございません！」

野狐丸は、両手を胸の前で組み合わせて、叫んだ。

「天地神明に誓いまして、私どもでは、そのような指令は出しておりません」

「しかし、木蠹蛾コロニーは、おまえのコロニーの傘下にある、というより、その一部ではないのか？」

「たしかに、私どもは、かねてより木蠹蛾コロニーに接近し、私どもとの合流を働きかけて参りました。しかし、いまだに、実現しておりません。その理由は、二つございます。一つは、木蠹蛾コロニーは、旧弊な思考に囚われた者が多いため、女王を戴く体制から、どうしても訣別できないという点でございます。もう一つ、木蠹蛾は長い間、大雀蜂系の各コロニーから、虎視眈々と狙われているという事情もございます。私どもと合流すれば、ただちに攻撃すると恫喝されていたため、どうにも身動きが取れなかったようなのです」

「奇狼丸。今の野狐丸の話は、真実なのか？」

「嘘を嘘で塗り固めた、詭弁、戯言(たわごと)です」

奇狼丸の口は、笑っているように、両耳まで広がった。

「まったくもって、笑止千万。どうか、この二枚舌の語る言葉に、惑わされませぬよう、お願いいたします。第一の点で言えば、木蠹蛾コロニーの女王は、すでに幽閉状態にあると聞き及びます。第二の点も然り。私どもが、木蠹蛾コロニーを脅したなどという事実は、一切ございません」

「野狐丸」

金子所長は、再び、矛先を転じた。

「いやはや、驚きました。木蠹蛾コロニーの女王が幽閉状態にある？　いったいどこから、そのような出鱈目を吹き込まれましたのやら。女王は、今もご健在で、コロニーに君臨なさっております。政務に関しては、有能な摂政であるクィーチーにお任せになっているようではありますが」

「神の御前で、よくも、それだけ、しゃあしゃあと嘘が出てくるものだ。おまえの、その汚れた口を引き裂いてやろうか？」

奇狼丸が、迫力のある声で威嚇する。

「奇狼丸。許されたとき以外は、発言してはならん」

金子所長にたしなめられ、奇狼丸は、深々と頭を下げた。

「野狐丸といったかしら？　ちょっと、訊きたいのだけど」

富子さんが、身を乗り出した。

「おまえは、木蠹蛾コロニーの女王が健在で、しかし、政務は摂政が代行していると言いましたね。それは、本当に確かな情報なの？」

「はは。間違いございません」

野狐丸は、得意げに答えたが、富子さんが何者かは知っているのだろう、ほとんど平伏せんばかりだった。

「ふーん。でも、そこまで内情をよく知っているなら、少なくとも、おまえのコロニーの方が、奇狼丸のコロニーより木蠹蛾と密接な関係にあるのは、事実じゃないの？」

「は……あの……それは、その、先ほど申し上げましたとおり、関係を構築する努力は、ずっと続けて参りましたので……自然と、内部事情にも詳しく」

語るに落ちたことに気づき、野狐丸は、脂汗を流し始めていた。

「た、ただ、親しいと言いましても、神の御意思に背いて鼈甲蜂コロニーを攻撃するよう命じるなど、沙汰の限り。そのようなことをすれば、ただちに神罰が下るのは明々白々ではございませんか？　どうして、私どもが、そのような自殺行為に走るでしょうか？」

「では、木蠹蛾コロニーが、単独でやったと言うの？　おまえの言い方だと、それもまた、おかしな話になると思うけど」

「はい。そのことにつきましては、私なりに考えていることがございます。ここで申し述べさせていただいても、よろしゅうございますでしょうか？」

絶体絶命の窮地から、野狐丸は、すばやく態勢を立て直す。

「いいわ。言ってみなさい」

「私どもが命じたにせよ、木蠹蛾の中の跳ね上がりがやったにせよ、神のお許しもなく、他のコロニーを攻撃するというのは、狂気に駆られたという以外、まったく説明が付きません。しかしです。これが、もし鼈甲蜂コロニーによる自作自演だったとすれば、いかがでございましょうか？」

奇狼丸は、かっと眦を裂き、緑色の炎が噴き出しそうな目で野狐丸を睨みつけるが、野狐丸の方はどこ吹く風だった。

「木蠹蛾コロニーの使っている矢や弓、甲冑などは、その気になれば、いくらでも入手が可能です。その上で、二手に分かれて一芝居打ち、被害者を装ったのではないでしょうか。私どもと大雀蜂のグループとは、勢力が拮抗しておりますので、真正面からぶつかれば、双方が多大の損害を蒙ることでしょう。口にするのも畏れ多いことですが、大雀蜂どもは、神様を謀ることで、あわよくば、自分たちは無傷のまま、私どもを滅ぼそうとしたのではないかと……」

奇狼丸の固く握りしめた両手が、ぶるぶると震えているのが見えた。今にも、野狐丸に襲いかかって、喰い殺しそうな形相になっている。だが、燃えさかる怒りを、何とか鉄の自制心で抑え込んだようだった。

「しかし、鼈甲蜂コロニーでは、二匹が死亡しているではないか？」

金子所長が、口を挟む。

「おそらく、彼らにとって、数匹の犠牲など、ものの数ではないのでしょう。この点が、私どものコロニーとは根本的に違うところでございます。私どもは、民主主義を基本理念とするコロニーであり、一匹一匹が平等な権利を持つ、この宇宙にかけがえのない存在と考えておりますが、女王のみを絶対とする古い体制では、兵士など、しょせんは作戦の駒、消耗品でしかないのです！」

野狐丸というバケネズミは、間違いなく、口から先に生まれてきたのだろう。すべての攻撃を巧みに受け流すばかりか、ただちに相手に投げ返す手並みは見事と言うしかない。その場にいた誰もが、程度の差こそあれ不信感を抱いていたろうが、こうも堂々と論陣を張られると、なかなか綻びを見つけることができなかった。

「この者……野狐丸の言うことは、真実の可能性はあるのかしら？　あなたは、さきほど、犯行を行ったのは、木蠹蛾コロニーの兵士だったと断言したようだけど」

富子さんが、金子所長に向かって訊ねる。

「はい。……それは、常識では、ちょっと考えにくいことですが、絶対にないかと言われると、そうとも申し上げられません。さすがに、全部謀略であったという可能性までは、検討しておりませんでしたので」

金子所長は、しどろもどろになった。

結局、この日は、結論が出ないまま散会となった。破滅の足音は、すぐそばまで迫ってきていたが、先んじて危険の芽を摘む、貴重な、そして最後の機会は失われてしまった。


野山を埋め尽くす十万の軍勢は、まさに壮観の一言だった。昆虫のスズメバチを模した黄色と黒の甲冑は、ぎらぎらと陽光を反射し、向かうものを圧倒する。何千もの旗指物（はたさしもの）は、軍勢が一個の巨大生物と化したかのように、同じリズムで打ち振られ、虎の咆吼のような鬨（とき）の声は、低周波で草木をびりびりと震わせる。

「一時間のうちに、敵を殲滅してご覧に入れます」

鎧兜に身を固めた奇狼丸は、うそぶいた。その自信も、この偉容を見ると、むべなるかなという気がする。

「きゃつらの戦略は、緒戦でほぼわかりました。まともに戦っては勝ち目が薄いと知って、数が少ないところでは、できるだけ軍勢を分散してゲリラ戦に持ち込み、数的な優位を築いたところでのみ決戦しようというのでしょう。だが、そんな浅墓な思惑で勝てるほど、戦は甘いものではない。ひとつ、教訓を骨身に刻んでやるとしましょう」

「ご武運を、お祈りします」

書類挟みを持って立っている自分が、何とも、場違いな気分がしてくる。

「ただし、わたしたちは、あくまでも中立の立場ですから、ここまで敵が攻め入ってきた場合は、すみやかに撤退します。もちろん、加勢はできませんので」

「承知しております」

奇狼丸は、狼のような口を開けて笑った。

「ですが、そのようなご心配は、無用です。ここまでは、敵の矢一本到達しませんから」

「わかりました。ええと、こちらは大雀蜂コロニーの本隊が十万。対する相手はという、盲虻、螟蛾、火取蛾、夜盗蛾、女郎蜘蛛、浮塵子コロニーの連合軍で、推定十四万匹ですね。……あれ？　どうして、塩屋虻コロニーの本隊はいないんでしょう？」

わたしは、報告書の書式を埋めながら、訊ねた。

「それは、あの口の達者な臆病者にお訊きになった方が、よろしいかと思います。まあ、察するに、数が多くとも、我が手勢といきなり相まみえる勇気がないのでしょう。もしかしたら、盲虻以下は捨て駒にして、少しでも、我が方を消耗させておきたいというのかもしれません。民主主義だの何だのと、たいそうな御託を並べてみても、兵士を平然と死地に追いやるのは、塩屋虻の常套手段ですからな」

奇狼丸は、吐き捨てるように言った。

「なるほど。それでは、存分に戦ってください」

「心得ました」

奇狼丸は、大きく軍配を返す。大雀蜂コロニーの軍勢が、ゆっくりと進軍を開始した。敵の連合軍も、それに呼応するように姿を現し、大軍勢を誇示する。数では、あきらかに向こうが上回っているようだ。

「渡辺さん。もう少し、下がった方がいいですよ」

わたしを守るために同行してくれた、鳥獣保護官の乾さんが、注意した。

「そのあたりだと、流れ弾が飛んでくる可能性もある」

「流れ弾って、何ですか？」

「最近のバケネズミの戦では、弓矢だけじゃなく、火縄銃も使用されるんです。速すぎて目視できないものは、呪力でも止めきれませんから」

わたしは、あわてて安全地帯まで引っ込んだ。それを待っていたかのように、戦場では、激しい雄叫びが上がる。ついに、両軍が戦端を開いたのだ。

矢が飛び交い、続いて、乾いた発射音が連続して轟き、硝煙が上がった。

わたしたちがいた丘の上からは、戦場を一望に見渡せた。ほぼ横一列の陣形になって、弓や火縄銃を構えている敵の連合軍に対し、大雀蜂軍は、个の形をした鋒矢の陣で襲いかかる。敵方はおそらく、一斉射撃によって大雀蜂軍の足を止めてから、一気に逆襲するという目論見だっただろうが、計算違いにあわてふためく羽目になった。大雀蜂の兵士たちは、銃弾が雨霰と飛んできても、まったく足を止めなかったからだ。

よく見ると、先頭の兵士たちは、数匹がかりで奇妙な形の盾を持って前進している。

「あれは、弾除けですね」

　乾さんが、教えてくれた。わたしより小柄で痩せぎすの中年男性だが、何日も不眠不休で野山を歩き回れる体力と、鳥獣保護官としての豊富な経験は、保健所の中で最も頼りになった。

「火縄銃の弾は、たいていの鎧なら貫通する威力がありますが、あの盾を見てください。中央が出っ張って、角度が付けてあるでしょう？　あれで、弾丸をうまく左右に弾いて、逸らすことができるんです」

　乾さんは、続いて、弾除けの構造についても解説してくれた。三列の青竹をへの字形に並べて作った盾だが、竹の表面には強靭な麻布を何重にも巻いて膠（にかわ）で固め、上から分厚く鑞（ろう）を塗り、さらに、要所に鉄パイプを配置したことによって、防弾性能が格段に上がったらしい。

「古代文明の戦国時代に考案された『竹束（たけたば）』というのは、文字通りただの竹の束ですが、そこに、麻布や鑞、鉄パイプを加えることで強度を高め、弾除けに適した盾の形に仕上げたのは、バケネズミどもの創意のようですな」

「信じられない。……頭がいいとは思ってましたけど」

「やつらが、戦国時代の装備のことまで知っていたかどうかわかりませんが、さすがに、すべてを自力で考え出したとは考えにくいですね。どこからか、何らかの知識を得てるとしか、思えないんですよ」

わたしの頭には、すぐにミノシロモドキのことが浮かんだ。十二年前、塩屋虻コロニーに行ったとき、覚は、彼らがミノシロモドキを捕獲したのではないかと疑っていた。当然、大雀蜂コロニーでも、同じことをした可能性はあるだろう。だが、ミノシロモドキの存在自体がタブーなので、そのことを乾さんに話すのは躊躇せざるを得なかった。

その間に、戦況は、はっきり大雀蜂軍優位に推移し始めた。満を持していた大雀蜂側の射手が、いっせいに火縄銃を撃ち始めたのだ。それも、射撃と射撃の間隔が、あきらかに短いため、一丁の銃が、ゆうに三丁分くらいの働きをしている。

「あれも、そうです。火縄銃は、一度撃ってからが面倒なんです。中を掃除し、火薬を入れ、弾を入れ、棒で薬室に押し込んで、やっと次の射撃準備に入れる。やつらは、それをほとんど省略してしまった。太古に、日本で初めて早合(はやごう)という原始的なカートリッジが考案されてますが、それも、簡略化されただけで、ほとんど同じ手順が必要になります。ところが、やつらのやり方は抜本的に改良されている」

見ていると、射手は、発射してすぐ、新しい薬包を銃口から入れ、一度棒で衝くだけで、すぐに次の射撃を行っている。

「詳しい構造はわかりませんが、火薬と弾を油紙に包んだものを入れ、ほとんどそのまま次弾を発射できるんです。……たまに、やつらの知恵が怖くなることがありますよ」

火力で完全に上回っている大雀蜂軍は、遠間からの戦いを選ぶこともできたはずだが、そのまま敵陣になだれ込んで、激しい白兵戦(はくへいせん)を展開した。

「乾さんは、バケネズミについて、何でもご存じなんですね。わたしも、ずいぶん、勉強したつもりだったんですが」

「いやいや……。全般的な知識は、やっぱり、渡辺さんには敵いませんよ。ただ、私は、仕事柄、コロニーの内部まで見学する機会がずいぶんありましたんでね」

乾さんは、日に焼けた頬をほころばせた。

「やつらが、私たち鳥獣保護官を陰で何と言っとるか、ご存じですか？　普通の人間は、神様なのに、私たちは、死神ですよ。まあ、それも、しょうがないですがね」

鳥獣保護官とは、名称と実態が裏腹な職務の代表だろう。多くは有害鳥獣対策課に属し、人間に反抗姿勢を見せたバケネズミを駆除するのが、その主な職務だからだ。

「……とにかく、いろんなコロニーを見てきましたが、やっぱり大雀蜂の部隊は最強だと思いますよ。特に、こんなふうに、肉弾相打つ戦いになると、他のコロニーの兵士では、敵うはずがない」

「なぜ、彼らは、そんなに強いんですか？」

乾さんは、にやりとする。

「秘密がバレると困ると言われたんで、これは上にも報告していないんですが、渡辺さんにだけはお教えしておきましょう。大雀蜂コロニーの兵士たちは、合戦の前には、全員、ある種の薬物を与えられてるんです」

「薬物？　麻薬のようなものですか？」

「ええ。コロニーで栽培している大麻に、女王の尿から抽出された向精神物質を混ぜてるようです。その配合が秘伝らしいんですが、投与されると、頭脳は明晰になり、使命感が高まる反面、攻撃性は極限まで昂進し、いっさいの恐怖を感じなくなる。その結果として、無敵の兵士が出来上がるというわけですな」

背筋に、ぞっと寒気が走った。戦場を走り回っている大雀蜂軍の兵士たちは、たしかに、一瞬の気後れもなく敵に襲いかかっていた。その姿は、十四年前の記憶とオーバーラップした。三倍も大きな土蜘蛛のミュータント兵たちに平気で食らいついていく、勇猛果敢というには少々度が過ぎた狂戦士たちの姿に。

戦いは、一時間あまりで終結した。数で上回っていたはずの敵の連合軍は、粉砕され、半数は散り散りに敗走し、残りは野原に無惨な屍をさらしていた。

「私としたことが、お約束を違えてしまい、恥じ入るばかりです」

自ら前線に赴いて指揮を執っていた、奇狼丸が現れた。

「まったく信じ難いことですが、これしきの敵を捻り潰すのに、一時間以上もかかってしまいました」

奇狼丸は、大きな口を開けて満面の笑みを浮かべたが、その目は、狼のように不気味な緑色の燐光を放っていた。

保健所に帰って、合戦の顚末を記した報告書をしたためていると、あたふたした様子で、綿引課長が戻ってきた。

「お疲れ様です」

「あ、早季ちゃん。どうだった？」

「……大雀蜂軍の圧勝でした。塩屋虻コロニー側は、回復困難なくらいの大打撃を受けたと思います」

「そうか。まあ、奇狼丸が指揮する本隊なら、当然かな」

野原を埋め尽くす死骸の山のことを思い出すと、胸が痛くなってくる。齧歯類とはいえ、高度な知性を持った生き物の大量虐殺に立ち会ってきたのだ。

だが、感傷に浸ってはいられない。あのまま、死骸が腐敗するにまかせると、感染症の発生も懸念される。ここからは、本来なら環境衛生課の仕事だが、バケネズミたちを一時休戦させてでも、死骸を埋めさせるか、すべて呪力で炭化処理を施す必要があるかもしれない。

「課長の方は、いかがだったんですか？」

「うん。ちょっと、予想外の結果でね」

綿引課長の表情は、冴えなかった。

「というと、木蠹蛾の方が勝ったんですか？」

「うーん。と言っていいのかな。……寝返ったんだよ。鼈甲蜂コロニーが」

「ええ？」

わたしは、絶句した。とても信じられない。バケネズミのコロニーの間に働く力学は、完全に理解していたつもりだった。この状況下で、鼈甲蜂コロニーが奇狼丸を裏切って、野狐丸の方に付くというのは、天地がひっくり返ってもありえないはずだった。

そもそも、この戦自体が、鼈甲蜂コロニーの兵士が、木蠹蛾コロニーから攻撃を受けたために始まったものではないか。その当事者が、加勢に駆けつけてくれた味方を裏切り、敵の陣営に入るというのは……。

そこで、唐突に思い出した。鼈甲蜂コロニーは、攻撃を受けた直後、偶然通りかかった妙法農場の職員に被害を訴えたものの、異類管理課には、とうとう被害届を出さずじまいだった。

いったい、なぜだろう。バケネズミは本来、きわめて復讐心の強い生き物で、争いを避けるために泣き寝入りすることは、まず考えられない。それも、相手が圧倒的に強力で、勝ち目がないと思えば、コロニーを存続させるために涙を呑むこともあるかもしれないが、現状では、大雀蜂グループをバックにした鼈甲蜂の方が、むしろ優勢と見られていたのに。

「……じゃあ、実際の戦闘は、どうなったんですか？」

「うん。いきなり、鼈甲蜂軍が戦線を離脱して、木蠹蛾軍の方に合流してしまったんで、鼈甲蜂軍の応援に来ていた筬虫と斑猫、黒山蟻の各軍は、茫然自失といった有様だった。そのせいで、ほとんど何の攻防もなく、木蠹蛾軍の勝利が決まったんだよ」

「驚きました」

「複雑怪奇だよな」

「だとすると、これで一勝一敗ですから、戦争の帰趨は、振り出しに戻ったと見ていいんでしょうか？」

「それは、どうかな？　こちらは、今も言ったように、ほとんど戦闘をしていないんだ。もちろん、鼈甲蜂軍が、そっくり敵方に移籍したわけだから、その差し引きは大きいが、やはり、実戦で大勝している大雀蜂グループの優位は動かないんじゃないかな」

綿引課長の希望的観測は（というのも、人間に忠実だとわかっている大雀蜂グループが勝利した方が、戦後処理がはるかに簡単になるからだが）、わずか四日後に、粉々に打ち砕かれることになった。

その一報をもたらしたのは、意外にも、覚だった。

「早季！　聞いてるか？」

いきなり、血相を変えて飛び込んできた覚に、わたしは、面食らった。

「聞いてるって、何を？」

「戦争だよ！　大雀蜂と塩屋虻の、本隊同士が決戦しただろう？」

「それは、まだ聞いてないわ。事前に届けを出すって言っても、個々の戦闘は、偶発的に接触して起こることもあるし……あらかじめ日時がわかってる合戦の場合には、なるたけ立ち会って、報告書を出すことになってるけど」

「じゃあ、結果は、まだ知らないのか？」

「うん……覚は、知ってるの？」

「たまたま、戦場の近くを通ったんだ。どうしても必要な試料があったんだけど、収集にバケネズミを使えなくなったんで、自分で探しに行ったんだ」

「危ないわ。戦争地帯は、立ち入りを禁止されてるはずよ」

わたしは、眉をひそめた。

「うん。でも、急ぎの実験だったんでね。……それで、僕が見たのは、戦闘が終わって、たぶん丸一日はたってたと思うんだけど、重傷を負って生き残った兵士が隠れてたんで、応急手当をしてやって、何があったのか訊いたんだ」

厳密に言えば、傷の手当もバケネズミの戦争への干渉になるので、禁じられている。だが、それより、早く結果を聞きたかった。

「それで、どうだったの？　大雀蜂の方が、勝ったんでしょう？」

覚は、首を振った。

「いや。その逆だよ。大雀蜂軍は、全滅したらしいんだ」

「そんな……まさか」

わたしは、息を呑んだ。

「兵士の日本語が拙かったんで、何が起きたのかはよくわからなかったけど、ほぼ全軍が壊滅状態……皆殺しにされたらしい。奇狼丸だけは、からくも逃亡したらしいんだけど、今は行方不明だ」

2

安全保障会議は、冒頭から、重苦しい雰囲気に包まれていた。

「今の朝比奈覚君の証言に関して、どなたか、質問のある方はおられますか？」

議長の鏑木肆星氏が、低い声で言う。しばらく、沈黙が続いた。

今回は、町の主だった幹部は、全員顔を揃えていた。倫理委員会議長の朝比奈富子さん。教育委員会議長の鳥飼宏美さん。職能会議代表の日野光風氏。図書館司書の母、渡辺瑞穂。町長である父、杉浦敬。それに、金子弘所長以下の保健所のスタッフたち。すでに百歳を越えている無瞋上人の顔はなかったが、清浄寺を代表して二人の僧侶も出席している。

口火を切ったのは、父だった。

「朝比奈君。大雀蜂コロニーの兵士がどうやって殺されたのか、君の意見を聞かせてもらいたいんですが」

覚は、唇を舐めた。

「それが、見当がつかないというのが、正直なところです。戦場には、大雀蜂コロニーの兵士の死体だけが転がっており、一方的な殺戮が行われたという印象でした」

「絶命した兵士の死因は、主に、何だったと思いますか？」

「それも、何とも言えません。多くの死骸には矢が突き刺さっていましたが、おそらくは死後に行われたと思われる損壊行為が甚だしく、大半は、ほとんど原形をとどめていませんでしたので」

「損壊行為というと、具体的には？」

「ばらばらに切り刻まれたり、射撃の的にされたらしく、穴だらけになったものが、多数見られました」

「君が事情を聴取した、大雀蜂の兵士は、何と言ってたんですか？」

「ほとんど、片言しか喋れなかったので、だいたい、こんな具合でした。オオスズメバチ、コロサレタ。ミナゴロシ。キロウマルダケ、ニゲタ……。何があったのか訊ねたんですが、恐怖で過呼吸を起こし、バケネズミ語で絶叫するばかりで」

「通訳させることはできませんか？」

「いいえ。しばらくは息があったんですが、傷が重く、結局は、死亡しました」

再び、沈黙が訪れた。

「議長」

富子さんが、目を上げて訊ねる。

「実地検分の結果は、どうだったのかしら？」

全員の視線が、鏑木肆星氏に集まる。

「はい。朝比奈君の話を聞いて、昨日、現場へ行って参りましたが、残念ながら、すでに、証拠の隠滅が行われた後でした」

「証拠の隠滅？　どういうこと？」

「現場一帯に油性の液体が撒かれ、燃やされていたのです。燃えるものは、すべて完全に炭化した状態になっていました」

どよめきが起きた。

「わざわざそんなことをしたということは、何か後ろ暗いことがあるからかしら……？」

鳥飼宏美さんが、小さな声でつぶやいた。

「うふふふふふ」

日野光風氏が、意味不明の、耳障りな笑い声を漏らす。

「それでは、何があったのかは、見当もつかないの？」

「私なりの意見はありますが、確証があるわけではありませんので、最後に申し上げたいと思います」

鏑木肆星氏は、いつになく慎重な物言いをした。

「死骸を燃やしたというのは、とても衛生上の配慮からとは思えません。まちがいなく、虐殺の手段を隠したかったんじゃないかと思います」

今度は、母が発言した。

「虐殺の手段というと、何か思い当たることがあるのかしら？」

富子さんは、娘に対するような慈愛の籠もった視線を、母に向けた。

「それは……わかりません。ただ、バケネズミの最近の急速な進歩と軍備拡張は、彼らが何らかの情報源を得ている可能性を示しています」

「それは、ミノシロモドキのこと？」

「はい。旧国会図書館の移動式端末は、まだ、数機が生き残っている可能性がありま す。バケネズミたちは、それらを捕獲して、知識を得ているのかもしれません」

「だとすると、これまでの図書館政策にも、問題があったということになりませんか？　ミノシロモドキの存在を徒（いたずら）にタブー視し、近寄らせないようにするだけで、後顧の憂いを断つべく一掃する努力を怠ってきたのでは？」

鏑木肆星氏は、辛辣な口調で言った。母に対する厳しい指摘は、聞いているだけでも、身が竦(すく)むような思いがする。

「ミノシロモドキを絶滅させることは、人類の知的遺産を完全に抹消してしまうことにもつながりかねません。それに、これは、倫理委員会の承認を経て決定されたことです」

母は、毅然と真っ向から反論する。富子さんも、擁護に回ってくれた。

「そのことは、たしかに、倫理委員会でも審議済みです。結論は、偶然捕獲されたものは、原則として破壊するが、あえて絶滅させることはしないということです。それに、ここは、図書館政策の是非を論じ合う場でもありません。……瑞穂ちゃん。バケネズミが、ミノシロモドキから何らかの情報を入手したとして、その中には、大雀蜂の兵士たちを皆殺しにできるような手段が含まれていた可能性があるのかしら？」

母は、一瞬、考え込んだ。

「……それらは、第四分類の知識です。それも、第三種の『殃』に属する事項ですから、いかにこの場であっても、口にすることはできません」

「安全保障会議は、他のすべての規定に優先するはずだ。話してもらわなければ、一歩も先に進まない」

鏑木肆星氏が、苛立たしげに言った。

「何も、書籍を公開しろと言うんじゃないの。ただ、あなたの覚えている範囲で、教えてほしいの。今は、緊急の場合なのよ。……大雀蜂軍の兵士たちを、いとも簡単に全滅させられるような手段が、存在するのかしら？」

さすがの母も、富子さんにそう言われると、それ以上抗うことはできなかった。

「古代文明には、数種類の大量破壊兵器が存在しました。それらを使用することによって、バケネズミの軍団を瞬時に壊滅することは可能です。ただ、今回、そのどれかが使用されたとは思えません」

「それは、どうして？」

「第一に、どれも、知識を得たからといって、一朝一夕に作れるようなものではないからです。きわめて高度な科学技術と生産設備が必要になりますが、バケネズミは、とうていそんな段階には達していません。第二に、もし大量破壊兵器を使用すれば、必ず特徴的な痕跡が残ります」

「具体的に、言ってみて」

母は、ためらったが、しかたなく続けた。

「最も破壊力が大きいのは、核兵器ですが、これは、問題になりません。製造も、原料の調達も不可能ですし、使用すれば、前回の業魔の一件に匹敵するような……」

母は、わたしの存在を思い出したらしく、ちらりとこちらに視線を向けた。

「いずれにせよ、巨大な爆発も残留放射能もなかったようですから、核兵器という可能性は完全に否定されます。その次に広範囲の敵を殺せるのは、毒ガスです。ですが、これもバケネズミが製造するのは、ほぼ不可能です」

「……でも、以前、土蜘蛛は、毒ガスを使って攻撃を仕掛けてきました」

わたしは、思わず、疑問を口に出してしまっていた。

「私が言っている毒ガスというのは、硫黄やプラスチックを燃やしたようなレベルのものではありません。神経ガスや窒息性ガス、糜爛性ガスなど、容易に一つの町を全滅させる、恐ろしい兵器のことなんです」

母は、わたしをたしなめるように言う。わたしは、もちろん、安全保障会議のメンバーではなく、バケネズミに関する質問があった場合に備えて出席させられていたにすぎない。だが、さいわい、誰も、わたしの不規則発言を咎めようとはしなかった。

「同様に、致死性のウイルスなどを使った生物兵器も、製造はきわめて困難な上に、前の二種類ほどの即効性がないので、問題になりません。それ以外となると、地震発生装置やレーザー兵器などが、広範囲な被害を引き起こし得ますが、いずれも、現在では、人間にすら製造は不可能で、現場の状況とも一致しません」

「それでは、過去に存在したどんな兵器も、今回の事件には関わりがないと断定していいのかしら？　あなたは、何か、思い当たることがあったんじゃないの？」

富子さんは、まるで母の心を読んでいるように、やんわりと問い詰めていく。

「……現場の痕跡と矛盾しないものがあるとすれば、スーパークラスター爆弾くらいではないでしょうか」

母は、溜め息とともに言葉を絞り出す。

「それは、どういうものなの？」

「通常は航空機から投下されるのですが、親爆弾が破裂すると、内蔵する数百の子爆弾が広範囲に飛び散り、さらに、子爆弾が炸裂して、周辺に数万の孫爆弾を撒き散らします。孫爆弾の中には、爆薬以外に、微小な金属球や回転して飛ぶプロペラ型の金属片が詰まっており、爆発すると、孫爆弾から半径数十メートルに存在する柔らかい標的は、すべて、穴だらけになります。これでしたら、現場に巨大なクレーターはできませんし、数万匹のバケネズミの死骸がずたずたになっていたというのも、うなずけます」

古代人の人間性を疑いたくなるのは、何もこれが初めてのことではなかったが、聞いているだけで、吐き気がした。想像力の欠如と言ってしまえば簡単だが、いったいどういう気持ちで、そういう兵器の設計ができるのだろう。その爆弾の持つ冷酷非情さに比べれば、風船犬など可愛いものではないか。

「しかし、それこそ、バケネズミに作れるような代物じゃないでしょう？」

鏑木肆星氏の質問は、たぶん、全員の疑問を代弁していた。

「新たに製造するのは、もちろん、彼らの技術水準では不可能です」

母は、もはや、話すのも苦痛という表情だった。

「ただ……スーパークラスター爆弾ないし、別のいくつかの大量破壊兵器は、現存しているかもしれないんです」

「まさか」

ほとんどの人間が、息を呑んだ。

「もちろん、千年もの時を経た現在でも使用できる可能性は、きわめて低いと思います。……しかし、もし、バケネズミが、ミノシロモドキから情報を得ていれば、それらを発掘、回収していることは、充分考えられます」

「そんな話は、この私でさえ、初耳だわ」

富子さんが、眉間に皺を刻んで言う。

「この件に関しては、代々、図書館司書だけに引き継がれてきたんです」

「それで、その大量破壊兵器は、今どこにあるの？」

「それだけは、この場では、お答えできません」

母は、きっぱりと答える。

「ただ、それほど遠い場所ではないとだけ申し上げておきます」

ざわめきが起きた。もし、バケネズミが、本当に、そんなものを入手しているのなら、そして、それが、万が一、今も使用可能なら、町にとって深刻な脅威となる。

「殺せ殺せ殺せ殺せ。うひひひひひひひ。悪ーいネズミは、殺すしかなーい」

日野光風氏が、なぜか上機嫌に禿頭を撫でながら、歌うように言った。

「ご高説は拝聴しました。今度は、直接、現場を見た私の印象を申し上げたい。あれは、爆弾などによるものとは、とうてい思えません」

鏑木肆星氏の一言で、再び、周囲は静まりかえる。

「肆星。あんまり、もったいを付けないで。あなたは、何があったと思ってるの？」

富子さんが、身を乗り出した。

「不遜のそしりを受けても、あえて申し上げましょう。たとえ証拠の隠滅が図られても、私だからわかる。大雀蜂軍を全滅させたのは、間違いなく、呪力を持った人間です」

呆気にとられたような沈黙が、訪れた。

「なぜ……そう思うの？」

「現場にあったものは、すべて炭化していましたが、中には、原形をとどめているものもありました。私が注目したのは、矢です」

「矢が、いったいどうしたというの？」

「大雀蜂軍が使っている矢と塩屋虻軍のものでは、鏃（やじり）と矢羽根の形状に違いがあります。あきらかに大雀蜂軍が放ったと思われる矢が、何本も戦場に残されていました。いずれも、まったく損傷が見られませんでした」

「それは、どういうこと？」

「矢が、何かに当たって跳ね返されたり、目標を逸れて地面に突き立ったりした場合は、必ずどこかに損傷を受けるものです。完全に無傷なのは、呪力によって空中で止められた矢くらいなものです」

他ならぬ鏑木肆星氏の発言だけに、信憑性があった。

「あ。そういえば……すみません」

覚が、叫びかけて、あわてて口をつぐむ。

「かまわないわ。言ってみて」

　富子さんは、遠い子孫ではなく、本当の孫を見るような目で言う。

「はい。僕が現場を見たとき、一つ、おかしいなと思ったことがあるんです。大雀蜂軍の兵士の死骸は、どれも、何一つ武器を持っていなかったんです。もちろん、勝者が奪っていったのかもしれませんが、折れたりして使えなくなった武器は、そのまま放置されるのが普通だと思います。……もし、彼らが、呪力によって武器をすべて奪い去られてしまったのだとしたら、あの不可解な状況にも説明がつきます」

「し、しかし、この町には、塩屋虻コロニーに荷担して、大雀蜂軍を皆殺しにするような人間は、誰もいないでしょう？　もちろん、鳥獣保護官や、その他の保健所の職員では、絶対にありませんし」

　金子所長が、あわて気味に口を挟む。

「ええ。むろん、町の人間ではないでしょう。考えられるのは……そうですね。たとえば、他の町からの干渉という可能性はないでしょうか？」

　鏑木肆星氏がそう言うと、またもや騒然となりかけたが、富子さんは、きっぱりと首を横に振った。

「それは、絶対にありえないわ。神栖66町から見て、比較的近距離にあるのは、東北の白石（しろいし）71町、北陸の胎内（たいない）84町、中部の小海（こうみ）95町くらいかしら。でも、どの町だって、そんな馬鹿な真似をするはずがないのよ」

「富子様は、長年、他の町とも連絡を取り合って、注意深く監視してこられました」

鳥飼宏美さんが、か細い声で口を挟む。

「たしかに、私は、他の町の様子を観察してきたわ。ずっと昔からね。それは、どの町も同じなの。日頃は交流のない他の町で、いったい何が起きているのか。どの町も、何よりそれを怖れ、知りたいと思ってる。そのために、全国にある九つの町によ る懇談会が作られ、悪鬼や業魔の出現や、その他、安全保障上重大と思われる情報を交換してきたの。だから、私が保証します。どの町でも、今は平穏に暮らすことしか考えていないわ」

「なるほど。たしかに、無意味に緊張を作り出しても、彼らには、何の得るところもないでしょうな」

鏑木肆星氏は、あっさり自説を引っ込めた。

「だとすると、可能性は、絞られてくる。現在、町に住む人間でも、他の町の人間でもないとすれば、過去に町から出て行った人間はどうでしょうか？」

どきりと、心臓が飛び跳ねた。あきらかに、真理亜たちのことを言っている。

「その可能性はないのよ」

富子さんは、沈んだ声で言った。

「あの子たちは、とうに亡くなっているから」

嘘だ、と思う。富子さんは、真理亜たちを庇（かば）っているんだ。そうでなければ……。

「遺骨を回収したという話は、私も聞きました。あれは、失踪してから、二、三年たった頃だと思いますが」

「そうよ。あなたも、よく知ってるはずでしょう？」

遺骨……。信じられない言葉を聞いて、頭が混乱した。

「ですが、今となっては、それが疑わしくなってくる。なぜなら、遺骨を発見したと称して届け出たのは、今回の事件を引き起こした元凶と思われる、野狐丸だからです」

はっとした。とたんに、生気がよみがえったような気分になる。十二年前に野狐丸が言ったことを思い出したからだ。

『工作には多少の時間がかかりますが、うまくいけば、お骨も用意できるかもしれません。それを届ければ、たぶん、ご納得いただけるかと』

『私どもの骨でも、部位によっては、神様のものと見分けが付かないことがございま

す。とりわけ長身の者であれば、若神様とは、大きさもさほど変わりません。ですので、その骨を、念入りに石で擦りまして……』

　そうだ。そうに違いない。野狐丸が、偽の骨を届けたんだ。あれだけの策士なのだから、そのくらいのことは、朝飯前だろう。バケネズミの骨を、たぶん、巧みに加工して……。

「あの骨は、間違いなく、本物だったわ」

わたしは、自分の耳がおかしくなったのかと思った。富子さんは、いったい何と言ったのだろう。

「遺骨は、慎重の上にも慎重を期して鑑定させたのよ。間違いなく、人間の骨であること。年齢と性別に矛盾はないか。結局、決め手になったのは、和貴園に保管されていた二人の歯形だったわ。でも、さらに万全を期すため、妙法農場の技術者に依頼して、DNA鑑定までしてもらったの」

　そんなはずはない。嘘だ。ありえない。真理亜が死ぬなんて、そんな馬鹿なこと。絶対あるはずがない。背筋に、じっとりと厭な汗が滲(にじ)み、視界が暗くなってくる。

「秋月真理亜と伊東守(まもる)の二人は、すでに、百パーセント死亡したことが確認されています。したがって、今回の件には無関係です」

富子さんの声は、まるで閻魔大王の宣告のように無慈悲に響いた。

その後、わたしは、いったい、どうしていたのだろうか。記憶は、かなりあやふやで、断片的な映像と言葉しか、思い出せない。

会議は紛糾し、容易に結論が出なかった。甲論乙駁があったのは、塩屋虻側に荷担して呪力を行使した犯人捜しを、どこまでやるかについてであって、バケネズミについては、最初から結論は決まっていたようだ。

その中で、何度も気遣わしげにわたしの方を見る、覚の視線を憶えている。

一方、鳥飼宏美さんから、一週間後に迫っている夏祭りを延期すべきではないかという動議が出されたが、また彼女の神経症的な心配性が始まったと冷笑を浴びるだけで、ほとんど一顧だにされなかった。

結局、当面は事態の推移を見守るということで、犯人捜しについての結論は持ち越しとなった。塩屋虻コロニー及びそれに同盟するコロニーのバケネズミについては、未だ罪状はよくわからなかったが、すべてを駆除・抹殺することに、一切異論は出なかった。

乾さんを筆頭とする、五人の鳥獣保護官が紹介され、盛大な拍手を受ける。いずれも、バケネズミの駆除に関してはベテランであり、弓矢や小火器による反撃を完璧に封じ込めながら、数千匹から数万匹のバケネズミを、短時間に、きわめて効率的に駆除する技術を修得しているのだという。人間の一方的な都合で抹殺されるバケネズミの側から見れば、まさに死神と呼ぶにふさわしい存在だった。

　安全保障会議の散会後、わたしは、気分が悪くなり、両親と覚に抱えられるようにして、退出した。涙が溢れ、譫言（うわごと）のように真理亜の名前を呼び続けていた。だが、混乱した頭の片隅に、奇妙に冷静な部分があって、繰り返し問いを投げかけてくる。

　この十二年、わたしは、いったい何を考えていたのだろう。本気で、真理亜たちが生きていると信じていたのか。それとも、信じるふりをして、自分を偽っていただけなのか。

　もしかすると、わたしは、ずっと以前から、心の中で真理亜たちの死を受け入れる準備を、着々とすませていたのかもしれない。

　わたしは、顔のない少年のときに味わった喪失感には、もう耐えられないと思っていた。だから、まるで蜥蜴（トカゲ）が尾を自切するように、自分で自分の心の一部を切り離し、そして、それが静かに死んで行くのに、ただまかせていたのではないだろうか。

神栖66町では、毎年、数多くの祭りが執り行われていた。春には追儺と御田植祭、鎮花祭。夏になると、夏祭り、火祭り、精霊会。秋は、八朔祭と新嘗祭。そして冬には、雪祭、新年祭、左義長……。

その中で、最も宗教色や儀式性が薄く、誰もが楽しみにしていた行事といえば、夏祭り、またの名を化物祭だった。名前はおどろおどろしいが、特に、化け物の扮装をしたり、人を怖がらせる奇抜な趣向を凝らすわけではない。祭りの実行委員たちが化け物役になり、編み笠と頰被り、お面などで顔を隠し、道行く人に対して御神酒をふるまうだけなのだが、それが、不思議なくらい非日常的な雰囲気を醸し出すのは、夏祭りが必ず新月の晩に行われるからだろう。その晩は、町の灯はすべて消される。光は、沿道に並んだ篝火や竿灯、ときおり空を彩る花火だけだった。ぬばたまの闇に包囲され、わたしたちの町は、束の間、ハレの宵を演出する舞台に変わるのだ。

だがそれは、見方によっては、わたしたちの町の孤立を、いっそう際立たせているようでもあった。

広大な日本列島に点在する、わずか九つの町の一つ。日本人としてのアイデンティティに必死でしがみつきながら、実際には数千年の歴史から完全に断絶してしまい、時の孤島となったわが神栖66町の……。

町の年中行事は、どれも百年以上は続いている。しかし、それらはすべて、古代文明が崩壊した後、映像記録や文献などを元に再現されたものだった。化物祭も、もともとは、別の地方に伝わる行事だったようだが、注意深く選定された様々な祭りの要素を加えて、わたしたちの町の祭りとして復活させられたものである。

ときどき、疑問に思う。たとえ、元は借り物や偽物であっても、百年も続ければ、それは、由緒正しき伝統へと変わるのだろうか。

舟が着いたとき、ちょうど正面に篝火があったので、暗闇に順応していた目は眩しさを感じた。駒下駄を履いた足下が、妙におぼつかない。

覚に手を支えてもらい、わたしは、何とか、船着き場に降り立つことができた。

「だいじょうぶ？」

「うん」

ふと、十数年前の夏祭りの情景が、よみがえる。わたしは、真理亜と一緒に浴衣を新調してもらって、ひどくはしゃいでいた。

『わたしたちの浴衣、おそろいだねー』

『うん。おそろいだね！』

そのときの浴衣の柄は、今でも憶えている。わたしの方が、水色の地に白の水玉と赤い金魚をあしらった図で、真理亜のは、白地に水色の水玉と赤い金魚だった。

真理亜は、ぽっくりを履いた足で、器用にくるりと回転して見せる。その仕草が、何ともいえず愛らしかったので、わたしは、ただ、うっとりと見とれていた。

『さあ、お祭りに行こう！』

『でも、気をつけないと、化け物に捕まっちゃうよ』

『だいじょうぶだよ。捕まりそうになったら、おまじないをすればいいんだよ』

『おまじない？』

『うん。こないだ、お母さんたちが、言ってた。まんとらって言うんだよ。早季にだけ、教えてあげる』

まだ呪力のないわたしたちにとって、世界は、驚異と脅威に満ちていた。だが、それは、幼いうちだけのことで、大きくなって呪力を手に入れさえすれば、怖いものなど何一つなくなるはずだと、固く信じていた。

先を行く真理亜の後ろ姿が小さくなり、わたしは、ふいに心細くなって、彼女の名前を呼びながら懸命に手を伸ばそうとした……。

「季。……早季？」

覚の呼ぶ声で、わたしは、ようやく我に返る。

「どうしたの？」

「何でもない。ちょっと、ぼおっとしてただけ」

「そう。……向こうへ、いってみよう。何か、催し物をやってるよ」

わたしは、覚に手を引かれ、からころと駒下駄の音を立てて歩き始めた。

運河沿いの広い道は、篝火の黄色っぽい光で照らされているが、左右には、漆黒の闇が広がっている。まるで、この世から死者の国の上に延びた、一本の橋のような光景だった。光の領域を歩んでいる限りは安全だが、万が一道を外れて闇の中に踏み込んでしまうと、もう二度と戻ってこれないのではないか……。

物心ついて以来、毎年欠かさず夏祭りに来ているが、こんな奇妙な感覚に囚われたのは、ごく幼いとき以来だったと思う。

道の前後には、三々五々、祭りの会場へ向かう人たちが歩いている。みな、浴衣を着て下駄履きで、手には団扇を持っている。四方山（よもやま）話に興じて笑いさざめく声は、いつもなら楽しげに響くはずなのに、このときのわたしには、風の音と同じような雑音にしか聞こえなかった。

　前方に、化け物たちが現れた。二人は、編み笠に頬被りという姿だが、一人は、天狗の面を被っているため、まったく顔がわからない。

　化け物たちは、無言で、通行人に御神酒をふるまっている。わたしたちも、紙コップにつがれた御神酒を一口ずつ飲んだ。少し甘口の清酒だった。それだけで、少し酔いが回ったような気がする。

「ほら、竿灯（かんとう）が来たよ」

　覚が指さす先には、提灯が鈴なりになった巨大な竿が見えた。古代文明のお祭りでは、これを一人の人間が支えていたらしいが、現在では一つが一トン近くにもなるので、とうてい不可能だろう。夏祭りには、七つの郷（さと）から一つずつ竿灯が出ることになっていたが、十二年前の天災の影響で、朽木の郷は数年間参加できず、その間は茅輪の郷から二つの竿灯が出ていた。この年は、久しぶりに朽木の郷も加わったため、全部で八つの竿灯が出ることになった。

　宙に浮いた大きな竿灯が、しずしずと道をやってきた。目の前を横切ったのは、わたしが生まれた水車（みずぐるま）の郷の竿灯だった。提灯には、様々な種類の水車が図案化されて描かれている。上掛け、逆車（さかぐるま）、下掛け、胸掛け……。

竿灯の向こう側を、数人の化け物が走り過ぎた。みな、ひどく背が低い。子供のようだ。全員、編み笠をかぶり、頬被りではなく狐や猿のお面を着けている。

「見て。ほら、子供の化け物たち」

わたしが指さしたときには、すでに走り去った後だったため、覚には見えなかったようだ。

「子供？　変だな。子供に化け物役なんて、させたかな？」

「でも、今、走ってったわ。そこ」

大砲のような音が轟いて、この晩、初めての花火が上がった。暗い夜空に、大輪の花が咲いたようだった。続いて、二発、三発目も。色とりどりの、菊や牡丹の形をしたもの。金色に輝く見事な枝垂れ花火には、歓声が上がった。呪力は一切用いずに、火薬と仕掛けだけで様々な意匠を作り出しているのだ。

「……きれい」

わたしは、つぶやいた。

「本当だね」

覚は、わたしの肩に、そっと手を回した。

花火を合図に、祭り囃子が響き始めた。独特な節回しの笛に、太鼓、鉦(かね)の音が渾然一体となって、異空間としての夏祭りの雰囲気を盛り上げる。

わたしは、ここで、何をしているのだろう。

再び歩き出しながら、わたしは、自問した。

真理亜たちの死を知ってから、まだ一週間にしかならない。その間、歯を食いしばって仕事こそ一日も休まなかったものの、祭りを見物するような心境には程遠かった。

しかし、夏祭りには、町のほぼ全員が参加する。病院と託児所を除けば、屋内に閉じこもっている人間はまずいない。その間、たった一人で過ごすのは、とても耐えられないと思ったのだ。

気晴らしに祭りに行こうという、覚の誘いに応じたのには、もう一つの理由があった。神栖66町の年中行事は、季節ごとにテーマのようなものがある。たとえば、春の追儺（ついな）、御田植祭、鎮花祭（はなしずめまつり）は、五穀豊穣を願うのに加え、疫病や悪霊など穢（けが）れを祓（はら）う意味合いが強い。そして、夏に行われる、夏祭り、火祭り、精霊会（しょうりょうえ）は、いずれも、先祖に感謝し、冥福を祈る祭りである。いわば、一年のうちで、生者と死者の距離が最も近づく晩なのだ。

もし、真理亜が、わたしに会いたければ、きっと、祭りのどこかで姿を見せてくれるのではないか。そんな無意識の思いが、わたしを突き動かしていたのかもしれない。

祭りの会場へやって来ると、櫓（やぐら）と紅白の幔幕（まんまく）が張られた舞台が設営されていた。まだ、祭りの本番までには間があるが、すでに、化け物たちがふるまう酒で一杯機嫌になった人たちが、金魚すくいや射的の出店を冷やかしていた。どれも、呪力を使えば難なくできてしまうが、祭りの夜には、竿灯を操る役などを除く単なる見物人は、呪力を封印するのが慣わしになっていた。

「ちょっと待ってて。綿飴でも買ってくるよ」

覚が、露店の方へ行ったので、わたしは、手持ちぶさたになった。何気なく前方を見たとき、浴衣を着た小さな女の子の後ろ姿が見えた。

真理亜……。そんなはずはない。わたしは、目を瞬いた。だが、背中まで長く伸ばして銀の髪留めで束ねた赤い髪は、幼い頃の真理亜にそっくりだった。白地に水玉と赤い金魚の浴衣の柄も、彼女が昔着ていたものである。

わたしは、ゆっくりと、少女の方に近づいた。だが、あと四、五メートルという距離で、少女はふいに駆け出した。

「待って！」

わたしは、叫んで、後を追った。

少女は、祭りの会場を出て、運河沿いの暗い道を走っていく。

「真理亜！」

わたしは、懸命に追い縋ろうとしたが、焦ったせいか、履き慣れない駒下駄の上で足が滑り、あやうく顚倒しそうになる。とっさに呪力で身体を支えたが、再び前を見たとき、すでに少女の姿はなかった。

「早季！　どうしたんだ？」

後ろから、息せき切って走ってくる、覚の声が聞こえた。

「ごめんなさい。何でもないの」

わたしは、振り返って、謝った。

「何でもない？　でも、どうして、急に駆け出したの？」

「それは……」

真理亜の幻影を追っていたとは言えずに、わたしは口ごもった。思ったより長い距離を走ってきたらしく、周囲には、祭り見物の人影もまばらである。

「今、『真理亜』って、叫んでなかった？」

「聞こえたの？」

「ああ。幻影でも見たのか？」

わたしは、黙って、真っ暗な空を見上げた。月がないだけではなく、曇っているのか、星明かりすら見えない。

「……わからない。ただ、よく似た子だったのかもしれないし」

それにしては、あの後ろ姿は、幼い頃の真理亜に酷似していた。しかし、彼女がわたしに会いたかったのであれば、どうして、逃げたのだろう。まるで、わたしを、この場所まで連れてきたかったようではないか。

耳元を、かすかな羽音がかすめた。わたしは、反射的に、身体を遠ざける。

「蚊だ」

覚が、不快そうに唸る。篝火の明かりで、緩やかに飛ぶ蚊の姿を認めた瞬間、それは、ぱちんという音とともに弾け散った。

「どうして、こんなところに、蚊がいるのかしら？」

ふだん、八丁標（はっちょうじめ）の中には、蚊も蠅もいない。特に人血を吸う蚊に関しては、不快に思う人が多いため、羽音がした瞬間に、呪力で消し去られてしまうからだ。

「誰か、野山へ出かけてた人が、連れて来ちゃったのかもしれないな」

「夏祭りの夜に？」

こんな晩に、八丁標の外に出ている酔狂な人間がいるだろうかと思う。

「うん。もしかしたら、乾さんたちが、戻ってきたのかもしれないし」

一週間前に、塩屋虻コロニーの抹殺に向かった鳥獣保護官たちは、三日間で二十万匹を駆除するという威勢のいい目標にもかかわらず、ほとんど何の成果も上げられないでいた。どうやら、第六感で『死神』がやって来るのを察知したらしく、野狐丸以下の大軍勢が、いっせいに、どこかに雲隠れしてしまったためである。

「そうなのかな……」

一週間野宿を続けて、携行食糧と野山の食べ物で凌ぐというのは、夏季キャンプの経験からしても、かなり辛いことだろう。だとすると、いったん町に帰って、英気を養うことにしたのかもしれない。任務を半ばにして帰投するというのは、乾さんたちには似つかわしくない行動のような気もしたが。

「さあ、戻ろうか。もうすぐ、花火絵コンテストが始まるよ」

花火絵というのは、打ち上げ花火を呪力でアレンジすることで、夜空に美しい光の絵を描く競技だった。毎年、町で最高の呪力を持つ人々が挑戦し、見物人から喝采を浴びる、夏祭りのハイライトだった。

「うん……」

今考えても、このとき、なぜ後ろを向いたのかは、謎である。だが、わたしは、まるで何者かに操られたかのように背後を振り返り、そして、背筋に冷水を浴びせられたような衝撃を受けて立ち竦んだのだった。

「早季。どうしたの？」

覚も、わたしの様子を見て、不審を感じたらしい。

「あそこに……！」

わたしは、震える指先で、運河の方を指し示した。

「あそこに、何？　何も見えないけど」

たしかに、それが見えたのは、ほんの一瞬だった。だが、わたしの目は、その一瞬を、はっきりと捉えていた。

「立ってたのよ。真理亜と、守、それに、顔のない少年が……」

運河の暗い水の上に、三人は、佇んでいた。遠い世界から、じっとこちらを見守っているように。それは、幽明境(ゆうめいさかい)を異にするという言葉をそのまま絵にしたような光景だった。

「早季」

覚は、わたしを抱きしめた。

「……僕だって、同じ思いなんだよ。たとえ幽霊だって、真理亜たちに会えるものなら、会いたいさ。でも」

「本当に、気のせいなんかじゃないの。信じて」

「ああ。君には、見えたんだと思う。でも、早季は、祭りに来る前から、真理亜たちに会えるんじゃないかと思ってただろう？　隠さなくてもいい。僕にはわかってた」

「どうして？」

「君の着てる浴衣だよ。ほとんど無地の紺一色。僕の方が、派手なくらいだ」

別に合わせたわけではないが、覚の浴衣も、薄い縞の入った紺色だった。

「君を迎えに行って、それを見たとき、まるで喪に服してるみたいだって思ったんだよ」

図星を指されて、わたしは、黙り込んだ。

「いいんだよ。早季は、真理亜たちに会いたかったんだろう？　そのことは、当然だよ。その強すぎる思いが、水の上に投影されて、映像を作り出したんだよ」

「……うん」

そう考えるしかないのだろう。だが、わたしの中には、釈然としない思いが残っていた。たしかに、水の上の三人の幻影は、わたしの無意識が造り出したものだったかもしれない。だが、それなら、祭りの広場からここまで駆けてきたあの少女は、何だったのだろう。

わたしたちは、しばらくの間、その場で抱き合ったまま、身じろぎもしなかった。覚も、わたしが落ち着くまで待とうと思ったのだろう。

どのくらいの時間が経過したのか、わからない。わたしは、うっすらと目を開けた。

覚の肩越しに、祭りの広場の方向が見える。あいかわらず、篝火は焚かれているものの、人通りはまばらだった。すでに、みんな、広場に集まって、花火絵を見物する準備を整えているのだろう。

いや、でも、化け物たちが、まだ酒をふるまっている。お面を被った小さな化け物たち。きっと、子供が扮しているのだろう。

酒を一口飲んだ男性が、突然路上に倒れるまで、わたしは、まったく何の危機感も感じてはいなかった。

「覚！」

わたしが悲鳴を上げると、化け物たちは、どこかへ逃げ去ってしまった。

「早季？　どうしたんだ？」

覚は、てっきり、また、わたしの精神が不安定になったと思ったのだろう。わたしを、ますます強く抱きしめようとした。

「違う！　離して！　人が、人が、倒れたの！　そっち！」

わたしの言葉に、ようやく後ろを振り返り、覚は、息を呑んだ。

「どうしたんだ？」

「さっき、子供の化け物がふるまったお酒を呑んで……」

わたしたちは、倒れている男性のそばに駆け寄った。さっきまで、泡を吹いて苦しんでいたが、すでに動きを止めていた。

「死んでる。……病気なんかじゃない。毒を呑まされたんだ」

覚は、男性の口元の臭いを嗅いで言った。

「毒？　そんな、誰が、いったい……？」

「子供の化け物って、言ったよな？」

「うん」

覚の浮かべている表情から、わたしへも恐怖が伝染してくるようだった。

「こんなことをする人間は、絶対にいない。そいつらは、バケネズミだ」

「バケネズミ？　そんな、ありえないわ。人間に対して公然と反逆するなんて。みすみす全滅させられるのが、目に見えてるのに！」

「どうせ、皆殺しになると覚悟して、イチかバチかの勝負をしかけてきたんだろう」

「じゃあ、塩屋虻が……？」

野狐丸の顔が、脳裏に浮かんだ。絶えず油断なく空気の臭いを嗅いでいる鼻。そして、策士然と光っている丸い小さな眼が。

「行こう！　みんなに警告しないと」

わたしたちが走り出そうとしたとき、夜空に花火が打ち上がった。一発。二発。三発。たくさんの菊や牡丹の花が、ぐにゃりと流れて渦巻きとなり、水車のように回転しながら、次々に、目眩がするような複雑なパターンを作り出していく。

大きな歓声が聞こえてくる。花火絵コンテストが始まったのだ。これでは、いくら叫んでも、聞こえないだろう。

真理亜のように空を飛べたらと、これほど願ったことはなかった。だが、もしこのとき、空中浮揚などできたら、わたしたちの命は、そこで尽きていたに違いない。

突然、大地を揺らすほどの轟音が響いた。空へと抜ける、打ち上げ花火の音ではない。周囲にあるものすべてを破壊するような、激しい爆発音だった。

大勢の人の悲鳴が上がった。

覚が、わたしの肩を摑んで、引き戻す。

「逃げるんだ！」

「でも……伝えないと！」

「もう、遅い。一斉攻撃が始まったんだ。今さら僕らが行っても、何もできない」

覚の冷静すぎる判断に反発しながらも、わたしは、後ずさった。

「広場には、みんなが……」

「だいじょうぶだ。あそこには、呪力の達人たちが揃ってる。バケネズミなんかに、やられるはずがないよ」

その言葉に、わたしは、安堵を覚えた。何と言っても、呪力を持った人間が、あれだけいるのだから、原始的な武器に頼った攻撃など、簡単に撃退してくれるに違いない。

それでも、後ろ髪引かれるような思いで、広場から反対方向へと百メートルほど逃げたとき、頭上にただならぬ気配を感じた。見上げると、夜空を切り裂いて、無数の矢が飛んでいる。だが、どんなに目を凝らしても、うっすらとしたシルエットしか見えなかった。すべての矢を真っ黒に塗ってあるらしい。

続いて、何百挺(ちょう)という火縄銃の発射音。怒号と悲鳴が交錯し、しだいに後者が圧倒的になっていく。わたしは、思わずしゃがみ込んで、耳を塞いだ。町の人たちがバケネズミに殺されている……。何もかも、とても現実に起きている出来事とは思えなかった。

「立つんだ！　逃げよう！」

覚が、わたしの腕を引っ張って、無理やり立ち上がらせる。

そのとき、逃げようとする道の向こうから、かすかな音が聞こえてきた。金属が触れ合うような、かちゃかちゃという音。大勢が足音を忍ばせながら、接近してくる。バケネズミだ……。わたしは、息を呑んで硬直した。覚が、口の前に人差し指を立てて、手振りで、わたしに伏せるよう指示する。

来た。思った以上に多い。二、三百匹はいるだろう。道幅一杯に散開して、身体を低くしながら、慎重に進んでくる。

わたしたちが、バケネズミから先に見つけられずにすんだのは、二つの幸運が作用したからだった。一つは、こちらが風下だったこと。そうでなければ、犬並みの鋭敏な嗅覚を持つバケネズミは、たちまち、わたしたちの存在を感知していたことだろう。もう一つの幸運は、わたしたちが二人とも闇に溶け込む紺色の浴衣を着ていたことだった。このため、視界に入っても、ほんの一瞬、人間がいることがわからなかったのだ。

そのわずかな遅れが、彼らには、命取りになった。

バケネズミの部隊の、ちょうど中央付近にいた兵士が、突然、目も眩むような炎とともに燃え上がった。

断末魔の悲鳴を上げながら苦しみもがくバケネズミの周囲で、呆然として動きを止めた兵士たちの姿が、赤々と照らし出された。

「くたばれ！」

覚が、吐き捨てる。

バケネズミたちの頭部が、一本の導火線につながった爆竹のように、次々と吹き飛んでいった。二百匹以上の兵士たちが、熟して弾けた柘榴のような姿になるまで、ものの十秒とかからない。圧倒的な恐怖によって金縛りにあったらしく、反撃はおろか、逃走を試みようとしたバケネズミすら、皆無だった。

「こいつら……！」

覚は、さらに、死肉と化したバケネズミたちを、執拗に叩き潰していく。まだ熱い血飛沫が上がり、骨が砕ける音がした。

「もう、やめて」

わたしは、立ち上がって、覚を制した。

「この、下等な蛆虫が……よくも、人間を殺したな！」

覚の耳には、わたしの声も届かないようだった。

以前にも、覚がこんなふうになったことがあるのを思い出す。土蜘蛛の襲撃を受けたときのことだ。地下のトンネルを延々とさまよってから、封印されていた呪力を取り戻し、ようやく地上に出て反撃を開始した……。あのときの覚は、まだ十二歳の少年だったが、まるで悪鬼のような形相を垣間見て、うっすらと背筋が寒くなったことを憶えている。

今、覚の顔は、陰になっていてよく見えなかったが、おそらく、あのときと同じような表情を浮かべているに違いないと思った。制御不能となった怒りと、血に対する酩酊が、奇怪に混淆（こんこう）したような……。

「もう、死んでるわ。いつまでも、こんなところにいたら、危険よ！」

覚も、ようやく、頭が冷えたようだった。

「そうだな。とにかく、逃げよう」

二、三歩歩きかけて、覚は、立ち止まる。

「どうしたの？」

「今殺したのは、広場を襲ったやつらとは別の部隊だろう。広場から逃げてくる人間を、こちらから挟撃するつもりだったんだ。でも、あの数だと単なる先遣隊で、後詰めがいる可能性が高い。だから、こっちの方へ逃げると、おそらくまた、バケネズミに遭遇する。危険だけど、広場の方へ引き返そう」

「でも……」

「だいじょうぶだよ。奇襲を喰らって犠牲者は出たかもしれないけど、そのまま、人間がやられてしまうはずがない。たぶん、もう形勢は逆転してるはずだ」

覚の予想は、正鵠(せいこく)を射ていた。

バケネズミの採った作戦は、電撃的な夜襲による、多分に心理的な効果を当て込んだものだった。

まず、化け物の格好で祭りに紛れ込んだ部隊が、最初のうちは普通の酒を、攻撃直前に毒酒をふるまい、方々で死者を出すことによって、混乱を誘発する。

続いて、打ち上げ花火の発射と同時に、要所に仕掛けられた爆弾をいっせいに爆発させ、広範囲な恐怖を引き起こす。

群衆が避難しようとしたときに、遠間からいっせいに放たれた黒い矢で、さらに多くの犠牲者を出し、パニックによる事故を狙う。さらに、群衆を、密集しすぎて呪力の発動が困難な状況に追い込んでから、数百挺の銃の一斉射撃で、とどめを刺す。

おそらくは野狐丸の発案になる計画は、途中までは、完全に目論見通りの結果となった。それを食い止め、勝負をひっくり返したのは、神に最も近い能力を持つと言われる二人の人間だった。

当初、バケネズミの波状攻撃によって犠牲になったのは、二百人を超える人々だった。二千人を超える群衆は、あやうく恐慌状態に陥りかけたものの、一人の人間が空に描いた指示により、冷静さを取り戻した。ちなみに、花火も使わずに空に光る文字を描くことは、その後、誰一人成功しておらず、どんな方法を使ったのかは未だにわからない。

ともあれ、二千人の群衆は指示通りに密集して、直径わずか十六メートルほどの円を作った。呪力の相互干渉を防ぐため、全員が、言われたとおり呪力を封印していた。そこまで一糸乱れぬ行動が可能だったのは、一人の人物、鏑木肆星氏に対する絶大なる信頼があったからだった。

そして、その信頼にたがわず、直径十六メートルの円は、おとぎ話の魔法陣のように、あらゆる攻撃を撥ねのけた。真っ黒な矢も、火縄銃の弾丸も、見えない半円形のバリアに阻まれたように、あさっての方角へ逸れていく。

広場に戻ってきたわたしたちは、速すぎて視認できないものを、いとも易々と防御する鏑木肆星氏の力に、ただ驚嘆するしかなかった。

攻撃がすべて無効化されたバケネズミの軍勢は、打つ手を失って、立ち往生してしまう。その前に、巨体を揺すりながらゆっくりと歩み出たのは、日野光風氏だった。

「ひひひひひひひ。さあ、大変。とうとう、やること、なくなっちゃった」

手にした団扇で、禿頭をぴしゃぴしゃ叩きながら、奇妙な節を付けて歌うように言う。

「人を騙した悪いネズミは、どうしましょう？　舌を引き抜いて、裏返し。天日に干して干物にしましょ。人に逆らう悪いネズミは、きついお仕置きしましょうか？　一匹ずつ、骨を砕いて、引き延ばし。三段に重ねて、お餅にしましょ」

群衆から、拍手が起きた。誰もが、限りなく残虐な方法による復讐を望んでいた。

日野光風氏は、片手を挙げて拍手に応える。再び、バケネズミの方に向き直ると、その形相は一変していた。何より異様だったのは、肉に埋もれていた細い眼が、ピンポン球のように飛び出していたことだ。日野光風氏は、恐ろしい声で吠え立てる。

「じゃあ、人を殺した悪ーいネズミは、どうしてくれよう？」

独演会は、まだ終わらなかった。今度は、日野光風氏は、バケネズミ語で喚（わめ）き始めたのだ。おそらく、今と同じ内容を、わざわざ翻訳して聞かせているのだろう。布袋のような肥大漢が、頬を震わせながら超音波のように甲高い音を発している様は、こんな場合でなければ、滑稽の極みだったはずだ。

そのとき、覚が、はっとしたようにつぶやいた。

「風上……まさか！」

「どうしたの？」

「なぜ、さっきのやつらが風上から来たのか、不思議だったんだ。風下からなら、こちらの臭いがわかるのに。だとすると……危ない！」

覚は、日野光風氏に向かって、大声で叫んだ。

「毒ガスです！　気をつけて！　やつら、風上から毒ガスを使う気だ！」

日野光風氏は、きょとんとした目でこちらを見たが、やがて、にんまりとした顔になってうなずいた。

「そうかそうか。教えてくれて、ありがとね、坊や。そうかそうか。まんざら、馬鹿でもなかったか」

異臭が漂いだしたのは、まさに、その瞬間だった。土蜘蛛が使ったような硫黄ではなく、目が痛くなるような刺激臭を感じる。

これが、本当の狙いだったのか。あらためて、野狐丸の奸智に鳥肌が立つ思いだった。おそらく、常に、二段構え、三段構えの計画を練っているのだろう。奇襲作戦が最後まで成功しないことなど、最初から、計算済みだったに違いない。

そして、自軍の部隊がいるところに毒ガスを流すという冷血戦術は、誰一人予想できないであろうことも。

3

わたしたちは、呼吸をするのも忘れて、成り行きを見守った。二人の超絶的な呪術者、日野光風氏と鏑木肆星氏は、毒ガスにどう対処するつもりなのだろうか。

だが、何事も起こらない。日野光風氏は、いつのまにか目玉も元に戻り、大声を出して疲れたという顔をして団扇を使っているだけだし、鏑木肆星氏にいたっては、我関せずと腕組みをしたまま、微動だにしなかった。

「風が……」

最初にそれに気づいたのは、覚だった。たしかに、さっきまで吹いていた風が、ぴたりと止まっている。何より、先ほど感じた刺激臭が、ほとんど消えてしまっているのだ。

いや、再び吹き始めた。そよ風くらいだが、たしかに感じる。しかし、その風向きは、さきほどまでとは正反対だった。

風は、微風から、次第に勢いを増し、強風に近いものになった。

「信じられない。……風向きを逆転させるなんて」

わたしは、感嘆してつぶやいた。二人のうち、どちらがやったにせよ、あり得べからざるものを見せつけられた思いだった。

「本当だよな。僕には、一生、できそうもない」

覚も、すっかり脱帽の体だった。覚自身、夏季キャンプで土蜘蛛の毒ガス攻撃を受けたときには、竜巻を起こすことで、コロニー上に滞留していた有毒ガスを一掃している。しかしそれは、現場が無風状態か、頻繁に風向きが変わる、局地的な微風しか吹いていなかったからこそ、できたことだった。

夜間は、山から平地へ山風が、平地から海へ陸風が吹く。風速はごく弱いものなのだが、大気が循環する巨大な流れに逆らって、正反対の向きに風を吹かせるというのは、とてつもない力業であり、いったいどんなイメージを作ればそんなことが可能になるのか、見当もつかなかった。

さっきまで風上にいたバケネズミの部隊は、依然として姿こそ見せないままだったが、大混乱に陥ったことを示す騒々しい音と悲鳴が聞こえてきた。それはそうだろう。突然、風向きが逆転して、放出した毒ガスが全部、自分たちの方へと逆流してきたのだから。

「うふふふふふ」

日野光風氏が、気持ちの悪い笑い声を上げた。

「浅墓浅墓。いや浅墓にも程がある。こんな姑息な手を使って、神の中の神である我々を屠れると、まさか本気で思いましたか？」

茹で蛸のように上気した禿頭を、団扇でぱたぱたとあおぐ。分厚い唇には淫蕩な笑みを浮かべ、今にも舌なめずりせんばかりだ。

「さーて、お楽しみお楽しみ。浅墓なネズミ君たちは、はてさて、いったいどうなるのでしょうか？　いひひひひひひ。……どれ、少し、戦ごっこでもして遊んで進ぜよか」

最初に奇襲攻撃をかけてきたバケネズミは、四、五千匹はいただろうか。すっかり気を呑まれて、日野光風氏の前で立ち往生していたが、突然、機械のように整然とした動きで、隊列が二つに分かれた。

てっきり、突撃してくるためかと思ったが、どうも様子がおかしかった。新しい隊列を作ったバケネズミの兵士たちは、蠟人形と化したかのように微動だにしない。その一方で、元の隊列の兵士たちは、愕然とした様子で、人間ではなく新しい隊列の仲間に向かって、槍を構えている。

「鏑木ちゃん、どう？　一丁、握らないかい？」

日野光風氏の、素っ頓狂な声が響いた。

「お好きな側を、取ってもいいよ」

声をかけられた鏑木肆星氏は、腕組みしたまま首を振った。

「結構だ」

「うーん、それは残念。独り遊びじゃあ、いまいち盛り上がらんのだが、しかたがない。ほんじゃあ、始めようかい」

日野光風氏は、大きく息を吸い込むと、両手を打ち鳴らしながら、広場に響き渡る陽気なかけ声をかける。

「あーいあいあいあいあいあいあい！」

手拍子が起きた。再び目玉が飛び出る。日野光風氏は、破鐘のような声で絶叫した。

「あーら、えっさっさー！」

そのとたん、新しい隊列のバケネズミたちは、いっせいに、古い隊列に向かって襲いかかった。

「そんな馬鹿な。いったい、どうやってるんだ……？」

覚が、呆然と言う。

呪力によって対象となる生物の脳を操作するというのは、きわめて難度の高い技だった。怒りや恐怖といった強烈な感情を引き起こすだけでも、相当な技術が必要であり、まして複雑な行動を取らせるまでにコントロールするには、相手の脳レベルに合わせてイメージを再構成する非凡な想像力と、人並み外れた集中力が要求される。

しかも、日野光風氏が操っているバケネズミは、全体の半数としても、二千匹以上いるのだ。それだけの数の高等生物の脳を同時に支配するとは、とうてい人間業とは思えない。神の領域に達しているという噂も、あながち誇張ではないかもしれないと思った。

呪力で操られたバケネズミたちは、ゼンマイ仕掛けの玩具のように、凄まじい速度で槍や刀をふるいながら突っ込んでいく。相手方も必死に応戦するが、さっきまで仲間だった兵士が、突然悪霊に憑かれたようになって襲いかかってくるのである。その恐怖たるや、並大抵のものではないだろう。

かつて、覚も、同じような戦術を採ったことを思い出す。バケネズミの死体を操って、迷信深い土蜘蛛の兵士たちを恐慌に陥れるのに成功したのだ。技術的には、比較にならないものの、心理的な効果には、たぶん似通ったものがあるだろう。

「ずーいずいずっ殺ばし、脳味噌ずい。茶壺に追われてトッピンシャン。抜うけたーら、どんどこしょ。裸のネズミが、泡喰ってチュー。あソレ、チューチューチュー」

日野光風氏は、櫓(やぐら)から引き寄せた太鼓を叩いて、いい加減な替え歌を朗唱する。それに合わせて、大勢のバケネズミの刀が弧を描き、血飛沫が上がり、首が吹っ飛んだ。とても正視に耐えない凄惨さである。

「あ……」

バケネズミたちの殺し合いに、憑かれたように見入っていた覚が、声を出した。

「どうしたの?」

「操られてる方のバケネズミ。動きがまったく同じやつがいる……」

日野光風氏は、かなり離れた場所にいたにもかかわらず、耳ざとく覚の言葉を聞きつけ、こちらを向いて舌を出す。飛び出た目玉が不気味なことこの上ない。

「ありゃ。これはしまった、しくじった。狡(ズル)してたのが、バレちゃった?」

それで、ようやく、わたしも気がついた。操られているバケネズミたちをよく見ると、まったく同じ動きをしている個体が数多くいるのだ。中には、誰もいない空間に向かって、無意味に槍を突き出している兵士もいた。動きのパターンは、全部で十種類ほどしかないかもしれない。

「一四一四、違う振り付けで見せたいのは山々だけど、これだけいると、やっぱり面倒。ましてや、御神酒が入っちゃうとね……」

　そうして無駄話をしている間も、操っているバケネズミの動きに、まったく支障はないようだった。

「うひひひ。相手は浮き足立ってるし、こっちは命も惜しまない。こんな横着な操作でも、けっこう勝負になっちゃうか。でも、こんな程度が、この光風の技の限界かと思われても癪の種。どれ、もうちょっとだけ、尻を叩いてあげましょう」

　操られているバケネズミたちは、突然、動きが倍以上の速さになった。無理な動きで、肩や腕の関節を脱臼しながら、狂気の突撃を敢行する。

「いっひひひひひひ……！」

　広場に腥い血煙が立ちこめ、日野光風氏の甲高い哄笑がこだました。

　わたしたちは、すっかり残虐な殺戮のショーに酔って、警戒心を解いてしまっていた。バケネズミに対する激しい怒りと憎しみに加えて、一転、恐怖から解放されたことによる昂揚感も、異常な心理状態の一因となっていたに違いない。

　信じがたいことだが、もしかすると、野狐丸は、ここまで予測していたのかもしれない。そうでなければ、続いて起きたことは、あまりにもタイミングが良すぎた。

　最初は二千匹以上いたバケネズミの兵士が、その三分の一以下になり、ようやく勝負が決するかと思われたころだった。突如として、轟音が響いた。続け様に、十数発の乾いた発射音。さらに、足下を揺るがすような、激しい爆発音。

何が起きたのか、わたしは、にわかには把握できなかった。おそらく、その場にいた、ほとんどの人間がそうだっただろう。

だが、後から、生き残った人間の証言を集め、繋ぎ合わせてみると、真相らしきものの姿が浮かび上がってくる。

同胞が殺戮されるのを見ながら、今までじっと機会を窺っていた数匹のバケネズミが、いっせいに発砲したのだ。標的は二つ。日野光風氏と鏑木肆星氏だった。

わたしたちは、ただ漠然と、バケネズミの意図は、一人でも多くの人間を殺すことだろうと考えていた。全滅させられるのは端から覚悟の上で、少しでも大きな爪痕を残したいという思い、窮鼠猫を嚙む意地で戦いを起こしたのだろうと。だが、野狐丸は、最初から、勝つことしか考えていなかった。そして、そのために設定した戦略目標が、日野光風氏と鏑木肆星氏の命を奪うことだったのだ。

背後からの銃弾のうち、三発が日野光風氏に命中し、うち一発は、分厚い胸を貫通する。日野光風氏は、ゆっくりとその場に崩れ落ちた。

同時に、すばやく散開した四匹の射撃手が、同士討ちも厭（いと）わず、四方向から鏑木肆星氏に対して銃撃を浴びせた。硝煙で、鏑木肆星氏の姿は完全に覆い尽くされてしまう。その機を逃さじと、二匹のバケネズミが突進した。二匹とも大量の火薬と鉄菱を身にまとっており、至近距離に達したと思った瞬間、閃光とともに自爆する。

なぜ、バケネズミは、降って湧いたように、突如として間近に現れることができたのか。誰もが、同じ疑問を抱いたはずだ。答えは単純明快だった。彼らは、最初からすぐそばにいたのだ。鏑木肆星氏によって守られていた、直径わずか十六メートルの群衆の中に。

人々は、いきなり自分たちの間から飛び出し、火縄銃を構えたバケネズミの姿を見て、息を呑んだことだろう。どう見ても、人間にそっくりだったからだ。

だが、さすがに、仔細に見ると粗が目立ったらしい。人間のように造形された顔には、髪の毛も眉毛も睫毛もなく、漂白されたような皮膚は百歳の老人のように皺だらけだった。しかも、突出した唇からは、黄色い門歯の先端まで覗いている。

かつて土蜘蛛コロニーの女王は、胎内で発生の過程をコントロールして、風船犬や叢葉兵（そうようへい）のような畸形の怪物を産み出した。その伝で行けば、人間にそっくりな人擬き（ヒトモドキ）が造り出されたことにも、何の不思議もないだろう。

ヒトモドキの擬態には、二つの効果があった。第一に、群衆の中に身を潜ませることができたこと。もちろん、平生であれば、奇異の目を向ける人もいただろうし、見破られていた可能性もある。だが、バケネズミの急襲によって、全員の注意が外に向けられていたため、誰一人として、異類が紛れ込んでいることに気づかなかった。

そして、もう一つの効果が、狙撃の際に発揮された。バケネズミの外観を持った射手であれば、誰かがとっさに呪力で排除していたはずだ。だが、夜目遠目には人と区別がつきにくいヒトモドキに対しては、攻撃抑制がはたらいて、即座には呪力の発動ができなかったのだ。それは、鏑木肆星氏も、例外ではなかった。ヒトモドキの銃撃と自爆攻撃により、さしもの達人も命運は尽きたかと思われた。

だが、爆発は、なぜか中途半端で終わった。硝煙が晴れたとき、そこには、依然として、鏑木肆星氏が立っていたのだ。

その左右には、二つの奇妙な球体があった。直径二、三メートルほどのシャボン玉のように透明な球で、中で、炎と煙がぐるぐると回っている。

鏑木肆星氏の呪力は、二つの爆発を完璧に封じ込めたのである。それは、覚が風船犬の爆発を抑えつけたときと似ていたが、今回、密封は完璧だった。

鏑木肆星氏は、倒れ伏している日野光風氏に視線をやった。表情も変わらず無言のままだったが、凄まじい怒りのオーラが燃えさかったようだった。

「私が片を付けます。皆さんは、どうか呪力を控えていてください」

平静な声が、かえって凄みを感じさせた。

鏑木肆星氏は、夜でも付けたままだったサングラスを外す。

声にならない、どよめきが起こった。鏑木肆星氏の素顔を知っている人間は、ほとんどいなかったからだ。

切れ長の非常に大きな目は、澄みきっていた。顔の造作も整っており、ハンサムと言ってもいいくらいだ。その異様な眼球を別にすればだが。

鏑木肆星氏には、片目に二つずつ、合わせて四つの虹彩があり、薄闇の中で、ぎらぎらと琥珀色に輝いていた。これは鏑木家に代々伝わる特異な遺伝的特徴で、一般人とは隔絶した呪力の証なのだという。

肆星というのも、実は『四星』という忌み名の一文字を置き換えたものだった。加えて、『肆』の字には、『殺す』という意味もある。

「外道（げどう）」

低いつぶやきと同時に、爆発を封じ込めていた透明な球に穴が開く。呪力によって抑えつけられていたエネルギーが迸り、残っていた二匹のヒトモドキを襲った。

鉄菱を含む超高速の噴流に曝(さら)され、ヒトモドキの上半身は、おろし金で擂(す)りおろされたように消えてなくなった。取り残された下半身が、ぱったりと倒れる。

鏑木肆星氏の恐ろしい目は、群衆の方に向けられた。誰もが硬直し、しわぶきの声一つ聞こえない。

ふいに、二千人の中から十数人が、宙に浮き上がったように見えた。だが、見えない手で吊り下げられ、じたばたと踠(もが)いている姿を見ると、その全部がヒトモドキだった。

「擬態などで、私の目をごまかせると思ったのか?」

十数匹のヒトモドキは、巨大なパチンコで打ち出されたように猛烈な勢いで射出され、暗い夜空の彼方へと、超音速の死出の旅についた。

「危ない!」

わたしは、思わず叫んだ。殺し合いの末に生き残ったバケネズミの兵士たちが、残った火器と弓矢を総動員して、鏑木肆星氏の背後から、最後の攻撃を仕掛けてきたのだ。

鏑木肆星氏は、振り返ることもしなかった。

ぐんぐん迫ってきた無数の矢玉は、鏑木肆星氏に近づくにつれて、空気の粘性が急激に増したように速度を落とし、ついには静止した。

鏑木肆星氏は、やおら、ゆっくりと頭を巡らすと、宙に突き刺さったままの矢や弾丸を透かして、バケネズミの方に四つの瞳を向ける。

網膜を灼き尽くしそうな光とともに、一瞬で、生き残っていた六百匹以上のバケネズミは蒸発した。激しい水蒸気が靄（もや）となって立ちこめる。一拍遅れて、凄まじい激しい熱風が、わたしたちの方へも押し寄せてきた。とっさに呪力で顔を守らなければ、ひどい火膨れができていただろう。

鏑木肆星氏は、ゆっくりと、倒れ伏したままの日野光風氏の元へ歩み寄った。背後で、ばらばらと音を立てて、矢と弾丸が落下する。

「光風。しっかりしろ」

鏑木肆星氏が抱き起こすと、日野光風氏は、うっすらと目を開け、ごぼりと血を吐いた。

「馬鹿な。か、下等な……ネズミごときに」

「すまん。背後を守っていた私が、油断しなければ」

日野光風氏には、もはや、どんな言葉も耳に入らないようだった。

「なぜ、神の申し子が、こん……脆（もろ）い肉体……」

覚とわたしは、何か手伝えることはないかと思って走り寄る。しかし、鏑木肆星氏は、こちらを向いて、ゆっくりと首を振った。

「私の中の……芸術家……息絶えてしまう……何と、勿体ない」

日野光風氏は、譫言(うわごと)のようにつぶやき続けた。

「美の……残像を」

それが、最後の言葉だった。一瞬、宙に、うっすらと輝く映像が現れた。女性のようだ。わたしは、思わず息を呑んで見つめた。夕日を浴びて輝く草原に、全裸の、ほっそりした少女が立っていた。こちらを向いて微笑んでいる。今までに、これほど美しいものは見たことがないと思った。

いったい誰なんだろうと思ったとき、映像は、ゆっくりと輝度を失っていき、ついには闇に溶け去ってしまう。

至高の呪力の持ち主と言われた日野光風氏は、あっけなく、その生涯を閉じたのだった。

鏑木肆星氏は、瞑目し、立ち上がった。

「みなさん。落ち着いてください。当面の危機は去りました。安全保障会議のメンバーは、おられますか？」

群衆の中に、動きがあった。まず、蹌踉として現れたのは、保健所の金子所長だった。顔色は夜目にも青ざめており、ショックに、ほとんど口もきけないようだった。続いて、両親の姿を発見したとき、わたしは、心の底から安堵した。絶対に生きているとは信じていたものの、無事が確認できたことで涙が込み上げてきた。思わず駆け寄って、しっかりと抱き合う。

その後ろから、富子さんも、落ち着いた様子で出てきた。

「光風は？」

「亡くなりました」

鏑木肆星氏が、答える。

「そう……。これに少しでも関わったバケネズミは、一匹残らず駆除しなさい。疑わしいものは、すべてクロとみなして」

「むろんです」

「まさか、こんなことが現実に起きるなんて、思ってもみなかった」

富子さんは、厳しい声になる。

「それにしても、あの野狐丸というバケネズミ。何段構えもの計画を立てて襲撃をかけてきた智力は、けっして油断なりません。光風は、あれほどの力を持ちながら、相手を見くびったために、非業の死を遂げることになったのです。わかっていますね？」

「はい。ですが、心配はご無用です。私には、どんな攻撃も無効ですから」

「そうね。たしかに、あなたの視界は三百六十度で、死角も盲点もないし、遮蔽物だって見通せる。反応速度は通常の神経細胞の限界を遥かに超えているし、あなたを倒す方法は、私にだって思いつかないわ。……だけど、何だか、胸騒ぎがしてならないの」

その間に、両親を含む安全保障会議のメンバーは、事態の収拾に動き始めた。まず父が、町長として、てきぱきと指示を始める。

「怪我をしていて手当が必要な方は、こちらへ。お医者さんか看護婦さんは、いらっしゃいますか？」

一人の姿が見えないことに気づいて、私は、富子さんに訊ねた。

「あの。鳥飼宏美さんは？」

富子さんの顔がかすかに歪み、ゆっくりと首を振る。

「えっ」

「一番心配性で、一番慎重な子だった。それが、頭に銃弾を受けて即死だったわ。本当に残念でならない。今にして思えば、安全保障会議では、宏美ちゃんだけが、夏祭りは延期すべきだって言ってたのに」

富子さんは、低い、奇妙に平板な声で言った。

「あの悪鬼、Kと遭遇して以来、これほど強い憎しみを覚えたことはないわ。忌まわしいバケネズミ、野狐丸には、必ずこの報いを受けさせなくてはなりません。約束しましょう。未だかつて、どんな生物も味わったことのないほどの苦痛の中で、ゆっくり命を奪ってやることを」

富子さんは、ちらりと壮絶な笑みを見せると、倫理委員会のメンバーたちを呼び集めて、協議に入った。

その間、鏑木肆星氏は、怪我人を除く群衆に向かって呼びかけていた。

「みなさん。非常事態訓練を思い出してください。あのときに作った五人一組になって、大至急、安否の確認をしてください。五人が欠けた組は、他の組と一緒になって、絶対に五人未満にならないよう。……先にできた組から、町を巡回し、残っているバケネズミを虱潰しにしてください。人間に忠実なコロニーであろうが命乞いしようが、一切無視して、発見したら即座に抹殺するのです。確実にすばやく、心臓を破壊するか、首の骨を折ってください。常に五人で前後左右を確認し、絶対に死角を作らないように。上空と足下にも、注意を怠らないで」

覚が、わたしの腕を取った。

「行こう」

「え？」

「僕らは、今も、全人学級のときの班分けが生きてるだろう？　あのときは五人いたけど、今は二人しかいない。だから、どこか五人に満たない組と合流しよう」

「うん。でも……何を考えてるの？」

「まだ、わからない。でも、何だか、心配でたまらないんだよ」

覚は、それ以上は語らなかった。

わたしたちは、すぐに三人の組を見つけ、覚の提案通り合流した。三人は、冶金工房の職人たちだった。藤田さんという年配の男性がリーダーで、町の消防団にも参加しているらしい倉持さんという三十代前半の男性、それに、岡野さんという、わたしより二、三歳上の女性だった。職場で作られた五人組のうち、一人は入院していて祭りには来られず、もう一人は、バケネズミの毒矢を受けて亡くなったのだという。三人とも、深く悲しみ、かつ憤っていた。倉持さんは、バケネズミに対する復讐心を露わにしており、岡野さんは、今晩の襲撃で亡くなった友人を悼んで、ずっと泣いている。入院中の同僚が心配ということだったので、わたしたちは、病院へ向かうことにした。

「早季。気をつけてね」

出発すると告げると、母は、何度もわたしを抱きしめて、涙ながらに見送った。

「いいかい。呪力があっても、五人がばらばらになっては危険だ。絶対に、離れるんじゃない。いいね？」

父は、くどいくらいに念を押す。

「わかったわ。だいじょうぶ」

わたしは、強いて明るく答えたが、少し前から、胸中に言い様のない不安が兆しており、それは強くなるばかりだった。

神栖66町で唯一の、入院患者のためのベッドがある病院は、町の中心部から隔たった黄金（こがね）の郷に置かれていた。周囲は水田地帯で、緑の葉の間から、ようやく稲の穂が出てきたところである。

わたしたちは、一艘の小舟に乗って、まっ暗な水路を走っていた。みな、一刻も早く目的地に着きたいと思っていたが、安全を確認しつつ、ゆっくり進まなければならないのが、もどかしかった。まだ、夜が明けるまでには時間があり、バケネズミの待ち伏せを警戒しなくてはならないからだ。わたしたちの前には、誰も乗っていない囮（おとり）の小舟を走らせているが、向こうが引っかかってくれるかどうか保証の限りではない。

「ねえ、覚。何だか心配でたまらないって、どういうこと？　もう、話してくれてもいいでしょう？」

覚は、舟に乗っている他の人の耳を気にするように、小声で答える。

「うーん。何というか、納得のいかないことばかりなんだ」

「たとえば？」

「まず、野狐丸は、どうして勝ち目のない戦いに踏み切ったのかということ。あいつの性格は、君も知ってるだろう？　充分な勝算がない限り、絶対に、イチかバチかの賭けはやらないと思うんだけど」

「君たちは、野狐丸のことを、よく知ってるの？」

艫（とも）の方で周囲を警戒していた藤田さんが、立ち上がって、そばへやって来る。

「はい。あいつがまだスクィーラっていう名前だったときに、偶然、出会ってるんです」

覚は、夏季キャンプのことを簡単に説明した。

「なるほど。たしかに、狡猾きわまりないやつらしいな。しかし、この先、どう転んでも、バケネズミの側に勝算などありえないよ。おそらく、今夜の奇襲攻撃に、すべてを賭けていたんだろう」

「僕も、そうは思うんですが……」

覚は、妙に、奥歯に物が挟まったような感じだった。

「さっき、祭りの広場へ行く途中、別のバケネズミの一隊に襲われたんです。そいつらは、僕が始末したんですが」

「そう。それは、よくやったね」

「ええ。ただ、死んだバケネズミの刺青を見てわかったんですが、塩屋虻(シオヤアブ)コロニーの兵士じゃありませんでした」

「え？　そうだったの？」

わたしは、愕然とした。バケネズミの管理を専門にしていながら、とっさに、そこまで観察眼が働かなかったのが、口惜しい。

「額に、『別』の文字がありました。あれは、鼈甲蜂(ベッコウバチ)コロニーを示す符牒です」

「鼈甲蜂？　それ、最初に、塩屋虻によって襲われたコロニーだよな？　それが、なぜか、塩屋虻側に寝返ったという」

舟を操りながら、わたしたちの話に聞き耳を立てていた倉持さんが、鋭い声で訊ねる。このあたりの経緯は、すでに、多くの人の知るところとなっていた。

「はい。それで、思い出したんです。そもそも、鼈甲蜂コロニーが、どうして敵方に付いたのかが、疑問でした」

「ふうん。それで、君の推測は？」と、藤田さん。

「……鼈甲蜂コロニーは、塩屋虻側が必ず勝つと踏んだんだと思います。それで、自らの存続のために、あえて大雀蜂を裏切った」

「やっぱり、勝算があったという話か。しかし、やはり考えすぎだろう。……一応、話の筋は通ってはいるがね」

藤田さんは、うっすらと笑みを浮かべて首を振る。

「でも、もう一つ、気になることがあるんです。塩屋虻側は、現実に、大雀蜂軍を全滅させてるんですよ。奇狼丸は百戦錬磨の将軍ですし、麾下（きか）の兵士たちは、バケネズミとしては最強と言っていいと思います。それが、なぜ、いとも易々と打ち破られたのか。今晩の奇襲攻撃で使ったような手は、バケネズミ同士の戦いでは、あまり役に立たないと思うんですが」

藤田さんの顔から、笑みが消えた。

「つまり、まだ、奥の手があるということなの？」

わたしは、覚に質問した。

「うん。その正体は、まだ、わからないけど。君のお母さんが言ってた、古代の大量破壊兵器というやつかもしれないし」

後半は、声をひそめる。

「でも、鏑木肆星さんは、あのとき……」

大雀蜂軍を壊滅させたのは、呪力を持つ人間だと断言していたはずだ。

「うん」

覚は、目顔で、それ以上は言うなと告げていた。そんなことを他の三人に聞かせても、いたずらに動揺を誘うだけだからだ。

「……わかった。たしかに、やつらは、銃や弓矢よりずっと強力な武器を備えているかもしれない。各自、充分に注意して行動することにしよう」

藤田さんは、考え深げに言う。

「馬鹿馬鹿しい。どんな武器を持ってようと、呪力に勝てるはずがない。こっちから先制攻撃をかけりゃ、問題ないでしょう？」

倉持さんが、苛立たしげに口を挟んだ。

「やつらが、どっかに隠れたとしても、緊急事態なんだから、建物ごとぶっ潰しゃあいい。とにかく、根本を殺したバケネズミどもを皆殺しにしてやらないと、俺の気が済まないんですよ！」

「気持ちはわかるが、少し冷静になった方がいい。やつらは、周到な準備をして、ことに臨んでるんだ。下手をすると、足元をすくわれるぞ」

藤田さんが、たしなめた。

「はいはい。わかってますって」

倉持さんは、そっぽを向いて答える。心中の動揺を示すように、舟が若干蛇行した。

それまで、ずっと黙って聞いていた岡野さんが、顔を上げた。

「わたしだって……わたしだって、あんな邪悪な生き物は、一匹残らず殺してやりたい。でも、今は、病院にいる大内さんのことが心配なんです」

「そうだな。だがまあ、無事だよ。病院には、五、六十人からの人間がいる。病人だって、ほとんどは呪力を使えるんだ。バケネズミなんかに、むざむざやられるはずがない」

藤田さんは、励ますように言った。

「そうですよね……きっと」

岡野さんは、自分に言い聞かせるようにつぶやく。

「だいじょうぶ。心配いりませんよ」

わたしは、岡野さんの肩に手を回す。岡野さんは、かすかに震えていた。安心するように優しく叩いてあげた。大内さんというのは、岡野さんの恋人かもしれないと思う。昔、同じようにして真理亜を慰めていたことを思い出して、感傷的な気分になる。

囮の舟を先にして、わたしたちは、船着き場に到着した。そこから病院の真正面までは、細い水路が通っているが、両側は水田であり、バケネズミなら稲の間や泥の中に身を潜ませることも可能かもしれない。そこを通過するのは、いかにも危険なように見えた。

「あれ、見てください」

覚が、木造三階建ての病院を指さして囁いた。建物の明かりはすべて消えており、物音ひとつしないが、玄関の部分には深い闇が蟠（わだかま）っている。扉が開け放たれているのだろうか。だが、さらによく見ると、周囲の何枚かの板が捲（まく）れ上がっているのがわかった。

「何だ、あれ？　扉が壊れてるのか？」

「ええ。大きな穴が開いてるみたいですね」

「そんな……！」

岡野さんが、叫び出しそうになったので、藤田さんが、あわてて口を押さえる。

「……しっ。だいじょうぶだ。何かあったとしても、みんな、避難してるかもしれない。とにかく、病院の中を調べてみないと」

二艘の舟を、可能な限り静かに前進させる。わたしと覚、藤田さんは、水田の間を通り過ぎながら、左右に目を光らせた。いつ、バケネズミが襲ってきても、おかしくない状況だった。心臓は、他の人にも聞こえそうなくらい大きな音で打っている。掌は、たちまち汗でびっしょりになり、何度も浴衣で拭わなければならなかった。

二艘の舟は、病院の正面に着いた。やはり、玄関の扉のあった部分はそっくり消失していた。代わりに開いていたのは、直径二メートルほどの、きれいな円形の穴である。

「バケネズミの仕業だとしても、この穴、いったい、どうやって開けたのかね？　火薬の臭いもしないし」

藤田さんが、小鼻をひくつかせて、怪訝そうに言う。

「どうだっていいよ、そんなことは！　さっさと行きましょう」

倉持さんが、小舟から立ち上がる。

「ちょっと待て。何があるか、わからんぞ」

藤田さんの制止を振り切って、倉持さんは、舟から降り立った。

わたしたちは、啞然として彼の後ろ姿を見つめていた。鏑木肆星氏とはわけが違うのだ。この状態で狙い撃ちされたら、ひとたまりもないだろう。

だが、周囲の闇は、あいかわらず、静まりかえったままだった。倉持さんは、大股に歩を進めて、玄関の穴を覗き込んだ。

「……誰もいないな。中は、そこら中に木っ端が散乱してる。超巨大な丸太かなんかで、扉をぶち破ったみたいだ」

倉持さんの声は、闇夜に、野放図に大きく響いた。

「早季。ちょっと変だと思わないか？」

覚が、緊張した声で、わたしに耳打ちする。

「どうしたの？」

「あまりにも、静かすぎるだろう？」

「それは、そうだけど……」

そう言いかけて、わたしは、はっとした。周囲から、虫の音一つ聞こえてこないのは、おかしい。いや、通常、この季節であれば、病院の周囲の水田から蛙の大合唱が響いているはずだ。

「……もしかして、このまわりに、バケネズミが隠れてるっていうの？」

「ああ。それも、かなりの数だと思う」

「どうしよう？」

覚は、藤田さんと岡野さんを、そっと手招きし、状況を説明した。

「……やつらは、僕らが全員舟から下りるのを、待ってるんです。無防備な姿をさらしたところで、一気に攻撃をかける腹でしょう」

「だ、だったら、こっちから先にやるか？」

「ええ。でも、今、戦端を開いたら、倉持さんは、敵の標的になってしまいます」

「早く、呼び戻さなきゃ」

岡野さんが、震え声で囁く。

「いや、そうすると、こちらが待ち伏せに気づいたことを悟られてしまう。それならばと盲撃ちしてこられても、かえって厄介です。倉持さんも、無事にここまで戻るのは難しくなるでしょうし」

「じゃあ、どうするの？」

わたしは、訊ねた。

「倉持さんが、あの穴から病院に入るまで待とう。姿が隠れた瞬間に、やつらの機先を制して叩き潰すんだ」

倉持さんは、暗い穴の前に立って躊躇していた。建物の中は外以上に真っ暗だったが、だからといって、松明（たいまつ）を掲げるのは、さすがに危険だと思ったのだろう。

「おーい。何やってんだよ？　来ないのか？」

振り向いて、苛立たしげに、こちらに声をかける。

「すぐ行きますよ。ちょっとだけ待ってください。今、まわりの様子を探ってるんです」

覚が、答えた。

「ちぇっ。何だよ。びびってんのか？」

倉持さんは、吐き捨てるように言うと、意を決したように穴をくぐって、姿を消す。

その瞬間だった。覚の合図で、わたしたちは、それぞれの持ち場に向けて、呪力を解き放つ。

水田のすべての稲が、天を焦がさんばかりの勢いで燃え上がった。

二、三秒間は、何事も起こらなかった。考えすぎだったのかと思い始めたとき、伏兵たちは、水田の水と泥を跳ね上げて、いっせいに姿を現した。その数は、数百を超えていただろう。稲穂の間に隠してあった武器を取り出すと、もはやこれまでとばかりに、ありったけの矢を放ち、火縄銃を撃ちかけてくる。

だが、待ち伏せが露見した段階で、すでに、バケネズミには分のない状況になっていた。赤々と燃え上がった稲穂は、わたしたちには、敵の所在を教えてくれるまたとない照明になっていた上に、闇に慣れた彼らの目を眩ませる役割も果たしたのだ。バケネズミたちの放った矢玉は、舟に命中したものさえ稀で、大半は目標から大きく逸れて、わたしたちの頭上を飛び越えていった。

一方、水田を発火・炎上させた後は、フリーハンドを得た四人の情け容赦のない攻撃が始まった。恐怖に駆り立てられ、怒りと復讐心に燃えた四人の作るイメージは、容赦なく、バケネズミたちの首を刎ね、頭蓋骨を粉砕し、脊髄をへし折り、心臓を押し潰していく。ときおり、呪力同士が干渉し合って虹のようなスパークを放つのさえ、ほとんど意に介さなかった。ただ、一匹も漏らしてなるものかという執拗な思いが、わたしたちを徹底的な殺戮に向かわせる。実りの秋を迎える前の水田は、稲の穂が爆ぜる音とバケネズミたちの断末魔の合唱が響く、阿鼻叫喚の巷と化していた。

「もういい！　やめて！　充分です！」

覚が、大声でわたしたちを制したときには、十分以上が経過していた。稲穂もほとんど燃え尽きて、敵からの反撃も完全に途絶えている。

「やったか……？」

藤田さんが、興奮冷めやらぬ様子で、身を乗り出した。

「ええ。敵は、たぶん、もう全滅しています」

覚が、答える。水田を覆っていた火が自然に鎮火すると、周囲は、再び闇に閉ざされる。焼け焦げた肉の悪臭が、あたりに立ちこめていた。

「わたし……こんな……」

そう言うなり、岡野さんは、船縁から身を乗り出して嘔吐し始めた。

「無理もないわ。岡野さん、気持ちを楽にして。いいのよ。誰だって、こんなことしたくないもの。たとえ、相手がバケネズミだって」

わたしは、岡野さんの背中をさすってあげた。

「なーに、だいじょうぶ。平気だ、平気……」

藤田さんは、意味もなく繰り返してから、急に思い出したように、倉持さんに向かって呼びかけた。

「おおい！　倉持！　どうした？　無事なのか？」

だが、いつまで待っても、返答はなかった。

「どうしたんだろう？」

藤田さんは、当惑して覚に訊く。

「わかりません。流れ弾か何かに当たったんでなければ、いいんですけど」

「もう、バケネズミは、いないだろう？　見に行った方が、いいのかな？」

「そうですね。ただ、病院の中には、まだ、残党が潜んでるかもしれませんけど」

「うーん、そうかあ……じゃあ、どうすればいいのかな？」

出発するときはリーダー役だったのが、いつのまにか、すっかり、覚に頼り切るようになっている。たぶん、これでも、ご本人は、若者の意見を汲み上げている大人のポーズを取っているつもりなのだろう。

「僕が、行きます」

「そう？　頼めるかな」

「覚！　何言ってるの？」

　わたしは、思わず叫んだ。

「だいじょうぶだよ。待ち伏せしてたやつらは全滅したし、今度は、背後から攻撃を受ける可能性はないから」

「でも……だからといって」

「僕を援護しててくれ」

　覚は、静かに舟から下りた。落ち着いた足取りで、病院の正面玄関へと向かう。慎重に穴の周囲を検分してから、こちらを振り返った。

「倉持さんは、どこにもいない。たぶん、もっと奥へ行ったんだと思う」

「そうか。君、少し見てきてくれるかな？」

　藤田さんが、猫撫で声を出して、覚を追い立てようとする。わたしは、かっとなった。覚が死地に向かうのを、黙って見ているわけにはいかない。

「だめよ！　応援を呼びましょう！　一人で建物に入るなんて、危険すぎる」

「しかし、今は、どこもかしこも、みんな大変な状態だろう？　応援に来てもらうのは、難しいんじゃないかな」

　藤田さんは、わたしをたしなめるような調子で言った。

「安全な場所にいて、無責任なことばっかり言わないでください！　だったら、あなたが自分で行ったら、どうなんですか？」

わたしが一歩も引かないと、藤田さんは、鼻白んだように沈黙する。

「覚！　だめよ。絶対に、それ以上行ったらだめ！」

覚は、迷っていたようだが、渋々、こちらに引き返してきた。

「でも、早季。このままじゃ、埒があかないよ」

「あなたが死んだら、埒があくわけ？」

わたしの剣幕は、たぶん、相当なものだったと思う。覚も、たじろいだようだった。

「いや。そんな……」

好奇心で後先を忘れてしまうところは、十二歳の頃からまったく進歩がない。

「……うーん、そうか。わかったわかった。そうだな。渡辺さんの言うことも、もっともかもしれない」

藤田さんが、宥めるように言う。

「病院の建物を破壊しよう。もう、それしかないよ。そうすれば、かりに、バケネズミが潜んでたとしても……」

「班長！　何、馬鹿なこと言ってるんですか？」

今度、声を荒らげたのは、意外にも岡野さんだった。

「中には、まだ、生存者がいるかもしれないんですよ？　大内さんも、倉持さんだって。それなのに、建物を壊すなんて……。みんなを犠牲にする気なんですか？」

「いや、私はだな、そんなつもりは微塵もなくて……ただ、その、少しずつ、建物を解体していければと思ったんだが」

藤田さんは、すっかり、たじたじという体だった。

「あ。あれ、見て！」

わたしは、三階の窓を見上げて、叫んだ。ぼんやりと光るものがあったのだ。

「何だろう？　光ってる」

覚も、ほぼ同時に、気がついたようだった。ぼんやりと発光して、ときおり点滅する。病院の前に到着したときには、こんな光はなかった。水田が炎上している間は、たぶん、光っていても見えなかっただろうが。

「誰かいるんだ……」

覚は、再び病院の方へ近づく。

「あれは、ホタルなんかじゃない。呪力で作った光だ」

人魂を作った経験はなかったが、光の専門家である覚の言葉だけに、それなりの説得力はあった。

「たぶん、誰かが助けを求めてるんだ。行かなきゃ」

「でも、罠かもしれないわ。だって、あんな光を作れるのなら、窓を開けて助けを呼べるはずじゃない？」

わたしの反論に、覚は、首を振った。

「そうとも言えないよ。重傷を負ってて、動けない状態かもしれないし。とにかく、僕は行く。誰だかわからないけど、見捨てるわけにはいかないだろう？」

今度は、覚の意思は固いようだった。これ以上、止めても無駄だろう。

「わかったわ。じゃあ、わたしも行く」

「いや、早季は……」

「覚ひとりじゃ、後ろから襲われたら、対処できないでしょう？」

わたしは、舟を下りた。駒下駄を履いたままなので、変に足下が定まらない。

「わたしも、行きます」

岡野さんが、小さな、しかし決然とした声で言う。

「三人なら、もっと安全なはずです」

「うーん。あんまり大人数で行くのも、かえって危険かもしれないなあ……」

藤田さんが、わざとらしい大声で嘆息するように言うが、誰も応えなかった。

「わたしは、行きます。大内さんと倉持さんの無事をたしかめなきゃ」

岡野さんは、舟を下りて、わたしと覚に歩調を合わせた。

「わかった。だったら、私はここにいて、まわりを見張ってよう。全員が行くのは、いかにも危ういからね。何かあったら、大声で助けを呼ぶんだ」

臆しているがゆえの言い訳であることは、誰の耳にもあきらかだったが、戦術としては、あながち間違っていないのかもしれない。結局、藤田さん一人を舟に残し、わたしたちは、病院の中を探索することにした。

覚、わたし、岡野さんの順番で、丸い穴をくぐって一階に入る。倉持さんが言っていたとおり、床は細かい木の破片で埋め尽くされていた。

細長い木の棒を拾ったり、壁から折り取ったりして発火させ、それぞれに松明を作る。こちらの姿が丸見えになるのは危険だと思ったが、明かりがなければ、進むことさえ困難だった。

一階の入ったところには、広いロビーがあり、右手に受付のブースがあった。正面には二階に上がって左右に分かれている玄関がある。本来なら、一階の部屋を全部調べてから上がるべきなのかもしれない。しかし、今は、一刻も早く三階に行く必要があった。もし、助けを求めている人が怪我をしているのなら、すぐに手当をしなければならない。

覚を先頭に、階段を上がる。呪力で患者を搬送できるために、あまり機能的な作りにはなっていない。わたしは主に左右を警戒し、岡野さんは、背後に気を配る役回りだった。駒下駄の下で木の階段がぎしぎしと音を立てるのが、ひどく神経に障った。

「倉持さん、どこへ行っちゃったんだろう？」

岡野さんが、沈黙に耐えかねたようにつぶやく。気休めになりそうな答えすら思いつかなかったので、わたしと覚は、黙っているしかなかった。

二階から三階に上がると、緊張感は、耐え難いほどに高まってきた。倉持さんが消えてしまったことを考えると、中に何もいないとは考えられないからだ。

先頭を進んでいた覚が、三階の廊下に上がる寸前で、立ち止まった。

「どうしたの？」

できるだけ小さな声で、囁く。

「さっきの光だ。廊下の右手の方。今、窓ガラスに映った」

覚も、囁き返す。

「早季。岡野さん。松明だけを、ゆっくりと前に進めてください」

わたしたちは、覚の言うとおりにした。宙に浮いた二本の松明が、階段の上をゆらゆらと前進し、三階に達する。廊下が明るく照らし出された。

「まだ、正体を現さないのか」

覚は、精神を集中し始めた。廊下の中程にある、わたしたちから見て真正面の空間に、ぼんやりと輝く領域が生まれた。鏡だ。覚は、鏡の角度をゆっくりと変えていく。

松明の光で、右手の廊下が、奥まで映し出された。誰もいない。いや、床に倒れている人間の姿が見える。ぴくりとも動かない。死んでいるようだ。

覚は、鏡を反転させて、今度は、左手の廊下を映し出す。

いた。ぎょっとしたように立ち竦(すく)んでいる、バケネズミの兵士が四匹。向こうからも、こちらの姿が見えたのだろう。一匹が、あわてて、吹き矢を発射した。細長い矢は、覚の作った鏡を突き抜けて、右手に飛んでいく。

「殺すんだ！」

覚の指示に、戸惑う。直接目視したもの以外に、呪力を及ぼした経験はなかったからだ。だが、四匹のうち、一匹のバケネズミが、宙に浮き上がった。覚が捕まえたのだろう。

遅ればせながら、わたしと岡野さんも、覚に倣う。鏡に映った映像だけを頼りにして、直接見ることのできないバケネズミに呪力を及ぼしたのだ。覚の捕まえたバケネズミの首が、ぐるりと回った。続いて、岡野さんが、さっき吹き矢を使った兵士を捕捉し、頭を吹き飛ばす。

わたしも、ようやく、左右反転している映像に、自分のイメージを重ねることができた。もはや、人間以外の生き物に対する残虐さには、心が完全に鈍麻していた。見えない鎌で首を切り落とすと、大量の血液を噴き上げて、バケネズミは仰向けに倒れる。その間に、覚が、最後の一匹を片付けていた。

「どれか、残しておいた方が、よかったんじゃない？」

「いや、どうせ、言葉が通じないよ。日本語が話せるのは、一部の知識階級だけだから」

わたしたちは、ようやく三階に上がった。まだ、どこかに罠があるのではないかという疑心暗鬼で、ゆっくりと歩を進めたが、どうやら、もう、バケネズミはいないようだった。

岡野さんは、廊下に倒れている人に近づき、悲鳴を上げた。

「倉持さん……そんな、嘘よ！」

「見ない方がいい」

覚が、岡野さんを死体から引き離す。わたしは、すすり泣く岡野さんを抱きしめた。

「苦しんだ形跡はない。たぶん、即死だったんだ」

覚が、ぽつりと言う。おそらく、その通りだったろうと、わたしも思った。倉持さんが病院に入った瞬間、わたしたちは、水田の稲に火を点けた。何事かと思って、倉持さんは振り返ったはずだ。そのときに、背後から、吹き矢か何かで襲われたのだろう。さっきのバケネズミたちが、遺体をここまで引っ張り上げたのだ。あわよくば、わたしたちを油断させて殺すつもりだったに違いない。

「奥を、見てみよう」

覚は、廊下をさらに右に進んでいく。

「気をつけて！」

「だいじょうぶ。いくら何でも、もう、伏兵はいないよ。それより、下で見たあの光が、どこから来たのか……」

覚は、急に口をつぐんだ。

「どうしたの？」

「早季。来てくれ！」

覚は、廊下の右側にある病室の一つに飛び込む。わたしたちも、反射的に後を追った。

そこで目に飛び込んできたのは、予想だにしていなかった光景だった。

4

天井から、巨大な繭のような物体が三つ、ぶら下がっている。異様さに、ぎょっとしたが、よく見ると、シーツでぐるぐる巻きにされた上から、エジプトのミイラのように包帯で緊縛されているのだった。黒い髪の毛がはみ出しているので、人間らしいとわかる。しかも、胸郭の部分は、かすかに上下動していた。まだ、息があるのだ。

「下ろそう」

わたしたちは、連携して、ミイラのような物体を宙に浮かせながら、包帯を切断して、ゆっくりと床に下ろした。

シーツを開くと、中から、三人の人間が出てきた。一人は、わたしも診察してもらったことがある、野口さんというお医者さんだった。後の二人は、看護婦さんと清掃員らしき人で、それぞれ、関さん、樫村さんという名札が付いている。三人とも、目隠しをされ、後ろ手に縛られていた。すぐに手を縛っていた包帯を解き、目隠しも外したのだが、三人とも、目の焦点が合っておらず、小動物のように小刻みに震えていた。

「だいじょうぶですか?」

覚の問いかけに対しても、ほとんど無反応である。

「この方たち、怪我をしてるのかも。頭を打ってるとか」

岡野さんが、三人の身体を調べるが、かすり傷くらいしか見つからなかった。

「何か、薬でも投与されたのかな……?」

覚は、三人の目を順番に覗き込んで、首をかしげた。

わたしには、なぜか、この場の状況が、総毛立つほど恐ろしかった。病室にあったのが、無惨に切り刻まれた三人の死体だったとしても、おそらく、これほど怯えることはなかったに違いない。ただ、何かが不条理で、ひどく間違っているという感じがしてならなかったのだ。

しかし、その理由は、自分でも、はっきりとはわからなかった。

「あのー。下で見たホタルみたいな光は、この方たちの誰かが作ったんですよね?」

岡野さんが、納得がいかない表情で言う。

「そうですね。そうとしか、考えられない」

「もし、そうだったら、呪力を使えたんだから、自分で縛め(いまし)を切ることもできたはずじゃないですか?」

「いや……この人たちは、きわめて巧妙なやり方で、拘束されてたんです。目隠しをされてれば、対象が見えないので、呪力を使うのは難しいでしょう。しかも、宙吊りになっているという不安感と、落下の恐怖で、ますます包帯を切ったりはしにくいはずだ。それに、ついさっきまで、バケネズミの見張りが付いてましたからね」

「それで、あの光を？」

「たぶん、そうでしょう。周囲がまったく見えない状態では、あれが精一杯でしょうね。病院内部の様子は、記憶に焼き付いているはずですし、そこに、ホタルが飛び回るイメージを重ねたんだと思います。誰かが来て光に気づいてくれという、一縷の望みを込めて」

覚と岡野さんの会話を聞いている間に、わたしは、この部屋が置かれた状況の奇怪さが、ようやくわかってきたような気がした。

「覚。……この人たちは、どうして、捕虜になったんだと思う？」

「え？　それは、バケネズミにふいを衝かれたからだろう？　驚くようなことじゃないよ。野狐丸の計略では、すでに、大勢の人が殺されてるじゃないか」

「そりゃあ、生身の人間だもの。背後から撃たれたら助からないわ。だけど、何の抵抗もできずに生け捕りにされ、目隠しまでされるなんて。……普通じゃ、考えられない」

覚は、絶句した。

「……そんなことって、ありえないわ」

岡野さんが、ぞっとしたような声で言う。

「どんな状況でも、たとえ、誰かを人質に取られてたとしても、呪力を使えば、何とかできるはずなのに。それも、三人もいて……」

「しかし、絶対にそうとは言い切れないだろう？　意識を失う程度の打撃を与えるとか、麻酔を使うとか。まあ、実際に何があったのかは、わからないけど……」

覚は、腕組みをして考え込む。

「……あ。あっ。あっ」

野口医師が、突然我に返ったように、声を出した。

「気がつきましたか？　僕らは、救援に来ました。もう、だいじょうぶです。ここにいたバケネズミは、一匹残らず退治しましたから」

覚が、野口医師の前にしゃがんで、話しかける。

「に……逃げろ。早く」

野口医師は、呟き込むような早口で言う。

「どうしたんです？　何が、あったんですか？」

「す、すぐ、戻ってくるぞ……。今すぐ、逃げるんだ」

「戻ってくる？　何が？」

「大内さんは――入院してた患者です――無事なんですか？」

覚と岡野さんが、同時に野口医師に質問しかけたとき、ふいに、看護婦の関さんが大声で喚き始めた。

何を言っているのかは、まったく聞き取れない。そこにあるのは、ただ剝き出しの恐怖だけである。これほど恐ろしいことばかりが起こった晩でも、その絶叫は、わたしたちの心胆を寒からしめた。わたしは、物心ついてから一度として、人間がこんな声を出すのを聞いたことがない。

「関さん？　しっかりしてください。だいじょうぶですから！」

岡野さんが、懸命に怖さを押し殺して、関看護婦を落ち着かせようとするが、何の効果もないばかりか、かえって興奮させてしまったようだった。半ば廃屋と化した病院の中で、延々と恐ろしい叫び声が響き渡る。

すると、その声に触発されたのか、樫村さんが、むっくりと起き上がった。声をかける暇もなかった。樫村さんは、わたしたちを一瞥しただけで背を向け、一目散に逃げ出していく。その足取りは、意外なほどしっかりしており、階段を二、三段とばしで駆け下りる音が聞こえた。

どうすればいいのか。わたしは、判断に迷って、覚の方を見た。

「とにかく、ここを出よう。この人たちも舟に乗せて、この場所を離れるんだ」

「今、逃げた人は？」

「それは、後で考えよう」

わたしたちは、医師と看護婦に手を差し伸べて、立ち上がらせる。

「早く、早く、逃げないと……」

野口医師は、正気に戻ったと思ったのも束の間で、譫言（うわごと）のようにつぶやき続けている。足下もおぼつかないようだ。関看護婦の方は、ようやく叫ぶのを止めたものの、今度は、瘧（おこり）のように身体を震わせるばかりで、まったく言葉を発しなくなってしまった。

階段を下りている途中、外から、誰かの大きな声が聞こえた。

「何だろう？」

覚が、三階に駆け戻り、窓の外を透かし見た。わたしも、その横にぴったりと付く。

ずっと向こうを全速力で走っている男の姿が見えた。星明かりの下では、はっきりとはわからないが、樫村さんのようだ。

「おおい！　どうしたんだ？　もう、逃げなくていいんだぞ！」

叫んでいるのは、藤田さんだった。舟の舳先に立ち、しきりに呼びかけているのだが、樫村さんは、一顧だにしない。

覚は、窓を半分開けて、藤田さんに呼びかけようとした。

「藤田さん！　あの人は……」

すると、階段の途中から、野口医師が、声を振り絞って警告した。

「……だめだ！　大声を出したら、ここにいると気づかれる」

さほど大きな声ではないが、その声音の必死さは、ただ事ではなかった。わたしたちは、反射的に窓から離れる。

「どういうことですか？　バケネズミは……」

「バケネズミなんかじゃない！　あいつが……あいつが、戻ってくるんだ！」

再び、関看護婦が、狂ったように叫び始めた。ひどく神経に障る、まるで怪鳥のような声だった。

「黙らせろ。早く」

野口医師に言われて、岡野さんが、関看護婦の口を塞いだ。野口医師の声には、そうせざるを得ない迫力がこもっていたのだ。関看護婦は、ひどく暴れたが、急に虚脱したかのようにおとなしくなる。

「あいつって、誰なんですか？　いったい、ここで、何があったんですか？」

覚は、野口医師の両肩を摑んで、たたみかけた。

「あいつは……あいつが誰かなんて、わからない。ただ、殺された。病院の職員、患者、全員だ」

岡野さんが、ショックに身体を硬直させる。

「生き残ったのは、我々三人だけだ。たぶん、人質にしようと……」

「どうして、抵抗しなかったんですか？」

「抵抗？　抵抗なんて、不可能だ。逃げようとした者は、皆、殺された」

どこからか、かちかちという小刻みな音が聞こえてきた。怪訝に思ったものの、すぐに、その音が野口医師の口元から発せられているのに気づいた。恐怖の記憶が蘇り、歯の根も合わない状態になっている。

「逃げろ。早く。さもないと……」

野口医師は、狂おしい目をして言う。

「覚。とにかく逃げよう！」

切迫した危機感に、わたしは、叫んだ。

「わかった」

わたしたちは全員、無言のまま、大急ぎで階段を下り、一階のロビーまで来る。ちょうど、そのときだった。

「助けてくれ！」

恐ろしい叫び声が聞こえた。玄関に開いた大きな穴から、樫村さんが、こちらに向かって走ってくるのが見えた。まだ、七、八十メートルほど離れていただろうか。

「おーい！　こっちだ！」

藤田さんが、大声で応じるのが聞こえる。

「遅かったか……表はだめだ。裏へ逃げるんだ」

野口医師が、きびすを返し、よろめく足で病院の奥へと向かう。

わたしたちは、どうするべきかわからず、その場に立ちつくした。

次の瞬間、こちらへ向かってくる樫村さんの全身が、眩い炎に包まれた。

「そんな……そんなことが」

覚が、つぶやいた。我が目を疑うというのは、このことだろう。まるで、悪夢の中にいるようだった。どうしても、信じられない。こんなことができるのは……。

樫村さんは、炎の中で両手を振り回して、もがき苦しんでいる。すると、一陣の突風が吹いて、大きく炎が揺れ、ほとんど吹き払われようとした。

藤田さんだ、と気がついた。藤田さんが、呪力で炎を消そうとしているのだ。

「手伝わなきゃ！」

わたしは、自分でも呪力を発動して、残りの炎を消し去ろうとした。

「よせ！」

覚が、わたしの肩を掴む。

「でも、早く助けないと！」

「逃げるんだ！」

覚は、強引にわたしの腕を掴み、病院の奥へと走り出す。引きずられながら、わたしは、表に目をやった。

炎は、さっきより大きくなっていた。樫村さんは、ばったりと倒れ、そのまま燃え続けている。

藤田さんの姿が見えた。舟から下りて、樫村さんの方へ行きかけ、急に方向転換して、こちらへ走ってくる。

その姿が、突然、引き戻された。

わたしは、息を呑んだ。やっぱり……でも、こんなことは、絶対、ありえない……。

藤田さんは、宙に浮いていた。自ら浮遊しているのではない。呪力で、宙吊りにされているのだ。

わたしは、上げかけた悲鳴を呑み込んだ。

とうていあり得べからざるものを目にしたとき、人間は、行動の指針を見失って、妙にぼんやりとしてしまう。このときのわたしが、まさにそうだった。

そして、わたしからわずか四、五十メートルしか離れていない空中では、一人の人間が、生きながら、八つ裂きの憂き目に遭おうとしていた。

「見るな」

すんでのところで、覚が、わたしの頭をねじ曲げ、反対側を向かせる。

「ぎゃああああああ……!」

背後で、凄まじい絶叫が起こった。とたんに、空気が濃密な湿り気を帯び、血の臭いが漂ってくる。

覚は、無言のまま、わたしの肩を抱えて、病院の奥へと急いだ。

「早く。こっちだ」

野口医師が、小声で叫び、手招きする。最初に見たときにはわからなかったが、階段の裏側には、奥へと向かう細い廊下があった。あとで知ったことだが、それは遺体搬送用の通路だった。

「あれは、いったい、何なんだ？」

覚が、震える声で、野口医師を詰問する。

「わかってるだろう？　誰でも知ってるはずだ。あいつは……」

野口医師は、急に口をつぐみ、手真似で、わたしたち全員に、静かにするようサインを送った。

わたしは、はっとして耳を澄ませた。

聞こえる。足音だ。さほど体重はなく、歩幅も小さいようだ。ゆっくりと病院の玄関に近づいてくる。

足音は、玄関の穴をくぐり抜けて、中に入ってきた。そして、ぎしぎしと板を軋ませながら、階段を上っていく。

ふと、関看護婦の顔が目に入り、わたしは、愕然とした。恐怖に醜く歪み、今にも叫び出しそうな顔をしているではないか。ここで大声を上げられたら、すべては終わりだ。

だが、その前に、岡野さんが、すばやく行動に出た。関看護婦の頭を胸に抱き寄せて、あやすように背中をさすり始めたのだ。関看護婦は、一瞬だけ身を強張らせたが、徐々に緊張を解いていく。

その間に、足音は、途中の踊り場を過ぎ、二階へと向かう。

野口医師は、大きく前に手を巡らした。わたしたちは、足音をひそめて、病院の裏手へ向かった。野口医師は、裏口のドアのノブを握り、開けようとする。

開かない。後ろに続くわたしたちは、パニックに陥りそうになったが、ドアの上にある小さな閂（かんぬき）を開けると、ドアは、かすかな軋みを立てて開いた。

まるで、腐臭漂う狭い棺桶の中から、広々とした地獄へと抜け出たような感じだった。

ドアを閉めると、野口医師は、あさっての方向へ、ふらふらと歩き出す。

「先生。そっちじゃありません」

覚が引き留めようとした手を、野口医師は、邪険に振り払った。

「付いてくるな。どっかへ行け」

「待ってください」

「よく聞け。ばらばらに逃げるしかないんだ。それでも、結局は、全員殺されるだろう。しかし、運がよければ、一人くらいは助かるかもしれない」

病院の建物の中から、異様な声が響いてきた。人が泣き喚くような、獣の雄叫びのような、奇妙な声だった。三階で、バケネズミの死骸を発見し、捕虜が消え失せたのに気づいたのだろう。一刻も早く、ここから逃げなければならない。

「ばらばらになったら、やられます。今は、全員が一つにならないと」

「一つに……？　何の意味がある？」

野口医師の口元で、せせら笑うように歯が光った。背後の病院では、三階から駆け下りてくる足音がする。もう、時間がない。

「さっき、二人殺されたのを見ただろう？　五人いようが、百人いようが、しょせんは、同じことだ」

「しかし……」

「悪鬼に対して、、どう戦いようがあるんだ？　いいから、向こうへ行け！」

野口医師は、覚の胸を突き離す。

悪鬼……。その言葉を聞いただけで、血も凍るような恐怖が沸き上がってくる。理性や常識では、そんなことは、とうていありえないと思う。いったいなぜ、バケネズミの襲撃と軌を一にして、悪鬼が出現したりするのか。

しかし、その証拠は、たった今、この目で見たばかりだった。呪力によって燃え上がったり、無惨に引き裂かれたりした人間の姿を。悪鬼の外に、そんなことができる者は存在しない。

「しかたがない。僕らは、逆方向に逃げよう」

闇の中を歩き去ろうとする野口医師を見ながら、覚は、動き出そうとした。

「待って」

わたしは、覚の袖を摑んで引き留める。

「どうしたんだ？」

「来るわ……！　建物を迂回して」

風に乗って、かすかな音が聞こえてきたのだ。もう一度、耳を澄ませる。間違いない。さっき建物に入ってきたときほど明瞭ではないが、砂地を踏みしめ、草を搔き分ける音だ。こちらへ近づいてくる。

覚は、無言で、わたしたちを呼び集めるような仕草をした。それから、さっき出てきたばかりのドアを、音がしないようにそっと開ける。

覚は、いつのまにか、足音を立てる下駄を脱いで手に持っていた。わたしと岡野さんも、それに倣う。それから、関看護婦を間に挟んで、静かに建物の中に入る。最後に、覚が滑り込んで、慎重にドアを閉めた。

間一髪だった。わたしたちが息を潜めていると、ドアのすぐ外側を通る足音が聞こえたのだ。距離にすれば、たぶん、二、三メートルしかなかっただろう。

同時に、奇妙な唸り声も、耳に届いた。低い呪詛のような、喉の奥でごろ、ごろ、ごろという音。それに、蛇が威嚇するような、高いしゅ、しゅ、しゅうしゅうという歯擦音。

悪鬼だ……。今、薄いドア一枚を隔てた場所に、悪鬼がいる。

もし、このドアの存在に気づかれたら。

わたしは、懸命に祈った。

神さま。お願いします。どうか、見つかりませんように。

どうか、悪鬼が、ここから離れて行きますように。

どうか、このまま、何事もなく……そう唱えかけて、わたしは、はっとした。

まったく、音がしないのだ。悪鬼の足音も。不気味な唸り声も。

離れていくような音は、聞こえなかった。だとすれば、まだ、すぐそばにいるはずだ。にもかかわらず、音がしないとなれば、意図的に、鳴りを潜めているに違いない。

悪鬼は、今、聞き耳を立てている。そう思うと、唾を飲み込むことさえできなかった。永劫とも思われるような凍りついた時間の中で、わたしの目は、恐ろしいものを捕捉した。ドアのノブが、ゆっくりと回っていくのだ……。

もう、だめだ。恐怖のあまり、気が遠くなっていく。

だが、ドアは、ついに、引き開けられることはなかった。

「Grrrr……★*∀§▲ЖАД!」

悪鬼は、妙に甲高い、恐ろしい声を発した。次の瞬間、獲物を見つけた猟犬のように、駆け出していく音がした。しかし、助かったと思う間もなく、今度は、ぞっとするような悲鳴が響きわたる。

わたしは、両耳を塞いだ。それは、野口医師の声だった。

「くそ！　来るな！　この、悪鬼が！」

続いて、またもや、聞くのも耐えがたい叫び声。悪鬼は、ひと思いにとどめを刺さず、野口医師を、なぶり殺しにしているらしい。

「早く！　こっちだ！」

覚は、早足で病院の中を横断して、玄関に戻った。穴の内側から慎重に外の様子を窺う。わたしたち三人も、すぐ後に続く。素足に尖った木片が突き刺さり、足跡が血で汚れたが、異常な精神状態のせいか、ほとんど痛みは感じなかった。

「お前は……お前は、いったい、誰なんだ？」

建物の裏から、野口医師の断末魔の絶叫が響いてきた。わたしは、奥歯を嚙みしめて、頭を振った。もはや、できることはない。聞かない。考えない。今だけは。今は、生きてここを逃げることだけを考えなければ……。

「舟は、無事みたいだ。早く！」

覚は、穴から外に出て、手招きをした。わたしたちも急いだが、穴の寸前で、立ち止まらざるを得なかった。関看護婦が、恐怖に身体を震わせながら、両足を突っ張り、全身で抗っていたからだった。

「何してるの？　逃げなきゃ……ねえ、聞き分けて！」

わたしは、絶望感で一杯になった。

「早季。早く来い！　その人は、置いていく」

覚の冷徹な声が、響いた。

「でも……！」

「このままじゃ、間違いなく全員殺される。誰かが戻って、悪鬼の存在を告げなければ、町は全滅だ」

「お二人で、行ってください」

岡野さんが、静かに言った。

「わたしは、この人と、ここで隠れてます。後で、助けをよこしてください」

彼女の声音は、澄み切っていた。すでに、死を覚悟しているかのように。

「だめよ。そんな！」

「それしかないでしょう？　それに、舟で逃げる方が、危険かもしれない。ここにまだ、誰かが隠れてるなんて、あいつも思わないかもしれないし。……さあ、早く！」

「早季！　行くぞ」

覚が、わたしの腕を摑んで、無理やり穴から引っ張り出した。

「ごめんなさい……」

涙が溢れ出した。わたしは、岡野さんに謝ると、背を向けた。覚と一緒に、全速力で、舟までの距離を走り抜ける。

ちらりと、黒焦げになった遺体が視界に入る。まだ、うっすらと煙が立ち上っている。さらに、その向こうには、ばらばらになった藤田さんの四肢が散乱していた。懸命に心を麻痺させようとしたが、身震いが止まらない。

舟に乗り込むと、覚が、すばやく舫（もや）い綱を外す。わたしたちは、仰向けに寝そべって、船縁より姿勢を低くした。ゆっくりと回転しながら、舟が動き出す。

暗い夜空をバックに、幽霊屋敷のような姿でそびえ立つ病院が、視界を一杯に埋め尽くした。今にも、どこからか悪鬼が現れそうで、恐怖で身体から力が抜けていく。

舟は、覚の巧みなコントロールにより、細い水路を通って、病院から遠ざかっていった。周りが見えないのに、どうやって操船しているのだろう。覚を見ると、星明かりを頼りに、絶えず舟の上空に小さな鏡を作りだしては、必要な情報を得ているらしかった。

やがて、舟は、ゆっくりと、大きなカーブを曲がった。

「……もう、だいじょうぶだ。ここまで来れば、病院からは見えない」

覚が、囁いた。

「じゃあ、早く……全速力で逃げよう！」

わたしは、小声で懇願したが、覚は首を振る。

「まだ、しばらくは、音を立てないように行こう。この近くには、悪鬼だけじゃなくて、バケネズミもいるかもしれない。ここだと、岸が近すぎて、銃で狙われたら逃げ切れない。もう少し行くと、広い運河に出る。そこから一気に飛ばそう」

わたしたちは、おそるおそる、船縁から頭を出した。舟は、かすかな水音だけを立て、暗い水路を進んでいく。

「岡野さんたち……だいじょうぶかな？」

覚は、答えなかった。たぶん、どんな気休めも説得力がないとわかっていたのだろう。

「あれは、本当に、悪鬼だったの？」

覚は、かすかに首を捻った。

「そうとしか、考えようがないだろう」

「でも、そんな……どこから来たの？　わたしたちの町には、異常者なんか、一人もいなかったはずよ。教育委員会が、あれほど目を光らせていたんだし」

「わからないよ。今の時点では、まったく、何もわからない。ただ、はっきりしたこともある」

「何？」

「奇狼丸の率いる大雀蜂軍が、どうして全滅したのか。いくら勇猛でも、相手が悪鬼では、ひとたまりもなかっただろう」

「そうね……」

「それに、もう一つある。なぜ、野狐丸が、開戦に踏み切ったのか。バケネズミと悪鬼の関係は、まだわからないけど。もし、僕の想像が当たってるなら……」

覚は、突然、絶句した。

「どうしたの？」

「静かに……。急な動きはしないで。平静な声で、話し続けるんだ」

「何言ってるの？」

「声の調子を変えるな」

「わかったわ。これでいい？　教えて。いったい、何があったの？」

わたしは、努めてふつうの口調で訊ねた。

「百メートルくらい後ろを、舟が付いてくる」

「え？　……まさか」

全身から、血の気が引いた。

「たぶん、行きに使った囮(おとり)の舟だ。乗ってるのは、まず間違いなく、悪鬼だよ」

そっと視線を巡らせると、水面に反射した星明かりで、追尾してくる舟のシルエットが確認できた。

「どうしよう……？　向こうは、どうして、攻撃してこないの？　それに……」

「声のトーンを変えるな。こちらが気づいたことがわかれば、その瞬間、舟ごとやられる。……すぐに襲ってこない理由だけど、たぶん、僕らに、みんなのところまで道案内させるつもりなんじゃないかな」

まさに、最悪の状況だった。このまま町の人たちと合流すれば、死神を連れていくことになる。かといって、悪鬼を撒く方法も思いつかない。必死に打開策を考えようとしたが、恐ろしさに頭が麻痺したようになり、考えがまとまらなかった。

「運河に出れば……全速力を出せば、逃げきれるんじゃない？」

「いや、無理だ」

覚は、にべもなかった。

「運河は、ほとんどが直線だから、見通しがよすぎる。こちらが速度を上げたとたんに、向こうの呪力に捕まって、一巻の終わりだ」

だとすれば、相手の舟の進行を妨げるような試みも、すべて、だめということになる。こちらが少しでも敵対的な動きを見せれば、そのとたんに、向こうは攻撃に移るからだ。向こうの視界に入っている限りは、煮るなり焼くなり、悪鬼のやりたい放題なのだ。

「じゃあ……ちょっと待って。まさか、もう、だめっていうこと？」

「待ってくれ。今、考えてる。何でもいい。話し続けてくれ」

今となっては、覚の冷静さだけが頼りだった。わたしには、ただ、言われたとおりに、喋り続けるしかなかった。

「こんなことになるなんて。思ってもみなかった。今でも、今晩、起こったことが信じられないの。夏祭りの晩だったのに。大勢の人が、亡くなったわ。さっきは、わたしの目の前で。誰も、助けられなかった。……それだけじゃない。わたしたちは、岡野さんたちを、見捨てて……ううん。見殺しにしたのよ。どうして、こんなことになったの？　いったい、何が悪かったというの？」

涙が頰を伝った。

「こんなところで、死にたくない。何もわからないままで、人生が終わりになるなんて、絶対に厭よ。それじゃあ、突然踏み潰されて死んでしまう虫と同じじゃない？　せめて、なぜ自分が死ななくちゃならないのか、その理由を知ってから死にたい。そうでないと、死んでも死にきれないわ」

覚は、何事かを、一心に考えている。

「真理亜が死んだなんて、わたしは、信じない。信じたくないの。わたしは、真理亜を愛していたから。……だけど、今晩、彼女は、わたしたちを救ってくれたわ。憶えてる？　わたしたちが広場に行こうとしていたとき、わたしは、幼い頃の彼女の姿を見たの。そして、後を追って行ったから、バケネズミの奇襲に遭わずにすんだのよ。もし、広場に行ってれば、銃で撃たれるか、矢を受けるかして、死んでたかもしれない。……あの、鳥飼宏美さんみたいに。わたしは、あの人が、大嫌いだった。だって、わたしたちを、まるで実験動物みたいに、簡単に殺そうとしたんだもの。それも、あの厭らしい不浄猫を使って。だけど、今ならわかるわ。あの人は、ただ、怯えていたんだって。今晩みたいな恐ろしい出来事が起こるのを防がなきゃいけないって、ただ、そう思ってたんだわ。……だからといって、真理亜たちにしたことを、許す気にはなれないけど。それだけじゃないわ。わたしたちの大切な仲間だった、顔のない少年に対してしたことも」

胸が詰まって、わたしは、言葉を切らずにはいられなかった。

「わたしは、彼が好きだった。心の底から、愛してたわ。だから、彼の名前も思い出せないまま、死ぬのは厭なの。……あなたのことも、大好きよ。覚。でも、わたしは、まだ、彼について、気持ちの整理ができてないの。それができないうちは、一歩も前に進めない。だから……」

覚は、わたしを見た。

「僕も、同じ気持ちだよ。早季。いい大人になって、こんなことを言うのは恥ずかしいんだけど、記憶を奪われたせいで、僕もまだ、彼への気持ちに踏ん切りが付かないんだ」

「覚……」

「だから、ここでは死ねない。……悪鬼を斃す方法は思いつかなかったけど、騙して逃げることなら、たぶん、できると思う」

「どうするの？」

一筋の希望の光が射してきたようだった。覚は、その方法を説明する。

「……問題は、どうやって岸に上がるかということなんだ。広い運河に入ってしまうと、難しい。それまでに、いい場所を見つけなきゃならないんだ。水路の幅が狭くなっているところを」

わたしは、はっとした。

「……ううん、それより広い場所の方がいい！　悪鬼が、わたしたちが上陸したなんて、絶対疑いもしない場所の方が」

わたしが、思いつきを話すと、覚は、にやりと笑った。

「よし。それで行こう。人を浮かせるというのは、一度もやったことないけど、たぶん、だいじょうぶだ。運河に入ったら、すぐに仕掛けるよ」

「わかったわ」

わたしは、やるべきことを頭の中で反芻した。すべては、二つの課題を同時に行う覚の技術にかかっているとはいえ、わたしが失敗すれば、おじゃんである。機会は、一度しかないのだから。

舟は、じりじりするわたしの気持ちを乗せて、同じ速度で進み続けた。変に加速すれば、疑いを招く。今は、ひたすら待つしかなかった。

やがて、前方の視界が開けてきた。狭い水路が広い運河と合流する場所が、すぐ間近に迫ってきたのだ。

そのとき、わたしは、気がついた。周りがよく見えるようになったのは、闇に目が慣れたせいばかりではない。おそらく、夜明けが近いのだ。

目眩ましを仕掛けるには、真っ暗な方が好都合だったろう。しかし、贅沢は言っていられない。

覚は、ちらちらと後ろを見ながら、距離を目測していた。悪鬼の舟は、百メートルほどの距離をおいて、ぴったり付いてきている。

そして、わたしたちの舟は、水路から直交する運河に入って、左方向に進む。川幅は、数十メートルもあり、利根川の本流を思い出させるほどだった。悪鬼の舟は、まだ運河の手前にいるが、視界を遮るものがないので、わたしたちの舟は視界に入っているはずだ。

　慎重にタイミングを計っていた覚は、悪鬼の舟が運河に入った瞬間、背後の空間に鏡を張った。ほぼ川幅一杯の差し渡しがある、かつて作ったことがないほど大きな鏡を。

　そのまま、二百メートルほど走り過ぎる。背後からは、悪鬼の舟が、ぴったり追尾してきている。しかし、悪鬼が現在目にしているのは、わたしたちの舟ではなく、自分の舟の鏡像なのだ。

「準備はいい？　飛ばすよ」

「はい……！」

　次の瞬間、わたしの身体は、舟から浮き上がって、舷側（げんそく）から真横に放り出された。水面すれすれの高さを、隼（ハヤブサ）のような速度で滑翔（かっしょう）する。

　わたしたちは、真理亜のような空中浮遊の技は習得していない。だが、呪力によって、お互いの身体を運ぶことなら可能なのだ。

　みるみる、舟が遠くなる。そして、わたしの身体は、空気のクッションに受け止められたようにふわりと減速し、運河の岸辺に投げ出された。

草の上に倒れてから、すばやく俯せの姿勢になり、舟の位置を確認する。覚の乗っている舟は、すでに、かなり前方に進んでいた。鏡を挟んで、背後からは、悪鬼の舟が迫ってきている。悪鬼は、自分の舟の鏡像に注意を集中していただろうから、宙に浮かんだ鏡に遮られて、わたしの姿は見えなかったはずだ。

今度は、わたしの番だった。遠くに見える覚の身体を、呪力で持ち上げる。鏡の陰から出ないよう気を配りながら、手前側の岸に向かって一気にたぐり寄せる。

覚は、膝を抱えた姿勢で、一回転しながら、かなりの速度で岸に近づいてくる。途中で速すぎることに気がつき、あわてて止めようとしたが、制動をかけるのが遅すぎたらしく、着地してから大きく跳ねて、ごろごろと草原の上を転がった。

同時に、二つの舟に挟まれた鏡が砕けて、数え切れないほど多くの微小な水滴に戻り、雲散霧消する。この暗さでは、悪鬼にも、今まで見ていた自分の舟の鏡像と、わたしたちの舟は、容易に区別できないはずだ。

やるべきことは、まだ、残っていた。わたしは、無人となった舟を、一気に加速する。舟底が徐々にせり上がり、水面の上を滑走している状態になった。自分が乗っている舟を動かすより、外から操る方が、はるかに簡単なのだ。悪鬼の舟は、追いつけず、どんどん引き離されていく。

そして、覚の予言は実証された。わたしたちが乗っていた舟が、突如、目も眩むような光に包まれて炎上したのだ。

わたしは、悪鬼の呪力とバッティングしないよう、舟を操っていた呪力を引っ込めた。燃えている舟は、推進力を失ってしばらく惰性で進み、向こう岸にぶつかって止まった。しばらく、そこで燃え続けていたが、やがて、船首の方から浸水したらしく、ゆっくりと回りながら沈没していく。

炎が消えると、再び、周囲は、青みがかった薄闇に閉ざされた。

覚が、姿勢を低くしながら、こちらに走ってきた。最後は匍匐（ほふく）前進して、わたしの横に並ぶ。どうやら、腰をしたたかに打ったらしく、しきりにさすっている。わたしたちは、固く手を握り合った。

悪鬼の乗った舟は、沈没した舟のそばに来てから、まだ未練があるかのように、周囲をたゆたっていた。何をしているのだろうか。わたしたちは、焦り、苛立ちながら見守った。悪鬼が留まっている限り、今いる場所から動くわけにはいかない。今度、見つかったら、どこにも逃げる場所はないのだ。

やがて、悪鬼の乗った舟は、ゆっくり回頭した。わたしたちの、すぐ目の前を通過したときには、呼吸が止まり、うなじの毛が逆立つような感覚に襲われたが、元来た方向へと戻っていくのを見ると、助かったという思いで、全身から緊張が抜ける。

とはいえ、喜んでばかりはいられない。悪鬼の舟が、再び運河から病院へ通じる水路に入るのを見ると、暗澹とした思いが込み上げてきた。

岡野さんたちには、充分に逃げ延びる時間があったことを祈るしかなかった。もし今も、あの病院の中で、息をひそめているとしたら……。

「さあ、行こう」

覚が、立ち上がり、わたしに手を差し伸べた。

「舟がなくなったから、徒歩で帰らなきゃならない。急がないと」

「だったら、また、お互いに、投げ飛ばし合う？　今度は、向こうの丘まで」

わたしは、泣いているのを悟られたくなくて、必死で軽口を叩いた。

「それは、勘弁してくれ。早季のお陰で、ひどい目に遭ったんだから」

覚は、苦笑した。周囲は、かなり明るくなっており、表情が、はっきりと見える。

東の空から、曙光(しょこう)が射し込んできた。丘と、彼方の水平線が薔薇色に染まる。

それは、ひどく不気味な、まるで血のように真っ赤な朝焼けだった。

一刻も早く、町の人たちと合流して、わたしたちが見たことを伝えなければならない。二人とも、その一念で気も狂わんばかりだったが、どこにバケネズミの罠があるかわからない状態では、少し前進するのにも慎重にならざるを得なかった。

しかも、わたしたちは、どちらも裸足だった。病院で怪我をしたところから、わたしの出血がひどくなったのを見て、覚が、浴衣を引き裂いて即席の布靴を作ってくれたのだが、ひと足ごとに痛みを感じているようでは、とうてい道のりは捗らない。

様々な思いが去来した。思い出すだけで辛くなる出来事は、極力頭の中から追い払おうと努めた。ひたすら、現在の状況に意識を集中する。そういう意味では、足の痛みすら、昨晩来の恐ろしい経験を忘れる役には立ってくれたのかもしれない。

だが、やがて、意識は、目先の辛い現実からも逃避しようとし始める。

それからは、ずっと古代文明のことを考えていたと思う。

当時は、呪力が存在しなかったにもかかわらず、数多くの奇跡を実現していたらしい。もちろん、現在でなければできないことは数え切れないのだが、主に二つの点において、わたしたちの文明は、大きく後れを取っている。

その一つは、通信手段の欠如である。古代文明では、電波を利用する機械装置によって、きわめて迅速に、大量の情報をやり取りできたらしいのだ。現代では、短い距離であれば伝声管で話をすることもできるが、当然ながら、町の全域をカバーすることはできない。それ以外となると、鏑木肆星氏が空に描いた文字などの例外を除けば、伝書鳩か狼煙しかないという、古代人に笑われそうなローテクぶりである。ふだんなら、それで何の支障も起きないのだが、緊急時に、通信手段が何より必要になるということは、この時点で、まったく認識されていなかったと思う。

第二は、移動手段が限られていることである。神栖66町は水郷の町であり、血管のように張り巡らされた運河と水路によって、人の往来も物資の運搬も効率的に行われるが、雪に覆われる冬季を除くと、陸路を進む手段には乏しい。実際、このときくらい、それが恨めしかったことはない。

もうすぐ、この弱点は野狐丸の巧妙な戦術によって衝かれ、わたしたちの町は予想外の脆さを露呈することになるのだが、もちろん、このときはまだ、知るよしもない。

話を戻そう。傷だらけの足での行軍を余儀なくされていたわたしたちは、途中、野中の一軒家を発見して、束の間の休息を取ることができた。

わたしは、この家に辿り着くことができたのも、真理亜の導きだったような気がする。どちらに進もうか迷ったとき、必ず、耳元で囁き、背中を押してくれる守護天使のような存在を感じたと思うのだが、覚は、考えすぎだと言う。いずれにしても、わたしたちが、その家にぶつかったのは、奇跡に近い確率だったと思う。周辺五キロメートル圏内には、他の家は一軒もなかったのだから。

誰の家であれ、留守宅に侵入するというのは、わたしたちの通常の倫理観からすれば、とうていありえないことである。しかし、このときばかりは、緊急避難の原則が優先した。

わたしたちは、ここで、ぼろぼろになった浴衣を脱ぎ捨て、こざっぱりした服に着替えることができた。あいにく大人の男性と男の子向きの服しか置いてなかったので、わたしは、綿の短パンとカーキ色のTシャツを、覚は、ジーンズに、生成りのアロハシャツを選んだ。何より有り難かったのは、サイズの合う靴が見つかったことだった。

さらに、台所には、パンを作るつもりだったらしく、練った小麦粉が寝かせてあった。鍋に入れて、あり合わせの野菜と味噌を加え、呪力で瞬間に加熱して、すいとんを作って食べた。

家の裏手には、何に使っていたのか、荷車が置いてあった。木製の車輪が二個付いた、大きな台車にすぎないのだが、歩き疲れたわたしたちには、しごく快適な乗り物のように映った。

略奪ついでのようで気が咎めたが、持ち主には後で謝ることにして、荷車に乗り込む。車軸はかなり堅牢な作りで、呪力で走らせると、相当なスピードが出せることがわかった。だが、悪路から受ける衝撃がそのまま伝わってくる上に、車輪が二個しかないため前後に不安定で揺れがひどく、すぐに気持ちが悪くなる。

「わたし……だめ。もう、我慢できない」

わたしは、荷車から降りて、懸命に吐き気と戦った。さっき食べたばかりのすいとんが、胃袋の中で、ぐるぐる回っているようだ。

「やっぱり、これは、人が乗るもんじゃないな」

覚も、青い顔をしていた。昨晩から一睡もしていないだけに、余計に応えるのだ。

「しかたがない。水路を使おう。このままじゃ、いつ到着するかわからない」

「でも、舟がないわ」

「こいつを使おう。もし浮力が足りなかったら、呪力で補えばいい」

わたしは、荷車を見た。たしかに、水面に浮いていれば、筏(いかだ)のように見えないこともないが。

「でも、もし、途中で、バケネズミに襲われたら？」

水路を航行している間は、まわりから丸見えで、どこから狙われるかわからない。

「そのリスクはあるだろう。でも、そんなことを言ってたら、手遅れになるかもしれない。……まあ、二人いるんだし、悪鬼にさえ出くわさなければ、何とかなるよ」

覚の楽観論は、慎重に考えたあげくのことなのか、それとも、単に疲れて、考えるのが面倒になっているだけなのかは、よくわからなかった。

水路を目指して、わたしたちの身長より高く生い茂った草原を抜けていく途中、遠くから、爆発音が響いた。

「何、今の？」

覚の表情が、厳しくなった。

「まだ、戦闘が続いてるんだ……」

さらに、二度、三度。爆発音は、さらに激しくなる。

「状況がわからないんだから、今は、余計な憶測をしてもしかたがない。とにかく、早く、みんなと合流しよう」

その後も、七、八回は、爆発音が轟いたと思う。

一回ごとに、我が身を鞭打たれるような思いだった。たしかに、何が起きているのかは、まったくわからない。だが、少なくとも、人間がバケネズミを攻撃する際には、爆発物を使ったりはしないのだ。

ようやく、町の中心部へ向かう運河を発見して、覚が、そっと荷車を水面に下ろした。何とか浮くことは浮いたのだが、わたしたち二人を乗せると、荷台が水に洗われ、非常に不安な立ち上がりだった。少しでも重量を減らすために、木製の車輪の接地面に巻かれていた鉄の輪を引き剝がしてみたが、それでもまだ、少し大きな波が来ると、まともに被ってしまう。

それ以上、時間を無駄にするわけにはいかないので、わたしたちは、見切り発車した。当初、覚が推進に専念して、わたしは、荷車が沈まないよう気を配る役目だった。車輪を前に回転させれば、多少は浮力が増すかと期待したのだが、残念なことに、何の効果もなかった。そうこうしているうち、荷台が大きく後ろに傾いて滑り落ちそうになったので、わたしたちは、前の縁に摑(つか)まった。そして、結局、その形が最も安定がいいことに気づいたのだった。荷台の前縁を少し上げて、呪力で後押ししてやれば、推進力の一部が揚力に変わるため、サーフボードのように左右に波を切って進むことができるのである。

その後、数キロの道のりは、かなり快調だった。全身びしょ濡れになるのは、夏なのでそれほど苦にならなかったが、荷台にしがみついているのは骨が折れたし、呪力を使いっぱなしなので、頭の芯が朦朧としてくる。その上、前が見えないため、何かに衝突するのではないかという心配で、気疲れすること甚だしかった。

それでも、絶えず敵の待ち伏せを警戒しながら、痛む足を引きずっていたことを思えば、はるかに楽な道行きだったと言えるだろう。

幹線運河から、支線に入る少し手前だった。荷車が水面下で何かにぶつかったような、鈍い衝撃を感じた。

「今の、何?」

覚は、荷車を止めた。斜めになっていた荷台が水平に変わり、水面ぎりぎりの高さで、波に揺れる。

「……右側の車輪だと思う。何かが、擦った」

「岩?」

「運河の真ん中に、そんなに大きな岩なんか、あるはずがないよ。このあたりの水深は、少なくとも四、五メートルはあるはずだ」

わたしたちは、荷台から、そっと顔を突き出して、水中を透かして見た。

最初は、あまりにも巨大だったために、それとはわからなかった。だが、透明度の高い水のおかげで、何かが水底にへばりつくようにしているのが、うっすらと見えた。

「これ……いったい何なの？」

覚も、答えに窮しているようだった。その物体は、運河の底に溜まった土砂とそっくりな色をしているため見分けにくいが、長さは二、三十メートルはあり、両端がすぼまった紡錘形（ぼうすいがた）をしていた。簡単に言えば、超巨大な海鼠（ナマコ）のような色と形状である。

「今、ぶつかったのも、これだったのかしら？」

「あの位置だと、ちょっと接触するとは思えないけど……」

覚は、水に顔をつけて、不審な物体をつらつらと眺めていた。わたしも、それに倣う。少し離れたところにあった岩が浮き上がって、ゆっくりと漂いだした。覚が、呪力で動かしているのだ。気をつけてという暇もなかった。岩は、生き物のようにふわふわと泳ぐと、巨大な物体の尾部（どちらが先頭かわからなかったが、便宜上、わたしたちの進行方向と同じ側を頭部と考えた）に、どすんとぶつかった。

反応は激烈なものだった。巨大な海鼠のような怪物は、大きく身体をうねらせて水底を蹴ると、信じられないような速度で泳ぎ始めたのだ。

わたしは、とっさに、呪力で尻尾を捕まえようとした。すると、触られたのを感知したらしく、こちらに頭部をねじ曲げて、墨汁のように真っ黒な液体を吐き出す。液体は驚くほど大量で、たちまち、周辺の水は真っ黒に染まり、視界はまったく利かなくなった。

「まずい。岸に上がろう！」

わたしたちは、水から顔を上げて、荷車を運河の左岸に寄せた。真っ黒な水の上では、どこから攻撃されるかわからない。荷台から岸に飛び移り、夏草の茂みに身を隠しながら、運河が見渡せるような、できるだけ高い位置を目指した。

あらためて見ると、黒い水は、運河の前後、百メートルくらいを汚染していた。

「まさか、毒じゃないよね？」

わたしが訊くと、覚は、黒い水で濡れた掌を眺めた。

「いや……それに、イカやタコの墨とも違うようだ」

わたしも、黒い水で濡れた手首から肘の裏側を観察してみた。

「この黒いの、液体じゃないわ……」

透明な水の部分と、黒い微小な粒が、はっきりと分かれて見えるのだ。

「どうやら、すごく細かい炭の粉みたいだな」

覚は、運河の黒く染まった部分を見ながら、真言（マントラ）を唱えた。

黒かった水が、しだいに澄んでいく。呪力によって、黒い炭の粒子が沈殿していくのだ。

やがて、七分通り澄んできた水底に、さっきの怪物が潜んでいるのが見えた。怪物は、自分を隠している煙幕が消えていくのに気がついたようだった。再び、泳いで逃走しようとする。

だが、今度は、わたしたちの方も、準備ができていた。軟体動物じみた巨大な身体を、がっちりと捕まえると、宙吊りにして、水から持ち上げる。大量の水が落下して、大きな水飛沫が上がった。

怪物は、観念したらしく、暴れようとはしなかった。ただ、頭を巡らせて、自分を吊り上げている人間がどこにいるのか、探しているようだ。

その顔を見て、わたしは、ぎょっとした。長須鯨（ナガスクジラ）のような長大な体躯にもかかわらず、頭の大きさは、人間とほとんど変わらない。丸く大きな目は、海豹（アザラシ）のように真っ黒だった。特筆すべきは、その吻部で、長さ二、三メートルはあるだろうか。ガビアルのような鰐（わに）の口や鳥の嘴（くちばし）を思わせるが、サイズを無視すれば、最もよく似ているのは蚊の口吻だった。

「こいつも、バケネズミの変異個体（ミュータント）だ」

覚が言う。土蜘蛛が生んだ叢葉兵（そうようへい）や風船犬などを以前に見ていなければ、とても信じられなかっただろう。泥の中から現れた蛙そっくりの兵士もいたが、目の前にいる怪物は、より完全に、水棲に特化しているらしい。

「……そうか。こいつは、墨を吐いて、運河を真っ黒にするつもりなのね」

町の中を縦横無尽に流れる水路を支配するために、透明な水を真っ黒に変えようというのか。あらためて、野狐丸らの奸智に鳥肌が立つ思いだった。

「しかし、こいつの役目は、本当に、それだけなんだろうか？」

覚が、また、掌を眺めながら言う。

「だったら、タコやイカのような液体の墨を吐いた方が、いいんじゃないか？　どうして、こいつは、わざわざ、細かい炭の粉を……」

覚は、はっとしたようだった。

「違う。こいつの目的は、別にある……そうか、わかった！　さっきの爆発だ！」

「どういうこと？」

そのとき、怪物の目が、わたしたちを捉えた。真っ黒な目が、瞬きもせずに、こちらを見つめる。それまで気づかなかった細長い突起が、怪物の頭頂部で立ち上がった。まるで旗のような鰭（ひれ）がいくつも付いていて、風にそよいでいる。

「危ない！」

覚が、叫ぶ。その瞬間、怪物の細長い口吻がこちらに向けられて、真っ黒い霧のようなものを大量に噴出した。

5

黒い霧は、たちまち視界を覆い隠す。その瞬間が、生死の分かれ目だった。

細かい炭の粉を吸い込めば、肺胞を覆われ窒息死するのは、必至である。たとえ、呪力で壁を作って、それを防いだとしても、わたしたちは、浮遊する大量の粉塵に囲繞(いにょう)され、動きが取れなくなっていただろう。そして、その後に起こったことを見れば、風を起こして霧を吹き払うような暇(いとま)はなかった。

怪物を吊り上げていた呪力の手が消失し、五十トンはあろうかという巨軀(きょく)が落下する。水袋のような身体は、固い地面に叩きつけられ、扁平になった。その衝撃は、間違いなく内臓に致命的な損傷を与えたに違いない。だが、怪物は、頭部を持ち上げ、依然として、真っ黒な粉塵を口吻から噴き出し続けた。そして、わずか数秒のうちに、体内に貯蔵していた膨大な量の粉塵をすべて吐き切ってしまう。

続いて起きたことは、想像の域を出ないが、おそらく、怪物の細い管状の口吻は、大量の空気と粉塵が通過する摩擦熱により、一気に数百度もの高温になったのだろう。そこから直接炎が伝わったか、あるいは、熱で破断した口吻が、気流に乗って黒い霧の中に飛び込み、火口（ほくち）の役目を果たしたのかもしれない。

　いずれにせよ、炎は、瞬時に粉塵全体にまで広がって、爆発的な燃焼を引き起こした。いわゆる粉塵爆発である。塊の炭はゆっくりと燃えるが、微粒子になった場合は、周囲の酸素と結合しやすくなるため、急激に燃焼して爆発を起こすのだ。

　爆発の範囲は、半径数百メートルに及んだ。もし、その中に取り残されていたとしたら、鏑木肆星氏でもないかぎり、生き残ることは不可能だっただろう。

　黒い霧によって視界を覆われた瞬間、頭に浮かんだのは、我が身を守ることではなく、覚を救おうという強い意思だった。そして、それは覚も同じだったらしい。その直前に、悪鬼から逃れるため、お互いの身体を放り投げるという行動を取っていたのが、幸運な予行演習になったのかもしれない。

　黒い霧で姿を見失った瞬間、わたしは、怪物を吊り下げていた起重機のイメージを放棄し、代わりに投石機を思い浮かべた。覚の身体を鉤（フック）に引っかけ、上空へ向かって思いっきり放り上げる。

　その瞬間、強烈な加速度で脳が押しつけられる眩暈（めまい）のような感覚を味わう。気がつくと、わたし自身が、大地を遥か足下に見ていた。

　わたしが覚を放り上げるのとほとんど同時に、覚もまた、わたしを投げ上げていたのだ。反射的に呪力で耳を守っていたらしく、気圧差で鼓膜が破れずにすんだ。とっさに鼻から息を吐いて、耳抜きをする。自由落下に伴う無重力状態で、胃袋が持ち上げられるような気持ち悪さを感じた。下から吹き上げてくる強い風で、短パンとTシャツがちぎれそうにはためいている。

どのくらいの高度にいるのだろうか。神栖66町全体、さらに周囲の森や筑波山までを一望にできるほどだった。だが、覚の姿は、どこにも見当たらない。

地表は、広範囲にわたって真っ黒な粉塵の雲に覆われていた。まるで不気味な黒い茸が、ゆっくりと膨張し、増殖しているように見える。

このままでは、その真っ只中に再突入してしまう。手足を広げて姿勢を制御し、何とか身体を浮揚させようと努めるが、どうやって空を飛ぶイメージを作ればいいのかわからなかった。

次の瞬間、眼下の粉塵の雲が、眩いばかりの光とともに大爆発を起こした。

下降を続けていた身体が、再び吹き上がる風の力で持ち上げられた。あっという間に、長い距離を運び去られるのを感じる。

宙を飛びながら、不思議と恐ろしさは感じなかった。落下の衝撃は、ある程度、呪力で緩和できるという自信はあったが、こんな高さに上ったこと自体、生まれて初めてであるはずなのに。

遮るもののない陽光が、ぎらぎらと大気に乱反射している。抜けるように青い空には、白い綿のような雲がたなびいていた。

幻視が起こったのは、そのときだった。

明るい空が、まるで反転してネガになったように、暗い夜空へと変貌したのだ。

中天にかかった月は、クレーターの一個一個が見えるほど巨大で、皓々と輝いて大地を照らしていた。

ああ、これは……。

かつての自分の体験だという確信があった。

いったんは消去されてしまったはずの記憶。それが、別の記憶の細部にくっついていた細片を寄せ集めることで、再製されたような感じだった。


眼下に、月明かりに照らされた■のバンガローが見える。

見渡すかぎりの地面が、擂り鉢状にくぼんだ。

バンガローがあった場所に向かって、周囲から、山津波のように土砂が押し寄せてくる。低周波のような地鳴りに、木々が根こそぎになり、へし折れる音が混じった。

世界の終末のような恐ろしい景色は、どんどん、前方へと遠ざかっていく。わたしは、自分の身体が、大きな放物線を描いて、後ろ向きに飛んでいることに気がついた。激しい風を受けて、着ていたジャンパーがぶるぶると震えている。バレッタが吹っ飛んで、髪が夜空にたなびいた。

このまま、どこかに叩きつけられて死ぬのも、悪くないかもしれない。

そんな思いに駆られ、わたしは、目を瞑った。

だが、すぐにまた、目を開けた。

■は、最後の力を使って、わたしを助けてくれた。

わたしは、生きなければならない。

わたしは、正面に向き直り、激しい風を顔に受けたが、もう、目は閉じなかった。涙が、後方へと吹き飛ばされていく。

幻視は、ほんの一瞬の出来事だった。周囲は、午前の陽光が燦々と降り注ぐ、元通りの明るい空間に戻っている。

わたしは、かつて顔のない少年に、命を救われたのだ。ようやく、そのことを、はっきり思い出した。たった今、覚が、わたしを救ってくれたように。

爆発の気流に乗って、長い距離を移動する間に、急速に高度が下がってくる。わたしは、どうやら、町の中心部へ向かって飛ばされているようだった。

眼下の景色が、しだいに、はっきりと見えるようになる。

それが、茅輪の郷の目抜き通り、町で最も賑わいを見せていた場所であることに気づき、ショックを受けた。ほとんどの建物が破壊され、無惨な廃墟としての姿をさらしていた。人の姿は、まったく見当たらない。

わたしは、ゆっくりと降下しているわけではなかった。重力の加速度に捉えられ、大地に叩きつけられようとしているのだ。呪力で地面を押して、速度を和らげる。着水しようと思った。水路の中に落下した場合、速度を完全に殺し切れていなくても、大怪我は免れる。

だが、そのとき、視界の隅に入った水路は、すっかり水が干上がっていた。

水が、抜かれている……。

なぜだろうと、詮索している暇はなかった。急遽、方針を転換し、翼のイメージを作る。滑空することで、もう少し先に進まなければならない。

軟着陸のできる場所は、限られている。黄色いものが目に入った。ヒマワリ畑のようだ。油を取るために、かなりの本数が密生して栽培されている。

わたしは、苦労して方向転換すると、ヒマワリ畑を目指して、舞い降りようと努めた。真理亜は、どうして、ああも易々と空中浮遊ができたのかと思う。黄色い花が、目の前に迫ってくる。まずい。イメージ通りに、減速できていないのだ。とっさに、呪力の腕で地面を衝く。数本のヒマワリがちぎれて、宙に舞い上がった。

着陸の瞬間、思わず、目を閉じてしまう。折れたヒマワリの茎が、頬を掠めた。わたしは、地面に叩きつけられた。ヒマワリのクッションにもかかわらず、胸を打って、うっと呼吸がつまる。そのまま、たくさんの花に抱かれて、気を失ってしまった。

気がつくと、わたしは、俯せになって倒れていた。ゆっくりと、手足を曲げ伸ばしして、状態を確認する。掌を擦り剝いていたが、骨折やひどい打ち身などはないようだ。

周りの音に聞き耳を立ててから、そっと立ち上がる。

うららかな夏の朝だった。小鳥でも鳴いていそうだ。周囲は深閑と静まりかえっており、何の音も聞こえなかったが。

覚は、どこに行ったのだろう。粉塵爆発の寸前に、彼を投げ上げた方向を思い出そうとしたが、記憶は曖昧だった。無事でいることは信じていたが、心配はつのるばかりだった。

呪力を使いすぎて、頭がふらふらする。意識がなかったのは、せいぜい五分か十分くらいの間だったらしく、ほとんど休息の効果はなかったようだ。

もし、今、バケネズミやあの怪物に出くわしたとしたら、身を守るのは難しいだろう。悪鬼の場合は、言わずもがなである。しかし、ここでぐずぐずして、時間を空費するわけにはいかない。一刻も早く、町の人たちと合流しなければ。

わたしは、周囲の気配に気を配りながら、歩き出した。

ヒマワリ畑を抜け、雑木林に入る。途中から、たくさんの木々が薙(な)ぎ倒されているのが目についた。来る途中で聞いた爆発音のことを思い出す。おそらくは、あの怪物の同類が何頭も現れて、町の中心部で爆発を起こしたに違いない。ここまで影響が及ぶということは、爆風は、かなりの広範囲を襲ったのだろう。

しかし、あの爆発の規模からすれば、怪物も死んだのは明白である。つまり、ほとんど自爆に等しいのだ。かつて見た風船犬は、文字通り、命を賭して土蜘蛛の竜穴(りゅうけつ)を守っていたが、粉塵を吐く怪物は、最初から敵、つまり人間と刺し違えるために誕生させられた、攻撃的兵器なのだろう。

それ以外のバケネズミの兵士も、すべて、生き物というより、将棋の駒と同じだった。犠牲を厭わず、というより、最初から捨て駒にするような攻撃を仕掛けてきている。

まさか、こんな事態が起こるとは想像したこともなかった。わたしたちは、呪力という絶対的な強みを信じるあまり、バケネズミを甘く見すぎていたのかもしれないと思う。

それにしても、いったい何が、バケネズミをそこまでさせるのだろうか。

わたしは、いつもの悪い癖で、考え事に熱中し、周囲への警戒がおろそかになっていたようだった。もう少しで雑木林を抜けようとするときに、突然、それは起こった。

真正面から、唸りを上げて、大きな岩が飛んできたのだ。

完全にふいを衝かれ、呪力で受け止めることはできなかった。わたしは、その場に尻餅をつく。さいわい、狙いがさほど正確でなかったらしく、岩はわたしの頭上を通り過ぎ、後方に落ちた。

第一撃が失敗すると、すかさず、次の攻撃が開始される。爆風に耐えて残っていた木が、めりめりと音を立てながら、引きちぎられていく。それは、どう見ても、呪力によるものとしか思えなかった。

まさか、悪鬼がやって来たのか。わたしは、愕然とした。だとしたら、たぶん、もう、助かる道はない……。

襲いかかってきた大木を、とっさに呪力で受け止める。呪力同士がぶつかる嫌な感覚とともに、空中に虹色の干渉模様が顕れた。

「わ。あれ……？」

驚いたような叫び声が聞こえる。わたしは、声を限りに叫んだ。

「やめて！　わたしは、人間よ！」

宙に浮かんでいた大木が、支えていた二つの呪力が消失して、地面に落下する。やはり、そうか。誰かが、わたしをバケネズミと誤認して攻撃してきたのだ。

「ちょっと待って。今、出て行くから！」

わたしは、両手を大きく振りながら、雑木林から出た。五、六十メートルほど離れた場所には、呆然として立っている人間がいた。男の子だ。たぶん、十五、六歳くらいだろう。

「ごめんなさい。わたしの姿を見て、バケネズミだと思って……」

「気をつけて！　もし、わたしが死んでたら、あなただって愧死するのよ」

「愧死って？」

人の良さそうな顔をした男の子は、ぽかんとして言う。

「そうか。愧死機構のことは教わってないのよね。だけど、とにかく、呪力を使うのは、よく確認してからじゃないと」

「うん。……でも、バケネズミは、隠れてて、いきなり襲ってくるから」

男の子は、坂井進という名前で、全人学級の四年生だという。進に、昨晩来、町で起きたことについて訊ねると、驚くべき答えが返ってきた。進は、まだ子供ながら、志願してバケネズミとの戦いに参加し、その一部始終を目撃していたのだ。

夏祭りの会場が襲撃を受けた後、復讐に燃えた人々は五人一組になって、バケネズミの掃討作戦を始めた。そして、わたしたちが病院に到着して、待ち伏せていたバケネズミと戦闘を開始したのとちょうど同じ頃、町の中心部でも激しい戦いがあったらしい。

バケネズミが挑んできたのは、徹底したゲリラ戦だったという。正面切って呪力を持った人間に立ち向かう術がない以上、他に選択肢はなかっただろう。

だが、それが大きな戦果を上げたのは、野狐丸が、兵士をただの消耗品、捨て駒としか考えない非情さで戦術を組み立てたことに加え、人間の側にまったく戦う準備が整っていなかったことが原因だった。人々が夏祭りに出払っている間に、バケネズミの大部隊は空き家に侵入して、市街戦の準備を整えていた。最初に、バケネズミもろとも、すべての建造物を破壊すべきだったのだが、まだ、そこまでの犠牲を払う必要があると考えている人間は、誰一人としていなかった。

さらに、五人一組の人間は、常に、全方向に注意を振り向けるよう教えられていたが、これまで訓練さえほとんど経験しておらず、いきなり実戦に放り込まれたため、いわば、頭に血が上った状態だった。そのため、正面から鬨の声を上げてバケネズミの一団が突撃してくると、全員の視線と意識はそちらに集中してしまった。そして、捨て駒部隊が呪力で捻り潰されている間に、背後に潜んでいたバケネズミの射撃手が狙い撃ちにするという単純きわまりない作戦で、多くの人間が犠牲になったようだ。

思わぬ展開に驚いて、急遽、複数の組が連携するようにしたところ、ますます野狐丸の術中に嵌る結果となった。

やはり、五匹が一組となったヒトモドキが、夜陰に乗じて人間の組の間に紛れ込んできたのだ。隙を見て、ヒトモドキがいきなり攻撃を仕掛けると、人間の側は大混乱を来した。直接、ヒトモドキの矢や銃弾に斃された人間だけではなく、人間をヒトモドキと誤認した悲惨な同士討ちが相次いだのである。その場合は、呪力で殺された人間ばかりか、誤って人間に攻撃をかけてしまった人間も、愧死機構の作用で絶命したはずだ。

そうして悪夢のような一夜が明けると、人間の側の戦死者は、二、三百人に上っていた。もちろん、その二、三倍のバケネズミを殺してはいたが、とうてい引き合う勘定ではない。

さらに、日が昇ると、野狐丸の別の戦略が姿を現し始める。バケネズミの部隊は、一晩中、断続的に攻撃をかけてきていた。未明頃になると、ヒトモドキが一掃されたために、犠牲者はほとんど出なくなったが、それが、こちらに一睡もさせないためであることは、看破できなかったようだ。

そして、執拗をきわめたバケネズミの攻撃がようやくやみ、多くの人たちが一安心して、うとうとし始めたとき、わたしたちも出会った『炭噴き（スミフキ）』が、満を持して登場したのだ。

スミフキは、深夜のうちに水路を遡（さかのぼ）って町の中に侵入し、水中で待機していたらしい。ナガスクジラ並みの巨体にもかかわらず、激しい戦いに気を取られて、誰一人として気づいた人間はいなかったようだ。バケネズミの側も、スミフキの存在を気取らせないために、あえて攻撃に水路を使わなかったふしがある。

そして、戦闘が一段落したと誰もが思い始めたとき、七、八匹のスミフキが、いきなり水路から頭を出して、真っ黒な粉塵を噴き出した。粉塵は、あらかじめ計算された場所、建物の間の路地など被害が最大限になるような空間を満たし、こちらが、その真の狙いに気づく前に、次々と大爆発を起こしたのだ。

激しい爆風と、建物などの破片が、無防備になっていた人々を襲った。さらに、多くの粉塵爆発が連続して起きたために、酸欠状態で死亡した人もいたらしい。

「鏑木肆星さんが守ってくれなかったら、僕らも死んでたと思います。……でも、爆発で先生も死んじゃって。お父さんやお母さんも、行方がわからなくなったんで、僕一人で、ずっと探してるんだけど」

進は、少し涙ぐんだ。

「だったら、どうして、いきなり、わたしに岩をぶつけようとしたの？　もしかしたら、ご両親かもしれないじゃない？」

「だって、お姉さんが、あんな林の中にいるんだもん。絶対ああいう場所に入るなって、僕らはみんな、厳しく注意されてたんだよ。やつらが隠れてるかもしれないし、間違って誰かに攻撃されることもあるからって」

「そうか。知らなかったわ」

わたしも、両親のことが心配でたまらなくなっていたが、進にも消息はわからないようだった。もう一つだけ、どうしても訊いておかなければならないことがある。

「進君。それ以外にもっと……何か恐ろしいものを、見たり聞いたりしなかった？」

進は、唇を尖らせた。

「それ以外に、もっとって？　もう、充分でしょう？　一晩のうちに、こんなに恐ろしいことが、たくさんあったのに」

「うん。変なこと訊いて、ごめんね」

どうやら、悪鬼は、まだ現れていないらしい。だとすると、ますます、早く町の人たちに警告しなくてはならない。できれば、富子さんか、鏑木肆星氏を見つけられればいいのだが。

わたしは、進と一緒に、歩き始めた。肩を並べるのではなく、できるだけ背中合わせになるような姿勢で、全方位に注意を向けながら。

水路のそばにやって来る。空から眺めたとおり、水は完全に干上がり、川底が露出していた。

「どうして、水路の水がなくなってるの？」

進の答えは、さほど意外なものではなかった。

「偉い人たちが、用心のために、水門を閉じて水を全部抜くよう指示したからだよ」

「それは、バケネズミが、隠れて襲ってくるから？」

「うん。やっぱり、スミフキが、水路から来たからだと思うよ。バケネズミには、他にも両生類みたいなやつもいるっていう話だし」

運河と水路は、神栖66町の中に網の目のように張り巡らされている。その全部を監視するのが困難であることを思えば、当然の対策かもしれない。しかし、野狐丸の読みは、ここまで、完全に人間を上回ってきた。こちらは終始、野狐丸の掌の上で踊らされていたと言ってもいい。

もしかすると、こうなることも敵の計算通り、というより、こうなるように仕向けたのではないだろうかと疑いたくなる。

水路が使えなくなってしまった場合、大勢の人間が移動するのは困難になるということまで見越した上で。

しばらく歩いていると、人の姿が、ちらほらと見えるようになってきた。最初のうちは、それを見てほっとしたものだが、しだいに、気持ちが重く塞がれてくる。

遺体に取りすがって泣いている、若い女の人。銃創らしいひどい傷を負って、呻き声を上げている男たち。親とはぐれたらしく、懸命に捜し求めている幼い子供たち。

わたしたちが通ると、みな、救いを求めるような視線を投げかけてくる。立ち止まって、少しでも助けてあげたかったが、そうしている時間がない。悪鬼がやって来てしまえば、とうてい今どころではない地獄絵図が現出する。その前に、町の主だった人たちに伝えて、対策を練らなくてはならないのだ。

「お願い……助けて」

道ばたに倒れていた中年の女性が、わたしたちに向かって、必死に手を伸ばした。見ると、顔や腕など露出している部分がひどく焼け爛れ、衣服も焦げて真っ黒になっていた。この火傷では、もう長くはないかもしれない。

「水を。水をちょうだい」

わたしは、唇を噛んだ。この人を、このまま見捨てていくには忍びなかった。しかし、わたしの情報が遅れれば、取り返しのつかないことになるのだ。

「お姉さん。この人は、僕が助けるから」

進が、助け船を出してくれた。

「早く行って！　急いで、偉い人のとこへ行かなきゃならないんでしょう？」

「うん……ありがとう。お願い！」

わたしは、進の手を握ってから、歩き出そうとした。

「ちょっと。待って」

倒れている女性が、わたしに声をかける。

「いったい、誰に……そんなに緊急の用なの？」

わたしは、振り返った。

「ごめんなさい。どうしても、富子様か、鏑木肆星さんに会って、伝えなきゃならないことがあるんです。このままじゃ、もっと恐ろしいことが起きる……」

わたしは、言葉に詰まった。今まさに死の淵にある人に対して、「もっと恐ろしいこと」と言うのは、無神経の極みだろう。

「富子様は……学校よ。全人学級へ避難したはず。あそこはまだ、建物が無事だから」

女性は、苦しげに咳き込みながら言う。

わたしは、はっとした。この人は、もしかしたら、倫理委員会のメンバーなのかもしれない。そういえば、顔に見覚えがあるような気もするが、火傷のせいでよくわからなかった。

「ありがとうございます」

わたしは、深々と頭を下げてから、小走りに歩き出した。場所がわかったのは大きい。後は、一秒でも早く辿り着くだけだ。

どんどん、歩調が速くなり、ついには、走り出した。ついさっきまで感じていた疲労は、一時的にせよ、どこかに吹っ飛んでいた。

全人学級を訪ねるのは、卒業以来、初めてだった。狭い町だから、いつでも行けたはずだが、辛い思い出があるため、自然に足が遠のいていたらしい。学校が近づくにつれて、周囲の町並みの記憶がよみがえる。町の中心部に比べると、破壊の程度は多少ましだが、それでも、思い出のある建物群が全半壊しているのを見ると、胸が痛んだ。

途中で、ぽつぽつと雨が降り始めた。空を見上げると、相変わらずの青空だった。狐の嫁入りのようだと思っていたら、徐々に雲がかかり始めた。

全人学級の前に辿り着いたときには、夕立のような雨が降っていた。校門のところで、倫理委員会の職員らしき人に止められる。

「非常事態につき、この建物は倫理委員会が接収しました。ここから中へは入れません」

初老の小柄な男性が言う。以前に会ったことがあるのを、思い出した。富子さんの元で働いている人で、たしか新見さんと言ったはずだ。

「わたしは、保健所の異類管理課にいる渡辺早季と申します。どうしても、至急、富子様にお目にかかって、お伝えしなければならないことがあるんです」

「……ちょっと、ここでお待ちください」

新見さんは、眉をひそめると、校舎の中に入っていった。わたしは、庇(ひさし)の下で雨宿りをしながら、戻るのを待つ。帰りが遅いのでじりじりしていると、ようやく現れた。

「こちらへ、どうぞ」

新見さんの後について、勝手知ったる全人学級の校舎に入る。建物自体は、頑丈な造りなので倒壊の恐れはないようだが、爆風が通り抜けたためか、内部には壊れた備品や木片、ガラス片などが散乱しており、足の踏み場もない。富子さんは、校長室にでもいるのかと思っていたが、案内されたのは保健室だった。

「失礼します」

「どうぞ」

新見さんの声に応えたのは、まぎれもない富子さんの声だった。無事であったことに、ひとまず安堵する。

「早季ちゃん?」

「はい……」

ベッドに横たわった富子さんの姿を見て、わたしは、ショックを受けた。頭部を包帯でぐるぐる巻きにされており、両目も完全に塞がれている。肩からは三角巾を吊しており、それ以外にも重傷を負っているらしい。

「よかったわ。あなたが無事で」

「お怪我をなさったんですね……」

「ううん。たいしたことはないの。ただ、ちょっと、ガラスの破片で切ったのよ。まさか、朝になってから、あんな、スミフキなんて化け物が出てくるとは思わなかったから」

富子さんは、うっすらと笑ったが、すぐに真顔になった。

「それより、至急私に伝えたいことっていうのは、何?」

「はい。……最悪の事態が起こりました」

わたしは、覚たちと病院へ行って見たことを、かいつまんで語った。

「あれは、間違いなく、悪鬼です。このままだと、たいへんなことになります。今すぐ、何らかの対策を講じないと」

　富子さんは、しばらくの間、答えなかった。

「……ありえないわ。いくら早季ちゃんの言葉でも、それは、信じられない」

「嘘じゃありません！　わたしは、この目で見たんです！　悪鬼の姿は見ていませんが、二人の人が惨殺されるのも、はっきりと目撃しました！」

「だけど、理屈に合わないわ。どうして今、悪鬼が出現するの？　教育委員会が、あれほど厳重に子供たちを管理していたのに。ほんのわずかでも、ラーマン・クロギウス症候群の兆しが見えた子は、一人もいなかったはずよ」

「なぜかはわかりません。でも、悪鬼でないとすれば、いったい誰が、人間を呪力で殺害できるんでしょうか？」

　富子さんは、再び沈黙した。

「お願いです。信じてください。このままだと、本当に、取り返しのつかないことになります」

「でもね……早季ちゃん」

　富子さんは、嗄(しゃが)れた声で言う。

「もし、本当にそうだったら、打つ手はないのよ」

「そんな……！」

「考えられるのは、そうね……他の町で生まれた悪鬼が、何らかの理由で、ここまで来たということくらいかしら。その場合、私たちには悪鬼を斃(たお)す方法がない。まだ悪鬼として目覚める前なら、不浄猫を使えたかもしれないけど、本物の悪鬼になってしまったのなら、万に一つの僥倖(ぎょうこう)……天佑(てんゆう)を頼むしかないわ。悪鬼が事故に遭うか、病気になってくれることを」

「二世紀以上前、この町は、悪鬼の惨禍に遭いながら、見事に復活しました。それを目撃されたのは、あなたご自身じゃないですか？」

「ええ、そうよ。だからこそ、どんなことをしても二度と悪鬼を出現させてはならないと、固く誓ったの。今度こそ、町は全滅すると確信したから」

富子さんは、低い声で淡々と語った。

「あのとき、私たちは、とてつもなく幸運だったのよ。今度は、とてもそうはいかない。バケネズミにすら、こんなに手こずっているというのに……」

はっとしたように、言葉を切る。

「偶然のはずはないわね。バケネズミの襲撃と、悪鬼の出現は、関連しているはずだわ。でも、どうして、そんなことがありえるのかしら……？」

窓の外から、叫び声のようなものが聞こえてきた。心臓が、どきりと飛び跳ねる。

声は、しだいに近づいてきた。一人ではない。大勢が何かを叫んでいるようだ。

「新見さん。いったい、何の騒ぎなの？」

富子さんが訊ねる。新見さんとわたしは、窓際に行き、外を見た。学校の前の通りを、パニックに駆られた人々が走っている。異常な事態であることは、見た瞬間にわかった。

そのうち、群衆の一人が叫んだ「悪鬼だ！」という言葉が耳に入った。

とうとう、やって来た……。恐怖と絶望で、膝から下の力が抜けそうだった。

「早季ちゃん。今すぐに、ここから逃げなさい」

富子さんが、厳しい声で言う。

「一緒に行きましょう！」

「私は、ここに留まるわ。この状態では、足手まといにしかならないから」

「でも……！」

「あなたは、八丁標（はっちょうじめ）を越えて、清浄寺へ行きなさい。安全保障会議では、こうした緊急時には、そこで態勢を立て直す手筈になってます。あなたのご両親も、もし無事であれば、清浄寺へ逃げ延びているはずです」

急に、身体中を、どくどくと血液が回り始めたような気がした。かすかな希望だったが、今は、それにすがるよりない。

「ずっと以前に、私が言ったことを、憶えてますか？　あなたが私の後継者だというのは、私の本心でした。こんな形で引き継がなければならないのは残念ですが、神栖66町を、あなたに託します」

「待ってください。わたし……とても、そんな」

「それから、新見さん。あなたも、早季ちゃんと一緒に逃げてください」

新見さんは、たじろいだようだった。

「富子様がお逃げにならんのなら、私も、ここにおります」

「いいえ。あなたには、別の使命を与えます。肆星に、今の話を伝えてください。そして、もし、本当に悪鬼がやってきたのなら、公民館へ行って放送をしてください。できるだけ多くの人たちに、なるべく遠くへ逃げるよう警告を発するのです」

「……わかりました」

新見さんは、直立不動になって、頭を垂れた。

「さあ、何をしてるの？　早く行きなさい！」

わたしは、どうしていいかわからずに立ちつくしていたが、新見さんが、わたしの腕を摑んで、無理やり、部屋から連れ出した。

「待って！　富子様が、このままじゃ……！」

「これが、富子様の御意思なのです」

新見さんは、涙を流していた。わたしも、目頭が熱くなるのを覚えた。

朝比奈富子さんが、悪鬼と対面したのは、今のわたしと変わらない年齢のときだった。それから二百年以上の永きにわたって、富子さんは、ずっと、この町を守り続けてきた。良くも悪しくも、町そのものであったと言ってもいい。そして富子さんは、今、この町に殉じようとしているのだ。

だが、いつまでも感傷に浸っていることはできなかった。わたしは強い人間だ。だから、やるべきことをやらなければならない。心の中で、何度も、自分にそう言い聞かせる。

そうしなければ、前途に待っているもののことを考えると、恐怖にくじけてしまいそうだったからだ。

恐慌に取り憑かれた群衆は、旅鼠(レミング)を思わせる命がけの暴走を始めていた。とても、誰かを捉まえて話を聞けるような状態ではない。

「渡辺さん。あなたは、富子様に言われたとおり、清浄寺へ行ってください」

新見さんは、騒音に負けないよう、口の前に手を当てて叫んだ。

「でも、あなたは、どうされるんですか？」

「私は、鏑木肆星さんに会って、富子様の伝言を伝えます」

「だったら、わたしも、一緒に行きます。悪鬼が本当にいることを知ってるのは、わたしだけですから」

おそらく、鏑木肆星氏は、群衆が悪鬼に怯えているのを知っても、単に幻影を見たか、せいぜい、敵の謀略でそう信じ込まされただけだと思うだろう。悪鬼に対して、何らかの対抗手段を取れる人間がいるとすれば、日野光風氏亡き後は、鏑木肆星氏を措いてない。早く、正しい情報を伝えなければならなかった。

わたしたちは、群衆の流れに巻き込まれないよう用心しながら、道の端を伝って進んだ。これだけ人間が混み合うと、誰も、呪力を使うことができない。我先にと逃げ出す姿は、選ばれた民として神の力を謳歌していた姿の片鱗もなく、古代文明より遥か遠い昔にまで先祖返りしてしまったようだった。洞窟に棲み、闇に潜む超自然の存在を怖れ、風の音にも怯えていた、哀れな穴居人(けっきょじん)の群れへと。

早朝には晴れ渡っていた空は、どんよりとした鈍色の雲に覆われていた。驟雨(しゅうう)は一段落していたものの、いつまた降り出すかわからない。

「鏑木肆星さんは、こっちにおられるはずです」

新見さんが、言う。

「少し前は、無事な人たちを集めて、瓦礫を片付けて、怪我人を収容するためのテントを張っておられました。それがすんだら、自警団を再編成するということでしたが」

「でも、この人の波では……」

わたしは、群衆を見て絶望的な気持ちになった。この状態で、どうやって鏑木肆星氏を見つけて、会えばいいのだろうか。

群衆の先頭が広場にさしかかったとき、ふいに、前方の空が明るく輝いた。薄暗い雲を背景にして、巨大な光る文字が浮かぶ。


おちついてください。

おそれることはありません。

みなさんは、わたしが守ります。

メッセージの効果は、絶大だった。パニックに襲われて我を忘れていた人々が、それを見て、足を止め、徐々に落ち着きを取り戻していったのだ。

「恐怖は心を麻痺させます。それこそが、敵の思うつぼなのです。皆さん、冷静になってください」

鏑木肆星氏が、空中に浮遊しながら、広場に姿を現した。黄金色をした四つ目の仮面を被っている。追儺の儀式に使う方相氏の面だ。呪力によって増幅された声は、拡声器よりもはっきりと四方に響き渡った。

「バケネズミどもは、悪魔のような奸計を巡らせ、人間に対して反逆を企てました。その結果、我が町では多くの痛ましい犠牲者が出ました。亡くなられた方を悼むとともに、今こそ、私たちは、団結せねばなりません」

ぱちぱちと拍手が起こった。それは、どんどん大きくなり、群衆全体に波及する。

「そうだ!」「団結を!」という声が、方々で上がる。

「バケネズミに死を!」

鏑木肆星氏は、そう叫ぶと、広場の真ん中に、ふわりと着地する。

「バケネズミに死を!」

「バケネズミに死を!」

「バケネズミに死を！」

群衆は、熱狂し、拳を振り回しながら、シュプレヒコールを繰り返した。

鏑木肆星氏の卓越したカリスマ性がなければ、これほどたやすくパニックを鎮めることは不可能だったろう。見事な人心掌握術だった。心から恐怖を追い出せるほど強い感情は、怒りしかない。人々を扇動し、原初的な怒りを燃え上がらせるのは、劇薬に頼るのと同じで危険だが、気付け薬には、それだけ強い刺激が必要なのである。

だが、今から考えると、すべては、野狐丸の冷酷非情な読みの範疇だったのだろう。

悪鬼が登場するタイミングも。群衆を追いやる方向も。そして、それを、鏑木肆星氏が広場で足止めするであろうことまでも。

何の前触れもなく、広場の地面が波打つように膨らんだかと思うと、崩壊した。悲鳴を上げる間もなく、人々は、突如として足下に開いた巨大な穴に、呑み込まれていった。

陥没の範囲は、半径が五十メートルほどある広場全体に及んでいた。その際（きわ）は、群衆に追いつきかけていたわたしたちの、すぐ目の前まで迫っており、その中心は、人々の輪の真っ只中の、まさに鏑木肆星氏が降り立った場所だった。

この当時、バケネズミの工学的な能力は、少なくとも土木技術に関しては、完全に人間を上回っていたのではないだろうか。一瞬で、あれほど広範囲な陥没を発生させた方法については、今でも推測の域を出ないが、おそらくは、元々の得意技だった穴掘りの能力を生かして、広場の地下に縦横無尽にトンネルを掘り、容易に崩落するような状態を維持していたのだろう。そして、さらにその深部には、巨大な空洞を造り出していたのだ。

発破をかけたのは、狭い穴を通って運ばれてきた、小型のスミフキだったと考えられている。密閉空間での粉塵爆発によって、弱体化した地盤は崩壊し、地上にいた数百人の群衆を呑み込んでしまったのだ。

もうもうとした土煙によって、視界が完全に奪われてしまう。砂が目に入らないよう、両手で顔を覆うのが、精一杯だった。

「逃げましょう!」

新見さんが、わたしの手を引いた。

「でも、まだ、鏑木肆星さんに……!」

「もう、無駄です。この様子では、とても」

新見さんは、ひどく咳き込みながら言う。

まさか、鏑木肆星氏が死んだはずはないとは思う。しかし、いかに超人的な存在でも、今度こそは、呪力を発動する時間的余裕がなかったかもしれない。

わたしたちが、広場から逆方向に避難し始めたとき、再び、雨が降り始めた。最初は、ほんのお湿り程度だったのが、しだいに雨脚が強くなって、さきほどの驟雨に近い状態になる。

空を見上げて、わたしは、はっとした。雨は、ごく狭い範囲にしか降っていないのだ。ちょうど、地面の陥没によって、土煙が起きた場所だけに。

ぴたりと雨がやんだかと思うと、今度は、強い風が吹き始める。雨で薄まった土煙は、すっかり吹き払われてしまった。

鏑木肆星氏は、地面が陥没する前と同じ場所に立っていた。いや、すでに足下には何もないので、浮かんだままと言うべきだろうか。

その周囲には、多くの人が、同様に浮かんでいた。こちらは、自力で浮遊しているのではなく、呪力によって吊り下げられている状態だった。人々は、茫然とした様子のまま、ゆっくりと穴の外に下ろされる。

「全員を救えなかったのは、慚愧（ざんき）に堪えない」

鏑木肆星氏の、怒りと苦渋に満ちた声が響く。

「だが、復讐するは我にある。この醜く呪われた生き物、バケネズミという種そのものを、神の国、日本列島から根絶やしにすることを約束しよう……」

その言葉が終わる前に、激しい銃声が轟いた。

地面が崩壊してできた巨大な穴。その途中に開いた横穴から、バケネズミの兵士たちが、一斉射撃を行ったのだ。さらに、別の横穴からは、いちどきに数百本もの矢が放たれた。標的はただひとつ。鏑木肆星氏だった。

だが、下方から、雨霰(あめあられ)と浴びせかけられた銃弾と矢は、目標に到達する前に、異次元に呑み込まれたように消え失せてしまった。

「このしつこさは、正直、感服に値する。だが、たいへん残念なことに、何をやっても、私には通用しないのだよ」

すべてのバケネズミが、見えない手によって、横穴から引きずり出された。その数は、数百匹はいただろう。

「人語を解するものは、いるか?」

鏑木肆星氏が訊ねる。もはや、逃れられぬ運命を悟ったらしく、宙に浮かんだ数多くのバケネズミたちは、口をつぐみ、従容(しょうよう)として最期の時を待っていた。

「静かに逝かせてやるほど、私は動物愛護の精神は持ち合わせていない。何しろ昨夜来、お前たちには、さんざん、煮え湯を飲ませられてきたからな」

すべてのバケネズミが、急に、苦しみもがき始めた。

「苦しいか。お前たちの神経細胞に、苦痛の情報を流しているのだ。実体のない偽の情報だから、それだけでは死ねない。私の質問に答えない限り、いつまでも続けるぞ」

一匹が、ついに、口を割った。

「ヤメ……ヤメテクレ」

「ほう。なかなか上手に喋れるじゃないか。お前たちの総大将は、どこにいる？」

「キィ！　シラナイ……ギッギッ！」

拷問されているバケネズミは、泡を吹いて身をよじった。

「殺せ！　殺せ！　殺せ！」

このときになって、ようやくショックから立ち直った群衆が、叫び始めた。

「さあ、さっさと吐け！　さもないと……」

鏑木肆星氏は、厳しい声で迫った。

だが、バケネズミは、しばらくじたばたと暴れてから、急に白目を剝いて涎を垂らし、意味不明の音を発するだけになってしまった。

「苦痛の強度を上げすぎたか」

鏑木肆星氏は、吐き捨てる。廃物となり果てたバケネズミは、白い炎を上げて燃えると、あっという間に真っ黒に炭化し、穴の底へと落下していった。

そのとき、わたしたちよりずっと後方から、激しい悲鳴が上がる。

振り返ると、この世のものとも思えない光景が、網膜に映じた。

何人もの人間が、紙吹雪のように、宙に舞い上がっている。幾人かは、そのまま建物の外壁に叩きつけられ、花が咲いたような赤黒い血痕を残した。

「悪鬼だ！」

通りは、たちまち、恐怖と狂乱の巷と化した。だが、どこにも逃げ場はない。

「悪鬼だと？　馬鹿な……そんなことがあるわけが」

鏑木肆星氏は、穴の上の空間から、こちら側の地面に降り立った。

吊り下げられていたバケネズミの群れは、もはや用済みになったらしく、次々に破裂していく。肋骨が飛び出し、長い腸が垂れ下がった残骸は、糸が切れたように、穴の底へと消えていった。

怒り狂った野獣のような、甲高い唸り声が聞こえた。

わたしたちの背後にいた数十人が、一瞬にして、炎に包まれる。絶叫しながらもがき、地面に倒れ伏す人たち。新見さんは、わたしを胸元に引き寄せて抱え込み、建物の窪みに身を潜めた。

焼き殺された人たちの悲鳴が途絶えると、通りは不気味な静寂に包まれた。生き残った人たちは全員、わたしたちと同様に、通りの両端に身を寄せると、歯の根も合わぬほどの恐怖に震えていた。

その真ん中を、悪鬼がやって来る。

正視することなど、できようはずもなかった。ただ、そのかすかな足音だけに全神経を集中する。

心臓は、荒れ狂うような鼓動を打ち続けていた。まるで、いつ止まってもいいようにと、この世の名残を刻んでいるかのようだった。

だが……。

新見さんの腕の下から、悪鬼の姿が見えると、わたしは、魅入られたように視線を吸い寄せられてしまった。たとえようもなく恐ろしいのに、どうしても、目を離すことができない。

それは、ひどく小さかった。バケネズミか、あるいは、子供のように。

いや。まぎれもなく、人間の子供だ。男の子。せいぜい、九歳か十歳くらいだろうか。

バケネズミが着るような毛皮の戎衣(じゅうい)に身を包み、顔や腕には、青い複雑な線の入れ墨が入っている。わたしたちには目もくれようとせず、正面にいる鏑木肆星氏を凝視している。

「本当に……悪鬼なのか？　だが、なぜだ？　お前は、誰なんだ？」

鏑木肆星氏が、叫ぶ。

わたしは、大きく目を見開いていた。

初めて見る少年だった。しかし、それが誰なのか、はっきりとわかったのだ。子供にしては面長の、整ったきれいな顔立ちは、どこから見ても、真理亜にそっくりだったのである。

そして、伸び放題に伸びた髪は、真理亜と同じように赤く、守を思わせる、ひどい癖っ毛だった。

突如として現れた悪鬼は、早世した二人の忘れ形見だったのだ。

「Grrr……★*∀§▲ЖАД!」

野獣の唸り声が混じった奇妙なボーイソプラノで、悪鬼が叫んだ。

数個の瓦礫が浮き上がり、鏑木肆星氏に向かって、弾丸のような速度で飛んでいった。だが、すべて、途中で透明な壁に激突したかのように、粉々に砕け散る。

鏑木肆星氏の背後の穴から、そろそろと、木の根が忍び寄ってきた。さらに、両側の建物に亀裂が入ったかと思うと、漆喰を粉砕して、長い材木が飛び出してきた。

だが、どんな攻撃も、すべて無効だった。二本の材木は、鏑木肆星氏を押し潰す前に、文字通り、木っ端微塵になる。背後から襲ってきた木の根は、足下に辿り着く前に燃え上がり、白い灰となって風に吹き散らされた。

「≠＊□И……Ė▼ЮΣ」

悪鬼は、急に警戒し出したらしく、ぴたりと足を止めた。獲物の意外な抵抗に鼻白んだ捕食獣のように、かすかに首を傾げながら、鏑木肆星氏を睨んでいる。

「無駄だ。お前の単純な技など、私にとって、見切るのは容易なことだ」

鏑木肆星氏は、傲然とうそぶく。

「せめて、このぐらいのことを、やってみるがいい」

悪鬼の両側の家が、突如、砂糖の山のように、さらさらと崩れ落ちた。変異は、悪鬼の足下にまで及び、通りの敷石が微粒子に変わり、蟻地獄のように大きな凹みを造っていく。悪鬼は、野生動物の敏捷さで飛び退いた。さすがに、驚愕の色は隠せない。

「早季！」

突然、後ろから声をかけられ、わたしは、思わず飛び上がりそうになった。振り返ると、悲愴な表情の覚が立っていた。

「覚……無事だったのね！」

「逃げるんだ。勝負は、目に見えてる」

「え？　……でも」

悪鬼と鏑木肆星氏は、膠着状態のまま睨み合いに入っていた。技の優劣という点では、とうてい比較にならないが、どちらも、事態を打開する決め手を欠いているようだった。

「今はまだ、鏑木肆星さんの示威行為が効いて、悪鬼は、動けないでいる。でも、やつが気づくのは、時間の問題だ」

「気づくって、何を？」

「鏑木肆星さんには、攻撃抑制と愧死機構が備わっているせいで、同じ人間である悪鬼を殺すことができないんだ。……でも、やつは違う」

「しかし、ちょっと待ってください。悪鬼の方だって、鏑木肆星さんを斃すことはできんでしょう？　鏑木さんは、どんな攻撃も跳ね返してしまうだろうし」

新見さんが、口を挟んだ。

「いや。やつにとっては、おそらく、簡単なことなんです」

「そんな……」

わたしの脳裏に、またも、失われていた記憶が蘇った。


鏑木肆星は、白い鶏卵とにらめっこをしている■に、ゆっくりと近づいた。

誰もが、歴史的な出会いを期待した。■は、いずれは、鏑木肆星の衣鉢を継ぐと目されている生徒である。ここで初めて、直に指導を受けることになるのだろうと。

だが、途中で、鏑木肆星の足は、ぴたりと止まった。

どうしたのだろう。いぶかっていると、鏑木肆星の足は、逆に一、二歩後ずさりをした。それから、くるりときびすを返すと、みなが呆気にとられる中、さっさと実技演習室から出て行ってしまった。


呪力の漏出。これもまた、長い間ずっと、忘れていた言葉だった。無敵の鏑木肆星氏は、あのとき、いったい何を怖れたのだろうか。

「があああ……！」

突然、鏑木肆星氏が叫び出した。裂帛(れっぱく)の気合いではない。それは、まるで、断末魔の絶叫だった。

鏑木肆星氏の顔を覆っていた、黄金の仮面が吹き飛んだ。世にも恐ろしい、虹彩が四つ並んだ目が、剝き出しになる。しかし、すでに、そこには、色濃く死相が表れていた。

「逃げろ！　今しかない！」

覚に引っ張られて、わたしたちは、走り出した。元来た方へ戻ったのではない。悪鬼のすぐ横を通り、さらに、鏑木肆星氏のそばを擦り抜けた。

悪鬼は、わたしたち三人には、何の関心も払わなかった。全力で、鏑木肆星氏を仕留めにかかっている。

ちらりと振り返ったとき、鏑木肆星氏の頭部が、虹のような光で覆われているのが目に入った。呪力と呪力がぶつかったときに顕れる干渉模様だ。

悪鬼は、直接、鏑木肆星氏の肉体に呪力を及ぼしているのだ。そして、いかに鏑木肆星氏といえども、呪力によって呪力そのものを撥ね除けることはできない。

枯れ枝が折れるような、嫌な音がした。

首が、ありえない方向に曲がっている。それが、わたしの見た鏑木肆星氏の、最後の姿だった。

広場のあった場所にぽっかりと口を開けている穴が、目の前に迫る。信じられないほど巨大で、底が見えないほど深い。

わたしたちは、死に物狂いで跳躍した。

6

大地の底まで続いているかと思われるような、巨大な縦坑(たてこう)を落下していく。多くの人間とバケネズミの墓場となった穴の底は、真っ暗だった。視界が利かなくなったら、呪力は使えない。瞬間、上を向き、穴の縁に呪力の鉤を引っかけた。想像上の綱にぶら下がって、何とか壁面に取り付く。

岩肌は、さっきの雨で、ぬめぬめと光り、滑りやすかった。ひどく蒸し暑い上、爆発で酸素が薄くなっているらしく、息苦しい。しかも、空気には、焦げ臭さに、血の臭いと、正体不明の悪臭まで混じっている。

「早季。だいじょうぶか?」

覚の声がする。わたしよりかなり上の位置で、足場を確保しているようだ。

「ここよ! 新見さんは?」

「だいじょうぶです」

岩の突起が邪魔になって、姿は見えないが、思ったより近くから声が聞こえた。

「僕の少し下に、横穴が見える。ここへ入ろう」

絶壁に、目印となる緑色の炎が閃いた。一瞬目が眩みそうになったが、位置はしっかりと確認できた。赤い筋が、視野をゆっくりと横切っていく。

岩肌が磁石のようにわたしの身体を吸い付けるイメージを作る。身体を安定させてから、ヤモリのように、ゆっくりと這い上っていった。

穴の外から、大勢の人の悲鳴と、建物が崩落するような大音響が響いてきた。悪鬼が、殺戮を再開したのだろう。わたしは、唇を噛んだ。今のわたしたちには、何もできない。ただ、少しでも多くの人が逃げることを、祈るしかないのだ。

目を閉じて、心臓の鼓動を落ち着ける。今は、逃げ延びることだけを考えなきゃ。悪鬼が穴の中に注意を向けるまでには、まだ時間があるはず。

わたしと新見さんが、横穴に辿り着いたときには、もう、覚は中で待っていた。

「早く！　入って」

覚が、わたしたちの手を順番に引いて、横穴に引き込んだ。

口径が一・五メートルほどしかないので、中腰にならなくてはならない。さっきよりもひどい悪臭に襲われる。鼻がもげそうだった。

「何？　この臭い」

「たぶん、トンネルを固めるのに、排泄物を混ぜた粘土やモルタルを使ってるんだ」

覚も、鼻を覆いながら言う。

「なんで、そんな?」

「突貫工事のためだろうな。やつらも、この戦争のために、相当無理をしてるんだよ」

新見さんが、地面に落ちていた松明を見つけた。発火させると、ますます息苦しくなるような感覚に囚われたが、横穴の中の様子が少し見えるようになった。地面には、ゴミが散乱していた。雑草の根や、昆虫の羽根や肢など。おそらく、それが、彼らの兵糧の残滓なのだろう。

「ここを見てください」

新見さんが、何かを見つけた。地面の上に、大量の血痕がある。さらに、這いずったような跡も。

「怪我をしたバケネズミがいるんだ。気をつけろ。まだ、生きてるかもしれない」

覚が、ささやいた。

横穴の奥へ向かって血痕を辿っていくと、それはいた。死んだように横たわっている。だが、よく見ると、かすかに胸郭が上下していた。

「見てみろよ。左腕がない……」

覚が指さす。瀕死のバケネズミは、左腕を根本近くから失っていた。右手には、血刀を握りしめている。

「おそらく、鏑木肆星さんの呪力で左腕を捉まえられたんだ。引っ張り出されそうになり、自分で左腕を切断して逃れたんだろう」

「こんな動物が、まさか、そこまでやるとは……」

新見さんが、唸った。

「あのとき、穴から引き出された兵士は、ほとんど何も着ていませんでした。この個体は、革に金属を組み合わせた鎧を着ている。どう見ても、将官クラスです。自分の知っている貴重な情報を守るために、やったんでしょう」

「……とどめを刺すの？」

「いや。まだ喋れるようなら、喋ってもらおう。……だいじょうぶ。悪鬼は、ここまでは追ってこられないから、多少の時間はあるよ」

覚は、呪力で、バケネズミから刀を奪い取った。それで、バケネズミは意識を取り戻したらしかった。松明の明かりを受けて赤く光る眼で、こちらを見る。

「おい。訊かれたことに素直に答えれば、苦しまずに逝かせてやる」

覚は、バケネズミの前に、しゃがんだ。

「ずいぶん、ひどいものを喰ってたみたいだな。なぜ、そうまでして、人間に楯突こうとするんだ？　お前たちが何を考えているのか、理解に苦しむよ」

バケネズミは、俯せになったまま、覚を見返した。

「どうした？　人間の言葉は話せるんだろう？　今さら分からないふりをして、ごまかそうとしても、無駄だぞ」

「ごまかす必要などない」

バケネズミは、掠れてはいるが、世間話のように平静な口調で応じる。

「そうか。だったら言え。野狐丸は、今、どこにいる？」

これには、バケネズミは、口をつぐんで答えなかった。

「お前たちは、みんな、野狐丸に騙されてるんだ。どうして、それがわからないんだ？　あいつは、兵士の命など、何とも思ってないんだぞ」

「兵士の命だと？　下らん。大義の前には、一個体の生命など鴻毛（こうもう）のように軽いのだ」

「その大義というのは、何なんだ？」

「我々の全種族を、お前たちの圧政下から解放することだ」

「圧政って、どういうこと？　わたしたちは、あなたたちに、そんなに過酷な扱いをした覚えはないわ」

　わたしは、思わず、口を挟んでいた。

「我々は、高い智能を持っている。本来なら、お前たちと平等に扱われるべき存在なのだ。にもかかわらず、お前たちの悪魔の力によって、尊厳を奪われ、獣のような扱いを受けてきた。もはや、お前たちを地上から一掃する以外に、我々の誇りを恢復する道はない」

「人間を、一掃する？　そんなことができると、本気で思ってるのか？」

　覚が、激昂して叫んだ。

「お前たちバケネズミは、卑怯な騙し討ちによって、大勢の人間を殺した。だが、人間が一人でも残っていれば、お前たちを皆殺しにできるんだ！」

「そうはならん。お前たちが野狐丸と呼ぶ、解放の英雄、スクィーラが我らと共にある限り。そして、天から我々の陣営に、救世主が降誕された以上はな」

「救世主？　あの、悪鬼のことか？」

「悪鬼？　……悪鬼とは、お前たちのことだ！」

　バケネズミは、四つん這いの姿勢から、いきなり地面を蹴って突進すると、覚に襲いかかった。

瞬間、三人の呪力が交差して、虹色の光が閃いた。バケネズミは、小石のように隧道の端まで吹き飛ばされ、露出していた岩に叩きつけられた。

「しまった」

覚は叫んだが、時すでに遅しである。背筋が逆に折れ曲がったバケネズミは、絶命しているのがあきらかだった。

「こいつ、自分を殺させるために、わざと飛びかかったんだ……」

「もういい。行きましょう」

新見さんが、わたしたちを促す。

「いつまでも、ここでぐずぐずしているわけにはいきません。私には、富子様より与えられた最後の使命があります。あなたたちも、早く、清浄寺へ行かなければ」

わたしたちは、玉の汗を流し、息を切らしながら、狭いトンネルを奥に向かって進んだ。どこかに、地上への出口があるはずである。覚は、悪鬼には呪力を応用して縦穴を下りてくることはできないと高をくくり、逃げ切れると楽観していたようだが、もし、悪鬼が、早々と大量虐殺を終えてしまえば、出口に先回りされる危険性だってあるのだ。

十四年前、夏季キャンプへ行ったときのことを思い出す。あのときも、わたしと覚は、バケネズミの隧道を延々とさまよう羽目になった。あれほど絶望的な状況はないと思ったものだが、今と比べれば、ただの肝試しのようなものにすぎなかった。

多くの人が殺され、両親の安否すら分からない。今や、わたしたちには、帰るべき町もないのである。

涙が溢れそうになったが、懸命に堪える。

不世出の能力者だった日野光風氏も、鏑木肆星氏も斃れ、わたしたちには、悪鬼に対抗する手段は何一つ残されていない。だが、それでも諦めるわけにはいかない。将来に何の展望もないときこそ、どこまで踏ん張れるかで、本当の強さが試される。その意味でも、今こそが試練の時なのだ。

負けるわけにはいかない。わたしは、後継者として富子さんから町を託されたのだから。そう思うことだけが、心の支えになっていた。

バケネズミの横穴を二百メートルほど行くと、地上へ出る縦穴があった。出入り口は、木の根の間に作られており、雑草で巧妙にカモフラージュされている。町のすぐそばに、こんなものを作った大胆不敵さには、呆れるしかない。

わたしたちは、悪鬼やバケネズミの部隊が付近にいないことを確認して、穴を出た。

本来なら、手近な水路に直行して、舟で逃げるべきところだろう。しかし、スミフキ対策のために、すでに多くの水路の水は抜かれてしまっていた。残された幹線運河には、敵の目が光っているに違いない。

わたしと覚は、やむを得ず、徒歩で利根川の本流を目指すことにした。そして、新見さんとは、ここでお別れとなる。

「お二人とも、どうか、ご無事で」

新見さんは、わたしたちの手を握って言った。

「新見さんも、僕らと一緒に来られませんか？」

覚が、翻意を求めたが、新見さんは、首を振った。

「いや。私は、公民館へ行かねばなりません。それが、富子様のご指示ですから」

「しかし、今さら放送をしても、手遅れじゃないでしょうか？　すでに、悪鬼は、茅輪の郷にいた人たちを、ほとんど……」

「手遅れかどうかは、わたしにはわかりません。ですが、たとえ一人でも、私が放送をすることで逃げてくれれば、無駄ではないはずです」

新見さんの意思は固いようだった。わたしたちは、そこで袂(たもと)を分かち、そして、それが最後になった。

夏草を掻き分けて、丘に登る。いつ、背後から悪鬼が現れるかという恐怖で、全身に冷たい汗をかいていた。振り返ると、町の中心部からは、不気味な黒煙が幾筋も立ち上っていた。

病院から町を目指したときと同様に、バケネズミの待ち伏せを警戒しながら進むので、なかなか道のりが捗(はかど)らない。

ようやく茅輪の郷を抜けようとするときだった。風に乗って、公民館からの放送が聞こえてきたのは。

緊急警報。緊急警報。悪鬼が出現しました。悪鬼が出現しました。氏名及びタイプ別は不明ですが、クロギウスⅠ型ないしⅡ型の変異型と思われます。悪鬼は、クロギウスⅠ型ないしⅡ型の変異型と思われます。悪鬼は、茅輪の郷を襲い、多数の犠牲者が出ています。繰り返します。悪鬼は、茅輪の郷を襲い、多数の犠牲者が出ています。可及的速やかに、避難してください。町の中心部におられる方は、ただちに退去し、周辺部におられる方も、町を離れて、可能な限り遠くまで逃げてください……。

新見さんの声だった。覚が、ぎゅっとわたしの肩を摑んだ。思ったより早く、公民館に着いたらしい。悪鬼やバケネズミに遭遇する危険も顧みず、急行したのだろう。

声による放送は、その後、しばらくの間、同じ内容を繰り返していた。ちなみに、悪鬼の正式名称であるラーマン・クロギウス症候群は、混沌型と呼ばれるラーマンⅠ型〜Ⅳ型と、秩序型とされるクロギウスⅠ型〜Ⅲ型に分類される。混沌型と秩序型では、破壊や殺戮の様態が違うため、避難する際の心得も変わってくるのだ。

それから、放送は、古いアナログ・レコードの音楽に変わった。

もちろん、古代のレコードが、千年以上も保つわけはない。呪力によって、陶製の盤に音溝を複製したものだが、演奏自体は、遥か昔に録音された原音そのままである。

音楽は、ドボルザークの交響楽『新世界より』の第二楽章の一部、『家路』だった。新見さんが、なぜ、この曲を選んだのかはわからない。故郷の町が消滅しようとしているとき、なぜ、毎日、日没前に流され、子供たちに帰宅を促していた曲をかけようと思ったのだろうか。

演奏には、歌は入っていなかったが、聴いているわたしの脳裏には、はっきりと歌詞が浮かんでいた。

遠き山に日は落ちて
星は空をちりばめぬ
きょうのわざを　なしおえて
心軽くやすらえば
風はすずしこの夕べ
いざや楽しまどいせん
まどいせん

やみにもえしかがり火は
ほのお今は静まりぬ
眠れやすくいこえよと
さそうごとく消え行けば
やすきみ手に守られて
いざや楽し夢を見ん
夢を見ん

それからも、『家路』のメロディは、エンドレスで流し続けられた。

「どうやら、新見さんも、公民館を脱出したみたいだな。……僕らも行こう」

覚が、わたしを促した。

「ええ」

まだ日没には間があったが、この曲を聴くと、条件反射のように夕刻の情景が浮かんでくる。そして、ふと、気がついた。公民館の放送は、郷にたったひとつの、発電用の水車によって得られた電気で行われる。だが、今や、水路の水は、すべて干上がっているはずだ。

新見さんは、まだ、公民館にいる。この放送は、新見さんの呪力なしには、行うことができないのだから。

よっぽど、そのことを告げようかと思ったが、覚の横顔には厳しい表情が刻まれていた。覚も、とうに気がついているのだ。

わたしたちは、無言のまま歩き続けた。干上った水路を横断し、川を目指す。公民館からかなり隔たったところまで来たので、『家路』は、ほんのかすかに聞こえるだけになっていた。

それが、ぷつりと途絶えた。

わたしは、瞑目し、涙を流すまいと歯を食いしばり、そして、ゆっくりと息を吐いた。

新見さんは、わたしが、富子さんによって後継者に指名されるのを聞いていた。だから、わたしたちを安全に清浄寺へ逃がすために、あえて、反対方向の公民館へ悪鬼を引き付けたのではないだろうか。

だが、それをたしかめる機会は、永遠に失われてしまった。

わたしたちは、幹線運河を避けて野原を抜け、遠回りをしてようやく利根川に辿り着いた。このときほど、あの清冽で雄大な流れが美しく見えたことはなかったように思う。どこかに舟がないかと探したが、そう都合よく見つかるわけもない。結局、倒木を三つ見つけ、呪力で強引に融合させて、筏を造った。

利根川を遡りながら、ゆっくりした水の上下動に身を任せていると、この、二十四時間足らずのうちに起きた出来事が、どれも、現実とは思えなくなってくる。

これは、きっと夢なんだ。夢に違いない。そう思いたかった。しかし、身体に残された無数の切り傷や打ち身、それにどうしようもない疲労感は、すべては現実に起きたのだと、声高に主張していた。

昨晩から眠っていないこともあって、頭が朦朧としてきた。あまりにも多くの衝撃的な事件が矢継ぎ早に起こったために、脳がそれを処理し切れていないようだ。

わたしは、いつしか、奇妙な無感動状態（アパシー）に陥っていた。

今から千年後には、わたしたちは、全員、影も形もなくなっている。ここでどんなことが起きようとも、思い出す人すらいなくなるに違いない。だとすれば、必死に恐怖に耐え、苦しみながら戦い続けることに、どんな意味があるだろうか……。

「早季。たぶん、この近くじゃないかな」

覚に声をかけられても、すぐには、どういう意味だかわからなかった。

「入り口がどこだったか、覚えてる？」

それで、ようやくわかった。覚は、清浄寺への進入路について、訊いているのだ。

「……わからない。あそこにある槐（えんじゅ）の木に見覚えがあるような気はするんだけど」

清浄寺の場所は、秘密というわけではなかったが、一般には、あまりあきらかにされていない。通過儀礼（イニシエーション）のときには、窓のない屋形船で運ばれてくるので、どこで水路から川に出て、再び水路に入ったのかもわからなかった。わたしは、異類管理課という所属がら、鳥獣保護官と一緒にフィールドワークを行った経験があり、その際、清浄寺にも、何度か立ち寄っていた。利根川から清浄寺の境内まで続く進入路があるはずなのだが、どこにも、それが見当たらないのだ。

「おかしいな。僕も、間違いなく、この辺だったと思うんだけど」

「どうしよう？」

上陸して、付近を探してみるべきだろうか。だが、見当違いの場所を歩き回っていても、得るものがないどころか、バケネズミと遭遇する危険性が高くなるかもしれない。

「すみません！　どなたか、いらっしゃいませんか？」

覚が、大声で呼ばった。

「やめて。悪鬼に聞かれたらどうするの？」

わたしは、あわてて止めようとしたが、覚は、首を振った。

「危険は、承知の上だ。こうしてる間にも悪鬼が追ってくるかもしれないんだ。早く寺を見つけなきゃ……すみません！　どなたか、清浄寺の方はいらっしゃいませんか？」

すると、驚いたことに、どこからか返答の声が聞こえた。

「どなたでしょうか？」

「私は、妙法農場の生物試験課に勤める朝比奈覚、こっちは、保健所職員の渡辺早季です。富子様より清浄寺へ避難するよう言われ、参りました」

「少々、お待ちください」

ぎしぎしと何かが軋むような音がすると、わたしたちの筏のほぼ真正面で、藪が左右に割れた。奥には、水路が続いている。

「そのまま、お入りなさい」

声の主は、あいかわらず、姿を見せない。わたしたちは、倒木をつなぎ合わせただけの不細工な筏に乗って、水路に入っていった。背後で、藪でカモフラージュした扉が閉まる。よく見ると、さほどの大仕掛けではないようだが、呪力なしには開けるのは困難だろう。舟に乗って川から見ても、まず気づかれないだろうし、陸の方から近づいても、密生した木立や岩が邪魔をして、そう簡単には発見されないはずだ。

筏（いかだ）は、狭く曲がりくねった水路を通り、周囲をぐるりと囲いで覆われた船着き場に到着した。これは、通過儀礼（イニシエーション）のときに、わたしが連れてこられた場所だと、思い出す。もっと大きな水路があったはずだが、おそらく、そちらは閉鎖されているのだろう。

「よく、ご無事で、ここまで来られましたね」

僧形の人物が、合掌しながら現れた。わたしたちも、丁寧に礼を返す。

「私は、清浄寺の知客（しか）を勤める、寂静（じゃくじょう）と申します。さぞや、お疲れになったでしょう。まずは、ゆるりとご休息ください。その後、少々お訊きしたいこともありますので」

知客というのは、寺で接客を担当する役職である。わたしたちは、囲いで視界を遮られている階段を上がった。お寺の中に入ると、そこが宿坊になっており、わたしたち二人は、畳の部屋に通された。すぐに、二人分のお膳が、持ってこられる。載っていたのは、白いご飯と蕪（かぶ）の漬け物、それに白湯だけだったが、このときのわたしたちには、どんなご馳走より有り難かった。猛烈な勢いでご飯を掻き込む。気づいたときには、お膳の上は空っぽになっていた。

それから、しばらくの間、わたしたちは、放心状態で過ごした。覚と話し合わなければならないことは、山のようにあったのだが、そうする気力が湧いてこないのだ。筏の上で感じていた無感動状態（アパシー）に、再び取り憑かれたような感じだった。

部屋の外から、声がかけられた。さきほどの寂静という僧の声だった。

「朝比奈覚さん。渡辺早季さん。お疲れのところ誠に恐縮ですが、今すぐ、本堂までおいでいただけますか？」

「わかりました」と、同時に答える。

本堂へ案内されると、たくさんの僧侶が集まっていた。どうやら、護摩を焚く準備をしているところらしい。

「朝比奈覚さん、渡辺早季さんが、いらっしゃいました」

寂静師の声が響くと、本堂の中は、しんとなった。

「おお、おお。よく来られた……」

そう言ったのは、無瞋上人(むしんしょうにん)だった。すでに百歳を超える老齢だが、しばらく見ない間に、さらに老け込み、窶(やつ)れたように見える。

「富子様には……お変わりはないのかな?」

わたしは、何と言っていいのかわからず、絶句した。わたしの表情から、すべてを読み取ったのだろう。無瞋上人は、瞑目した。

代わって、わたしたちに話しかけたのは、鶴のように痩せた、やはり、かなりの高齢と思われる僧侶だった。僧は、清浄寺の監寺(かんす)を勤める行捨(ぎょうしゃ)だと、自己紹介をした。監寺というのは、寺の住持、無瞋上人に次ぐ位置であり、実務上の最高責任者と言ってもいい。どこかで見覚えのある顔だと思ったのだが、一週間前に開催された、安全保障会議に出席していたようだ。

「あなたたちには、是非とも協力してもらいたいことがあるのです。お二人のどちらか、悪鬼を間近でご覧になった方はおられますかな？」

「はい。二人とも見ています」と、覚が答える。

「では、その人相風体を、私たちに伝えてくださいませんか。何歳くらいで、いったい、どんな外見なのかを」

「悪鬼は……年齢は、たぶん、十歳前後だと思います」

わたしがそう言うと、どよめきが起きた。

「十歳？　それほど若年の悪鬼というのは、初めて聞きました」

「まだ少年、というより子供ですが、顔立ちはたいへん整っています。髪は赤い癖毛で……」

悪鬼が、真理亜と守がこの世に残した息子であることには確信があったが、そのことを話すのは、躊躇してしまった。わたしと覚が、悪鬼の外見を描写している間に、護摩壇（ごまだん）に火が入れられた。炎は、天井近くまで上がり、数名の僧が、読経を始める。

「だいたい、わかりました。それでは、悪鬼とは、このような者なのでしょうか？」

行捨師が言うと、炎の中に、ぼおっと悪鬼の姿が浮かび上がった。

「ええ……この通りです。間違いありません！」

間近で見たときの戦慄がよみがえり、わたしは、声が震えるのを感じた。

「ありがとうございました。それでは、もう、下がっていただいて結構です」

行捨師は、そう言うと、無瞋上人らと共に護摩壇の前に座る。炎の中に香油が注がれ、護摩木がくべられた。火の粉が弾け、総勢三十名ほどの僧侶が一心に経を誦す声が、本堂いっぱいに響き渡る。

「待ってください。お訊きしたいことが……」

行捨師を呼び止めようとしたわたしを、寂静師が制した。

「ご質問があれば、私が承ります。とにかく今は、お下がりください」

本堂から出たところで、覚が、寂静師に質問をした。

「あのご祈禱は、何をされるところなんですか？」

寂静師は、少しうつむいて考えているようだった。

「本当は、口外してはならないのですが、あなた方お二人には、特別に申し上げましょう。本日只今より、清浄寺の総力を挙げ、悪鬼調伏のための護摩を焚くことになったのです」

「悪鬼を調伏する？　そんなことが、できるんですか？」

わたしは、驚いて叫んでしまった。

「むろん、容易な業ではありません。しかし、北極星から放射される仏光で、妖魔鬼類の行動を止める熾盛光法。毘沙門天の御力で鬼神を鎮める鎮将夜叉法。四箇大法の一つで、地霊を鎮め、国家の災いを防ぐ大安鎮法。太古にモンゴルの軍勢が日本に攻め寄せた際は、神風を吹かせたとされる尊勝仏頂陀羅尼法。さらには、至高最強の呪法、一字金輪法など、あらゆる秘儀を集約し、さらに効力を高めた呪法を執り行えば、必ずや、悪鬼を調伏できるものと信じております」

寂静師は、自信たっぷりに言う。

「これまでに、調伏に成功した例はあるんですか？」

覚が、遠慮がちに訊ねた。

「当寺に伝わる古文書によれば、四百年前に突如現れた悪鬼に対しては、全寺を挙げての三日三晩の祈禱によって、見事、調伏に成功し、それ以降は、一人の犠牲者も出すことはなかったということです」

「それは……悪鬼を殺したということですか？」

覚が重ねて訊くと、寂静師の表情が曇った。

「いや、そうではありません。古来、怨敵を呪殺するための行は存在しましたが、現在は、御仏の道に背くことであるとして、絶対の禁忌となっています」

「しかし、悪鬼により、すでに、多くの人たちが殺されています。悪鬼一人を殺すことで、多くの人が救われるとすれば、それは、むしろ仏の道に適うことではないんですか？」

「だからといって、祈禱によって悪鬼を殺すことはできません。それは、我々も皆さんも同じことです。人が、呪力を用いて人を殺すことは、どんなやり方であれ、けっして許されることはないのです」

どれほど迂遠な形を取ったところで、わたしたちのＤＮＡに焼き付けられた攻撃抑制や愧死機構をごまかすのは不可能らしい。だが、悪鬼を直接攻撃できないというのであれば、いったい何のために、護摩を焚くというのだろう。

覚も、わたしと同じ疑問を抱いたようだった。

「では、ご祈禱の効力は、いったい、どこに顕れるんですか？」

「悪鬼を調伏するというのは、その行動を掣肘し、慚愧の念から仏心をよみがえらせて、無益な殺戮を押しとどめることなのです」

人々の無意識から漏出した呪力により、生物の進化まで歪められるのだから、修行を積んだ僧侶たちが一心に念じた呪力は、たいへんな効力を持つに違いない。寂静師の言うとおり、悪鬼調伏の護摩は、悪鬼を物理的に攻撃するのではなく、精神的に影響を与えて、その行動を制約しようとするものなのだろう。平和的な解決法としては、これ以上のものはないかもしれない。

だが、そもそもの出発点において、重大な誤算があるのではないだろうか。これまでに出現した悪鬼はすべて、一度は、わたしたちの社会の一員だった。悪鬼の人格に心を支配されてしまったとしても、その奥底には、ごく普通の人間だった頃の記憶や感情が眠っていたはずだ。そうした記憶の深層に働きかけることができれば、あるいは、殺戮を躊躇させることも可能だったかもしれない。

だが、あの悪鬼は、おそらく、人間の社会で暮らした経験はなく、日本語すらまったく理解できないはずだ。遺伝的には人間であるとしても、精神はバケネズミそのものだろう。そんな相手を動かすことなど、とても可能とは思えなかった。

そのことを、伝えるべきかどうか迷う。だが、わたしには、その前に訊ねなければならないことがあった。

「富子様は、非常時には、安全保障会議の構成員は、清浄寺に逃れる手筈になっているとおっしゃってました。わたしの両親……図書館司書の渡辺瑞穂と、町長の杉浦敬ですが、ここへは参らなかったのでしょうか？」

寂静師の答えは、予想外なものだった。

「お見えになりました」

「え？　じゃあ、今どこに？」

わたしは、勢い込んで訊ねたが、寂静師の沈鬱な顔を見て、冷水を浴びせられたような気分を味わった。

「お二人は、無瞋上人や行捨師とお話しになり、町へお戻りになりました。あなたたちがおいでになる、ほんの二、三時間前のことです」

だとすれば、利根川では、ちょうど入れ違いになったのだろう。

「そんな……なぜ？」

「ご両親は、あなたのことを、たいへん心配しておられました。ですが、必ずや無事に、ここへ到着されると信じ、ひたすらお待ちになっていたのです。そこへ、町から、悪鬼が出現したという第一報が入りました」

わたしは、寂静師の顔から、どうしても目を離すことができなかった。

「今は、いかなる犠牲を払っても悪鬼を止めることが急務であると、ご両親は考えられたようでした。そのため、あえて町へと戻られたのです。第一に、町で飼われている不浄猫を一匹残らず解き放つため。第二に、万一にもバケネズミの手に渡らぬよう、図書館にある資料を処分しなければならないともおっしゃってました」

「それじゃあ……」

わたしは、膝から力が抜けるのを感じた。覚が、わたしの肩に手を回して支えなければ、その場に崩れ落ちていたかもしれない。

父と母は、自ら進んで、死地に赴いたというのか。

「お二人から、あなたが来られたとき、お渡しするように、お預かりしているものがあります。後ほど、ご覧に入れましょう」

「今すぐに……見せてください」

わたしは、茫然として、つぶやくしかなかった。

「わかりました。それでは、すぐにお持ちしましょう。ただ、その前に、あなたたちに、ぜひお会いしたいという方がお待ちになっています。やはり、当寺の客人なのですが」

もはや、寂静師の言葉は、わたしの耳には入ってこなかった。

今から追いかけても、もう、間に合わない。両親は、すでに、悪鬼とバケネズミが支配する地域へ入ってしまったはずだ。だとすれば、生還は、まず不可能だ。

わたしは、両親を、いちどきに失ってしまったのだろうか。そう思うと、身体の中からすべての力が失われていくようだった。

覚が、寂静師と何かを話してから、わたしの肩を抱きかかえるようにして、長い廊下を歩いていく。どうやら、宿坊の方へ戻っているようだ。

「失礼します。渡辺早季さんと、朝比奈覚さんを、お連れしました」

寂静師は、板戸の前で膝をつき、声をかける。

「どうぞ」

中から聞こえた声には、どこか聞き覚えがあった。

板戸を開けると、中も板張りの部屋で、粗末な床が敷いてあった。同じ宿坊の中でも、わたしたちが通された部屋は、かなり上等な部類だったらしい。

「渡辺さん。ご無事で何よりです。朝比奈さんも」

床の上に半身を起こしている男性が言う。ひどく日に灼けている上に、半白の無精髭が顔を覆っていたが、誰なのかはすぐにわかった。

「乾(いぬい)さん……」

保健所の鳥獣保護官として塩屋虻コロニーの抹殺に向かい、その後、消息を絶っていた。おそらく、最初に悪鬼に遭遇したはずの人物だった。

「お恥ずかしい限りです。与えられた使命も果たすことができず、こうして、おめおめと逃げ帰ることしかできませんでした」

乾さんは、頭を垂れた。

「そんな。相手は悪鬼だったんだから、どうしようもありませんよ」

覚が慰めたが、乾さんは、首を振った。

「いや。せめて、もう少し早く町に通報することができれば、これほど……恐ろしい事態は防げたはずなんです」

「乾さん。塩屋虻コロニーの駆除に向かったのは、約一週間前でしたね？　その後、何があったんですか？」

覚の質問に、乾さんは、ぽつりぽつりと語り始めた。

安全保障会議の下命で、五人の鳥獣保護官たちは塩屋虻コロニーの抹殺に向かったが、当初与えられた三日間で二十万匹の駆除という、とてつもないノルマを達成するどころか、一匹の成果も上げることができなかった。なぜか、悪名高い『死神』がやって来ることを事前に察知したらしく、塩屋虻コロニー以下の大軍勢が、あたかも地に潜ったように姿を消してしまったためである。

野山を渉猟して一日が終わると、報告用の書式を埋め、翌朝、鳩の足に付けて保健所へ送った。最初の三日間は、判で押したように同じで、終日、実りのない探索に終始した。事件が起きたのは、四日目のことだった。

五人の鳥獣保護官は、いずれもベテランで、バケネズミの戦術や弱点は知り抜いていた。したがって、相手が隠遁(いんとん)の術を用いたからといって、手分けして捜索に向かうような愚は犯さなかった。呪力を持った人間が複数いる場合は、分散させて各個撃破するというのが、敵の常套手段だからだ。

この朝も、五人は、研ぎ澄まされた視覚と聴覚で全方向を警戒しながら、バケネズミを探しに出発した。熟練した猟師のように山野を歩いて、ようやく、バケネズミの小部隊が夜営したらしい痕跡を発見したのだった。

一時間ほどの追跡の後に、五人は、バケネズミの小隊を発見した。十数匹が、岩山の崖の麓に掘られた穴に出入りして、隠してあったらしい弓矢などの武器を運び出している。五人の中で最も遠目が利く海野さんが、塩屋虻系の火取蛾(ヒトリガ)コロニーの兵士であるのを確認する。ここで初めて、五人は、大きく散開した。お互いの位置を視野に収めて、いつでも援護できる態勢を作りながら、一匹も取り逃さないための包囲網を敷いたのである。

少数のバケネズミの駆除は、蜂の巣を取り除くのと同じ程度の危険を伴う作業だった。二人が、相手の反撃をすべて無効にする役割を担い、一人が、正面から攻撃する。残りの二人は、遊軍だった。見通しのいい場所に陣取って、逃げようとするバケネズミを丹念に殺していくか、情報を聞き出すために生け捕りにするのだ。乾さんは、この遊軍になり、右に大きく岩山を回り込むと、反対側から頂上に上り、戦場を見下ろす好位置についた。もう一人の遊軍の会沢さんは、左に回り、地面の窪みに身を隠す。

いよいよ、攻撃開始だった。最初から人間の攻撃だと悟られると、穴の奥にいる個体を取り逃がす可能性がある。穴には、いくつ出入り口があるかわからないからだ。それで、攻撃役の川又さんは、細かい石礫を使い、銃撃に見せかけた。発砲音そっくりの擬音まで出す職人芸ぶりだったという。

案の定、敵対するコロニーの攻撃と勘違いした火取蛾コロニーの兵士たちは、ただちに臨戦態勢になった。銃撃が単発だと見ると、岩や竹製の盾などの遮蔽物に隠れて、反撃を開始する。川又さんは、弾丸に見立てた石礫(せきれき)が、少し離れた松の木陰から放たれているかのように偽装したので、バケネズミの矢玉も、そちらに集中した。そして、頃合いを見て、弾薬が尽きたかのように装って石礫を止めると、バケネズミたちは、次から次へと穴から出てきた。

このとき、岩山の頂上付近に穿(うが)たれた穴から、一匹の兵士が現れた。兵士の位置からは、会沢さんの姿が丸見えになる。だが、兵士が手にした弓矢で狙いを付ける前に、乾さんが音をたてずに殺す。死体は、この暑さにもかかわらず、緑と茶色の迷彩を施したマントを着ていた。たぶん、物陰から敵を暗殺する役目の射手だったのだろう。

その間に、眼下では、あっという間に片が付いていた。姿を現したバケネズミの兵士の首を、川又さんが、手練の技で折っていったのである。防御役の海野さんと鴨志田さんは、やることがなく、手持ち無沙汰なほどだった。

そのとき、何かが麓の穴から出てきた。こちらは、頭から灰色のマントを被っている。生き残ったバケネズミが降伏するつもりかと思い、見下ろしている乾さんは、あえて殺さなかった。地上にいる四人の鳥獣保護官も、同じようだった。誰一人、新たに現れた者を攻撃しない。だが、どことなく様子がおかしかった。

四人の鳥獣保護官、川又さん、海野さん、鴨志田さん、会沢さんが、みな、ぞろぞろと出てきてしまったのだ。相手が一匹であれば、何をしようと完璧に防御できるはずだが、それにしても、戦闘中に全員が姿を見せるというのは、尋常では考えられない。

「君は、誰だ？　いったい、ここで何をしてるんだ？」

川又さんが、声をかける。それでようやく、乾さんも、現れたのは人間だと気がついた。ほぼ真上から見ているので、正確には判断できないが、バケネズミと同じ程度の身長しかないので、おそらく、子供だろうと思った。

それに続いて起きたことは、まさに、悪夢そのものだった。

川又さんの頭部が、まるで西瓜（スイカ）割りのように、血漿（けっしょう）を飛び散らせて破裂したのだ。次は、海野さん、そして、鴨志田さん、会沢さんの順だった。

乾さんは、衝撃のあまり、頭が真っ白になったという。心臓は狂ったように鼓動し、脂汗が吹き出してきた。ただ、悪鬼という言葉だけが、脳裏を駆けめぐる。

少し頭が働くようになると、次々に疑問が湧き出した。あれは、いったい誰なんだ。なぜ、バケネズミの穴から出現したのか。なぜ、ここにいるのか。な
だが、いくら不可解な事態であっても、答えの出ない疑問に時間を空費はできない。乾さんは、すぐに思考を切り替えた。どうすれば、ここから無事に逃げられるかに。

本能的な恐怖から、一目散に逃げ出したかったが、必死に心を落ち着けて、先を読む。そして、さっき斃したバケネズミの射手から、迷彩模様のマントを剝ぎ取った。

そして、結果的に見ると、それが唯一の正しい選択だったようだ。

岩山から下りてから、乾さんは、どちらへ行っても、バケネズミの重囲の中から逃

れることはできないことに気がついた。戦いになった場合、一人では、必ず勝つという保証はないし、悪鬼が現れれば、それで終わりである。

乾さんは、小刻みに隠れ場所を変え、敵が去るのを待った。だが、バケネズミたちは、期待に反し、いつまでもその周辺に留まり続けた。やつらは、『死神』が五人一組で行動することを知っていたのかもしれないと、乾さんは考えた。もしかすると、罠にかかったのは、こちらの方だったのかもしれないと。

迷彩色のマントは、文字通りの命綱だった。フード付きなので、すっぽりと身体全体を包むように着れば、近視気味のバケネズミの目はごまかせたし、バケネズミの強烈な体臭が染み付いているために、臭いで気づかれることもなかった。それでも、決定的な危機が一度だけあったらしい。正面からやって来るバケネズミの大部隊と鉢合わせしそうになったのだ。乾さんは、そっと道を譲って林に入ったが、あきらかに相手の視界には入っていたという。乾さんが、かなり小柄で、ぎりぎりバケネズミとして通用する身長だったことに加え、日頃からバケネズミをよく観察していて、上手に身のこなしを真似られたため、何とか疑われずにすんだようだった。

「……ですが、野原に潜伏して、やつらに見つからないようにするのが精一杯で、どうしても、包囲から抜け出て町へ帰還することはできませんでした」

乾さんの声音には、苦渋が滲んでいた。

「こうして、四日がたちました。その間、草の露を啜る以外、ほとんど飲まず食わずで、体力も限界に近づいてました。ところが、四日目の昼……昨日です。急に、バケネズミが移動を開始したのです。いっせいにどこかへ行ってしまい、最初は罠かと思いましたが、それ以上疑っている余裕はありませんでした。私は、あたりが暗くなるのを待ってから、町を目指しました。バケネズミはともかく、悪鬼について、すぐに警告しなければと思ったのです」

乾さんは、地を這うようにして丘を越え、見晴(みはらし)の郷(さと)に辿り着いた。最初に出会った人に助けを求めようと思っていたが、人っ子一人見当たらない。それで、ようやく、夏祭りの晩だということに気がついたのだった。

今晩ばかりは、ほとんどの人が出払っているはずだ。乾さんは、落胆した。だが、それでも、必ず誰かが残っているはずの場所を思い出した。

病院と新生児の託児所だ。

病院があるのは、かなり離れた黄金(こがね)の郷だが、産院と新生児の託児所は、偶然にも見晴の郷の中にある。乾さんは、当然ながら託児所を目指した。夜空を花火絵が彩り、遠く離れた茅輪の郷から歓声が伝わってくる。

そして、ようやく見つけた託児所で、この上なくショッキングな光景を見たのだった。

「もちろん、やつらにそういう習性があるのは、わかってました。今まで、コロニー間の争いに決着が付くたびに、そういう光景を目の当たりにしましたが、そのときは、所詮、下等な動物のやることと思っていました。しかし、それが、こともあろうに人間の……！」

乾さんは、早口に言って、絶句した。

「ちょっと、待ってください。まさか、それは、バケネズミが」

覚も、衝撃を受けたらしく、最後まで質問を言い切ることができない。

「ええ。やつらは、おぞましいことに、人間の赤ん坊を狙ってたんです」

十二歳の、夏季キャンプに行ったときの記憶がよみがえった。

土蜘蛛コロニーの竜穴から、大勢の大雀蜂の兵士たちが、湧き出るように現れた。

それぞれ、大切そうに、何かを腕に抱えている。

「あれは……？」

質問の途中で、わたしは気がついた。赤ちゃんだ。

「竜穴の途中には、多くの産室があります。あれは全部、土蜘蛛の女王が産んだ幼獣なのです」

「でも、どうして？」

奇狼丸は、胸糞が悪くなるほど満足げな表情を見せた。

「あれこそ、貴重な戦利品。我々のコロニーの明日を支える労働力となるのです」

赤ん坊を抱いた兵士が、奇狼丸のそばに来た。抱えている赤ん坊は、まだ目が開かず、しきりに上肢を突っ張って、何かに触れようとしている。肌はきれいなピンク色で、成獣と比べると、ずっとネズミっぽい顔つきだった。

わたしは、スクィーラの言ったことを思い出した。

『女王は処刑されますが、それ以外は全員、奴隷として使役されます。生きている限り、家畜以下の過酷な扱いを受け、死ねば、野山に捨てられるか、畑の肥料となるのです』

赤ん坊が辿るであろう運命を思うと、わたしは、ただ暗然とするしかなかった。

わたしは、衝撃に、頭がくらくらとした。吐き気を感じる。

野狐丸の、もう一つの、そして真の目的は、託児所を襲って、人間の赤ん坊を手に入れることだったのだ。

「やつらは、託児所に残っていた保育士たちを、無慈悲にも皆殺しにしました。むろん、バケネズミだけでやったことではありません。やつらと寄り添うようにしていた、悪鬼の仕業です。そして、赤ん坊たちを略奪しました。しかも、その場で、バケネズミどもは、泣き叫ぶ赤ん坊に入れ墨をしたんです。やつらの奇怪な文字で」

バケネズミの文字は、異類管理課に来てから、何度か見たことがあった。漢字にとても似ているのだが、どこかが違う。たとえるなら、古代の女真(じょしん)文字や契丹(きったん)文字、西夏(せいか)文字に似ているかもしれない。

「倍々ゲームどころじゃない」

覚が、蒼白な顔で言う。

「最初は、真理亜たちの子供だ。その子が成長して、鏑木肆星さんさえ対抗する術を持たない悪鬼となった。そして、その勝利で得た大勢の子供たちが、十年後、みんな呪力を使えるようになれば……」

わたしにも、ようやくわかった。これこそが、野狐丸が秘かに描いていた遠大なる構想(グランド・デザイン)だったのだ。

一人の悪鬼を使って神栖66町を手に入れられれば、それもよし。かりに、完全に征服することができなくても、十年間、現状のままで持ちこたえられればいい。託児所にいた赤ん坊の数はわからないが、百人以上はいたはずだ。その子たちが、バケネズミによって育てられることで、もし同様に悪鬼へと育ったなら、日本中、どの町も逆らうことはできなくなる。そうして、さらに多くの子供を略奪して、悪鬼の部隊を編成すれば、日本から極東アジア、ユーラシア大陸全土から全世界を征服することさえ、夢ではなくなるだろう。偉大なる、バケネズミの世界帝国の誕生だ。

「私は、あのときどうすればよかったのか、いまだによくわかりません。たぶん、静かにあの場を離れて、町のお偉いさんに、ご注進するべきだったのでしょう。だけど、私は、どうしても我慢できなかった。胸糞が悪くて、あのまま見過ごすことなど、とうていできなかった。だから、私の目の前に、一匹のバケネズミが現れて、泣き叫ぶ人間の赤ん坊を得々として見せびらかしていたとき、そいつの頭を粉微塵に吹き飛ばしてやったんです」

いつもは冷静沈着な乾さんの、頬のあたりが、激情にかられたように赤らんでいた。

「当然、大騒ぎになりました。呪力による攻撃は、方向が判別できないので、やつらは、文字通り、右往左往していました。その間隙を衝いて、私は逃げることができたんです。もちろん、そこまで計算したわけではなく、ただただ、激情に任せて、殺してしまったんですがね」

「でも、よく、無事に逃げ切れましたね」

覚が、賛辞を送るように言う。

「いや、それが、無事でもなかったんですよ。例の迷彩色のコートを着て逃げたんですが、途中で、バケネズミの兵士に見咎められて、左腕に弾を喰らっちゃいました。今度こそ、だめだと思いながら逃げていると、今度は何と、件(くだん)の悪鬼、そのご本人に鉢合わせする始末でね。顔を見たわけじゃないけど、あれは、間違いなくそうでした」

「それで、どうなったんですか？」

わたしは、息を呑んだ。

「芸は身を助くとは、よく言ったもんです。やつらの言葉で、痛い痛いと喚きながら走って逃げたんです。顔は伏せたまんまでしたから、向こうも、よく見えなかったたんでしょう。結局、何もされませんでしたな」

乾さんは、胸に溜まっていた話を吐き出したことで気が楽になったのか、口調が滑らかになってきた。

「見晴の郷は、すでに、やつらの勢力圏でしたから、私は、野原の方に逃げるしかありませんでした。しかし、そこまで逃げたところで、気が遠くなってきました。あのままだと、間違いなく、やつらに捕まって挽肉にされてたでしょう。実際、そうなると覚悟してたんです。すうっと意識が薄れてきたとき、誰かに助け起こされるような具合になったんです。ああ。やっと人間に会えた。そう思って目を開けると、私の顔を覗き込んでるのは、どう見てもバリバリのバケネズミ……こりゃあ、もうだめだなと、誰だって思うでしょう？　ところがどっこい。そいつが、わたしを、ここ、清浄寺まで運んでくれたんですから、人生ってやつはわからない」

「どういうことですか？　バケネズミに助けられたって……」

覚が、怪訝な表情で訊ねる。

「そいつは、あの野狐丸とは反対派の巨魁、大雀蜂コロニーの総大将の、奇狼丸だったんですよ。私も、前々から偉いやつだとは思ってたんですが、まあ、この期に及んで命を救われることになるとは、夢にも考えませんでしたね」

「奇狼丸は、生きてたんですね。今、どこにいるんですか？」

思わず知らず、わたしは訊ねていた。

「さあ。どうしたんでしょう？　私は、目を覚ましたら、あの寂静さんが、渡辺さんたちが寺に到着したと言うんで、とにかく会わせてくれって言ったんですが、考えてみると、奇狼丸のことは、すっかり忘れてましたね」

「失礼します」

それは、いつのまにか席を外していた、寂静師の声だった。

「渡辺早季さんにお渡しするよう、ご両親からお預かりしたものです。どうぞ、お受け取りください」

それは、平べったい桐の箱だった。思ったより大きい。長辺の長さは六十センチはある。手にすると、ずっしりとした重みがあった。箱の上には、封筒に入った手紙が添えられている。

「ありがとうございます」

覚は、寂静師に訊ねる。

「大雀蜂コロニーの奇狼丸が、乾さんを連れてこの寺に来たと伺ったんですが、その後、どうなったんでしょうか？」

「ああ……あの異類ですか」

寂静師は、冷淡に言う。

「当寺に留め置いております。まだ、お調べがあるかもしれませんので」

「会えますか？」

「さあ。それはどうでしょう」

わたしは、寂静師から渡された箱を床に置き、手紙を開封した。

手紙は、紙に毛筆で走り書きされたものだった。懐かしい母の手蹟である。それを見ただけで、胸が詰まり、思わず落涙しそうになった。

7

愛する早季ちゃん。

あなたが無事に清浄寺に辿り着いていることを信じて、この手紙を書きます。

いったいなぜ、こんな事態に至ったのかはわかりませんが、今、町には悪鬼が跳梁しており、すでに多くの犠牲者が出ているそうです。わたしたちは、今できる最善を尽くして、悪鬼を止めなくてはなりません。ですから、あなたを待たずに町へ戻ります。もしかすると、わたしたちも命を落とすことになるかもしれませんが、それが、わたしたちに課せられた責務だと思うからです。知識は力なりという言葉がありますが、悪鬼に対抗するには、知識が必要です。そして、図書館司書として、わたしには、その知識が与えられているのです。

あなたは、けっして、わたしたちを追ってきてはいけません。わたしたちは、あらゆる努力を払って悪鬼を止めるつもりですが、それが成功しなかったときのため、あなたには、どうしてもやってほしいことがあるのです。

これから書くことは、第四分類の知識の中でも、第三種『殃』に属する内容です。そのため、この手紙を読んだら、すみやかに燃やしてください。個人的な感傷にとらわれないこと。常に、町の将来を考えて行動しなくてはなりません。あなたは、富子様から選ばれた人間であることを忘れないで。

安全保障会議の席で、わたしが、古代の大量破壊兵器について話したことを憶えているでしょうか。

かつて、地上には、人類を何十回も皆殺しにできるほどの兵器が満ちあふれていました。その大半は破壊されましたし、残ったものも、千年の時には抗しえず、とうに朽ち果てたはずです。わたしは、スーパークラスター爆弾のことを話しましたが、万が一残っていたとしても、現在でも作動するとは、まず考えられません。

ところが、あの後、スーパークラスター爆弾の資料を捜しているとき、ある記録文書を発見しました。それによると、千年が経過した現在でさえ、まだ生きている可能性のある大量破壊兵器が、一種類だけあるのです。それは、皮肉なことに、呪力を持たない人間が、呪力を持った人間を根絶やしにするために開発した兵器で、サイコ・

バスターという おぞましい俗称で呼ばれていました。

サイコ・バスターは、アメリカで開発され、当時日本に駐留していたアメリカの軍隊を通じて、ひそかに日本へも持ち込まれたようです。

手紙には、その後、『東京都』で始まる、数字を含む呪文のような文句が書かれていた。サイコ・バスターなる兵器が、具体的にどんなものなのかは、触れられていない。

聡明な早季ちゃんだったら、もう、わかっていると思います。なぜ、今のわたしたちは、そんな忌まわしい兵器を必要としなければならないのか。

わたしたちは、呪力によって悪鬼を攻撃し、殺すことができません。

過去、様々な町や村において、悪鬼は、幾度となく出現しました。そのたびに、街路は屍で埋まり、川は流血で赤く染まりました。悪鬼とは、ある意味では、人間の本質に深く根ざした業のようなものかもしれません。それに対し、わたしたちには、対処する方法がないのです。

過去に悪鬼が出現した際の事例集をひもとくと、それぞれの時代の人々の苦闘ぶりが、よくわかります。神仏のご加護があったとしか思えない事例もありました。悪鬼の接近を防ぐため、建物を破壊して瓦礫の山を作ろうとしたところ、偶然にも、一本の鉄筋が飛んでいって、悪鬼の胸に突き刺さり、死亡せしめたというものです。建物を破壊した人は、愧死機構が発動して亡くなりましたが、結果、多くの人命が救われました。

しかし、こうした状況を意図的に作り出そうとした試みは、すべて失敗に終わりました。悪鬼の周囲で破壊行為を行おうとしても、攻撃抑制が働いて、呪力が使えなくなるのです。その他にも、飲酒による酩酊や、麻薬を使用することで、殺意を覆い隠そうとした例があります。残念ながら、どれ一つとして成功には至りませんでした。どんな詐術を使っても、自分自身を騙し通すというのは、至難の業なのです。

しかし、実は直近の例にこそ、ヒントがありました。今から二百五十七年前のことです。わたしたちの町を襲った悪鬼Kは、一人の医師の英雄的な行為によって、斃されました。医師は、Kに、毒物入りの注射をしました。その直後に、Kによって殺害されましたが、Kもまた、たしかに絶命したのです。

もしKに殺されなかったとしたら、医師がどうなっていたかはわかりませんが、やはり、愧死機構の発動によって亡くなっていた可能性が大だと思います。しかし、大切なのは、とにもかくにも、Kを殺し得たということなのです。

毒物入りの注射を打つという行為が、医師の心の中で、どのように認識されていたのかはわかりません。しかし、こうして書くだけでも身の裡に震えが走るような恐怖を覚えますが、呪力を使うことなく、何かを媒介にしさえすれば、現在のわたしたちにとっても、人殺しは可能だということになるのです。

やはり過去の例ですが、弓矢や銃を使う試みは、すべて破綻しました。こうした武器は、相手に対する殺意なしには、用いることができないからです。

しかし、古代文明が生み出した大量破壊兵器は違います。たった一個のボタンを押すだけで、場合によっては、数百万人が命を落とすことになりますが、そんなことは、たとえ理屈では認識していても、とうてい、実感することはできません。つまり、良心の痛み、殺人への嫌悪感を都合よく抜き去って、大量殺人を可能にした装置なのです。

サイコ・バスターも、大量破壊兵器の範疇には入りますが、それほど多くの人を殺傷する能力があるわけではなく、むしろ暗殺やテロなどに用いられていたようです。いずれにせよ、人を殺めるという実感には最も乏しい部類の兵器ですから、攻撃抑制に抵触しないばかりか、おそらく、愧死機構の発動も免れるはずです。

悪魔の兵器も、使い方しだいでは、観音様が降らせる慈雨のように、人々を救済できるのかもしれません。

サイコ・バスターの保管場所は、記録に残されていました。先ほどの古代の住居表示が、そうです。本来なら、これだけでは、その場所に辿り着くことは不可能でしょう。しかし、この箱に入っているものを使えば、何とか、これが作動してさえくれれば、見つけられるはずです。

早季ちゃん。あなたには、きわめて稀な、得難い資質が備わっています。一言で言えば、それは、強さです。泣いたりめげたりすることはあっても、あなたは、絶対に折れない。最後まで、目的を完遂するはずです。親の目から見ても、常にそうでしたし、富子様にも太鼓判を押していただきました。

もし、サイコ・バスターが現存していれば、あなたなら、絶対に見つけられるはずです。どうか、それで悪鬼を斃し、町を救ってください。

わたしたちは、心の底からあなたを愛し、いついかなるときでも、あなたの行く末を見守っています。

あなたの母、渡辺瑞穂より

読み終えて、わたしは、泣いた。

気遣わしげな表情になっている覚に、手紙を手渡す。それから、桐の箱の蓋を開けた。

中に入っていたのは、長さが五十センチほどの、フナムシのような形をした物体だった。背面にある蛇腹状の装甲には、濃紺に光る短冊形の物体が、何枚も象眼されている。

「ミノシロモドキだ……」

覗き込んだ覚が、驚いたように、つぶやいた。たしかに、子供の頃に見たものとは型が違うようだが、全体的な印象は似通っている。だが、背面には触手状の突起は一本もなく、もはや、本家のミノシロにはまったく似ていない。強いて言えば、ニセミノシロモドキか、ミノシロモドキダマシといったところだろう。

「でも、これ、生きてるのかしら？」

わたしは、涙を拭って訊ねる。

「どうだろう。中に、紙が入っているよ。取り扱い説明書みたいなものかもしれない」

わたしは、箱の中にあった四つ折りの紙を取り出した。かなり古いものらしく、全体が茶色に焼けている。そこには、見慣れない四角張った文字で、ニセミノシロモドキについての説明が書かれていた。

百二十九年四月十一日。筑波山麓にて発掘された地下4号倉庫で発見、採集。
型番：TOSHIBA 太陽電池式自走型アーカイブ・バージョン SP-SPTA-6000
取り扱い注意・特記事項：

①作動させる前に、太陽光を浴びさせて充電することが必要。長期間休眠状態にあった後は、夏の強い日差しの元でも、最低六時間は必要。太陽光の乏しい場所で、長時間動作させた場合、バッテリー切れに陥る危険性あり。

②休眠状態に戻すには、口頭でその旨命令した上、動作ランプが消えたのを確認して、暗所に保存すること。

③確保した状態では、人間の命令には従順だが、隙を見せると光による幻惑を行っ

たり、逃走を図ったりする可能性がある。野生動物に対する以上の注意が求められる。

④きわめて長寿命かつ耐久性に富むように設計されているが、自己補修機能は限定的。型番が古すぎるため、交換部品はすでに現存しないと思われる。

⑤電子回路に、一部、不具合があると思われる。補修は不可能。故障が疑われる場合は、発熱を冷ますため、しばらく休ませた方がよい。

⑥情報、知識には、第四分類に属するものも多く含まれているため、取り扱いには、くれぐれも慎重な配慮が必要である。一般倫理規定では、自走型アーカイブは、発見しだい破壊するのが本則であり、本機の存在自体、図書館関係者以外には、けっして漏らしてはならない。

「百二十九年というと、今から百年以上も前だ。動くかどうかは、かなり疑問だな」

覚が言う。

「でも、とにかく、日に当ててみましょう」

この機械は、おそらく、百年以上も図書館の地下倉庫に秘密裏に保管されていたのだろう。それを、母は、避難する前にわざわざ立ち寄り、持って来たのだ。完全に壊れているがらくたとは思いたくなかった。

わたしたちは、寂静師(じゃくじょうし)に頼んで鉄製の檻を借りた。その中にニセミノシロモドキを入れて、寺の境内にできた日溜まりに置く。日没まで、すでに六時間は切っているかもしれない。今日中に作動させられるかどうかは、神のみぞ知る状況だった。

「こちらです」

寂静師の指し示した場所を見て、わたしたちは眉をひそめた。寺の裏山の岩盤に大きく穴が穿たれ、頑丈な木製の格子が嵌っている。それは、どう見ても、土牢(つちろう)だった。

「どうして、こんな場所に?」

覚が、眉宇(びう)に非難をにじませながら詰問する。

「何分、異類であり、宿坊に泊めることはできません。ましてや今は、バケネズミどもの反乱により、多くの人命が失われた直後ですし」

「でも、奇狼丸は、人間に忠実な大雀蜂コロニーの将軍ですよ？　それに、乾さんの命を助けて、ここまで連れてきたのに……」

わたしも、言わずにはいられなかった。

「どこのコロニーかは問わず、駆除せよという、倫理委員会からの申し送りがあります。それに、一時は人に忠実なコロニーだったとしても、戦の勝敗の帰趨を見て簡単に寝返るのが、畜生の常でもありますし」

寂静師は、命を奪わなかったのが、むしろ格別の慈悲であったというように言いながら、格子の鍵を外し、扉を開けた。

暗い土牢の中には、熱気と獣臭が籠もっている。

「これ、奇狼丸。お前に会いたいと言われて、わざわざお客様が来られた」

寂静師が、声をかける。すると、奥の方から、四つ足で這い出てくる大きな影があった。立ち上がるには天井高が足りないらしい。奇狼丸であることは、すぐにわかった。緑色に爛々と光る眼と、目元から鼻筋に沿って描かれた複雑な文様の刺青。バケネズミとしてはきわめて大柄で、狼を思わせるような独特の顔つき。だが、その片目は無惨に潰れていた。全身には、まだ癒えない数多くの傷を負っており、ひどく痩せこけている。

奇狼丸がさらに近づこうとしたとき、じゃらんと鎖が鳴って引き留められた。奇狼丸は、よろめきながらも、四本の足で踏ん張った。

「これは、よくいらっしゃいました。このようなむさ苦しいところまで足をお運びいただき、まことに恐縮です」

こんな状況でも、口調は、以前とまったく変わらなかった。あくまで誇り高く、シニカルな響きがある。

「わたしは、渡辺早季です。わかりますか？　こっちは、朝比奈覚……」

わたしは、我慢できなくなって、寂静師を振り返った。

「こんな扱いは、あんまりです。せめて、この鎖を外してください！」

「しかし、それには、監寺(かんす)のご許可を得ませんと……」

「でも、今はご祈禱の真っ最中でしょう？　許可は、あとでいただきますよ」

覚は、決然として言うと、奇狼丸の後ろ肢を縛っていた鎖を、呪力で断ち切った。

「困りますな。このようなことをなされては」

寂静師は、しごく困惑の体だったが、わたしたちは、意に介さなかった。

「お二人のことは、よく憶えております。異類管理課の渡辺早季様はもちろん、朝比奈覚様は、以前にお目にかかったときは、まだ、可愛らしい少年でしたな。ずいぶん、立派になられました」

奇狼丸は、わたしたちのすぐ前まで進み出てきた。外の光が眩しいのか、しきりに目を細めている。

「ごめんなさい。こんな目に遭わせて……。それから、ありがとう。乾さんを助けてくれて」

わたしがそう言うと、奇狼丸は、大きな口を開けて笑みを見せた。

「なに、当然のことをしたまでです。それより、あの悪鬼のことですが、どうなさるおつもりですか？」

単刀直入に、訊いてくる。

「異類風情が嘴（くちばし）を入れることではない！　控えておれ！」

寂静師が一喝するが、奇狼丸は、まったく無視して、わたしたちに語りかける。

「同族中最強を誇っていた我が精鋭部隊が、悪鬼一人のために、いとも簡単に全滅させられてしまったのです。こちらの放った矢は、悉（ことごと）く空中で止められ、その上、呪力で武器を奪われては、なすすべがありませんでした。子供とはいえ、実に恐るべき存在と言うしかありません」

「それで、どうなったの？」

「悪鬼は、ひと思いに兵士たちの命を奪おうとすらしませんでした。一方的な虐殺を愉しんでいたとしか思えませんな。我が勇敢な兵士たちは、敵の矢の的となり、刃に切り刻まれて、嬲（なぶ）り殺しの憂き目に遭ったのです」

奇狼丸は、表情も変えずに言った。

「あなたは、よく、無事だったわね」

そう言ってから、奇狼丸が片目を失ったのにもかかわらず、無事だと言うのは、無神経すぎることに気づく。

「私が逃げ延びることができたのは、奇跡に近いことだったと思います。私の退路を作るため、副官以下の精鋭たちが一丸となって突進したのですが、途中で、巨大な磁石に吸い付けられたかのように、武器をすべて奪われてしまいました。彼らが、徒手空拳で戦い、膾（なます）のように切り刻まれるのを横目に、私は、悪鬼からほんの二、三十メートルしか離れていない場所を走り抜け、溝に飛び込んだのです。気づかれなかったのは、神仏のご加護があったからとしか思えません」

「そう。悪鬼は、わたしたちの町も襲ったわ……。安心して。あなたの部下の仇は、必ず取ってあげるから」

「しかし、神様……人類は、同種に対しては、呪力を用いることができないのではありませんか？　だとすると、いったい、どのように対処されるのでしょうか？」

「お前は、それを、どこで知ったのだ？」

寂静師は、驚愕して叫んだ。

「神様は、どうも、我々の智能を過小評価する傾向があるようですな。我々の間では、周知の事実と言ってもいい。むろん、あの腐った二枚舌、野狐丸めも知っていたはずです。おそらく、今回の計画を立案したのも、そのあたりが出発点だったのでしょう」

奇狼丸は、あいかわらず、わたしたちだけに向かって話した。

「奇狼丸。君なら、どうやって、悪鬼を退治すればいいと思う？」

覚が、訊ねた。かつて名将と謳われたバケネズミなら、何か考えがあるのではないかと思ったのだろう。

「呪力が使えないとなれば、我々が用いる通常の戦闘方法に頼るしかありません。銃か、毒矢か、落とし穴か……。いずれにせよ、悪鬼を斃さない限りは、勝利はありませんが、周囲には、塩屋虻コロニーの兵士が護衛に貼り付いているはずです。容易なことではないでしょうな」

やはり、たいした妙案はないらしい。

「そうだ。もう一つ訊きたいんだけど、僕らは、これから、東京へ行かなきゃならない。東京のことで何か知ってることがあったら、教えてくれないか？」

奇狼丸は、驚いたように、残っている方の目を見開いた。

「あの呪われた地には、神様はもちろん、我が同族も滅多に近づこうとはしません。したがって、現在、あの周辺には、まったくコロニーはないはずです」

「大昔の戦争で、土も水も汚染されてるって聞いたけど、本当なの？」

わたしが訊ねた。

「たしかに、あれだけ広大な地域が不毛のまま取り残されているところを見ると、まだ、何らかの有害物質が残留している可能性はありますね」

「致命的な毒ガスや放射能が残っていて、一歩足を踏み入れれば死ぬっていう話は？」

奇狼丸は、にやりとした。

「いや、それは単なる噂かと思います。毒ガスの類は、さすがに、とうに消滅しているでしょう。放射能に関して言えば、プルトニウム２３９の半減期は二万四千年もあるそうですが、あの地域一帯が、生命に危険を来すほど汚染されているとは思えません」

「以前に、たった一度だけですが、私は、実際に、足を踏み入れたことがあるからです。もちろん、現地では、水も食べ物も口にしませんでしたが、丸一日、東京の空気を吸って歩き回りました。しかし、健康には、別段、問題を生じませんでした」

「なぜ、わかるんだ?」

わたしは、覚と目を見合わせた。これは天の配剤ではないのか。奇狼丸も、その空気を敏感に察知したようだった。

「私は、一度訪れた場所の地理は、けっして忘れません。私を連れて行ってくだされば、道案内いたしましょう」

「お二方！　この者の言うことを真に受けてはなりません！　異類は、しょせん異類です。忠義面の裏で、どんな企みを抱いているか、わかったものではありませんぞ」

寂静師が、あわてた様子で警告する。

「私の忠誠心に疑問をお持ちでしたら、これだけは、信じていただきたい。私の野狐丸に対する憎悪だけは、正真正銘、真実であることを。あの外道めは、我が大雀蜂コロニーの女王を牢獄に幽閉しております。女王は、おそらく、今の私のような扱いを受けているに違いありません。何としても、野狐丸を八つ裂きにして、女王を救い出す。それだけが、現在の私のただ一つの望みであり、生き長らえる意味なのです」

切々と訴える奇狼丸の目からは、今にも緑色の炎が吹き出そうだった。

「それに、さきほど、私自身は健康被害を受けなかった旨を申し上げましたが、同行した兵士のおよそ三分の一が死傷したことを、申し添えなくてはなりません。あの暗い地には、今も数多くの危険が潜んでおり、たとえ神様といえども、適切なガイドなしに足を踏み入れることは、自殺行為と言っていいでしょう」

これに対し、寂静師は、しきりに何か喚き立てていたが、すでに、わたしたちの耳には、まったく入って来なかった。これから赴かなければならない、東京という恐ろしい場所のことで、完全に頭がいっぱいになっていたのだ。


ニセミノシロモドキは、太陽光で充電を始めてから六時間以上が経過しても、まったく作動する気配を見せなかった。

「困ったな。こいつが動いてくれないことには、まったく場所がわからない」

覚が、溜め息をつく。

「古代の住所だけ渡されても、僕らには、当時の地図すらないんだし」

「明日、もう一度、充電してみましょう。百年以上も休眠状態だったんだから。それより、そろそろ出発しなきゃ」

わたしは、ニセミノシロモドキの外殻に手を触れてみた。太陽光で熱くなっているが、動き出しそうな兆候は感じられない。

「それがいいでしょう。日没まで、もうすぐです。川面に黄昏の光が反射している時刻は、むしろ、夜間より、敵から発見されにくいかもしれません」

奇狼丸は、身体を洗って食事を取ったことで、すっかり精気を取り戻したようだった。裸のままというわけにもいかないので、清浄寺の僧服を貰って着せてみると、まるで妖怪寺の化け物和尚といった不気味な外観になってしまった。

「……しかし、これ、いったい、どうやって操縦すればいいんですかねえ？」

寺の船着き場に浮かべられた奇妙な物体を眺めて、乾さんが言った。船腹には『夢応鯉魚号』と書かれており、一応、舟らしいことはわかる。長さは五メートルほどで、二艘の舟を上下にぴったり合わせたような形状をしていた。上面には、水が入らないよう、ぴったりと閉ざすことができる扉が付いている。そこから入って船底に座ると、三人と一匹で、ほぼ鮨詰めの状態になった。

「一人が、前面の小窓から外を見ながら指示を出し、もう一人ないし二人が、船体の横にある外輪を呪力で回すのです」

寂静師が、説明した。外輪は、小さな水車のような形で、軸が船殻を貫通しているため、内側にある舵輪のような輪っかによって回すことができる。ただし、水の浸入を防ぐため、輪っかには半球形のガラスの覆いが付いており、呪力を使わなくては回すことはできない。両側の外輪を前進回転させれば前へ、後退回転させれば後ろへ行く。左右を逆方向に回せば、曲がることもできる理屈である。

「これは、当寺が保有する、そして、この町で唯一の潜水艇です。元々は川底を調査するために建造されたものですが、有事に際しては、住職や監寺などの高僧が最後に避難されるときに使われるべきものなのです。しかしながら、今回の使命の重大性に鑑み、特段の計らいをもって……」

「寂静さん。いろいろとお世話になりました」

覚が、やんわりと、寂静師の長広舌（ちょうこうぜつ）を遮る。

「無瞋上人（むしんしょうにん）や行捨監寺（ぎょうしゃかんす）には、御礼を申し上げられないのが残念です。どうか、くれぐれもよろしくお伝えください」

「もう、行かれるのですか。くどいようですが、もう一度、お考え直しになる気はありませんか？　あのような異類を同行させるのは、正気の沙汰とは思われません」

「今は、選り好みしていられないんですよ。利用できるものは、何でも利用するしかないんです」

わたしたちは、着替えやニセミノシロモドキなどをナップザック（というより、背嚢（はいのう）と呼んだ方がいい代物）に詰め込み、不安がいっぱいの中、船出した。わたしが、先頭の窓から外を見る役で、覚が右側、乾さんが左側の外輪を回す係だった。最初は浮上したまま、寺の水路を抜ける。寂静師が、藪（やぶ）で擬装した扉を開けてくれた。舟が利根川に出ると、扉はゆっくりと閉まった。そして、それが、清浄寺を見た最後となった。

扉を閉めて、潜航を開始すると、船内は真っ暗になった。川の水は茶色く濁っている上、日が落ちつつあるので、窓の外の視界もよくない。そのため、当初、わたしの指示は遅れ気味だった。しかも、左右の外輪の連携もよく取れていなかったせいで、夢応鯉魚号（むおうのりぎょごう）は、ふらふらと蛇行する。だが、幾度となく岩にぶつかりそうになりながら十分ほど進むうち、三人とも、しだいにコツがつかめてきた。

そこで、この舟の持つ最大の欠点に気づく。船の容積が小さいために、乗客を満載していると、短時間で酸素が不足し、息苦しくなるのだ。いったん浮上し、上部の扉を開けて、新鮮な空気を入れる。しばらくの間は、そのままで航行することにした。

潜航している間は、左右の外輪で進まなければならないので、速度は思うように出ない。浮上している間に、少しでも距離を稼いでおきたかった。奇狼丸が、上部の扉から頭を出して、しきりに空気の臭いを嗅ぐ。しばらくすると、扉を閉めて、わたしたちに告げた。

「潜航した方がいいようです。この先から、同族の臭いが強く漂ってきますので」

夢応鯉魚号は、また、ゆっくりと沈んでいった。ほとんど川底を擦りそうになりながら、のろのろと外輪を回して進む。

「どこまで、潜ったまま行けばいいんだ？」

覚が、誰にともなくつぶやく。答える声はなかった。

しばらく進むと、頭上に舟影が見えた。二つ……三つ。バケネズミが哨戒しているらしい。今や利根川の下流域は、完全に敵の支配下にあるのだ。

夢応鯉魚号は、川底を這うようにして、敵影の下をくぐっていった。全員、動きを止め、息をひそめている。船の中で立てた音が、どこまで外に響くものなのかは、誰にも見当がつかなかったからだった。

やがて、しばらくすると、敵の舟影は見えなくなった。

「浮上しよう」

覚が宣言する。

「でも……もう少し待った方が、いいんじゃない？　まだ、近くに、やつらがいるかもしれないし」

わたしの反論に、覚は、首を振った。

「そうして潜航を続ける間に、次の敵に出くわすかもしれない。息継ぎのチャンスは、絶対、見逃すべきじゃないよ」

乾さんと奇狼丸も、覚の意見に与したので、三対一で、浮上することになった。扉を開けると、新鮮な空気が流れ込んでくる。全員、深呼吸して、酸素の有難味を噛みしめた。

「こんなことしてたら、いつになったら海に出られるか、わからないわ。浮上したまま、全速力で突っ切ったら、いいんじゃない？　やつらだって、どうにもできないはずよ」

わたしは、もう潜りたくなかったので、つい我が儘を言う。

「そのことは、もう話し合っただろう？　たしかに、やつらが川に網でも張ってない限り、河口を抜けて大海に出ることは可能だと思うよ。だけど、そうすると、こっちの動きが、向こうにバレてしまうし、ひょっとすると、こちらの意図まで感づかれるかもしれない。こっそり海に出られるチャンスがあるかぎり、そうすべきだよ」

覚の言うことは、もっともだったので、さすがにそれ以上、ごねることはできなかった。

日はすでに落ち、あたりは、急速に暗くなりつつあった。水面にいてすら、目視で舟を進めるには注意が必要である。水中ではどうなるのかと思い始めたときに、奇狼丸の声が響いた。

「扉を閉めて、潜航してください。この先に、相当数の同類がいます。警戒線を張っているのかもしれません」

夢応鯉魚(むおうのりぎょ)号は、静かに水底まで降下する。そこは、信じられないほど真っ暗だった。

利根川のこのあたりの水深は、せいぜい四、五メートルだろう。光を完全に遮ってしまうような深さではないが、そもそも、まだ月齢が若く、空は雲に覆われており、星明かりすら満足には届かない。まして川底では墨を流したような暗さで、これでは、わたしが目視して、指示を出す意味があるとは思えなかった。

「ごめんなさい。もう、全然、前が見えないの」

わたしがそう言うと、覚と乾さんは、当惑したように、舵輪(だりん)の動きを止めた。

「しばらくは、流れに乗って行くだけでいいでしょう」

奇狼丸が、助言する。

「何かにぶつからないようにだけ、細心の注意を払ってください」

視界ゼロで、どうすれば、完全に衝突を防げるというのか。わたしは、奇狼丸に腹を立てかけたが、とりあえずは、真っ暗な窓を凝視し続けた。

「そうか。明かりがあればいいんだわ！　窓の内側に何か小さな光を作れば、かなり遠くまで見通せるはずよ」

「それは、だめだ」

覚が、言下に否定する。

「水中で光ってたら、目立ってしかたがないよ」

「じゃあ、このまま、手探りで進むしかないっていうの？」

「今は、ほかにどうしようもないだろう？」

反論しようとしかけたとき、小窓の外に、うっすらと光が射しているのに気がついた。

「あれ？　見て。明るくなってきた」

「しっ！　静かに」

後ろから、乾さんが、わたしの肩を摑む。

わたしたちは、しばらく、そのまま、身じろぎもしなかった。やがて、前方の水面から光が見えるようになった。

「やつらが、松明で、川を照らしてるんだ……」

覚が、声をひそめて言う。

「この船が見えると思う？」

「たぶん、だいじょうぶだよ」

覚はそう言ったものの、それほど自信があるような口調でもなかった。

「心配ご無用です。上にいる者どもは、もっぱら、水上を見張っているのです。よもや、水面下を潜って進む船があるなどとは、想像だにしていないでしょう」

奇狼丸は、対照的に、自信たっぷりに言う。

松明の明かりのお陰で視界が復活したため、ゆっくりとだが、確実に進むことができた。どうやら、奇狼丸の言うとおりだったらしく、まったく、こちらに気づいた様子はない。たしかに、夜間、松明で照らしても、水面からの反射のために、水中はかえって見えなくなるはずである。

うっすらと明るくなった進行方向の水面に、たくさんの影が浮かんでいるのが見えた。筏のようだ。

「覚。見て」

小声でささやくと、覚は、外輪の回転を乾さんに託し、前にずり上がってきた。

「何だろう？」

覚は、たくさんの影を観察してから、長く息を吐き出した。

「そうか。まさか、そこまで警戒してるとは思わなかった……」

「どういうこと？」

「やつら、水上に障害物を置いたんだ。川幅いっぱいに筏を浮かべて、舟が通行できないようにしてるんだよ。たぶん、筏の上には、射撃手が配置されてるんだろう」

そのあたりは、一時的に川幅が狭まっていたが、それでも数百メートルはあるだろう。材木を繋ぎ合わせただけの粗末な筏とはいえ、これほどの封鎖線を作るのは、たいへんな労力だったに違いない。

「いかにも、疑心暗鬼に駆られた臆病者の考えそうなことです。とはいえ、我々が水中を抜けていくというのは、いかな策士でも想定外だったようですな」

奇狼丸は、満足げに言う。

夢応鯉魚号は、筏のはるか下、川底ぎりぎりの深みを通過していった。

バケネズミの封鎖をかいくぐると、またも、周囲は暗黒に閉ざされた。しばらく進んでから、静かに浮上し、船内の空気を入れ換える。

「清浄寺の人も、この船にシュノーケルか何か付けてくれればよかったのに……」

覚が、こぼす。

「しかし、ここまで来られれば、河口までは、あとほんの少しですよ」

乾さんが、弾んだ声で言った。

「ここからは、もう、潜航する必要はないんじゃないですか？」

「奇狼丸。バケ……あなたの同族の臭いはしない？」

わたしは、奇狼丸に尋ねた。

「わかりません。少し前から、風向きが逆になって、陸風が吹いていますので」

奇狼丸は、懸命に、臭いを嗅ぎ、耳を澄ませているようだった。

「今のところ、何の音も聞こえないようです。しかし、こちらも、極力、音を立てるのは控えた方が良さそうです」

夢応鯉魚号は、浮上したまま、川の中央付近を静かに下っていった。わたしは、上部の扉から顔を出して、前方の様子を窺っていた。川幅は、さっき筏を並べて封鎖されていた地点よりずっと広くなり、両岸はほとんど見えないほどだった。

きっと、もう、だいじょうぶだ。張り詰めていた神経が緩みかける。このままっすぐ下っていけば、河口だ。そして、太平洋へ出てしまえば、もう、捕まる心配はなくなる。あと、ほんの少しの辛抱だ。

そのとき、一キロほど前方に、ぽつりと、二、三艘の舟影を見つけた。

「舟がいるわ。どうしよう？」

「ちょっと待って」

夢応鯉魚号は、動きを止めた。前進回転していた外輪を逆回しして、流れに逆らって、しばし、その場に留まる。

「……潜航しよう。ここから海までなら、息継ぎせずに行ける」

その瞬間、奇狼丸の押し殺した叫び声が、響いた。

「早く、逃げてください！」

「え？　どうしたの？」

「同族と……あいつだ！　間違いない。あの悪鬼の臭いです！」

「でも、風向きは逆……」

言いかけて、気がついた。悪鬼は、背後から、追いかけて来るのだ。

振り返ると、暗い大河の上に、大きな帆を張ったシルエットが見えた。かなりの速度で近づいてくる。残された距離は、もう、四、五百メートルにすぎないだろう。

こちらに気づいているると、直感した。悪鬼は、バケネズミより視力の優れている人間だ。真っ暗に見える川面でも、星明かりの反射で、かすかな航跡が見えるのかもしれない。

「潜る？」

「間に合わない……。このまま、突破するんだ！」

覚が、叫んだ。わたしは、呪力で夢応鯉魚号を一気に加速した。覚も、狭い入り口から一緒に頭を出すと、後ろを向いて、とっさに目眩ましの工作を行う。後で聞いたのだが、水面に大量の空気を吹き込んで、巨大な泡の壁を作ったのだという。それで、少なくとも、こちらの航跡は見えなくなったはずだ。

「早季。目をつぶれ！」

覚が、前に向き直って叫ぶ。意図がわからないままに、イメージの中で舟を加速し続けながら、固く目を閉じる。瞼越しに強烈な光を感じた。前方に遊弋していたバケネズミの舟が、次々に眩い閃光を放ちながら燃えているらしい。悪鬼がそれを見ていたとしたら、しばらくの間は、まったく夜目が利かなくなったことだろう。

夢応鯉魚号は、操る人間が目を閉じたままという危なっかしい状態で、燃えている舟の間を擦り抜けた。

目を開けると、無我夢中で舟を加速し続ける。潜水艇は、凄まじい勢いで水面を滑走していた。

気がつくと、わたしたちは、太平洋上にいた。すでに、陸地は、見えるか見えないかというまでに隔たっていた。川とは比較にならない、うねるような大波に、恐怖を感じる。鹿島灘の荒波だった。

「悪鬼は……？　まいたのかな？」

「ああ。今のところはね。でも、おそらく、態勢を立て直して、追いかけてくるだろうと思う」

「どうして？」

「僕らが、単に逃げるだけなら、あえて、やつらの支配地域を抜けて川を下ったりせずに、陸路を行くはずだろう？　にもかかわらず、あえて危険を冒して強行突破したのを知れば、野狐丸なら、こちらの意図に気がつくかもしれない。少なくとも、放ってはおけない事態だと思うだろう」

舟が揺れるたびに、胃の腑が持ち上がるような感覚があった。潮風の臭いが、鼻の奥に、いがらっぽい。

「じゃあ、一刻も早く行かないと……」

「うん。ここからは、陸地を右に見ながら進むだけだから、簡単だ。とりあえず犬吠(いぬぼう)

埼を越えて、房総半島を大回りすればいい」
覚は、暗い海の向こうに目を凝らしていた。
「問題は、その後なんだ。ニセミノシロモドキが目覚めてくれなければ、お手上げだよ」

星明かりに照らされた東京湾は、たくさんの干潟が点在する美しい内海だった。とても、奇狼丸が言うような、恐ろしい場所に近づいているという感じは受けない。夢応鯉魚号は、湾の深奥部に近づいて、そこで、夜が明けるのを待った。真夜中に岸に近づくのは危険だという、奇狼丸の助言にしたがったのである。かつて、彼らが陸路から東京に入ったときには、昼間は何の異状もなかったのに、夜間、不用意に岸辺へ近づいた奇狼丸の部下たちは、全員、正体不明の怪物によって喰い殺されてしまったのだという。

湾内の波は、外洋に比べるとずっと穏やかだったが、それでも、散々揺られた後では、早く固い地面を踏みたくて、うずうずした。だから、東の方から金色の曙光が射し込んでくると、ようやく上陸できると思って、心の底からほっとした。

そのとたん、頭上を巨大な影が覆う。ぎょっとして見上げると、夜明けの空は、一面、乱舞する無数の生き物によって覆われていた。

「コウモリです。ここには、数え切れないくらい棲んでましてね。現在の東京の支配者は、こいつらだと言ってもいいんですよ」

奇狼丸が、説明する。いったいなぜ、コウモリが、そんなに繁殖したのだろうかと思う。奇狼丸が落ち着いているところを見ると、これが危険の正体というわけではないようだったが。

夢応鯉魚号は、東京湾の北西の岸を目指した。どこまでも灰白色の砂浜が続いているが、大きな植物や、動物の姿はない。

舟が浜に乗り上げると、すぐに飛び降りた。大きく伸びをして、こわばった筋肉をほぐす。ざくざくした砂の感触が、心地よい。上陸してからも、まだ、身体が揺れているような気がしていた。他のみんなも、次々に上陸してきた。

追っ手に備えて、船を隠す場所を探す。砂浜の奥に、灰色の岩礁のようなものがあった。よく見ると、コンクリート造りの古代の建造物の残骸らしい。以前、塩屋虻コロニーで見た円形の建物を思い出すが、それよりずっと大きかった。さらにその向こうを調べると、巨大な割れ目があった。覗き込んでみると、二十メートルほど下に大きな岩棚がある。空洞は、さらに、地下深くまで続いているらしい。ひんやりした、黴（かび）臭い空気を感じた。当座、必要と思われる荷物を下ろすと、夢応鯉魚号を岩棚の上に安置する。

「さあ、どうしよう？」

「闇雲に動き回っても、しかたがない。とにかく、こいつの充電を再開しよう」

覚が、ニセミノシロモドキの入っている背嚢を指さした。

「その前に、まず、安全な場所に移動しましょう。海を見渡せて、万が一、追っ手が来た場合は、すぐにわかるようなところがいい」

乾さんの提案で、わたしたちは、少し小高いところに移動した。黒ずんだ岩山のようなものの上だが、前に見た灰色の岩礁のような残骸と同様、古代の建物のなれの果てらしい。砂浜の砂も、元は砕けたコンクリートだったようだが、同じコンクリートでも、はるかに粘り気のある材質で、徐々に変形しながらも何とか崩壊は免れているらしかった。

ニセミノシロモドキを、徐々に強くなり始めた朝日を浴びるような位置に置く。あとは、とりあえず、ひたすら待つしかない。わたしたちは、朝食を取った。煮炊きして煙を上げるわけにいかないので、清浄寺が用意してくれた兵糧丸（ひょうろうがん）を黙々と噛む。蕎麦粉を主体に、鰹節、梅干し、胡桃（くるみ）、クコの実などを混ぜ、糖蜜で固めたものである。ずっと昔食べた、バケネズミの携行食のことを思い出す。あれは、野狐丸と共に、木蠹蛾コロニーへ向かったときのことだった。味は、そのときのものとは違っていたが、大差はない。我慢すれば食べられなくもないという程度のものだった。

それでも、胃袋が落ち着くと、今度は、眠気が兆してきた。こんなときでも眠くなるというのは、なぜなんだろうと思う。わたしの様子を見た乾さんが、交替で休みましょうと言ってくれたのをいいことに、わたしは、すとんと眠りに落ちた。

このとき、どんな夢を見たのかは、憶えていない。ただ、本当に危機的な状況下では、人間は、悪夢など見ないものらしい。何やら楽しい夢だったという印象だけは残っている。たぶん、子供時代に戻っていたのではないだろうか。

その夢の中に、突如、闖入者(ちんにゅうしゃ)が現れた。妙な化け物だ。蛙のように低い声でガーガーと鳴き、鳥のように甲高くピーピーと囀(さえず)る。

うるさいなと思い、急速に意識が戻ってきた。何だ、いったい、この音は。

目を開けると、わたし以外の二人と一匹は、ニセミノシロモドキの周囲に集まっていた。

「どうしたの?」

「起動した……充電完了だ」

覚の答えを聞いて、今度こそ本当に、覚醒した。わたしは、飛び起きて、輪の中に入っていった。

ニセミノシロモドキは、耳障りな機械音を出し続けていたが、ついに、第一声を発した。

「わたしは、国立国会図書館つくば館の、ミラー端末008号です」

柔らかい女性の声だった。まわりから、歓声が沸き起こる。

「訊きたいことがある」

覚の質問を無視して、ニセミノシロモドキは続ける。

「ただいま、同期を行っています……同期を行っています……同期を行っています」

どうやら、別の図書館端末と交信しようとしているらしい。しばらくすると、ニセミノシロモドキは、誇らしげに宣言した。

「同期を完了しました……カレンダーの補正および、アーカイブのアップデートに成功しました」

こんなに離れていても、機械同士では、いとも簡単に通信ができるらしい。

「それは、おめでとう。ところで、質問がある」

覚は、さりげなく切り出した。

「質問・検索サービスには、利用者登録が必要です」

覚は、ちらりと、わたしの顔を見る。ずっと以前に、夏季キャンプでミノシロモドキを捕まえたときに聞いたのと、まったく同じセリフだ。

「利用者登録は、どうやればいい？」

「登録ができるのは、満十八歳以上で、氏名・住所・年齢を証明するために、以下のものが必要です。運転免許証。保険証（住所記載のあるもの）。パスポート（生年月日の記載《旅券部分》と、現住所記載部分のコピーが必要です）。学生証（住所・生年月日の記載のあるもの）。住民票の写し（三ヵ月以内に発行されたもの）。公的手帳及びそれに準ずるもの。これらは、すべて、有効期限内のものです」

「そんなものはない」

「なお、次の書類は不可となりますので、ご注意ください。社員証、学生証（住所または生年月日の記載のないもの）、定期券、名刺……」

「だが、今すぐ質問に答えなければ、お前を破壊する。それから、一応警告するが、催眠術もやめておけ」

「……書類による手続きは省略されました。これより利用者登録を開始します」

「それも、省略しろ。訊きたいのは、この住所だ。ここへ行くには、どうすればいい？」

覚は、手紙にあった住所を伝えた。ニセミノシロモドキは、再び、不細工なビープ音を響かせる。

「全地球測位システムの発動不能……GPS衛星よりの電波を受信できません……GPS衛星よりの電波を受信できません……受信圏外です」

「心配するな。そんなものが、もうないんだ」

「他の端末からの受信電波により、三角法で現在位置を推定します」

ニセミノシロモドキは、しばらくの間黙り込み、一世紀ぶりに与えられた仕事に熱心に取り組んだ。

「……地図データとの照合完了。電子コンパスによる地磁気測位完了。目的地への方位が判明しました。現在位置より西二十九度北に進んでください」

やったと思い、わたしは、拳を握りしめた。これで、手紙にあった住所に辿り着ける。そこに、今でも、サイコ・バスターなる兵器が残っているかどうかは、神のみぞ知ることだが。

「ねえ、教えてくれる？　サイコ・バスターっていうのは、どういうものなの？」

ニセミノシロモドキは、考え込んだ。

「……五十七件が、ヒットしました」

「別名をサイコ・キラーとか、サイコサイドともいう、兵器のことらしいんだけど」

「一件が、ヒットしました。……サイコ・バスターとは、古代文明の末期に、アメリカで超能力者の一掃計画に用いられた細菌兵器の俗称です」

細菌……わたしは、ぎょっとした。

「でも、サイコっていうのは、精神とか……精神異常者のことじゃないのか？」

覚は、別のことを訊ねる。昔から、つまらないところに食いつく癖は、変わってないらしい。

「カタカナで書くと同一ですが、ヒッチコックの映画で知られるようになった精神異常者を意味するスラングは、psycho です。これに対し、念動力を持った人々は、psyko と呼ばれていました。これは、念動力＝psychokinesis の略称から、一般に広まったものと思われます」

「それより、細菌兵器っていうのは？」

「サイコ・バスターの正式名は、強毒性炭疽菌、strong toxicity bacillus anthracis、略称ＳＴＢＡです。炭疽菌とは、土壌中に普通に存在する枯れ草菌の一種ですが、人体に摂取されることにより、皮膚炭疽、肺炭疽、腸炭疽などの重篤な症状を引き起こします……」

ニセミノシロモドキの説明は、文字通り、わたしの肌に粟を生じさせるようなものだった。炭疽菌は、環境が悪化すると、生き延びるために胞子の状態で休眠する。このため、きわめて使い勝手がいい生物兵器になったのだという。炭疽菌を培養して乾燥させると、白い粉状の胞子を作る。この胞子は、熱や乾燥に強く、空気感染する能力は維持しているため、たとえば、手紙の封筒に入れて送りつけるような手法も可能になる。

ＳＴＢＡは、この炭疽菌の毒性を遺伝子操作によって強化したもので、通常の肺炭疽の致死率八十〜九十パーセントを、ほぼ百パーセントに高めることに成功したらしい。しかも、ＳＴＢＡには多剤耐性があり、通常の炭疽菌には効くペニシリンやテトラサイクリンなどの抗生物質も、まったく無効だということだった。

「……さらに、通常の炭疽菌は、人から人への感染がほとんどありませんが、ＳＴＢＡは、きわめて強い感染力があるため、通常の疫学的な対処法では、感染爆発を抑え込むことは困難です。このように、第一撃兵器として理想的な破壊力を持ちながら、ＳＴＢＡの長所としては、他の細菌やウイルス兵器と比較した場合の戦後処理の容易さも挙げられます。ＳＴＢＡは、一、二年で、通常の炭疽菌以下のレベルまで弱毒化するよう設計されているのです。このように、使い勝手の良さに加えて、環境にも優しい生物兵器として……」

狂っている。古代人の感覚は、とても理解できないと思った。

「……わたしたちは、こんなものを、本当に取りに行くの？」

わたしの問いかけは、二人と一匹には、まったく理解されなかったようだった。

「悪鬼を斃すためなんだ。しかたがないだろう」と、覚。

「環境中に放出しても、時間さえたてば毒性は弱くなるんです。これなら、将来に禍根を残さずにすみますよ」と、乾さん。

「すばらしい。これなら、悪鬼が気づかないうちに感染させることが、充分に可能です。問題は、どうやって粉末を吸わせるかですが」と、これは奇狼丸の感想だった。

「……通常の炭疽菌の胞子は、五十年以上生存することが確認されていますが、STBAの胞子には、千年以上の耐久性があると言われています。これは……」

ニセミノシロモドキは、延々と、サイコ・バスターの説明を続けていた。

「もういい」

覚は、ときおりビープ音が混じる、奇妙な女性の声を制止した。たぶん、バッテリーの心配をしたのだろう。

突然、奇狼丸が、色めき立って起き上がった。

「しまった……」

「どうしたんだ？」

乾さんが、驚いて訊ねる。

「あの鳥です。捕まえてください」

奇狼丸が指したのは、ぐんぐん遠ざかっていく鳥影だった。百メートルくらいは離れているだろうか。

だが、乾さんが鳥に意識を集中する前に、覚が小声で叫んだ。

「いや、ちょっと待ってください」

覚の目の前の空間に、真空のレンズが生まれた。通常のレンズとは逆に、凹レンズで、対象の映像を拡大する。わたしたちは、覚のそばに集まった。

レンズの中央には、水平線の彼方から覗いている帆の先端が、はっきりと映っていた。

「信じられない。もう、追いかけてきたんだ……」

覚は、ショックを受けたようにつぶやく。

「私の不注意でした。斥候（せっこう）や索敵に鳥を使うのは、我々の常套手段ですが、こんなに早く発見されるというのは、予想外でした。おそらく、昨晩湾内に停泊している間に、ミミズクかヨタカのような夜行性の鳥に見つかっていたんでしょう」

奇狼丸が、悔しそうに唸った。

「どうすればいい？」

「すでに、こちらの現在位置は、把握されていると思います。今すぐに逃げるべきですが、半径三十キロ圏内の地上は、不毛の台地と砂漠ばかりで、身を隠せる場所はありません。向こうは、鳥瞰して最短距離を来ることができる。追いつかれるのは、時間の問題です」

「だったら、地下に潜ったらどうなんだ？」

乾さんが、眉間に深い皺を刻んで、奇狼丸に訊ねる。

「東京の地下は、地獄です。私が部下を失ったのも、ほとんどは地下探検のときでした。しかし、この際、そんなことは言っていられないでしょうな」

奇狼丸は、四、五十メートル離れたところにある、風穴のような開口部を指さした。

「先ほど、あのそばを通ったとき、風の臭いを嗅いでみたのですが、東京の地下を縦横に走る大きな洞窟まで続いているようです。最初は、比較的ゆるやかな斜面が続いていますから、たぶん、歩いて下りられるでしょう」

ほかに、選択の余地はなさそうだった。

「上等ですよ。とにかく、追いつかれる前に、サイコ・バスターを見つければいいんだ。追ってくるんなら、手間が省けるというものです。地獄の底へ誘い込んでやりましょう。……最悪でも、こっちが殺される前に、狭い洞窟の中で噴霧すれば、悪鬼の野郎を感染させることはできる」

乾さんの言葉は、このときのわたしたち全員の覚悟を、代弁するものだった。

Ⅵ

闇に燃えし篝火は

1

一歩一歩、慎重にたしかめながら、地の底へと下っていく。足下は、灰白色の石灰岩で、油断すると、足を滑らせそうだった。

洞窟の中は、外気に比べて涼しいはずだという先入観があったが、しばらく斜面を下るうちに、じわじわと汗が滲み出してくる。温度が高いだけでなく、湿度が百パーセント近いのだ。

「なんで、こんなに暑いの？」

わたしが訊ねると、奇狼丸（きろうまる）は、一言「コウモリです」と言ったきり、先を急ぐ。

地底からは、何種類もの風が複雑に入り交じって吹き上げてくる。奇狼丸は、それらを嗅ぎ分けて、進むべき道を選んでいるらしかった。覚（さとる）の背嚢（はいのう）から頭だけを出しているニセミノシロモドキは、目的地のビルまでの方位と距離を告げることはできるが、途中の地形については、何の情報もないので、奇狼丸の案内なしには、一歩も進むことはできない。

ゆるやかな斜面が終わり、道は水平になった。入り口からはかなり隔たったが、ところどころに地上へ通じる小穴や割れ目があったおかげで、充分、明かり取りになった。

「この先は、もっと暑くなります。しばらくの間、我慢してください」

前方から、かすかなざわめきのようなものが聞こえてくる。同時に、むっとするような熱気と、豚小屋を思わせるような臭気も押し寄せてきた。奇狼丸が、少し高い場所にある直径一メートルほどの穴を指さす。どうやら、そこが、すべての発生源らしい。

先頭の奇狼丸が、急な斜面をよじ登った。元々つるつるしている石灰岩が、濡れているために、ますます滑りやすくなっている。わずか、四、五メートル登るだけでも、かなり難渋した。

穴を覗き込んだ奇狼丸が、わたしたちを振り返る。

「この中は、まったくの闇です。照明を用意した方がいいでしょう」

わたしたちは、背嚢から、用意のランタンを取り出した。光量は小さいものの、菜種油などの植物油を入れれば、十五時間以上燃え続ける。点火の時以外には呪力を使う必要がないのも、便利な点だった。

甲高くて騒々しい音が、耳朶を打つ。鈴を打ち鳴らすような、大勢の妖精がおしゃべりに興じているような、奇妙な音だった。狭い入り口をくぐると、向こうは、こちら側よりずっと広々とした空間になっていた。だが、奇狼丸の後に続いて入ると、その蒸し暑さと凄まじい臭気とに閉口する。

「足下に気をつけてください」

こちらを向いて注意を促す奇狼丸の隻眼は、不気味な緑色に輝いていた。

そう言われて、足下をランタンで照らしたわたしは、ぎゃっと叫びそうになった。

広い洞窟の底一面に、何かが蠢いている。よく見ると、それは、無数の虫だった。見たこともないほど大きな蠕虫類、蚰蜒のような多足類の仲間や蜚蠊、大型のクモなど。さらに、それらの生き物は、どこまでも続く泥土のようなものの上を這いずっていたが、それらが発するとんでもない臭いから、分厚く堆積した糞だとわかる。この異常な熱気も、大量の糞が発酵することで生み出されているらしい。

「こんなとこ、歩けないわ！」

わたしは悲鳴を上げたが、奇狼丸と乾さんは、さっさと歩き始めていた。

「早季。行くしかないんだ」

覚が、わたしの手を引こうとした。だが、生理的な嫌悪感で、どうしても一歩が踏み出せない。

「この中に、毒虫がいたらどうするの？　もし、うっかり噛まれでもして、それで終わりだったら……？」

そう言いながら、ランタンを上に向ける。天井にも虫がいるのではないかと思ったからだった。

高さが十メートル以上ある天井は、見渡す限り、無数のコウモリがびっしりと鈴なりになっていた。奇妙な音は、コウモリの鳴き声だったのだ。自分の顔から血の気が引くのがわかる。

「だめ。行けない。このコウモリが襲ってきたら、ひとたまりもないもの」

覚は、背嚢のニセミノシロモドキに質問をする。

「ここにいるコウモリは、人間に危害を及ぼす可能性はあるのか？」

「この洞窟にいるのは、ほとんど東京大蝙蝠と思われます。トウキョウオオコウモリは、昼間、関東近郊の森林で主に昆虫などの餌を採り、夜は天敵の少ない東京の洞窟に帰ってきます。これまでに、人間に対して、何らかの危害を及ぼしたという記録はありません。また、人間に感染症を媒介した例も知られていません」

「ほら、だいじょうぶだよ」

覚は、わたしを励ますように言う。

「……旧東京二十三区内の地下にある洞窟全体で、約百億匹が棲息していると推計されています。トウキョウオオコウモリが洞窟内に落とす糞が、多くの生き物の餌となることで、本来なら不毛な環境である、洞窟の生態系の根幹をなしているのです。なお、トウキョウオオコウモリは、サイズの大きさからオオコウモリと名付けられてはいますが、小笠原大蝙蝠（オガサワラオオコウモリ）が先祖という説には疑問が投げかけられています。オガサワラオオコウモリを含む、オオコウモリのほとんどは洞窟性ではない上、トウキョウオオコウモリのような超音波定位（エコーロケーション）も行わないというのがその根拠です。それに替わる仮説としては、関東地方に多数棲息していたキクガシラコウモリが、大型化して……」

ニセミノシロモドキは、長々と、訊きもしないことの説明を続けていた。新しい質問をするか、止めろと言わない限り、喋るのをやめない仕様になっているらしい。

「……ここの、コウモリの糞の上にいる虫のうちで、毒があるやつがいるのか？」

覚が、訊ねた。

「ここにいるほとんどの虫は、無毒で、人を咬むこともありません。唯一の例外は、洞窟蛆蠅です。ドウクツウジバエは、コウモリの糞という餌が豊富にある環境に適応して飛翔能力を失った蠅で、蛆のまま一生を送り、幼生生殖を行いますが、鋭い口器を持ち、人の手足に嚙み付くことがあります。毒性は未確認ですが、不潔な環境下にいるために、傷口に細菌が感染する可能性があります。また、ドウクツウジバエの唾液により、まれにアレルギー反応を起こす……」

「わかったわかった。もういいよ」

覚は、ニセミノシロモドキを黙らせた。

「この大きな蛆だろう？　とりあえず、こいつにだけ気をつければいい。とにかく行こう。時間がない」

わたしは、目を瞑って、気味の悪い虫がうようよしている、コウモリの糞の上を歩いた。靴が、ずぶずぶと、踝あたりまで沈み込む。全身に鳥肌が立ち、背筋が寒くなった。そのお陰でと言うのも変だが、飛び回っている無数の羽虫や、サウナのような高温と湿気は、ほとんど気にならなかった。

しばらく行って、固い岩場を踏むことができたときには、ほっとして、膝が笑いそうになった。

「東京の地下が地獄だって言ってた意味が、わかったわ」

わたしがそう言うと、奇狼丸は、笑みを見せた。

「いや。このあたりは、まだ、天国のようなものですよ」

コウモリの大広間を抜けると、少し涼しくなった。最初のうちは、ありがたいと思っていたのだが、しばらくすると、汗が冷えて肌寒くなってくる。冷たくて湿度が高い状態が、これほど不快なものであることは、初めて知った。

先に立って歩く奇狼丸は、この環境を、まったく苦にしていないらしかった。わたしは、バケネズミが元々穴居性(けっきょせい)の動物であることを思い出し、心強く感じたが、よく考えると、追っ手のバケネズミにも、同じことが言えるのだ。

「あなたは、前にも、東京に来たことがあるって言ったわね？」

「はい」

奇狼丸は、なぜか、そのことにはあまり触れられたくない様子だった。

「それで、ここの様子もよくわかってるんでしょう？　どうして、ここにコロニーを作ろうとしなかったの？　最初っから、これだけ広い洞窟があるのに」

「我が同族は、数多くの挑戦者を輩出してきましたが、さすがに、この地に住もうとした者はおりません」

奇狼丸は、しかつめらしく言う。

「ここには、いろいろと、不愉快な先住者がいるのです。前にも言いました通り、ここを歩いて探検しただけで、我が配下の三分の一近くが命を落とさなくてはならなかったほどですから」

その、不愉快な先住者について、奇狼丸かニセミノシロモドキに、詳しく訊いておいた方がいいのだろうか。そう思ったとき、覚が、ニセミノシロモドキに、別の質問をした。

「ここからの方位は？」

「西二十七度北です。これまでのところ、おおむね、正しい方角へ来ています」

「ふーん……」

なぜか、覚は、あまり嬉しそうではなかった。

「目指す建物が、まだあるかどうかなんて、もちろん、わからないよな？」

「それについては、アーカイブに情報がありませんので、確認できません。ただし、建物本体の、少なくとも一部が残っている確率は、試算では、五十パーセントを越えています」

「本当か？　どうして、そう言えるんだ？　だって、千年もたってるのに？」

覚は、叫んだ。そのことを心配していたのかと、ようやく納得する。

「現在向かっている、中央合同庁舎第8号館には、超長寿命コンクリートが用いられていることがわかっています。これは、グリコールエーテル誘導体とアミノアルコール誘導体を混和剤とし、さらにポリマー含浸処理および、表面ガラス化処理を……」

「詳しいことはいい。要するに、千年保ってても不思議ではないってことなんだな？」

「理論上は、そうなります」

ニセミノシロモドキは、すまして答えた。

「じゃあ、他の建物がほとんど残っていないのは、どういうわけなんだ？」

「古代文明で用いられていた通常のコンクリートは、最長で百年、一般には五十年ほどの耐久性能しかありませんでした。さらに、施工不良や、水を多く混ぜすぎたシャブコン、海砂を使ったことによるアルカリ骨材反応などの影響で、さらに寿命は縮まります。東京都下の建造物の三分の一は、九日間戦争において、地上部分が破壊され、残ったものも、大半は百年以内に崩壊しました。コンクリートは風化し、強い酸性雨などの作用もあって、石灰部分が溶かされ、様々な用途のために作られていた巨大な地下空間に流れ込みました。このため、自然状態では完成までに数百万年を要する鍾乳洞が、わずか数百年で造られたと考えられています」

「九日間戦争って、何のこと？」

わたしは、訊ねた。

「通常人による超能力者狩りが終焉を迎えた後に、反攻に転じた超能力者側が、通常人を駆逐した戦争です。百人足らずの超能力者たちが、東京都内にいた通常人一千百万人を、わずか九日間で……」

「もういいわ」

わたしは、ニセミノシロモドキの言葉を遮った。とても、聞くには耐えなかったのだ。

学校では一切教わらないが、人類の歴史が、そのまま、戦争と殺戮の記録であることは、もちろん知っていた。だが、呪力を持った人間、今の我々と基本的に異ならない人々が、そうでない人たちを虐殺したというのは、信じたくなかった。

それにしても、わたしたちが取りに行こうとしているサイコ・バスターという代物には、戦況を変えるほどの力はなかったらしい。今、戦いに勝った側の末裔が、そんなものに頼らざるを得ない状況に陥っているというのは、運命の皮肉と言うべきかもしれない。

皮肉と言えば、地表をコンクリートの厚化粧で塗り固めた都市、東京の存在自体がそうだろう。自然を排除するためのコンクリートが風化、溶解して、太古のカルスト台地のような姿に変貌したのだから。今や、地上は不毛の台地が延々続き、地下は、熱と湿気に覆われて、不気味な生物が跋扈する、地獄のような環境と化していた。

奇狼丸が、ぴたりと足を止めた。鼻面をもたげて、しきりに空気の臭いを嗅いでいる。やがて、細い壁の割れ目に向かうと、鼻を突っ込むようにする。

「どうしたんだ？」

乾さんが、訊ねた。

「追っ手です。臭いが漂ってきました。……ふふん。やはりそうか」

「おい、早く逃げないと……！」

覚が、叫ぶ。

「だいじょうぶです。敵は、まだかなり遠くにいますから。しかも、我々とは、別の筋に入ったようです。臭いだけが、細いトンネルを流れる風に運ばれてきたんですが、これで、向こうの陣容は、ほぼ特定できます」

「陣容って？　何匹いるとか？」

わたしは、奇狼丸の能力に興味を惹かれていた。

「はい。全部で……七匹。思ったよりは、少ないですが、狭い地下で迅速に行動するには、手頃な数かもしれません。そのうち五匹は、初めて嗅ぐ臭いです。一般の兵士でしょう。しかし、後は、よく知っている。あの悪鬼。そして、野狐丸です」

「野狐丸が？」

覚が、吃驚して叫んだ。

「まさか、大将が自ら追ってきたっていうのか？　今までは、ずっと、どこかに隠れてたのに」

「何の不思議もありませんな」

奇狼丸は、鼻先で嗤った。

「お三方との戦いで勝つためには、どうしても、悪鬼を起用する必要があった。そして、悪鬼は、やつらの切り札なのです。悪鬼を失うことは、とりもなおさず敗北に直結します。それを思えば、自ら陣頭指揮して万全を期すくらいのことは、当然でしょう」

奇狼丸の言葉には、自分でもそうするという含みがあった。

「ちょっと待てよ。だったら、もしかすると、向こうにも、こちらの人数は知られてるんじゃないのか？」

乾さんが、鋭い質問を発した。

「その可能性はあります」

奇狼丸は、当たり前だろうという顔だった。

「東京の地下は、縦横無尽に大小のトンネルが走り、様々な風向きの風が吹いていま す。こちらが残した空気も、風で運ばれていく。その臭いを嗅げば、我々の数や内訳などは、掌を指すようにわかるでしょう」

彼我の陣容について、互いに知るところになるというのは、一見、条件は五分五分のようだが、悪鬼という切り札を持ち、数でも上回っている敵の方が、圧倒的に有利になるのではないか。

このとき、わたしはまだ、そう思っていた。

わたしたちは、黙々と、暗い鍾乳洞を進んでいた。

進路については、ほぼニセミノシロモドキと奇狼丸にまかせっきりだったため、考える時間は、たっぷりとあった。

一昨日、あの夏祭りの晩から、あまりにも多くの恐ろしい出来事が立て続けに起きて、わたしたちは翻弄され続けてきた。そのため、もっとも肝心な問題について、落ち着いて考える暇がなかったのだ。

「ねえ、覚。どうして、真理亜たちの子供は、悪鬼になっちゃったんだろう？」

わたしが投げかけた問いに、覚は、しばらく答えなかった。

「……それは、わからない。どういう育て方をされたか、見当もつかないし。あいつらは、薬物も使うだろう？」

覚は、ちらりと、先頭を行く奇狼丸の後ろ姿を見た。

「でも、そんなことで、普通の子供が、悪鬼になっちゃうのかな？」

「これまでに出現した悪鬼は、すべて、突然変異だったという話だよ。両親に異常がなくても、子供が、悪鬼の素質を持って生まれてくることはある」

「現実に、そんなことってあるかな？　だって、ものすごく小さな確率でしょう？」

覚は、頭を振った。

「今、そんなことを考えても、しかたがないよ。とにかく、悪鬼を止めなければ、僕らの町は全滅する。そして、そのためには、サイコ・バスターが必要なんだ」

「うん……だけど」

わたしは、頭の中でもやもやしていたものを、言葉にしようとした。

「何ていうか、あの子は、もしかしたら、悪鬼じゃないんじゃないかっていう気がして、しようがないの」

「何言ってんだよ？　あいつが何をしたのか、見ただろう？　あいつ一人に、いったい、何人殺されたと思ってるんだ？　鏑木肆星さんまで、やられたんだぞ！」

覚は、少し気色ばんだ。もしかしたら、その声が、何らかの影響を及ぼしたのかもしれない。天井から、何かが、覚の上にぽたりと落ちてきた。

「うわっ！」

驚きに苦痛の混じった覚の悲鳴が、洞窟の中にこだました。腰が砕けて、その場に尻餅をつく。

「すぐに取ってください！」

振り返った奇狼丸が、厳しい声で言う。

わたしは、ランタンを、覚の上にかざした。覚の左の肩に、三十センチくらいはある、ぬめぬめと濡れ光る物体が貼り付いている。

「無理に引っ張ってはいけない。火をつけて、自分から離れるようにするんです」

奇狼丸の指示に従い、わたしは、その物体の体表の一部を赤熱させた。一気に燃やしてしまえば早いのだろうが、そんなことをすれば、覚も大火傷を負ってしまう。
二、三秒間はまるで反応がなかったが、ぬめぬめとした体から泡が出て、煙が上がると、奇怪な生き物は、身体を伸ばした。さっきまでは丸い塊だったのが、しだいに細長くなり、さらに、その一方の端から四本の触角のようなものが顕れる。

「ナメクジだわ……」

信じられない。ナメクジが人を襲うなどということが、あるだろうか。わたしは、四本の触角を焼き払った。ナメクジの化け物は、苦痛のためか身体を六、七十センチまで伸ばすと、地面に落下した。ただちに、青白い高温の炎によって焼き尽くす。ナメクジは、炎の中で身悶えしながら、キューというような声で鳴き、煙と水蒸気を上げて燃え尽きた。

「だいじょうぶ?」

わたしは、覚に駆け寄った。

「気をつけてください! まだ、上にいます」

奇狼丸が、真っ暗な天井を指さす。乾さんが、ランタンの光を向けた。天井の岩の間には、たくさんの同類が犇(ひし)めいていた。最初の個体に続いて飛び降りようとしていたのが、炎に驚いて右往左往しているようだ。

乾さんの呪力により、ナメクジはすべて引き剝がされ、地面に叩きつけられた。全部で、百匹以上はいただろう。寄せ集められて、小山になってからも、もぞもぞと蠢きながら、小さな目の付いた触角を持ち上げる。炎に包まれると、いっせいに粘液と泡を噴き出した。異様な悲鳴の大合唱が起こり、悪臭が鼻を衝く。

わたしは、覚の様子を見た。アロハシャツの肩の部分が、目の細かい鑢(やすり)で擂(す)りおろしたようにぼろぼろになり、赤く染まっている。その下の広範囲の皮膚が、赤剝けの状態で、血が噴き出しているのだ。


「痛い？」

覚は、歯を食いしばって、うなずく。

「これ、いったい何なの？」

わたしは、覚の背嚢に入っていた、ニセミノシロモドキに向かって怒鳴った。ニセミノシロモドキは、細長いスコープを伸ばし、対象を確認する。その姿は、観察されるナメクジに奇妙なくらい似ていた。

「血吸蛞蝓(チスイナメクジ)です。洞窟の天井にいて、獲物が通りかかると、落下して強力な吸盤で吸い付きます。多数の逆棘状の歯が生えた歯舌(しぜつ)によって、獲物の表皮を広範囲に傷つけて吸血するのですが、一度に多数のチスイナメクジに吸血されると、獲物は、出血多量で死に至ることもあります」

「ナメクジって、ふつう、植物質のものしか食べないいんじゃないの？」

わたしは、背嚢から出した救急セットで覚の傷口を消毒しながら、訊ねた。

「普通のナメクジとは別科ですが、欧州原産の笠被蛞蝓（カサカムリナメクジ）は肉食性で、ミミズを捕食します。ただし、陸生の貝類で吸血性のものは、今日まで、チスイナメクジ以外には知られていません」

「毒は？」

「おそらく、ないと思われます」

ニセミノシロモドキの答えに、少しほっとする。

「浅手のようですが、放っておくと、出血がひどくなります。強く圧迫して、止血しておいた方がいい」

奇狼丸が、覚の傷口を覗き込んで言う。

「こんな化け物がいるなんて……やっぱり、ここは地獄なんだわ」

わたしがつぶやくと、奇狼丸は、首を振った。

「こんなのは、ほんの序の口ですよ」

覚は、痛みに耐えながら歩いていた。チスイナメクジに吸血された跡は、火傷のように盛り上がり、出血はなかなか止まらないようだ。傷自体は浅いので、本当に毒がなかったのかと心配になったが、どのみち、解毒剤の類は全く持っていない。あとで知ったのだが、チスイナメクジは、強烈な陰圧をかけて、かなり深部まで血管を破壊するのだという。

救急セットには、鎮痛剤はあったのだが、呪力を使うのに支障が出るかもしれないと、覚が拒否した。

「異常だ。何もかもが。……こんなところに、長居すべきじゃない」

覚が、ぽつりとつぶやく。

「どういうこと?」

少しでも気が紛れるかと思って、歩きながら訊ねる。

「おかしいと思わないか? あんなふうに生き物が進化するなんて」

「だけど……わたしたちの町の周辺、八丁標でも、近いことが起きてるわ。わたしたちの意識のフィルターからこぼれ落ちた呪力は、絶えず漏出している。それが、穢れとして、八丁標の外へと向かうことで……」

言いながら、自分は、どこでそんなことを聞いたのだろうと怪訝に思う。

「呪力の漏出か……。面白い考え方だな。しかし、たしかにそうだ。この千年のうちに、新しい生き物が現れたのは、すべて八丁標の周囲からと言われてる」

覚は、驚きの目で、わたしを見たような気がした。

「だとすると、東京がこうなったのも、それが理由なのかもしれない。日本中に住む多くの人々は、東京が地獄そのものだというイメージを持っている。誰かが東京のことを考えるたびに、漏出した呪力は、東京を、ますます本物の地獄へと近づけていくんだ……」

背筋がうそ寒くなる。わたしたちは、文字通り、地獄巡りの真っ最中らしい。

「こんなに短時間に鍾乳洞ができたのだって、きっと、ニセミノシロモドキが言うような、酸性雨の作用だけじゃないだろうな」

だが、そのとき、わたしは、突如として湧いた別の考えにとらわれていた。

呪力の漏出……。違う。これは、わたしの考えじゃない。

わたしの中に、まるで、別の人間がいるような気がする。

誰か、わたしの、とてもよく知っている人間が。

水平なトンネルを通っていると、奇狼丸が急に立ち止まって、地面に耳を付けた。

「どうしたんだ?」

乾さんが、驚いて訊く。もしかして、追っ手の足音でも聞こえるのだろうか。

「このあたりの床は、かなり薄くなってるようです。その下は、奈落のような空洞です。罠を仕掛けるには、最適でしょう」

「わかった」

乾さんには、すぐに通じたらしい。わたしたちが通過してから、乾さんは、トンネルの床の広い部分に切れ目を入れた。一匹なら持ちこたえるだろうが、数匹がそこに乗ると、床が崩落する仕組みである。

「これで、追っ手が全滅してくれることは期待しません」

奇狼丸は、満足げに言う。

「しかし、罠が仕掛けられている可能性があると思わせ、追いかけてくる速度を、多少は削ぐことができるのです」

「もし、わたしたちが、引き返さなきゃならなくなったら？」

「それで、自分が作った間抜け罠（ブービー・トラップ）にかかるようなら、生きる資格はありませんな」

わたしは、自分に生きる資格があるかどうか、心配になってきた。

さらにしばらく進むと、蝿の数が多くなる。顔の周囲を飛び回り、隙あらば留まろうとするので、うるさくてしかたがない。こめかみを汗が流れ落ちる。再び、気温が高くなってきたようだ。

「この先に、また、コウモリの群生地があるようです」

奇狼丸が言う。

「そこを突っ切れば、一時的に、臭いはごまかせるかもしれませんが……」

また、あの汲み取り便所の奈落を通らなければならないかと思うと、心底げっそりする。だが、幸運なことに、その後すぐに、抜け道が見つかった。

前方の薄暗い闇の中に、ぼんやりと緑色に光るリボンのようなものが、垂れ下がっているのだ。その数、数十本はあるだろう。

「何、あれ？」

わたしが訊ねると、奇狼丸は、喉の奥で唸った。不浄猫が、喉を鳴らす姿を思い出す。どうやら上機嫌なようだ。

「あれは、うっかり貼り付かれると身動きが取れなくなりますが、注意さえしていれば、たいして危険な生き物ではありません。それより、上の階層に通じる穴がある印なのです。ここは、道筋を替えて、追っ手をまくチャンスかもしれません」

奇狼丸の話と、ニセミノシロモドキの解説を突き合わせると、こういうことになる。

東京には、多くの巨大な洞窟が縦横無尽に走っており、それらと並行して走る、無数の小さなトンネルも存在する。さらに、洞窟群には、比較的浅い場所から、地の底のような深さまで、たくさんの階層があり、人間が階層間を行き来しようと思えば、通常、大地の割れ目か、比較的稀な縦坑(たてこう)を利用するしかない。ところが、階層間には、無数の細い穴が開いている。これは、螺旋錐蚯蚓(ラセンキリミミズ)の働きによるものらしい。普通の生物では歯が立たないコンクリートや岩盤も、頭部がきわめて硬く、強酸を分泌しながらドリルのように回転して進むラセンキリミミズは、容易に穴だらけにしてしまうのだ。

ラセンキリミミズの穿(うが)った穴は、深い階層の洞窟まで、酸素や水、光をもたらすほか、多くの生物によって利用されている。一反蝿取紙(イッタンハエトリガミ)も、その一つだった。

イッタンハエトリガミは、太古から存在していた、大三筋笄蛭(オオミスジコウガイビル)の直系の子孫だった。笄蛭(コウガイビル)とは、蛭とは無関係のプラナリアに近い生物である。オオミスジコウガイビルは、体長一メートルにもなり、テープのように薄い身体の中央にある口で、ミミズやナメクジなどを捕食する。クモのように糸を吐いて降下することでも知られているようだ。

イッタンハエトリガミは、ラセンキリミミズの穿った縦穴を、糸を吐いて垂直に移動し、階層間を移動する。ツチボタルのように、うっすらと緑色に輝き、身体からべとべとする粘液を分泌して、光に誘われた羽虫や蝿などがくっつくと、体側に三十センチおきにある口で捕食するのだ。体長は最大で十二メートルに達し、トウキョウオオコウモリのような大きな獲物がかかると、ぐるぐる巻きにして窒息死させるという。

ランタンの炎を大きくして威嚇すると、熱を感じた数十本のイッタンハエトリガミは、するすると上っていった。後には、天井に開いた、蜂の巣のような穴だけが残される。

奇狼丸の見立てでは、上の階層までの厚さは、せいぜい四十センチほどらしい。ラセンキリミミズは、岩が薄い場所を選んで穴を穿つ習性があるのだ。わたしと乾さんが、慎重に、岩を切り抜いていった。イッタンハエトリガミは、早々と、さらに上の階層に退避したらしく、影も形もない。

わたしたちは、大急ぎで、前方にあるコウモリの集合住宅まで往復し、臭跡を付けた。それから、引き返すと、先ほどの穴から上の階層に移る。

この後は、わたしの特技を活用することになった。岩の蓋は、上面が広く下の面が狭い、栓のような形に切り抜いてあったので、ほぼすっぽりと元の穴におさまった。わたしは、壊れた陶器を補修するときの要領で、石灰岩の継ぎ目を消していった。本当の出来映えは、下から見ないとわからないものの、よほど注意して見なければ気づかれないだろうという、自信はあった。わたしの特技は地味なのだが、上級者レベルの技であり、破壊的な意思を放射するしか能のない悪鬼には、想像もつかないもののはずだ。

奇狼丸の話では、臭いは、水平なトンネル内部の風によって、遠くまで運ばれていくが、細いラセンキリミミズの穴から上下には拡散しにくいらしく、かりに嗅ぎつけられたとしても、別の階層から漂ってくることまでは、わからないはずだという。

途中で階層を変えるというのは、冴えたアイデアに思えた。だが、わたしたちは、よく考えるべきだったかもしれない。ずるをして阿弥陀籤(あみだくじ)に横棒を一本加えるのは、必ずしも吉と出るとは限らないのだ。

一つ上の階は、さっきまでいた洞窟に比べると、温度と湿度は若干低めで、動物相(フォーナ)は、はるかに豊富なようだった。

その理由の一つは、ここには、石灰岩以外の土壌が豊富にあることだった。そのため、大小さまざまな種類のミミズが生活している。もう一つは、コウモリを除けば、ここへ来て見た唯一の哺乳類、鼠の存在だった。ニセミノシロモドキによれば、洞窟(ドウクツ)鼠(ネズミ)は、古代の都市環境に適応していた溝鼠(ドブネズミ)の末裔だった。現在では、目はほとんど退化しており、もっぱら嗅覚に頼って細い割れ目を行き来し、コウモリの糞にたかるドウクツウジバエなどの昆虫を食べている。

この二種類の動物は、この階における食物連鎖では、底辺に近い層を成しているということだった。つまり、当然、それらを餌とする生き物が存在するのだ。

しばらく歩くうちに、わたしたちは、そうした捕食者をいくつも見かけるようになった。

最も驚いたのは、ふいにランタンの明かりの中に現れた、巨大な蛭（ひる）だった。体長は四メートル以上あるだろうが、オレンジ色の地に黒の縞や斑紋が入っている胴体は非常に太く、獰猛そうに細く尖った頭部を高くもたげて、こちらの様子を窺っているところは、同じ長さの蛇とは比較にならない存在感がある。わたしは、恐怖を感じ、思わず口の中で真言（マントラ）を唱えかけた。

「殺す必要はありません。少し動いて見せてやればいい。こいつは今、震動や熱量から、こちらの大きさを推し量ってるんです」

なぜ、奇狼丸が急に博愛主義的になったのかはわからなかったが、アドバイス通りに、身体を動かしてやると、巨大な蛭は、わたしたちは餌には大きすぎると判断したらしく、意外に敏捷な動きで方向転換して、闇の奥に姿を消した。ニセミノシロモドキによれば、虎斑陸蛭（トラフクガビル）という種類で、古代から山間部に棲息している、八輪陸蛭（ヤツワクガビル）から進化したらしい。環形(かんけい)動物でありながら、狩りをするために、爬虫類並みの智能も備えているのだという。

さらに、その直後には、別の種類の蛭の捕食シーンを目撃することになった。

洞窟の壁を、七、八十センチはありそうな山手蚯蚓(ヤマテミミズ)が這っていた。細長い体側には発光する点が等間隔で並んでいる。ニセミノシロモドキからは、古代の列車を彷彿させるという説明があった。

突然、天井の穴から、何かが矢のような速度で飛び出して来て、ヤマテミミズの頭を押さえた。冠牙蛭(カンムリキババビル)だという。先祖とされる牙蛭(キババビル)には三本の牙があったが、ラセンキリミミズなどを捕食するため、頭頂部に冠のような形をした十六本の牙を備えているらしい。先ほど見た、トラフクガビルと比べると、ずっと体が細いが、たくさんの牙を指のように器用に使い、暴れ回るヤマテミミズを丸呑みにしていく様には、浅ましさを越えた生命の迫力を感じて、つい見入ってしまった。

「おそらく、これで、目的地までの三分の一は来たはずです」

しばらく歩いた後、奇狼丸が言った。まだそんなものかと思い、げっそりする。少し前から、まわりで数種類の虫が美しい声で鳴き出していた。このあたりには、草むらもないのに、何がいるのだろうか。

「この虫は、何なの？　鈴虫とか？」

わたしは、覚の背嚢に入っている、ニセミノシロモドキに訊ねた。

「ここで鳴いているのは、すべて、ゴキブリの仲間です。馬追蜚蠊（ウマオイゴキブリ）、邯鄲蜚蠊（カンタンゴキブリ）、鉦叩（カネタタキ）蜚蠊（ゴキブリ）などで、暗い洞窟の中で雌を求めるために……」

「もういいわ」

わたしは、辟易して遮った。

「早季。できるだけ無駄な質問はするなよ。目的地に着く前に、こいつの電力が切れたら、どうするんだ？」

覚が、むっつりと言う。

「ごめんなさい」

覚は、いつになく苛立っているようだ。肩の傷が、そんなに痛むのだろうか。

わたしたちは、このとき、奇狼丸、乾さん、覚、わたしの順で歩いていた。殿（しんがり）を行くのは不安だったが、かといって前衛に回る自信はないし、覚の体調が優れないようなので、やむをえない。

ふと、背後に何かの気配を感じて、振り返る。

何も見えない。たった今歩いてきた、暗い洞窟があるばかりだ。

だが、前に向き直ってからも、胸騒ぎのような嫌な感じは消えなかった。

しばらく行ってから、今度は、すばやく向き直る。ランタンをかざして見るが、やはり、何もいなかった。壁には、わたしの影が、大きく引き伸ばされて映っているだけだった。

「どうしたんだ？」

覚が、振り返る。さっきは厳しく言いすぎたと思ったのか、優しい口調だった。

「うん。何でもない。何か、気配がしたと思って。……気のせいだったみたい」

それから、しばらくは、無言で歩いた。背後から、何か音が聞こえてこないかと耳を澄ますが、何も聞こえない。

それから、気がついた。何も聞こえないのが、変なのだ。

わたしたちの歩いている周囲や、前方からは、ゴキブリの鳴く声が聞こえてくる。だが、背後からは、なぜか、まったく聞こえてこないのだ。

ゴキブリは、わたしたちが通っても、まったく意に介さず鳴き続けている。それなのに、通り過ぎて、しばらくたってから鳴き止むのは、いかにも変だ。

そのことを、ニセミノシロモドキに訊ねようかと思ったが、さっきの今では、さすがに躊躇われる。しばらく行ってから、わたしは、もう一度、ゆっくりと振り返った。

あいかわらず、ランタンの光に照らし出されるのは、影だけである。だが……。わたしは、立ち止まった。にもかかわらず、影は、ゆっくりと、こちらに近づいてくる。

「影が来る……！」

わたしが、そう叫ぶと、奇狼丸が、あわてた様子で先頭から駆け戻ってきた。

「火を！　炎で追い払うんです！」

呪力によって、何かを発火させることはできるが、何も燃えるものがないところでは、炎を作り出すことはできない。とっさにランタンの蓋を開けて、油を水鉄砲のように噴き出させる。続いて瞬時に、油の温度を発火点を超えて上昇させた。眩(まばゆ)い炎の舌が、洞窟の壁を舐めた。しかし、影は、炎が届く寸前に散り散りになって、消え失せてしまう。

「何なの、これ？」

「逃げましょう！」

わたしたちは、闇雲に前へ向かって走り出した。足下が起伏だらけの鍾乳洞で、しかも揺れるランタンの投じる明かり以外、視界はゼロである。そんな中で全力疾走するのは、正気の沙汰とも思われなかった。

二、三分走り続け、息が切れかけた頃、四つ足で前を走っていた奇狼丸が立ち止まる。

「もう、かなり引き離したはずです。『影』は、それほど速く移動できない」

「あれは、いったい何なんだ?」

覚が、奇狼丸に詰め寄った。

「わかりません。しかし、前回の探検で、最も多くの犠牲者を出したのが、あの『影』でした。あれに捕まって、助かった者はおりません」

「おい、あの『影』の正体を、教えてくれ!」

覚は、ニセミノシロモドキに向かって怒鳴る。

「黒後家壁蝨(クロゴケダニ)です。肉食性のダニで、黒い影のように洞窟の壁を移動し、集団で狩りを行います。軟体動物から環形動物、脊椎動物にまで作用する、致死的な神経毒を持っており、洞窟内のほとんどの生物を捕殺し、柔らかい体組織を喰い尽くします」

「……とにかく、前進し続けましょう」

乾さんが言い、わたしたちは、早足で歩き続けた。炎で焼き払えば簡単なのだろうが、クロゴケダニ自体は小さすぎる上に集散が速くて目標にならないし、それ以外に燃えるものも、洞窟内には、ほとんど存在しない。風を起こしたとしても、これだけ岩肌に凸凹が多いと、しがみついているダニを吹き飛ばすのは難しい。だからといって、最後の手段とばかりに壁や天井を破壊すれば、大規模な崩落につながる怖れもある。とにかく、ここは、さっさと逃げるのが、最も賢明な策だと思われた。

だが、さらに少し進んだところで、わたしたちは、地面に異様なものが落ちているのを発見する。

「何だ、これは？」

乾さんが、ランタンの明かりを向ける。光の輪の中に浮かび上がったのは、数メートルの長さのある、扁平な袋のような物体だった。オレンジ色に黒の模様が入っている。

それが、先ほど見たトラフクガビルの、皮だけになった残骸であることに気づいたとき、みな、一様に絶句した。

「……どうやら、『影』に喰われたようですな。犠牲となった私の部下も、骨と皮だけになっていました」

奇狼丸が、冷静に言う。

「おい。こいつを喰ったダニの大群が、近くにいるんじゃないのか？」

乾さんが、緊迫した声でささやいた。

「たぶん、まだ、そのあたりの壁や天井にいることでしょう」

わたしたちは、ぎょっとして、まわりを見回した。

「だいじょうぶです。これだけの大物を平らげた直後だから、今は満腹しているはずです。行きましょう。なるたけ刺激しないように、あまり音は立てない方がいい」

わたしたちは、足音を忍ばせて、その場を離れた。

「この階層にあるトンネルは、凶暴なダニの巣窟だったようですな。予想外の事態ですが、これには、メリットもある」

奇狼丸の能天気とも思える発言に、覚が噛み付いた。

「メリット？　何を言ってるんだ？　僕らは、全員、命も危ないんだぞ。暗いトンネルの中で、しかも、こんなに小さいやつが相手では、呪力も使いようがない……」

「たしかに、その通りでしょう。だが、忘れてはいけません。我々にとって最大の脅威は、後から追ってくる悪鬼だということを」

覚は、はっとしたようだった。

「連中が、もし我々と同じ階層に入ったら、『影』に付け狙われることになる。足止めになるのはもちろん、損害を受けるかもしれない。……その意味では、最初のナメクジも、生かしておけばよかったかもしれません。今後、この洞窟に棲息するおぞましい住人は、極力、殺さないようにすべきですな」

「そうも言ってられんようだぞ」

わたしに代わって、危険な最後尾に回った乾さんが、警告を発した。

「最初の『影』が、思ったより早く、追いついてきたみたいだ……」

わたしたちは、たちまち浮き足立ったが、奇狼丸は、なぜか、余裕綽々(しゃくしゃく)の表情を見せていた。

「我々には、まだ、ツキがあるようです。見てください。安全地帯は目の前です」

奇狼丸が指さす先には、うっすら緑色に光るリボンの林が、ゆらゆらと風に揺れていた。イッタンハエトリガミだ。

「『影』は、なぜか、あの生き物の近くには寄りつかないのです。あの向こうへ行ければ、一息つけるでしょう」

そうか、と気がついた。微小なダニにとっては、べたべたとくっつく蠅取り紙のような生物は、天敵なのだ。おそらくは、通れそうな隙間があるときでも、本能的に忌避するに違いない。

「さっきのように驚かすと、とたんに上へ逃げて行ってしまいます。絶対に触れないよう気をつけながら、下をくぐってください」

奇狼丸の指示に従い、わたしたちは、四つん這いになって、緑色の暖簾のようなイッタンハエトリガミの下を擦り抜けた。地面との間には、せいぜい四十センチほどの間隔しかなく、悪戦苦闘したものの、何とか、全員が通過することができた。

薄緑色に光る防護柵の下から、向こう側を覗いてみると、想像を絶する数のダニにより、洞窟は真っ黒になっていた。しかし、こちらとは一定の距離を保っており、それ以上は、近づこうとしない。

助かった。わたしたちは、安堵の溜め息をついた。だが、イッタンハエトリガミは、いつ何時、気まぐれに別の階層に移ってしまうかもしれない。そうなったら、ダニの軍団は、怒濤のように押し寄せてくるだろう。

とにかく、先を急ぐことにする。途中で、いくつもの分岐に出会ったが、できるだけ、ニセミノシロモドキが示す方角に近い隧道を選ぶ。三度ほど、そうした分岐を越えると、もう、自分がどこから来たのかわからなくなる。もし、わたし一人で、この地下を彷徨う羽目になっていたとしたら、とっくに迷子になっていたことだろう。

そこからの道のりは、比較的快調に捗った。数キロを踏破したときだった。どこからか、かすかな金属音が響いてきた。一回。二回。三回……。

奇狼丸が、壁に耳を押し当てて、一心不乱に聞く。

「敵は、地下で二手に分かれたようですな。互いに、あの音で連絡を取りながら、我々を捜索しているのです。……それとは別に、地上を進んでいる部隊も存在するようです」

「あの音は、どうやって立ててるんだ？」

覚が、訊ねる。

「なに、ごく単純な方法ですよ。岩壁に鉄釘を打ち込んで、玄翁で叩くだけの……岩盤の多い地層では、よく使われる通信手段です」

「何て言ってるのか、わかる？」と、わたしは訊いてみた。

「いや。これは、コロニーごとに符牒があるので、正確にはわかりません。しかし、今のところ、我々の現在位置は摑んでいないようです」

とはいえ、敵は、着実に包囲網の輪を狭めているような気がする。最初から覚悟していたとおり、これは、時間との戦いなのだ。

それも、サイコ・バスターなる代物が、千年の時を経て、本当に残っていればの話だが。

わたしたちは、茫然として、立ちつくしていた。

目の前には、断崖絶壁が広がっている。向こう側の壁には、トンネルの入り口に類するものは見当たらない。

頭上からは、細い割れ目を通して地上の光が射し込んでおり、ずっと下方で反射して、かすかに燦めいている。水があるのだ。水音が聞こえなかったので、最初は地底の池かと思ったが、紙屑を落として観察してみると、向こう側からこっちへ向かって、ゆっくりと流れていることがわかる。地下河川のようだ。

「この先へ進むには、あの川を遡る必要があります」

奇狼丸が、考え深げに言った。

「それは、無理だろう」

乾さんが、異議を唱えた。

「ここには、舟はない。丸太一本さえないから、急拵えの筏さえ作れない。かといって、泳ぐのは、あまりに危険すぎる」

考えるだけでも、ぞっとした。今までの例からしても、あの水の中には、どんな未知の生物が潜んでいるかわからない。

「思い切って、地上に出てみたらどうかな?」

覚が提案する。

「追っ手の大半は、今、地中にいるんだろう？　少なくとも、悪鬼は。だったら、地上を行く方が早いだろうし……」

「それは、賛成できませんな」

奇狼丸は、にべもなかった。

「やつらの地上部隊は、鳥を使っています。我々が出てくるのを、文字通り、鵜の目鷹の目で見張っていることでしょう。発見されれば、その情報はすぐさま地中に伝えられます。こちらの位置を把握されてしまえば、半分、鍋に入ったも同じです。いきなり狙撃される可能性もありますし、いつ、どこから、悪鬼が現れるかわからない」

「でも……だったら、どうするの？」

「こちらも、二手に分かれましょう」

奇狼丸は、断崖から身を乗り出して、下方を覗き込んだ。

「一隊は、今来た洞窟を戻って、追っ手を違う方向へ誘導するように臭跡を付けてから、ここへ戻ってきます。その間に、もう一隊は、下の階層に移り、元来た方角へと引き返すのです」

「そっちは、何のために引き返すんだ？」

覚が、怪訝な様子で訊ねる。

「いったん上陸した地点に戻って、潜水艇を取ってくるのです。この川を遡るためには、必要ですから」

覚は、呆気にとられたようだった。

「無茶なこと言うなよ。あんな大きなものを、いったいどうやって、ここまで持ってくるんだよ？」

「この地下河川は、海に注いでいます。しかし、岸辺には、河口らしきものは、まったく見当たりませんでした。つまり、海中に、必ず開口部があるはずなのです。潜水艇を使えば、ここまで、比較的安全に水中を来られるはずです」

沈黙が訪れた。どちらの隊に回るにしても、危険は、これまで以上に大きくなる。

だが、誰一人、対案がないこともわかっていた。

2

　わたしは、ランタンを高く掲げつつ、慎重に歩を進めた。湿度百パーセントの蒸し風呂のような状態は前の洞窟と同様だったが、壁や天井のあちこちから水が染み出し、足下にも小さな流れを作っているのには閉口した。視界が悪いため、少しでも気を抜くと足を滑らしそうな気がする。

「だいじょうぶですか？」

　年齢に似合わず軽快な足取りで、前を行く乾さんが、振り返って言った。

「ええ。……こんなに水がなかったら、もっと楽に歩けるんですけど」

　つい、愚痴ってしまう。

「しかし、水が豊富にあるお陰で、あの恐ろしい『影』……ダニはいないようですね」

　たしかに、ダニは一般的に高い湿度を好むが、洞窟の壁面がこれだけ濡れそぼっていると、動き回るのは困難だろう。微小な生き物にとって、水の表面張力と粘性は馬鹿にならないからだ。水浸しになっているために、この洞窟にはクロゴケダニがいないとすれば、文句を言うのは罰が当たるかもしれない。

わたしたち四人は、奇狼丸の提案通り、二手に分かれた。わたしと乾さんは、海岸まで夢応鯉魚号を取りに行く側に回り、覚と奇狼丸は、追っ手をまくため、偽の臭跡を付けに行くことになった。

覚は、チスイナメクジによる負傷のために、長い距離を歩くのは困難だという理由で、わたしに海岸へ行くよう頼んだ。実際、覚は、かなり辛そうに見えたが、彼の真意がどこにあったのかは、あきらかだった。自分が、より危険の大きい側に回るつもりなのだ。いくら奇狼丸が付いていても、猛獣の鼻先で小細工をして回るような行為である。一歩間違えば、自分が餌になることを覚悟しなければならない。

わたしは、すべてを承知の上で、覚の申し出を受け入れた。

絶対に、全員が生還する。今は、そう信じるしかないのだ。

「乾さん。何もかも、きっと、うまくいきますよね？」

わたしが、そう訊ねたのは、おそらく、単なる気休めでいいから、そうだと言ってほしかったのだろう。しかし、乾さんの反応は、わたしの期待とは異なっていた。

「正直に言いますが、私には、何とも言えません。何もかもが、あまりに私の予想を超えているので」

「そうですか……」

気分が、重く塞がるのを感じる。

「しかし、どんなことがあっても、渡辺さんには、生き延びてもらいたいと思っています。そのためには、ベストを尽くしますから」

「ありがとう。乾さんにそう言ってもらえれば、心強いです。だって、乾さんは、猛者揃いだった鳥獣保護官の、唯一の生き残りなんですから」

そう言ってしまってから、後悔する。

「生き残りですか」

乾さんは、かすかに笑ったようだった。

「ごめんなさい。わたし、無神経なことを言って」

「いやいや、そうじゃない。私にはどうも、生き残りというのは、ぴんと来ないんです。死に損ないと言った方が、正しいのかもしれませんね」

「そんなこと」

「いや、そうなんです。私は、家族より深い紐帯（ちゅうたい）で結ばれていた四人の仲間を失いました。私が死ななかったのは、ただの偶然……巡り合わせに過ぎなかったんですよ。今の私は、ただの亡霊のようなものです。仲間の無念を晴らしてやりたい。たぶん、そのためだけに、命を長らえている」

同じような言葉を、つい最近、誰かから聞いたような気がする。

「だから、あの悪鬼だけは、どうしても許すことができない」

日頃は冷静な乾さんの裡から、ちらりと激情が見えたようだった。

「だから、渡辺さんも、約束してください。かりに私が、志半ばで倒れることになっても、あなたが、必ずあの悪鬼を止めるということを」

「ええ。約束します」

止める……。わたしたちは、心理的な抑制によって、人間に対し、それ以上強い言葉を使うことが憚られたが、その意味は明白だった。

「それにしても、バケネズミどもに死神などと呼ばれて、怖れられていたのが、今では、この体たらくです。こうなってから、初めて、狩られる者の気持ちがわかったような気がしますよ」

「それは、わたしも……。何だか急に、この世界が、悪夢に呑み込まれてしまったような感じで。何もかもが、本当に、まだ現実に起こったこととは思えないんです。明日の朝、目が覚めたら、心配はいらないよ、何もかも夢だったんだよって……きっと誰かが」

胸が詰まって、それ以上、続けられなかった。

「わかります。私だって、そう願わないわけじゃない。しかし、現実にはまず、明日の朝、生きて目覚めるための算段をしなきゃなりません」

乾さんは、大きな溜め息をついた。

「どうしても、お話ししておかなければならないことがあります。奇狼丸のことで」

「奇狼丸？」

意外な言葉だった。

「有り体に言えば、どこまで信用できるのか、疑問があります」

「そんな……だって、乾さんを助けてくれたのは、奇狼丸でしょう？　それに、今だって、奇狼丸がいなかったら、どうにもならなかったんじゃ……？」

「もちろん、どちらも認めますが」

乾さんは、立ち止まった。

「渡辺さんは、人間の洞察力が最も低下するのは、どんな時だと思いますか？」

わたしは、少し考えた。

「すべてが、うまく行きすぎてるとき？　ほっとして、どうしても気が緩むんじゃないでしょうか？」

「たしかに、そういう場合、いとも簡単に温泉気分に浸ってしまう人間はいます。しかし、慎重な人間なら、かえって、油断しないように兜の緒を引き締めるでしょう」

「じゃあ、どういう場合なんですか？」

「私の経験では、むしろ、状況が最悪だと思えるときなんです。ただでさえ絶望的なのに、実際の事態はさらに悪いのではないかと冷静に疑う人間は、あまり見たことがありません。誰もが、儚い希望を探し求めるあまり、危険な兆候をあっさり見過ごしてしまうんです」

「つまり、今のわたしたちが、そうだっていうこと？」

「状況がここまで厳しいときに、さらに獅子身中の虫がいるとまでは、普通、疑わないでしょう」

「奇狼丸が、裏切り者だって言うの？」

「その可能性も、考慮に入れなければなりません」

「なぜ？　単に、人間じゃないからですか？　それとも、何か、はっきりした根拠があるの？」

「疑わしい理由は、二つあるんですよ」

乾さんは、再びランタンをかざして、暗い洞窟を歩き始めた。わたしも、後に続く。

「まず、奇狼丸が、かつて、東京を訪れたということ自体、おかしな話です。いったい、何をしに来たんでしょう？」

「それは……やっぱり、一度は調べておく必要があると思ったんじゃないですか？他のコロニーとの競争上も、先にどんなところなのか確認して……何かの利用価値が見つかるかもしれないし」

「そんな曖昧な動機で、兵士の三分の一を失うような過酷な探検を続けるでしょうか？奇狼丸のような優秀な指揮官なら、最初に犠牲者が出た時点で、計画を中止して引き揚げるだろうと思いますね」

「じゃあ、乾さんは、彼らは、何のために来たと思うんですか？」

「それは、わかりません。しかし、もし何も後ろ暗いところがないのなら、奇狼丸自身、言葉を濁したりせず、きちんと説明するはずだと思いませんか？」

その点は、まったく気になっていなかったわけではないが、それどころではなかったというのが、正直なところだった。それに、この状況下で万が一、奇狼丸が敵だとしたら、目も当てられないことになる。もはや、どうすればいいのか、見当もつかなかった。

言いかけて、わたしは、言葉を切った。どこからか、奇妙な音が響いてきたからである。

わたしたちは、歩みを止めて、耳を澄ませた。乾さんは、壁に耳を押し当てる。

低い、地鳴りのような音。おそらく、ずっと上の階層からだ。

「何の音かしら？」

「たぶん、どこかで、洞窟の一部が崩れたんだと思いますね」

はっとした。

「じゃあ、わたしたちの作った、罠が成功したのかも」

「いや。……少なくとも、それだけじゃない。今の音は、断続的に、四回は聞こえましたから」

乾さんは、考え込んでいたが、それ以上、口に出して説明することはなかった。

わたしたちが歩くペースは、自然に速くなった。ふと、思い出して、質問する。

「さっき、奇狼丸を疑う理由は、二つあるっておっしゃってましたよね？　もう一つは、何なんですか？」

「それは、もうすぐわかりますよ」

「もうすぐ？」

「海岸に着いて、地上に出たら、たぶん一目瞭然でしょう」

乾さんは、謎めいた言い方をした。

海岸へと引き返す行程は、行きよりは捗ったものの、たっぷり数時間を要した。洞窟は、地上へと通じる巨大な割れ目にぶつかっていた。ニセミノシロモドキが、電子コンパスで現在位置を確認したところ、わたしたちが夢応鯉魚号を隠した割れ目や、地下へと下りた斜面までは、百メートルと離れていないという。

すでに、体はくたくたに疲れ、悪路を歩き続けた足が痛くてたまらなくなっていたが、休んでいる暇はなかった。呪力で体を支えて、急斜面を登攀（とうはん）しているとき、大地の底から、奇怪な音が響いてきた。まるで無数の妖怪が笑っているような、禍々（まがまが）しくも不気味な声に聞こえる。

わたしは、ぎょっとして、身体を強張らせた。

「心配いりません。コウモリですよ」

乾さんの言葉で、安堵する。

洞窟の奥から、何十万、何百万匹という数のトウキョウオオコウモリが、騒々しく鳴き交わしながら、飛び出してきたのだ。わたしたちの背中や頭をかすめるような近さだが、音響定位のおかげなのか、ぶつかってくる個体はいない。

オオコウモリの大群は、巨大な一個の生物のように、大地の割れ目いっぱいに広がって上昇していき、黄昏の空に溶け込んでいった。そのとき、ようやく、陽が落ちかけていることに気がついた。早朝から地の底へ潜り込んだために、すっかり時間の感覚が狂っていたようだ。朝一番に兵糧丸を食べたっきり、何も胃袋に収めていなかったことを思い出したが、それでも、ほとんど空腹は感じなかった。低血糖で頭がふらふらしても、気を張っているせいか、食欲というものが湧いてこないのだ。

空は、急速に、濃い青から群青色へ変わっていった。わたしたちが、急斜面を登り切ったときには、すでに、とっぷりと日が暮れ、あたりに夜の帳が落ちかけていた。

割れ目から頭を出して、周囲と空の様子を窺う。東京中のコウモリの塒から、真っ黒な蚊柱のようなものが、何百本も立ち上っている。乱舞しているコウモリの総数はまちがいなく、億単位だろう。こうして空が埋め尽くされている間は、ヨタカやフクロウを使った監視は、不可能に違いない。わたしたちは、身を低くすると、最初に夢応鯉魚号を隠した場所まで走った。

潜水艇は、敵には発見されなかったらしく、無事だった。呪力でそっと持ち上げる。

　そのまま、海岸へ移動しようとすると、乾さんに制止された。

「ちょっと、待ってください」

「どうして？　早く行かないと、見つかっちゃうわ」

「憶えてませんか？　夜間に海岸に近づくのは、危険だということを」

　わたしは、唇を噛んだ。そのことは、完全に意識から抜け落ちていた。

「迂闊だったわ……」

　わたしは、乾さんの背嚢（はいのう）を開けて、ニセミノシロモドキに訊ねた。

「この付近の海岸で、夜間に人やバケネズミを襲う可能性がある、最も危険な生き物は何？」

　ニセミノシロモドキは、しばらく沈黙していた。故障してしまったのではないかと思い、心配し始めたとき、ようやく、途切れ途切れの回答が聞こえた。

「……は、大鬼磯女（オオオニイソメ）と考えられます……沙蚕（ゴカイ）の一種である、鬼磯蚯蚓（オニイソメ）から進化したと思われる……東京湾内および……にのみ棲息しており……二つの眼点と触手冠が、人間を思わせる……強大な二対の大顎によって……最終捕食者であり……夜行性……雌雄がペアとなるシーズン……特に危険」

それから、ニセミノシロモドキは、急に、うんともすんとも言わなくなってしまった。

「大変だわ。壊れちゃったみたい！」

わたしは、仰天して叫んだ。

「電池が切れたんでしょう。太陽に当てて起動させてからは、ずっと暗い場所で酷使してましたから」

「でも、これが動かないと、地下水路の場所もわからないのに……」

「後で、何とか復活させる方法を考えましょう。それより今は、どうやって潜水艇に乗り込むかに集中しないと」

乾さんは、わたしの注意を当面の問題に引き戻した。

「奇狼丸の部下を襲ったのは、どうやら、ゴカイの仲間のようですね」

ゴカイと聞いても、わたしには、ほとんどイメージが湧かなかった。

「海にいる、小さなミミズみたいな生き物？」

「オニイソメの親戚だったら、むしろ、海棲のムカデのような生き物を想像した方がいいと思います。それに、バケネズミの兵士を襲って殺すくらいですから、けっして小さくはないでしょう」

乾さんは、厳しい表情になった。

「奇狼丸が疑わしい第二の理由とは、このことなんです。我々が海岸へ引き返した場合、日没の時刻を過ぎることは、容易に予想できたでしょう。しかし、奇狼丸は、ここで待つはずの危険について、何の警告も発しませんでした。その上、オオニイソメなる生物に関する情報も、何一つあきらかにしないままです」

「でも、奇狼丸も、海岸にいる怪物に関しては、兵士が襲われたというだけで、ほとんど、何も知らなかったのかもしれないでしょう？」

わたしは、あえて奇狼丸を弁護した。

「こっちには、ニセミノシロモドキもいることだし、そのあたりは、何とかなると思ってたのかも」

「……まあ、急な事態で、たしかに、それどころじゃなかったかもしれませんが」

乾さんも、認めた。

「とにかく、行きましょう。相手がゴカイなら、潜水艇の中にいれば安全なはずです」

乾さんの指示に従って、わたしは、夢応鯉魚号の中に入り、上部の扉を閉めた。続いて、乾さんが、呪力で潜水艇を持ち上げて、岸から少し離れた場所に、そっと下ろした。

船底が砂地に着く感触。夢応鯉魚号は、ゆったりと打ち寄せる波に、揺りかごのようなリズムで左右に傾ぐ。

船首にある小窓から外を覗くが、ちょうど海面の高さで、何も見えなかった。予備知識がなければ、こんな場所に危険が存在するとは、とても思えなかった。

乾さんが、左手から慎重な足取りで海に入り、徐々に近づいてくるのが見えた。今にも化け物のようなゴカイが襲ってくるのではないかと、固唾を呑んで見守っていたものの、何も起こらない。

乾さんが、船体を登る音が聞こえた。上部の扉をコンコンと叩く。わたしは、掛け金を外した。扉が開き、乾さんの顔が覗く。

「この時間はまだ、怪物は……」

そのとき、がりがりという音が響いた。何か巨大な生き物が、すばやく船体をよじ登っていく音。次の瞬間、乾さんの姿が視界から消え失せ、続いて、真っ黒で細長い物体が、入り口の上を流れていく。その姿は、どう見ても、ムカデにそっくりだった。あまりにも速いため、無数の肢がぶれて見えたが、いつ果てるかと思うほど長いので、狙いを付ける時間はたっぷりあった。

わたしは、怪物の胴中を発火させた。炎とともに身の毛もよだつような悲鳴が響き渡る。それは、乾さんの上げた声ではないかと錯覚するくらい、人間にそっくりだった。

胴体の中央部が炎上した怪物は、ずるずると転落し、大きな水音を立てて浅瀬に落ちる。わたしは、大急ぎで梯子を登り、船の上に出た。

眼下でもがいているのは、世にも恐ろしい化け物だった。無数の肢が蠢く長い胴体が、幾つものうねりを作って、船をぐるりと取り巻いている。体長は、どのくらいあるのか、見当もつかなかった。

水の中から頭部が現れ、こちらを見た。その輪郭は、驚くほど人間の顔にそっくりだった。触手の塊とも藻ともつかないものが、黒々と髪の毛のように密生しており、わたしを真正面から見据える双眸には、凶暴な怒りが燃えたぎっていた。

だが、人間を思わせるのはそこまでだった。頭に見えたのは両眼の付いた瘤にすぎず、そのずっと下方にある、胸元のように見える場所が、本当の口なのだろう。象牙のように白い二対の大顎が、獲物を狙うアリジゴクさながらに、大きく左右に広げられている。

わたしは、悲鳴を上げた。

怪物は、びっくり箱の人形のように伸び上がって、三メートル以上も高い場所にいるわたしを、ひと咬みにしようとする。

そのおぞましい大顎が、わたしの頭を挟み込もうとする寸前に、粉々に破裂した。頭部を失ったオオニイソメは、狂ったように長い首を振り回し、暴れ回った。さらに、二度、三度と爆発が起きる。そのたびに、少しずつ短くなっていった長虫は、とうとう、痙攣して倒れると、海面に浮いたまま動かなくなった。

「だいじょうぶですか？」

数メートル離れた浅瀬から、乾さんが叫ぶ。

「はい」

わたしは、そう答えるのが精一杯だった。恐怖に身体が痺れたようになっていたので、間一髪のところで、乾さんが怪物を吹き飛ばしてくれなければ、間違いなく、あの大顎の餌食になっていたことだろう。

「まだ、他にもいるかもしれない。早く、ここを離れましょう！」

乾さんは、すばやく船体の外側の梯子を登ってきた。わたしが、船内に飛び降りるのと同時に、船の中に飛び込むと、扉を閉めて掛け金をかける。

夢応鯉魚号は、ゆっくりと深みに向かって前進し、潜水した。

わたしは、爆発したオオオニイソメの体液を頭から浴びていた。べとべとして気持ちが悪いだけでなく、磯臭さと腐敗臭が混じり合ったような悪臭は耐え難いほどだったが、今は、怪物の棲み処から遠ざかることが先決だった。乾さんの指示に従って、外輪を回すことに集中する。乾さんは、前部にある小窓を覗き、海中に開いているはずの地下河川の河口を探していた。

海中は、すでに真っ暗に近い状態だった。ランタンの光で外を照らしながら、乾さんは、ガラスの反射が目に入らないように、小窓にぴったりと顔を付けていた。万が一、オオオニイソメがもう一匹現れて、小窓越しに大顎で咬みついたらなどと考え始めると、恐ろしくてたまらなくなってくる。

しかし、さいわいにも、わたしの妄想が具現化することはなかった。乾さんは、やがて大きな洞窟の入り口を発見した。海草の揺らぎを見ると、ここが河口であることは間違いないと思われた。

夢応鯉魚号は、洞窟の中へと侵入した。夜の海中よりさらに濃密な、煮詰めたような闇、墨汁を流したような暗黒の中へと。

海中の洞窟を進んでいると、しだいに不安がつのってきた。夢応鯉魚号は容積が小さいため、あまり長時間潜っていると、酸欠に陥るかもしれない。利根川を下ったときには、四人が乗っていたのだが、今は二人なので、単純計算では、倍の時間は保つはずである。ランタンの炎を燃やしていることが、酸素の消費にどの程度影響するのかは、よくわからなかったが。

「渡辺さん。さっきは、助かりました」

乾さんが、前を向いたまま、声をかける。

「そんな。命を救われたのは、わたしの方です」

「いや、その前のことですよ。私は、とっさに海に飛び込んで逃れようとしたんですが、あの化け物は異様なくらい動きが速かったんで、すんでのところで喰いつかれそうになりました。渡辺さんが、あいつの胴体を発火させてくれなかったら、完全に真っ二つにされてたでしょうね」

たしかに、ふいを衝かれたとはいえ、呪力を持った人間が二人がかりでなければ、あの怪物を殺すことはできなかった。ここが地獄であることを、あらためて思い知らされる。こんな呪われた場所からは、一刻も早く逃げ出したいと思った。サイコ・バスターなどという忌まわしい武器を入手する必要さえなかったら。

しかし、考えてみると、ここへ悪鬼を誘い込んだことは、上出来だったかもしれない。幸運に恵まれれば、東京に棲息しているおぞましい生き物のどれかが、悪鬼を始末してくれる可能性もあるのだ。

わたしは、ひたすら暗い想像に身を委ねていた。精神の平衡を保つためには、そうしなければならなかった。地獄で生き延びようと思えば、自身が鬼になるしかない。町のこと、両親のこと、愛する人々のことは、考えないようにした。今はとにかく、ここから生きて還ることだけを念じなければならない。

洞窟は、どこまで行っても同じだった。緩やかに流れてくる水だけ。光も、空気もない。

もしかしたら、わたしたちは、このまま窒息して果てる運命なのだろうか。こめかみを汗が伝う。蒸し暑さのためか、緊張によるものなのかは、わからない。ただ、息苦しさが増しているのは、オオオニイソメの悪臭のせいばかりではないようだった。

もしかしたら、間違った河口に入ってしまったのだろうか。それは、恐ろしい想像だった。だが、考えてみれば、あのあたりに注いでいる地下河川は一本とは限らないのだ。

この洞窟には、延々と地中を流れる水路だけが続き、やがて、地下水の浸み出している岩壁に突き当たって終わるのかもしれない。

機械的に、夢応鯉魚号の外輪を回しているうちに、しだいに、現実と想像の境目が曖昧になってくる。

ずっと以前に、同じような経験をしたのを思い出す。まだ、子供の頃。夏季キャンプへ行って、バケネズミの戦争に巻き込まれ、地下の隧道を彷徨（さまよ）ったときのことだった。

わたしには、暗い場所で、長時間、単調な刺激だけを与えられていると、意識が退行し、催眠状態へ陥ってしまう癖があるようだった。それは、もしかすると、遠い昔、清浄寺で無瞋上人に与えられた、あの通過儀礼とも関係があるのかもしれない。

このときも、わたしは、徐々にトランス状態に入っていった。身体の感覚が薄れ、ただ、意識だけが、真っ暗で虚ろな空間に浮かんでいるような気分だった。

そして、幻聴が始まった。

「早季。早季」

どこかから、わたしを呼ぶ声が聞こえてきたのだ。

「誰なの……？」

わたしは、つぶやいた。

「早季。僕だよ」

それは、懐かしい声だった。

「あなたは……」

それは、顔のない少年だった。

「僕の名前は、まだ思い出せないんだね。でも、いいんだよ。僕は、ずっと一緒だから。僕は、君の心の中に住んでるんだ」

「わたしの、心の中に？」

「そうだよ。呪力とは、思いを外の世界に刻み込む能力のことだ。そして、人の魂とは、煎じつめれば、思いにほかならない。僕の魂の一部は、君の心の奥底に刻み込まれているんだよ」

「でも、どうして？　あなたは、いったい、どうなってしまったの？」

「そのことも、忘れてしまった？　でも、かまわないさ。いつか、思い出すから」

「せめて、あなたの名前を教えて」

「君は、僕の名前を知ってるよ。でも、心の中に障害物が置かれているせいで、思い出すことができないだけなんだ」

「渡辺さん？　だいじょうぶですか？」

わたしが独り言を言っているのを不審に思ったらしく、乾さんが訊ねる。

「ええ……だいじょうぶです」

わたしの意識は、完全に二つに分裂しており、まるで別人が返答をしているような感じだった。

「早季。早季。何も心配はいらないよ。そのことだけを、言いたかったんだ」

「でも、わたしは、本当に、あの悪鬼を斃せるの?」

「悪鬼? 君は、誤解してるんだよ。あれは、悪鬼なんかじゃ……」

その声は、途中で、すうっと遠くなっていった。代わりに、別の音が鼓膜を震わせる。

「渡辺さん! しっかりしてください! だいじょうぶですか?」

乾さんが、大声で、わたしに呼びかけている。

ゆっくりと現実感覚が戻ってきた。

「ええ。ごめんなさい。ちょっと、うとうとしてたみたいで……」

そう答える自分と、催眠状態にあった自分とが、ゆっくりと重なり合っていく。

「浮上しますよ」

「浮上?」

「流れが、ずっと緩やかになりました。水面らしきものも見える。かなり広いトンネルに出たようです」

　夢応鯉魚号は、暗い、ほとんど静止しているかのような流れの中を、浮かび上がった。

　乾さんが、慎重に耳を澄ませてから、上にある扉を開ける。

　新鮮な空気が流れ込んできて、ほっと一息つく。

「ここは、ずいぶん広い空間ですね。たぶん、大昔に、人工的に作られたものでしょう」

　乾さんは、夢応鯉魚号の上に立った。わたしも、梯子を上がる。そこは、岩のドームのような場所だった。

「星？」

　上を見上げて、思わず、そうつぶやく。だが、すぐに、そうではないことがわかった。広い天井一面に輝いている緑色の光には、見覚えがあった。

「ツチボタルだわ……」

　昔、バケネズミの巣で見たものとは、まったく規模が違う。それは、まるで銀河だった。そして、静かに流れる黒い水が、鏡のように天の光を映し出している。

「わたしも、実物は初めて見ました。あの光で、虫を誘引して捕らえるんですね」

乾さんは、興味深げに天井を見上げていた。

「ここには、競争相手の、あの光る蝇取り紙がいないから、ツチボタルが繁殖できるのか。……なるほど。天井には穴が開いていないようだ。ラセンキリミミズも、ここの天井には穴を開けられないらしい。岩盤が厚すぎるのか、あるいは、硬すぎるのか。いずれにせよ、だから、蝇取り紙が下りてこられないわけですね」

そのとき、わたしの脳裏には、まったく別の景色が蘇っていた。


流れのままに川を下っている舟の周りから、同心円状に波紋が広がっていった。さらに今度は、その内側から、いっさいの波が消えていく。

「ああ。すごい……」

まるで、わたしたちを中心に周囲が急速に凍っていったように、水面から凹凸というものがなくなった。今や、水面は磨き上げられたガラスのように滑らかで、満天の星を映し出す漆黒の鏡面だった。

「きれい。まるで、宇宙を旅してるみたい!」

この晩のことは、わたしは終生忘れないだろう。

わたしたちが旅していたのは、地上の川ではない。無数の恒星が輝いている、天の

川だった。

「どうしました？」

凝然と立ちつくすわたしに、乾さんが、声をかける。

「ええ……いいえ、何でもないんです」

わたしは、ドームの中を見渡すふりをして、顔をそむけた。涙が溢れるのを見られたくなかったからだった。

完璧な瞬間、完璧な世界……。

思い出した。あの光景をわたしに見せてくれたのは、まちがいなく、顔のない少年だったのだ。

「もうすぐ、充電が完了します」

乾さんが、顔を上げて言った。汗だくになっているのを見ても、かなりきつい精神集中だったことが窺える。

「ありがとう……こんなことができるなんて、すごいと思います。わたし一人だったら、本当に、どうしようもなかったですから」

わたしは、心からの賛辞を送った。

「いや、技術的には、それほど難しいことでもないんです。最初は、とにかく、太陽光と同じ波長の光を当てなきゃならんと思ってたんで、四苦八苦しましたが……」

乾さんは、それまで散々格闘してきた、ランタンと松明を見やった。

「こいつが、途中で少しだけ起動して、太陽電池の仕組みを教えてくれましたから、後は簡単でした。受光部に当たった光から発電する方法は全然わかりませんが、要は、電気を喰って貯め込みたいだけですから、こっちの方に、呪力で、直接電力を送り込んでやればいいんです」

乾さんは、太陽電池を外した下にあった、コードの付いた部品を指さした。

そう言われても、まったくイメージが湧かなかった。電気などという抽象的なものを、どう思い浮かべればいいのだろう。覚も、こういう機械関係は得意な方だったから、このあたりは、男女差が大きい部分なのかもしれない。

しばらくすると、ニセミノシロモドキは、元通りに応答するようになった。眠っているように見えた間も、ずっと現在位置は把握していたらしく、わたしの問いかけに対して、すぐに方位を教えてくれる。どうやら、わたしたちは、幸運にも正しい河口に入ったようだった。

岩のドームでは、乾さんに夢応鯉魚号に入っていてもらい、地下河川の水で身体を洗って、新しいTシャツと短パンに着替えた。ようやく、オオオニイソメの悪臭から解放され、今後の見通しが立ったことで、勇気百倍とまではいかなくても、前途に光明が差したような気分になっていた。後は、覚や奇狼丸と合流してから、ニセミノシロモドキを使って、古代のビルの廃墟を見つければいい。

それがどんなに甘い考えだったのかは、すぐに思い知らされることになるのだが。

夢応鯉魚号が、大地の裂け目に辿り着いたときには、すでに、真夜中になっていた。

そこが、覚と奇狼丸の組と別れた地点であるのは、ニセミノシロモドキに確認させるまでもなく、あきらかだった。ところが、待っているはずの彼らの姿が、どこにも見当たらないのだ。

わたしたちは、しばらくの間待ち続けたが、ついに、乾さんが、最終決断を下した。

「行きましょう。これ以上、時間を空費するわけにはいかない」

「でも、覚たちを見捨てるのは……」

わたしは、抵抗を試みたが、自分に理がないのはわかっていた。

「彼らなら、無事でいると信じましょう。悪鬼らをおびき寄せてから、どこかに隠れて、身動きが取れなくなっているのかもしれない。……いずれにしても、ここまで来るのに、あまりに時間を使いすぎました。我々には、大切な使命があります。今は、それを第一に考えましょう」

わたしたちは、夢応鯉魚号を発進させた。

地下河川は、河口付近と比べると、やや狭くなっていたが、幅も高さも、ほぼ一定だった。どうやら、そのあたりは、水の浸食によってできた鍾乳洞ではなく、最初から人工のトンネルとして造られたもの……古代の鉄道跡ということらしかった。ラセンキリミミズの穴がほとんど見当たらないのは、コンクリートの質が高くなっている証拠かもしれない。わたしたちが目指す建物、中央合同庁舎第8号館は、それほど遠くないという予感があった。

ほどなく、わたしたちは、開けた場所に出た。ツチボタルのプラネタリウムがあった、岩のドームほどではないが、かなりの幅と高さがあった。ニセミノシロモドキによれば、それは、『地下鉄の駅』だということだった。

照明もない真夜中の地下で、ランタンの光に照らし出されている壁面は、なまじ人工物の跡を残しているだけに、ひどく不気味に映る。

夢応鯉魚号は、ゆっくりと幅の広い地下河川を遡り、そして、突然、行き止まりに逢着した。前方は壁になっているのだ。

「川がなくなってる……？」

「たぶん、この先は、また水中を行くしかないようですね。潜って調べてみましょう」

夢応鯉魚号は、これまでの酷使が祟ったらしく、潜水時には、船体がぎしぎしと音を立てるようになっていた。上部の扉を閉めると、ゆっくりと水中に沈んでいく。

暗い水の中で、船の前部にある覗き窓だけを頼りに、壁の様子を探る。その結果わかったことは、二つだった。たしかに、水が流れ込んでくる割れ目や隙間は、数多くあった。ただし、夢応鯉魚号が通り抜けられるほど大きな穴は、どこにもないのだ。

「困りましたね。ここから先は、潜水艇で進むのは無理なようです」

「呪力で穴を開けたら？」

「水流が一気に噴出してくるかもしれませんし、下手なことをすると、この洞窟全体が、崩壊する可能性もありますからね」

ここまで来てどうしてと、歯嚙みしたいような思いだった。それから、ふと思いついて、ニセミノシロモドキに訊ねる。

「目指す住所の建物は、もうすぐなんでしょう？」

「誤差はありますが、直線距離では、百メートルほどです。前方にあるA19の出口から階段を上がれば、直接、ビルの中に出られるはずです」

静かな決意が、胸の奥に込み上げてきた。ここまで来たのだ。最後のたった百メートルの踏破に躊躇（ためら）う理由はない。

「お前は、水に浸かっても、だいじょうぶなのか？」

乾さんが、ニセミノシロモドキに訊く。

「TOSHIBA 太陽電池式自走型アーカイブSP-SPTA-6000は、完全防水仕様で、十三気圧、水深百三十メートルまで活動が可能です」

機械の悲しさで、これから自分がどんな目に遭わされるかまでは想像できないらしく、得意げに答える。

「私が、先に行きましょう。問題がないようだったら、いったん戻ってきますから」

乾さんの言葉に、わたしは、首を振った。

「一緒に行きます。何かあったとき、一人では、どうしようもないでしょう？」

「しかし……」

渋る乾さんを、説き伏せにかかる。

「もし、乾さんに万一のことがあったら、わたし一人では、どうすることもできません。それくらいなら、最初から一蓮托生で行く方が、合理的じゃないですか」

しばらくは、やり取りがあったが、今回は乾さんが折れた。とりあえず、夢応鯉魚号を浮上させ、上部の扉を開けて、外に出る。

水底歩行は、けっして、得意な技ではなかった。今さらながら、全人学級では、もっと真剣に実技に取り組んでいればよかったと思ったが、後の祭りである。

わたしたちは、めいめい、呪力で洞窟内の空気を掻き集め、水中に押し込んで、大きな泡を作った。

乾さんが、先に水に入った。せっかく着替えたばかりなのにと、少々恨めしくなったが、わたしも後に続く。まるで氷水のような冷たさだった。

わたしたちは、背中に重しを背負っており、ゆっくりと水底まで下りていった。さっき、水中に入れた大きな泡に、上半身とランタンを入れる。これで、数分間は呼吸が可能なはずだった。

水の底を歩くのは、予想以上に骨が折れた。まず、水の抵抗が大きく、しかも、微速とはいえ前方から水流が来るので、よほど足を踏ん張らないと押し流されそうになるのだ。背中の重しは、身体が浮き上がるのを防いでくれたが、反面、肩には、ずっしりと負担になった。

しかも、泡の内側から外を見ると、ランタンの光が乱反射するために、ほとんど視界が利かない。周囲の状況を確認するためには、ときどき、泡の外に頭を出さなければならなかった。

その反面、足下は、思ったより平坦だった。周囲の壁も、古代に造られたときの形を、よく残しているようだ。コンクリートという材料は、むしろ、水中にあった方がよく保たれるものなのかもしれない。

空気のないトンネルを数十メートル進んだとき、前方にいる乾さんが、泡の中でランタンの光を左右に振って合図をした。ニセミノシロモドキの言っていた出口が、見つかったようだ。わたしは、泡から顔を出して見た。四角い開口部が見える。きっと、その先には、階段があるのだろう。

もう少しだ。思わず足が速まる。いや、待て。何か様子がおかしい。乾さんは、狂ったように手を回しているではないか。いったい、どうしたというのか。

次の瞬間、わたしの身体は、泡を突き抜けて上昇し、天井にぶち当たった。乾さんが、わたしを呪力で投げ上げたのだ。なぜかと思う間もなく、わたしの足のすぐ下を、猛烈な水流が走り、巨大な影が擦り抜けていく。

オオオニイソメだった。しかも、前のやつより大きい。わたしを狙って目標を見失ったらしく、今度は、乾さんをめがけて一直線に突っ込んでいった。避ける暇もなかったろう。巨大な顎が乾さんの首筋に喰い込み、切断するのと、ほぼ同時だった。ゴカイの化け物は、爆発してばらばらの肉片と化し、付近一帯の水を真っ赤な血で染めた。

ランタンの光が消え、水中は暗黒に閉ざされる。わたしは、パニックに陥りかけながら、死に物狂いで自制した。背中の重しのせいで、再び、ゆっくりと沈下していくのを感じる。背嚢をかなぐり捨てて、浮かび上がった。さっき投げ上げられたとき、反射的に息を全部吐き出してしまった。このままでは窒息するしかない。手探りで、空気を捜した。

あった。天井の一角に空気が溜まっている。たぶん、わたしか乾さんが持ってきた泡だろう。頭を突っ込めるほどのスペースはないので、上を向いて口だけを当て、空気を吸い込む。

余計なことを考えている余裕はなかった。助かる方法だけを模索するのだ。ここまで、百メートル近く歩いてきた。たったこれだけの空気では、とても戻れない。前に進むしか、活路はなかった。

乾さんの発見した出口は、すぐ、目の前のはずだった。平泳ぎで進もうとして、はっと気がついた。もう一度水底まで潜ると、さっき捨てた背嚢を拾い上げて、背負い直した。中には、ニセミノシロモドキが入っている。

一歩一歩、水底を進んでいった。何も考えるな。酸素を使わないように、無心に歩け。自分にそう言い聞かせながら、洞窟に棲む盲目の海老のように手探りで前進した。

だが、さっき見た出口には、なかなか到着しない。もしかして、方向を間違えたのか。ひやりとしたとき、手が壁に触れた。壁に沿って左右を確認する。左手が、空を切った。開口部だ。さっきまでと同じ足取りで、前に出た。暗黒の水中を、一歩。二歩。三歩……。足が、段差にぶつかった。階段だ。慎重に足を上げて、上っていく。

息が苦しい。呼吸がしたい。

考えるな。歩け。一歩ずつ、着実に。

意識が、遠のいてきた。さっき肺いっぱいに吸い込んだ空気を、もう、吐き出したくてたまらない。

階段は、永遠の責め苦のように続いていた。もう、だめだ。わたしは、背嚢をその場に置くと、水を掻いて一気に浮上した。堪えきれなくなった空気の泡が、鼻から噴出する。

踊り場のような場所で、水面から顔を出す。ひゅうと、喉が鳴った。黴臭く、よどんだ空気を、思いっきり吸い込む。もしかしたら、有害ガスが含まれているかもしれなかったが、そんなことはかまっていられない。わたしは、何度も咳き込み、涙を流しながら、深呼吸をした。

助かった。よたよたと階段を上がり、水から出た。わたしは、その場に崩れ落ちると、ひとしきり噎(むせ)び泣いた。わたしを救うために命を落とした乾さんのことを思い、そして、とうとう地獄の底で独りぼっちになってしまった、自分自身のことを哀れんで。

木造の建物の中には、千年の風雪に耐えるものも少なくないらしいが、それよりずっと進歩しているべきコンクリート製の構造物は、大半が百年未満で崩壊してしまうというのは、大いなる歴史の矛盾の一つだろう。

中央合同庁舎第8号館のうち、地階の大半と地上二階までが原形のまま残されたのには、いくつかの要因があったらしい。第一に、税金を湯水のように使って購われたハイテク・コンクリートが、鉄骨や鉄筋が朽ち果てた後も、建物の形を保てたこと。

第二に、ビルの地下及び基礎部分が、地下水が湧出した地下河川に没していたこと。第三に、地上部分が、崩壊した他のビルのコンクリートによって覆われたことだった。このため、戦争と破壊が終わった後、地上に残された瓦礫の山が熔解し、石灰分がカルスト大地化して、結果的に、この建物を保護してきたのだった。

わたしは、左腕にニセミノシロモドキを抱え、右手で火の付いた背嚢をかざして、その明かりだけを頼りに、建物の中を歩いて探索した。ニセミノシロモドキには、光を発する機能もあるようだが、貴重な充電池を、そんなことで空にしてしまうわけにはいかない。乾さん亡き今は、地上に出て陽光に曝す以外に充電する術はないのだ。

オオオニイソメの体液と残滓が混ざっている水にもう一度入り、ニセミノシロモドキの入った背嚢を取ってくるのは、死ぬ思いだった。しかし、死を賭してわたしを守ってくれた乾さんのことを思えば、何ほどのことでもない。死の瞬間にも集中力を切らさず、相手をしっかりと道連れにしたのは、死神と呼ばれた鳥獣保護官としての矜持だったのだろう。そのおかげで、わたしは、今も生きて呼吸をしていられる。もし、オオオニイソメが生きていて、視界ゼロの暗い水中で相対しなければならなかったとしたら、わたしは、単なる生き餌でしかなかったはずだ。

だとすれば、わたしもまた、乾さんとの約束を違えるわけにはいかない。どんなことをしても、悪鬼を止めるという約束を。

　わたしは、ゆっくりと深呼吸をした。

目の前にあるのは、何世紀にもわたって冷たい暗黒に閉ざされていた建物だった。そこには何か、人間の根源的な恐怖を刺激するものがよどんでいるような気がした。

　かつては、それぞれの部屋を快適に設えていたはずの内装は、悉く変質し、タール状の粘液や、絡まり合った埃の塊のようなものに変わっていた。驚いたことに、地上から伸びてきたと思われる何かの木の根っこが、フロア一面に蔓延っている。東京の地上はすべて砂漠のような不毛の地だと思っていたのだが、そんな場所でも逞しく生き抜いている植物はいるらしい。ラセンキリミミズも穴を穿てなかったコンクリートの箱に、どうやって根っこが侵入したのかと思ったが、辿っていくと、ぼろぼろの鉄の扉が付いた大きな縦坑に行き着いた。ニセミノシロモドキによれば、エレベーターと呼ばれていた、各階を移動するための機械仕掛けのための穴なのだという。

　太い根を何本か切断して縛り、即席の松明を作った。背嚢が燃え尽きかけていたので、ありがたい贈り物だった。水分を含んだ根は、絶えず呪力で燃焼を促してやらなければ、炎が消えてしまいそうだったが、水蒸気の混じった白い煙を上げて、ゆっくりと燃えるのは好都合だった。

それにしても、こんな文字通りの廃墟に、わたしが捜している物が存在するのだろうか。見れば見るほど、虚しい希望のように思えてくる。

母の手紙にあった住所には、地番と建物の名前の後に、二つの部屋番号も記されていたのだが、大半のドアでは、金属部分の腐食、木質部の腐朽が進んでいて、どれ一つとして原形を留めていない。

最初の階では、まったく収穫がなかった。白骨化した二つの遺体を収穫と呼べるなら、話は別だが。遺体にまとわりついていた襤褸(ぼろ)布から判断すると、白衣のようなものを着ていたらしい。大きさからすると、一体は男性、もう一体は女性のようだった。どちらも、あちこちが破損していたが、死因が何なのかは見当もつかなかった。

階段で、一つ上のフロアに上がる。ここには、それまで調べたものとは作りの違う部屋があった。腐食しない金属で作られているらしい扉が残っているのだ。表面の文字は薄く掠れていたが、はっきりと読み取れる図柄があった。こんな記号である。

「これ、どういう意味なの？」

ニセミノシロモドキに訊ねる。

「バイオハザードマークです。生物学的危険指標のことで、この部屋の中には、病原性のある微生物などが存在していたことを意味しています」

つまり、サイコ・バスターなどがあっても、おかしくないということだろう。

わたしは、興奮を抑えて、金属製のドアを開けようとした。引き戸になっているようだが、鍵がかかったままなのか、それとも、どこかが錆びて癒着してしまったのか、びくともしない。

わたしは、一歩下がると、呪力でドアをこじ開けた。かすかな軋みから、悲しげな獣の咆吼（ほうこう）のような異音を発して、金属のドアは屈した。引きちぎられたドアを脇に放り出して、わたしは、部屋に入っていった。

そこは、実験室のような場所だった。どこから入ってくるのか、足下には泥水が溜まり、ガラスの破片が散乱している。壁際に、保管庫のようなものがあった。金属製の扉には、先ほどのバイオハザードマークが描かれている。あるとすれば、たぶん、この中だ。

逃げられないように木の根で縛ったニセミノシロモドキを、床に置く。扉に手をかけたとき、心臓の鼓動が高鳴るのを感じた。ここまで辿り着くために、どれほど大きな犠牲を払ったことだろう。ついに、悪魔の武器を手に入れることができるのか。

扉には鍵はかかっておらず、取っ手を引っ張ると、なんなく開いた。

中は、空だった。

期待に息を詰め、膨らんでいた胸から、虚しく溜め息を吐き出す。

どうやら、足下に散乱しているガラスの欠片は、ここに入っていた容器のなれの果てらしい。ニセミノシロモドキに訊ねるまでもなく、かりにサイコ・バスターが入っていたとしても、泥水の中で死滅したのはあきらかだった。

念のため、部屋の中を、もう一度くまなく調べたが、何も見つからなかった。

ニセミノシロモドキを抱えて階段を上がり、上のフロアを探索する。やはり、何も見つからない。千年以上前の建物の廃墟から、何かが見つかると期待する方が、どうかしているのだろう。

順番に、フロアを上がっては、すべての部屋をチェックしていく。どのくらいの時間が経過したのか、わからなくなっていた。期待はかなり薄らいでいたが、たとえ何の成果も上がらなかったとしても、最後までやり遂げるしかない。そうしなければ、死んでいった人たちに対して、申し訳が立たないと思った。

そして、とうとう、地上の階に出た。

外側は完全に土砂で埋め尽くされているとはいえ、どの部屋にも大きな窓があるのが、その証拠だった。土砂の一部は、部屋の中にまで侵入してきていた。さらに、流れ込んできた雨水が、あちこちに水溜まりや池を作っている。さきほどの実験室の床に溜まっていた水も、たぶん、元は雨水なのだろう。

その部屋は、フロアのちょうど中程にあった。他の部屋と、さほど違う点はなかったが、部屋の奥にある天然木らしい机は、今までに見たものの倍以上の大きさだった。この部屋の主は、かなりの高位高官だったのかもしれない。

見渡したところ、ただの執務室であり、危険な病原菌を保管するような部屋ではない。そう思って諦めかけたとき、松明(たいまつ)の光に、壁の一部にある四角い模様のようなものが照らし出された。

何だろうと思って、近づいてみる。コンクリート製の壁の一部に、四十センチ四方くらいの金属の部分が露出していた。扉のようだ。表面には、回転式のつまみのようなものが付いている。

「これは、何かしら?」

大して期待もせずに、ニセミノシロモドキに訊ねる。

「金庫です。財貨を安全に収納するための容器で、ここにあるものは、隠し金庫だったと思われます。年月の経過により、扉を隠していた絵画や壁紙などが消失したものと推察されます」

それ以上の説明は、不要だった。わたしは、呪力により、頑丈な金属の扉を、無理やりこじ開けにかかった。さきほどの、保管庫のあった部屋の扉とは、厚さも強度も段違いで、なかなか破壊することができない。そのうち、金庫を埋め込んであるコンクリートに罅が入り、壁が崩壊しそうになる。

今度は、イメージを変えて、扉を刳り抜いていく。これまでに、わたしが出会ったことのない種類の金属で、呪力に対しても頑強に抵抗するのは、驚嘆に値した。やがて、いびつな円形に切り取られた扉が、騒々しい音を立てて床に落下する。厚さは、十センチ以上もあった。

わたしは、木の根の松明をかざして、穴の中を覗き込んだ。

何かがある。金属製の筆箱のような容器。それに、封筒に入った分厚い手紙のようなものだ。

3

まず、容器を取り出してみた。表面には、奇妙なマークが描かれている。赤い円の中で、頭でっかちの宇宙人のような生き物が、両手を広げている図柄だった。斜めの線に阻まれ、円から出られない様を表しているらしい。

容器の開け方がわからずに、しばらく試行錯誤していたが、偶然、小さなポッチに指が触れると、蓋が外れた。

中にあったのは、まったく予想外なものだった。十字架である。長さ七、八センチくらいで、年月を経たせいで曇ってはいたが、元々はガラスのような透明な素材でできていたらしい。しかし、何とも異様だったのは、その形だった。

中央部に大きな円環が嵌っており、十字の三つの先端が、大きく二つに割れているのだ。それは、山羊か悪魔の角を連想させ、妙に不吉な印象を与える。

ニセミノシロモドキに訊くと、最も一般的な円の付いた十字架は、ケルト十字らしい。キリスト教のシンボルである十字架に、ケルト民族の信仰である輪廻転生を意味する円環を組み合わせたものだ。しかし、この十字架の意匠は、むしろ、古代日本でキリスト教が禁止されていた時代に、隠れキリシタンたちが作った、異体十字架や、久留子(くるす)と呼ばれる家紋に似ているということだった。

わたしは、十字架をケースに戻すと、封筒を開けてみた。中には、数枚の紙が折りたたまれて入っている。広げてみて、当惑した。紙は、かなり変色しているものの酸化はしておらず、ぎっしりと書かれた細かな文字も鮮明に見えた。にもかかわらず、読むことができない。日本語ではなかったからだ。

ニセミノシロモドキに文書を走査(スキャン)させると、即座に翻訳を開始する。

「悪魔払い(エクソシズム)宣言。これは、邪悪な悪魔の力に取り憑かれた人間を浄化し、真の人間性の回復をもたらすための決意表明であり、究極の悪に対する聖戦の宣戦布告文である……」

そこに書かれていた内容とは、恐怖に取り憑かれて偏狭な信仰に救いを求めた人間が、どこまで狂気に走れるかという実例だった。

「……悪魔の巧妙さは、贈り物に対価を求めないことである。人類に対し、何の見返りも要求せずに、念動力という恐るべき能力を付与したのは、千年先が見通せるという横長の虹彩を持った山羊の目で、人類の末路を正しく予知したからにほかならない。力は腐敗を招き、絶対的な力は絶対的な腐敗をもたらす。これは、政治的権力に限った話ではない。身の丈に合わない過大な力は、早晩必ずや、その持ち主を破滅させ、周囲にも多大な惨禍をもたらすのだ」

柔らかな女性の声で、淡々と翻訳される文章は、肌に粟を生じさせたが、途中で止めるわけにはいかなかった。この文章や十字架が、サイコ・バスターに関係があるのかどうか、確認しなくてはならない。

「……まさしく、この力自体が悪なのであり、念動力が宿っている人間は即、悪魔、魔女とみなされなければならない。その意味で、六世紀近く前に記された先駆的な名著である『魔女の鉄槌』の汚名は、今こそ返上されなくてはならない。魔女狩りは、巷間喧伝されたがごとき集団的狂気の産物ではなかった。科学が未発達な時代においても、直感的に、念動力の存在と危険性を正しく認識した人々は存在したのであり、そうした先見者たちによるサイコの悪しき種子の排除は、不幸な巻き添えや濡れ衣があったにしても、全人類的観点からは、正当な行為であったと言えるだろう」

二人の修道士（悪魔に取り憑かれていたのは、どう考えても彼らの方だと思われる）によって書かれ、魔女狩りの教科書ともなった『魔女の鉄槌』という本については、後に、わたしも、その概要を知ることができた。およそ、今までに出版された書物の中で、真に『訞』や『殃』といった第四分類の烙印を押して、焚書扱いにするのがふさわしい本があるとするなら、この本を措いてないだろう。

その後は、延々と、呪力を獲得した人間に対する聞くに耐えないような呪詛が続いたが、ついに、核心部分に入った。

「……したがって、悪魔の力に支配された人間に対しては、殺害、浄化して、それ以上の罪を重ねないようにする以外の選択肢はない。そのための、きわめて有効な手段の一つが、強毒性炭疽菌、通称サイコ・バスターである。これこそ、まさに神の祝福と言えるだろう。ハレルヤ。神は、どんな時にも、我らに必要な糧をお与えになるのだ」

ここから、ひとしきり、宗教的な熱狂に満ちた文章が続いてから、ようやく、使用法についての説明があった。

「聖粉は、かつて異教徒が政治目的のテロに利用したがごとく、封筒に入れて送ったり、ターゲットに直接噴霧することも可能である。だが、我らが悪魔払いの聖戦においては、聖ベネディクトのメダイのような聖具を用いることこそが、ふさわしい」

聖ベネディクトとは、古代のキリスト教の聖人であり、その姿や十字架が彫り込まれたメダイ（メダル）は、疫病退治や悪魔払いに効能があるとされたらしい。

「これは、正義を行い、罪をあがなうための十字架である。悪魔の足下に叩きつければ、不活性ガスとともに封入された聖粉が飛散する。それは、たとえ千年期（ミレニアム）を経ても復活し、極微量であっても、吸い込んだ悪魔の邪悪な死命を制すであろう。ハレルヤ……」

わたしは、ニセミノシロモドキの翻訳を、目をつぶって、最後まで聞いた。それから、もう一度、金属の容器から十字架を取り出す。

この中に、千年もの間、致死的な細菌が封じ込められてきたのか。そう思っただけで、手が震えそうになる。そのとき、十字架を見る角度が少し斜めになって、ようやく気がついた。

これは、十字架などではない。一見、十字架を模しているようだが、実は、先ほど見たばかりのバイオハザードマークを象（かたど）ったものなのだ。

わざわざこんな形にする、実用的な理由があったとは、とても思えなかった。いったい、どんな歪んだ精神が、これをユーモアだと感じたのだろう。

慎重の上にも慎重に、十字架を、ケースの中に収める。

わたしは、このコンクリートの墳墓から、悪魔を解き放とうとしているのかもしれない。しかし、この狂気と憎悪の種子こそが、今や、わたしたちに残された唯一と言ってもいい希望なのである。

立ち上がろうとしたが、疲労で足下がふらつく。少しだけ、休憩した方がいいだろう。それから、できれば、覚と奇狼丸を見つけて合流したかったが、それが叶わない場合は、独力で悪鬼を斃さなければならない。どちらにしても、まず、ここを出なくては。

ここへ来るのに通った水の中へ、もう一度、入れるだろうか。夢応鯉魚号に辿り着くことさえできれば……。一人で操縦するのは大変だが、何とかやれるだろう。そうすれば、もう一度、合流地点に戻るのも難しくないはずだ。

いや、だめだ。あそこに潜るのは、生理的に抵抗があるだけでなく、危険が大きすぎる。もし、オオオニイソメがもう一匹いたら、今度こそ助からない。わたしたちを追ってきたのは、ペアの片割れだったのかもしれないが、乾さんがばらばらにした個体の血の臭いを遠くから嗅ぎつけて、別の個体がやって来る可能性もある。

しかし、あそこを通れないとなると、どうすればいいのだろう。この建物に穴を開けて、地上に出ることはできるだろう。だが、地上は、昼夜を問わず、敵の監視下にあるはずだ。鳥の目を誤魔化すのは、至難の業だろう。いったん発見されたら最後、もう逃げ切れないかもしれない……。

　はっと、気がついた。コウモリだ。夢応鯉魚号を取りに海岸へ出たときと、同じことをすればいい。コウモリが洞窟に出入りするために、東京上空を埋め尽くす時間帯だけは、空からの監視は不可能になる。

　今、いったい何時なのだろう。

「コウモリが洞窟に戻ってくるのは、何時間後？」

「昨日と同じ時間だと仮定すると、約一時間半後です」

　ニセミノシロモドキの答えに、溜め息をつきたくなった。

「その時間になったら、起こしてくれる？」

「かしこまりました」

　わたしは、ニセミノシロモドキを縛っている木の根を腕に何重にも巻き付けると、床の上で膝を抱えて横になった。そして、ほどなく、底なし沼のような眠りに落ちていった。


　耳障りな信号音が鳴り響いていた。意識は、急速に覚醒へと向かう。

「午前四時五分です。日の出まで、あと三十一分。コウモリが洞窟へと戻ってくる時刻と思われます」

嘘でしょう。まったく眠った気がしなかった。ニセミノシロモドキがそう言うのだから、間違いないはずだが。

わたしは、身を起こすと、支度を調えた。とはいっても、荷物はほとんどない。背嚢(はいのう)は、すでに燃やしてしまったし、本当に必要なのは、ニセミノシロモドキとサイコ・バスターだけである。

もしかしたら、生きて目覚めるのは、これで最後なのかもしれない。不吉な想像が脳裏をかすめたが、首を振って追い払う。そんなことを考えても、何の益もない。

今はただ、なすべきことをするだけだ。

わたしは、呪われた部屋を後にした。千年前、暗い妄想に取り憑かれていた部屋の主が、今も部屋の隅に佇み、じっと、わたしの後ろ姿を見送っているような気がした。

階段を上り、地上二階へと向かう。一階とは異なり、半分以上が押し潰されて、土砂に埋まっているようだった。

できるだけ、地上に近いと思われる場所を探した。まだ、外も真っ暗なので、見つけるのは容易ではなかったが、かすかに、風を感じる地点があった。建物の外壁に小さなひび割れがあって、外へ通じているらしい。

耳を澄ませると、無数のコウモリが鳴き交わす声が聞こえてきた。最初のコウモリが、戻ってきたようだ。今のうちに外へ出て、身を隠す場所を見つけなくてはならない。

なるべく音を立てないようにして、コンクリートを少しずつ砕いて割れ目を広げていき、土砂を取りのけた。
二、三分で、何とか通り抜けられる大きさの隙間が生まれた。頭を低くして、そっと這い出ていく。
かすかな星明かりに照らされているのは、地下に負けないほど荒涼とした光景だった。

太古のビル群の廃墟は、せいぜい、地上二、三階までしか残っておらず、鉄骨や鉄筋は朽ち果てて、かろうじて超耐久性のコンクリートによって形を保っている。砕けた建物は、風化して灰色の砂礫と化し、さらにその一部が溶けて、カルスト台地のような景観を創り出している。あちこちに、黒っぽい川のような縞模様が残っているのは、ニセミノシロモドキによれば、長年紫外線に曝されて粘り気を失ったアスファルト舗装のなれの果てらしい。

植物は、雑草を除けば、非常に乏しかった。ビルの地下にまであれだけ根を張っていた木々は、どれも丈が低く、冬季に関東平野を吹き荒れる風をまともに受けるためなのか、ひどく拗(ねじ)くれている。地上は水はけがよすぎるために、乾燥した不毛の大地となっており、水を求めて地下深くまで根を伸ばした木々は、それで成長の余力を使い果たしてしまったらしかった。

頭上の空は、飛び回る無数のコウモリによって覆われていた。昨日の様子だと、全部のコウモリが巣穴に戻るまでには、一、二時間はかかるだろう。その前に、覚たちと別れた地点、あの断崖のような割れ目まで行かなくてはならない。

建物の陰から陰へと伝い歩きしながら、ニセミノシロモドキの指し示す方角へ急ぐ。

敵の目は、何も空ばかりとは限らない。地上にいる部隊が、今も、この近くを哨戒している可能性もある。

暁闇の荒れ地を小走りに進むうちに、奇妙に意識が変容していくような気がした。

何だろう、この感じは。既視感(デジャ・ヴ)というのだろうか。こんな場所に来たのは、間違いなく、生まれて初めてだった。にもかかわらず、ずっと以前に同じ光景を見ていたという感覚に囚われたのだ。

まだ、夢を見ているのか。いや、そんなはずはない。意識も清明で、思考もはっきりしている。それなのに、なぜ……。

わたしは、周囲に疎らに生えている木々を見渡した。

まわりの木々の変形が顕著になり始めた。まるで、一年中強風に吹かれている地域のように、ほとんどの木が同一方向に捻じ曲げられているのだ。

少し前から、漠然とした不安や不快感に襲われ始めていた。

帰りたい。今すぐに、ここから逃げ出したい。それは本能の声だった。たとえ一秒でも、この場所には留まりたくないと思った。

だが、■のことを思って、必死に自分を奮い立たせる。今、引き返すわけにはいかない。彼を救えるのは、自分しかいないのだ。

とにかく、前に進んだ。奇怪に拗くれた植物も、よく見ると道標の役を果たしている。全体を俯瞰すると、森は、渦巻き状に変形しているような気がした。だとすれば、■は、その中心部分にいるのではないか。

木々は、無数の触手を持つタコの化け物のようなシルエットに変わっている。わたしは、絶えず蠕動（ぜんどう）し続ける、その触手に差し招かれるようにして、歩を進めた。

いったいこれは、何だろう。わたしは、目を瞬いた。現在の風景と二重写しになって、別の映像が見えるのだ。

心身の疲労が昂じて、幻覚を見ているのだろうか。わたしは、そばにあった建物の外壁に手をついて、身体を支えた。さしもの超耐久性のコンクリートも、長年の浸食と風化により、表面に奇怪なうねりと模様が浮き出していた。

目の前で、堅いはずの土壁が、ぐにゃぐにゃに歪み、震え始めた。気泡のようなものが、次々に現れては消える。見ているだけで、発狂しそうな光景だった。再び、激しい頭痛が起き始める。

はっとして、手を離す。わたしは、恐怖に喘いだ。ありえない。固いコンクリートが、そんなふうになるなんて、現実には、とても考えられなかった。

だが、これは、ただの幻視ではない。

わたしは、かつて、この光景を実際に見たのだ。それは、心の内側から沸き上がってきた確信だった。

コウモリの騒ぎが、一段と大きくなった。光だ。ついに、夜が明けたのである。見上げると、何千万匹、何億匹というコウモリが縦に連なり、巨大な一頭の竜のように払暁（ふつぎょう）の空をうねっていた。

何本ものコウモリの帯が、空を分割している。それは、まるで……。

朝焼けの光が、真っ黒なコウモリの帯を、一瞬、薔薇色に染め上げた。

すると、突然、舞台に照明を当てたように周囲が明るくなった。見上げると、空一面に、極光（オーロラ）が現れていた。薄い緑色の光が、巨大なカーテンを思わせるドレープを作っており、その上に、赤やピンク、紫の光が滲んでいる。

熱い涙が、頬を伝い流れるのを感じる。

記憶は、消去されてしまったわけではなかった。どれほど巧妙な手段を取ったとしても、不都合な部分を全部消し去ることなど、できるはずがない。それはただ、記憶の淵に沈められていただけだったのだ。

そして今、すべての記憶は、鮮明によみがえった。それはまるで、封印されていた記憶そのものが、自ら枷（かせ）を外し、閉ざされていた扉を開いたかのようだった。

あの晩、わたしは、たしかに、暗い森を通って彼に会いに行った。

顔のない少年に。そうだ、彼の名前は……。

わたしは、驚愕に目を見開いた。

崩壊したコンクリートの荒野に、突然、彼の姿が現れたのだ。それも、ほんの数十メートル先に。

「瞬！」

わたしは、叫んだ。

瞬は、身を翻すと、走り去ろうとする。

「待って！」

わたしは、懸命に後を追った。

瞬の後ろ姿は、荒れ野の建物の残骸の間を見え隠れしながら、飛ぶように走っていく。

もはや、敵に見つかるのではないかという心配は、どこかへ消し飛んでしまっていた。わたしは、ただ夢中で走り続けた。

瞬の姿は、建物を回って見えなくなった。わたしは、無我夢中で追いかけ、彼に続いて建物の角を回る。そして、その場で立ち止まった。

彼は、ほんの十数メートルほどしか離れていない場所に佇んでいた。

「瞬！　どうして……？」

何を訊きたかったのかは、自分でもわからない。

瞬は、ゆっくりと顔を上げて微笑んだ。懐かしい笑顔に、胸が熱くなる。

そのとき、朝日が、瓦礫の山を越えて射し込んできた。刹那、瞬の姿は眩しい光に包まれる。

そして、信じられないほど唐突に、魔法の時間は終わりを告げた。わたしは、ただ茫然と、その場に立ちつくすしかなかった。

「だいじょうぶですか？」

そう訊ねたのは、瞬ではなかった。いや、それどころか、人間ですらない。

「どうやって、ここがわかったんですか？　乾さんは、どうされました？」

奇狼丸は、かなり驚いた様子で、矢継ぎ早に質問をしてくる。

「わたしは……瞬……ううん、覚は、どうしたの？」

わたしは、ようやく、強張った舌を動かすことができた。

「近くの洞窟におられます。少し、怪我をされているので。それで、私がお二人を捜しに行くところだったのですが」

「怪我？　どんな？」

「いや、大したことはありません。命に別状はありませんので」

奇狼丸の基準では、大したことがないのかもしれないが、急に心配になってくる。

「覚に会わせて。……どうして、怪我をしたの？」

「悪鬼に追われたときに、砕け散った岩の破片が当たったのです」

奇狼丸は、先に立って、わたしを案内しながら言う。

「コウモリの群れが、だいぶ疎らになってきました。急ぎましょう」

わたしたちは、地面にぽっかりと開いた穴の中へ入っていく。コンクリートが、雨水で浸食されてできたものらしい。それは、偶然にも、カルスト台地で見られるドリーネという地形にそっくりだった。

「早季！」

覚が、叫んだ。

「よく、無事だったね！　心配してたんだ」

そう言う覚の方が、どう見ても深刻な有様だった。チスイナメクジに食害された左肩も癒えていないのに、右腕に巻き付けた包帯には、真っ赤な血が滲(にじ)んでいる。

「乾さんは？」

わたしは、ゆっくりと首を振った。覚の表情が、一変した。静かに頭を垂れて、祈りの文句をつぶやく。

「そうか……きっと、立派な最期だったんだろうな」

「ええ。地下の川で、ゴカイの化け物に襲われたの。乾さん一人だったら、身を守ることはできたと思う。でも、わたしを守ろうとして……」

それ以上は、言葉が続かなかった。

「早季。乾さんの犠牲は、絶対に無駄にはしないよ」

「もちろんよ。……見つけたの。これも、乾さんが、わたしを救ってくれたお陰だわ」

「見つけたって？　まさか」

「これよ」

わたしは、懐に入れて木の根で縛っていた金属製の容器を、覚に手渡した。腕の痛みを我慢しているらしく、顔をしかめながら、覚は、木の根を解いて容器を開けた。中に入っていた十字架をしげしげと眺める。

「気をつけて！　うっかり割ってしまったら、全員、一巻の終わりだから。使うときは、相手の足下に叩きつければいいみたい」

わたしは、発見したときの状況を、かいつまんで説明した。

「わかった」

覚は、そう言うと、十字架を手に取り、付いている鎖を首にかけた。

「どうするつもり？」

「容器に入れたままにしてたら、悪鬼と突然出くわしたときに、間に合わないだろう？　僕が、首からかけてるよ」

「だめよ。覚は、腕に怪我をしてるのに。わたしが、持ってるわ」

「僕だって、こいつを叩きつけるか、破裂させるくらいのことならできるよ」

覚は、涼しい顔で言う。いざというときは、自分が犠牲になるつもりなのだろう。

「それなら、わたしだって」

「わかった。じゃあ、交替で持つことにしよう。まず最初は、僕だ」

覚は、そう言って譲らない。わたしは、それ以上言い争うことはしなかった。どのみち、狭い洞窟の中で、サイコ・バスターの詰まった十字架を破裂させたら、周囲にいる人間は全員、感染を免れないだろう。

「いつまでも同じ場所に留まっているのは、危険です。そろそろ移動を開始しましょう」

それまで黙って聞いていた奇狼丸が、口を挟んだ。

「でも、これから、どうするの？」

「当初の目的であるサイコ・バスターの入手は、果たせました。いったん引き揚げるのも一案だとは思います。しかし、逆に、今は千載一遇の好機かもしれません。我々の究極の戦略目標である悪鬼が、少数の護衛しか付けずに、すぐそばにいるのです」

奇狼丸は、耳まで裂けた大きな口で、にやりと笑った。

「有利な点は、まだあります。第一に、敵は、あくまでも我々を狩るつもりでしょうが、狩りに夢中になっている者ほど、自分が獲物になることに、寸前まで気づかないものです。しかも、やつらは、我々がサイコ・バスターを入手したことは知りません。この機を逃す手はないでしょう」

わたしは、思わず覚の目を見る。覚は、静かにわたしの目を見つめ返して、うなずいた。チャンスは今しかないということは、二人とも、よくわかっていた。たとえ、我々全員が命を落とすことになろうと、ここで、悪鬼を止めなくてはならないということも。

奇狼丸は、僧服を脱ぎ捨てると、身体を地下水で丹念に洗った。さらに、全身くまなく、泥とコウモリの糞を混ぜたものを塗りたくる。

「……すごく嫌な臭い」

わたしは、鼻をつまんだ。バケネズミは、人間よりはるかに嗅覚が鋭敏なはずなのに、奇狼丸は、よく我慢できるものだと思う。

「同感ですが、贅沢を言っている場合ではありません。私の臭跡は、完全に消さなくてはなりませんから」

奇狼丸は、まるで化粧をするように、顔にも念入りに糞泥を塗り込んだ。

「やつらは、お二方の臭跡には目の色を変えて追ってくるんですが、私の方は、なぜか、まったく食指が動かないようなのです」

「どうして?」

「まあ、元々、あまり興味がないんでしょうな。お二方さえ始末すれば、私など、放っておいても大した脅威にはならないと、高をくくっているのかもしれません」

「奇狼丸は、敵に大打撃を与えたからね。むしろ、向こうは敬遠したいのかもしれないよ」

覚も、悪臭には閉口しているらしく、笑顔だったが鼻の付け根に皺が寄っている。

「そんなに、あいつらを、大勢やっつけたの?」

「ああ。八面六臂の大活躍だったよ。敵の兵士を、七匹は殺したしね」

「そんなに？　どうやって？」

「最初は、こちらの臭跡で、相手をおびき寄せたんだ。終点は、あのクロゴケダニのいる洞窟だけど、ひどいことになってた。さすがの悪鬼と野狐丸も、ほうほうの体で退散するしかなかったんだ。でも、それで満足しないのが、奇狼丸の恐ろしさだな。今度は、別のクロゴケダニの群れを誘導して、やつらの野営地に突入させたんだ。やつらは、兵士を失い、やはり尻尾を巻いて逃げ出すしかなかった。だけど、その後がたいへんだったよ。餌にありつけなかったダニの大群が、方向転換して、こちらを追いかけてきたんだ。それでわかったんだけど、あのダニは、結露している壁面は苦手らしいのに、水の上は平気で渡るんだ」

「本当？」

「かなりの量の油を分泌しながら、群れ全体がアオコみたいな塊になって水面に浮かび、漂いながら渡るんだよ。……まあ、密集した状態だと、燃やすのも簡単だったけどね」

覚は、得々として手柄話を続けたが、わたしの中では、疑惑が再燃していた。どうして、奇狼丸だけで、そこまでの戦果が挙げられたのだろうか。

「敵の兵士を七匹殺したっていうのは、たしかなの？」

「ああ。でも、それは、こちらが目で確認した数だから、実際には、もっと死んでるかもしれない」

「でも、最初に、敵の数は、全部で七匹だって言ってなかった？」

「敵は、地下部隊が損害を蒙るたびに、地上部隊から増援を受けているのです。ただし、地上でもそれほど余裕があるわけではないようで、現状では、敵の地下部隊は五匹程度と思われます」

妖怪和尚から一転して、泥人形（ゴーレム）のような姿に変身した奇狼丸が、説明した。

「ねえ。あなたは、どうして、オオニイソメのことを教えてくれなかったの？」

わたしの質問に、奇狼丸は、首を傾げた。

「それは、いったい何ですか？」

「海岸にいた、ゴカイの化け物よ。そいつのせいで、乾さんは……」

奇狼丸は、乾いた泥に覆われた顔で、溜め息をついた。

「夜間、海岸が危険になるということは、今さら念を押すまでもないと思っていました。たいへん失礼ですが、あなただけならともかく、死神と呼ばれていた鳥獣保護官がついていたのですから。それに、化け物の正体については、私は、まったく知りませんでした。たしかに、私は、多くの部下を失いましたが、どんな生き物の仕業だったのかは、ついぞ見る機会がありませんでしたので」

覚が、わたしを宥めるように肩に手を置き、それ以上の追及は沙汰止みになった。

「おや……こいつは、まずい」

奇狼丸が、上を向いて、鼻をひくつかせた。

「地上では、雨が降り始めたようです」

「雨が降ると、どうしてまずいんだ？」

覚が、訊く。

「普通なら、逃げる者にとっては、恵みの雨です。洞窟内にも地下水が流れ込み、臭いが消されてしまいますから。しかし、今回に限っては、臭跡が消えると、やつらを誘導するのが困難になります」

そのときになって、ようやく、わたしたちの耳にも、かすかな水音が聞こえてきた。

「この穴が、水で溢れることはありませんから、ご安心ください。さらに地下へと向かう排水孔が、蜂の巣のように無数に開いていますから……」

天井近くの孔から、幾筋もの水が流れ落ちてきた。洞窟全体に、様々な水音が反響し、交錯する。滝のような響き。水琴窟(すいきんくつ)を思わせる滴り。川のせせらぎのような音。

「急ぎましょう。短期決戦に如(し)くはなさそうです」

わたしたちは、奇狼丸の案内で、東京洞窟の最深奥部へと歩を進めた。血管にたとえるなら、大動脈のような太い穴を巡り、しだいに、毛細血管のような隘路(あいろ)に入り込んでいく。

地下生活に適応したバケネズミらしく、奇狼丸は、一瞬たりとも迷いを見せず、迷路のような分岐を進んでいく。

わたしは、覚の息がひどく荒くなっているのが気になった。やはり、怪我の影響があるのかもしれない。

最初のうちは、ひたすら地の底を目指しているのかと思ったが、途中から登りに転じた。岩肌には、流れ落ちる水の薄膜が張っており、足を滑らせないよう、細心の注意を払わなければならなかった。

何度目かの急斜面を上ると、急に周囲が開けてきた。かなり地上に近いところまで出たのは、雨の音が直接響くようになったのでわかる。光も、うっすらとだが射し込んできていた。地上が大荒れの天気でなければ、このあたりは、もっと明るいに違いない。

「我々が、罠をかけるのは、ここです」

奇狼丸が振り返って指し示した先を見ると、岩肌に、直径、三、四メートルほどの穴が、ぽっかりと口を開けていた。

「おそらくは、千年以上前、人工的に掘られた隧道（トンネル）でしょう。この先、一キロ半ほど続いて地上に出ますが、都合のいいことに、途中、ほとんど分岐のない一本道なんです」

「それが、どうして都合がいいんだ？　だって、僕らの逃げ道が一方向しかないってことだろう？」

覚が、顔をしかめながら言う。傷が痛むのかもしれない。

「追っ手の方も背後の一方向から来るだけですから、彼我の距離を計測しやすいでしょう。それに、一本道とはいえ、穴は途中で複雑に左右にカーブしていますから、完全に追いつかれない限り、悪鬼の視界に入ることもありません」

奇狼丸の身体を覆っている泥は、ところどころが、雨水と汗によって剝がれてきている。その間で緑色の燐光を放っている片目が、不気味だった。

「ただし、ほとんど分岐がないと言いましたが、途中、数本の脇道があります。すべて、袋小路になってますから、絶対に迷い込まないようにしてください」

「脇道かどうかは、どうやって判断すればいいの？」

わたしは、不安に駆られて訊ねた。

「なに、見ればあきらかです。脇道は、この穴よりずっと狭い上に、ほぼ直交していますから。とにかく、道なりに進んでさえいれば、迷うことはありません」

まるで、方向音痴の人間を哀れんでいるような口振りだった。

「……しかし、本当に、ここが、最適な場所なんだろうか？」

覚は、迷っているようだった。

「我々の目的にとって、これ以上の場所はありません」

奇狼丸は、自信たっぷりに断定した。

「その最大の利点は、この風です」

穴からは、手前に向かって微風が吹き出してきていた。どういうメカニズムによるものかは不明だが、東京洞窟の中では、常時、幾つもの風が交差する、複雑な通り道ができているようだった。

この穴をまっすぐ行けば、風上に向かって進むことになる。背後から来る悪鬼は、わたしたちの風下だ。十字架を叩き割ってサイコ・バスターを放出すれば、悪鬼だけが感染し、風上を行く我々は、胞子を浴びずにすむという寸法である。

だが、はたして、そんなにうまくいくものだろうか。わたしたちは、言いしれぬ不安を感じていたが、奇狼丸の計画以外に、代案は思いつかなかった。

「悪い兆候ですな……。どうやら、予想した以上の豪雨になりそうです」

奇狼丸が、天井を見上げながら言った。わたしたちの耳では感じ取れない音を聞いているようだ。

「当初は、穴の中まで付けた臭跡で悪鬼をおびき寄せ、出口の少し手前で待ち伏せして、サイコ・バスターを浴びせる計画でした。しかし、それでは、充分に機能するかどうか、心許なくなってきました」

「どういうこと？」

わたしは、悪い予感に襲われていた。

「臭跡は、水で消えてしまいます。敵には、今がチャンスだと思わせ、考える間もなく、後を追わせなくてはなりません。そのためには、もっと強力な撒き餌……いや、はっきりとした囮が必要になります」

「おい。ちょっと待ってくれ。囮っていうのは……」

覚の声音には、暗い疑惑の響きがあった。

「したがって、お二人には、少なくとも一瞬は、敵に姿を見せていただかねばなりません。そして、すぐさま洞窟の中に逃げ込めば、悪鬼は、我を忘れて後を追ってくるでしょう」

「おい、何言ってるんだよ？　僕らに、悪鬼と鬼ごっこをしろっていうのか？　それも、ほとんど、息がかかりそうな距離で？」

覚が、叫んだ。

「そんなこと、できるわけないだろう？　洞窟の中で蹴躓く（けつまず）か、何かのはずみで一瞬でも向こうの視界に捉えられたら、それで終わりなんだぞ？」

「お二人は、健脚を持つ成人の男女です。一方で、悪鬼は、まだ子供ではありませんか。足の速さを競った場合は、こちらに分があるはずです」

「無茶なことを言うなよ！」

「それと、もう一つ。サイコ・バスターを使う際には、至近距離で十字架を割らなければなりません。これだけ湿気が多いと、粉の飛散も限定されるでしょうし、下手をすると、ほとんど濡れた岩壁にくっついてしまうということも、ありえますから」

奇狼丸は、覚の抗議には、耳を貸す様子もなかった。

「無理よ。とても、できないわ」

わたしは、奇狼丸の目を見ながら言った。

「できない？　できないというのは、どういうことです？」

隻眼の緑の虹彩が、瞬きもせず、わたしを見つめ返す。

「だって、そんな……」

「ここへ来るまでに、いったい、どれほどの犠牲が積み重ねられたと思うんですか？」

奇狼丸の声には、わたしたちが竦み上がるくらい、峻烈な響きがあった。

「あなたがたは、我が同胞の生命には、とんと関心がないようですから、あえて申し上げますまい。しかし、乾さんを始め、いったい幾人の方が、命を投げ出したのでしょう？　すべては、悪鬼を斃すことができる、ただ一瞬のためだった。全員、それを信じたが故に、自らの命を擲ってまで、お二人に希望を託したのではないのですか？　にもかかわらず、ようやく訪れた、この千載一遇のとき、悪鬼を葬れる、おそらくは最初で最後の機会を、あっさり棒に振ると言うんですか？　すべては、この土壇場に来て、悪鬼に直面するのが怖いという、あなたたちの子供のような怯えのために？」

一言として、反論できない。わたしは、ただ、うなだれるしかなかった。

「お二人には、悪鬼を斃した上で、まだ助かるチャンスがあります。十二分にあると言っても、過言ではないでしょう。今こそ、勇気を奮い起こすときです。……それをしなかったら、長い余生を後悔のうちに送ることになるだろうと申し上げたいが、そうはならないでしょう。間違いなく、あなたたち二人は、少々寿命を延ばしただけで、遅かれ早かれ、悪鬼に惨殺されることになるはずです。そのとき、脳裏に去来するのは、無限の後悔だけです。ここで無意味に殺されるくらいなら、どうして、あのとき、悪鬼と刺し違えるチャンスを見送ったのだろうと……」

奇狼丸の言葉は、わたしの心に、鋭く突き刺さった。

「……わかったよ。たしかに、君の言う通りかもしれない」

覚が、低い声で言う。

「僕らは、元々、悪鬼を斃すという目的のためには命も捨てるつもりで、ここへ来たんだ。今になって、怖いから止めるはないよな？　……でも、君は、どうするんだ？　僕らが、命がけの鬼ごっこをしてる間、高見の見物か？　それはちょっと、都合が良すぎるんじゃないか？」

奇狼丸の緑の目は、哀れむような光を帯びた。

「あなたの言っていることは、まるで、駄々っ子です。自分が、生きるか死ぬかの使命を負わされているっていうのに、このバケネズミは、なぜ、そうじゃないんだ？　ずるいよ。死ぬんなら、こいつの方が先に死ぬべきなのに」

「おい。ちょっと待てよ！　いくら何でも、失礼だろう！」

覚は、怒気を発した。

「では、何でもけっこうですから、対案を示してください。私が命を捨てることで悪鬼を斃せるのであるなら、一瞬の躊躇もなく、任務を完遂してみせましょう。……あるいは、私が今ここで命を絶つことで、お二人を奮い立たせられるものなら、そうしたい思いです。そうしない理由は、ただ一つ。ここまで悪鬼を誘導してくる者がいなくなってしまうからにすぎません」

「しかし、悪鬼をここまでおびき寄せられるくらいだったら、最後まで君がやれるんじゃないのか？」

覚は、悔しげにつぶやいた。

「最後が、一番肝心なのです。悪鬼が先頭に立って突っ込んでくるような状況を作るには、お二人が囮になるよりないんです。お二人の姿を目にすれば、他の兵士は、怖れて追ってこないはずですから。逆に、私が囮では、どうやっても悪鬼を惹きつけることはできないのです」

奇狼丸は、悲しげに首を振り、神妙な声で続ける。

「もちろん、私には、お二人に強制することはできません。それどころか、あなたがたの逆鱗に触れた瞬間、虫けらのように捻り潰されてしまう存在でしかない。……最終的に、お決めになるのは、あくまでも、あなたがたご自身です」

奇狼丸に対する、ぼんやりとした疑念は、このときまだ、わたしの中で渦巻いていた。何もかもが百パーセント目論見通りに行かなければ成功しない、虫のいい計画に対する、漠然とした不安も。

しかし、これから自分がやるべきことについては、もはや迷いはなかった。

奇狼丸が、悪鬼をおびき寄せる臭跡を付けるため、わたしたちの肌着を持って姿を消してから、二時間以上が経過していた。

その間に、わたしたちは、最終決戦の場となる隧道(トンネル)を、地上へ出る終点まで一通り調べ終わっていた。

「足下は、思ったより良かったな。それほど起伏もなかったし、危険な岩や、躓きそうな突起は、さっき取り去っといたから。……あと気をつけるのは、途中に三箇所ほどあった割れ目だけだな」

覚は、頭の中で、コースを確認していた。

「早季は、だいじょうぶ？　憶えた？」

「わたしが迷うのは、分かれ道がたくさんあるときだけよ。この穴は、一本道だもの」

まるで方向音痴を気遣っているような言葉に、わたしは、むっとする。

「しかし、本番では、ほとんど真っ暗な中を走らなきゃならないんだ。完璧に道筋を憶えとかないと、曲がり角で壁にぶつかったら、それでおしまいだぜ？」

「それなんだけど、一人は明かりを持って走ってもいいんじゃない？　片手が塞がっても、それほど走る速度に影響しないわ」

「それは、だめだ」

覚が、言下に却下する。奇狼丸がいなくなると、とたんに鬼の上官役を引き受けたがるようだ。

「僕らの走る速度が変わらなくても、悪鬼の方は、大違いなんだ。こっちが洞窟を照らしてやれば、向こうも全力疾走できる。しかし、真っ暗な中なら、コースを知り尽くしてる僕らの方が、早く走れるはずだ」

「でも、悪鬼の方は、当然、明かりを持って来るんじゃない？」

「うん。だとすれば、むしろ、もっけの幸いだ。いきなり水をかけて、火を消してやろう。明るさに慣れた目なら、なかなか暗闇に順応できないはずだ」

「それだと、悪鬼は、慎重になって、闇雲に追いかけて来ないかもしれないわ」

悪鬼は、わたしたちが向こうを呪力で攻撃できないことは知っているだろう。だから、わたしたちを怖れることなく、追ってくるはずだった。とはいえ、足下も見えないような真っ暗闇の中では、警戒心を呼び覚ましてしまう可能性がある。

「そうだな。たしかに、隧道(トンネル)の入り口で、一度、立ち止まらせてしまうのは、まずいかもしれない。……こうしよう。早季が、小さな明かりを持って前を走るんだ。そうすれば、僕も、それを頼りに速く走ることができる。でも、この場合、悪鬼も松明を持って追ってくるわけだから、かなりの速度が出せるだろうな」

つまり、鬼ごっこは、ますます厳しいものになるということだ。

「でも、考えてみれば、この案には利点もあるな。振り返って、悪鬼の明かりを見れば、どのくらい近くまで来ているのか、見当がつきやすいはずだ。……そして、安全な距離を保ちつつ、屏風岩のところまで誘い込むんだ」

屏風岩(びょうぶがん)というのは、サイコ・バスターを使うのに最適な地点として、わたしたち二人の意見が一致した場所だった。直線の通路の最後に屏風形の薄い岩が張り出していて、その裏に隠れて、悪鬼を迎え撃つことができる。追ってくる悪鬼の姿は丸見えだから、充分に引き付けてから、足下に十字架を叩きつければいい。

問題は、むしろ、その後だった。サイコ・バスターは、悪鬼を感染させ、数日のうちに命を奪うことはできても、その場で悪鬼を昏倒させることはできない。胞子を吸い込んだ悪鬼は、少なくとも数時間は、それまでとまったく変わらずに活動することができるのだ。

古代の軍事用語には、一撃離脱という言葉があるようだが、まさに、それが求められる状況だった。わたしたちは、まだ元気そのものの悪鬼から、自力で逃げおおせなければならない。

「……十字架だけど、覚より、わたしが持ってた方がいいんじゃない？　だって、覚は、両手を怪我してるでしょう？」

覚は、わたしの心を読んだようだった。

「このくらいの怪我、どうってことないよ。それに、昔から、投擲（とうてき）は僕の方が得意だったじゃないか？」

「でも……」

「それに、考えてみろよ。早季は、僕より前を走ってるんだから、早季が、サイコ・バスター入りの十字架を破裂させたりしたら、僕まで感染してしまう」

「そんなことないわよ。だって、それを使うのは、屛風岩まで来て、覚が追いついてからの話でしょう？」

「いや。やっぱり、僕が持ってる。早季が、うっかり転びでもして、十字架を割っちゃったら、最悪だからな」

冗談めかしてはいるものの、本当に最悪の場合、たとえば、逃げる途中で追いつかれてしまったとき、覚は、悪鬼を道連れにするつもりなのだろう。

雨は、依然として地上に降り続いているようだった。あちこちから染み出してきた水で、洞窟の壁は完全に濡れ、足下には細い水流が走っている。空気は、重たく、肌に粘りつくようだった。

「本当に、できるのかしら？」

わたしが、つぶやくと、覚は、もの問いたげな視線を向けてきた。

「わたしたち……ひとりの人間を殺そうとしているのよ」

「よせよ！」

覚が、鋭く遮る。

「そんなこと、考えるな。僕らは、ただ、悪鬼の前に、十字架を叩きつけるだけなんだ。それで、悪鬼が、すぐに死ぬわけじゃないんだし」

覚の言っていることが詭弁であることは、わかっていた。しかし、サイコ・バスターを使うのが彼である以上、罪の意識を持たせるようなことを言ってはまずい。

「ごめんなさい。変なことを言って」

「いいさ。……僕らは、ただ使命を果たすだけなんだ。今は、それ以外のことは、頭から閉め出すんだ」

「ええ。……でも」

どうしても、今、言っておかなければならない。そうしなければ、手遅れになってしまうという気持ちが、ふいに沸き上がってきたのだ。

「真理亜と守の子供は、本当に、悪鬼なのかな？」

「また、その話なのか？」

覚は、うんざりしたように言う。

「あいつのやったことを見ろよ。町の人たちを、無差別に虐殺したんだぞ。悪鬼そのものじゃないか？」

「それは、わかってる。だけど、今までに現れた悪鬼とは、根本的に違ってるような気がするの」

「……そりゃあ、多少の違いは、あるかもしれない。悪鬼っていうのは、いくつかの型に分類されてるんだろう？　でも、その違いが、何なんだ？　悪鬼を……止めてから、後で考えればいい」

「わたしには、やっぱり、あの子が悪鬼だとは思えない」

覚は、立ち上がって、頭を掻きむしるような動作をした。

「いい加減にしてくれ！　今さら、どうして、僕を迷わせるようなことを言うんだ？」

「ごめん！　でも、聞いて。もしかしたら、あの子は、自分が何者だかわかってないだけじゃないかって気がしてしょうがないのよ」

「だとしたら、どうなんだ？　どちらにしても、止めるしかないんだ。そうしなければ、町は全滅し、日本全体が野狐丸に牛耳られることになる。最初は、ほんの小さな流れでも、やがて、悪鬼の数はどんどん殖えていき、世界がバケネズミに支配されることになるかもしれないんだ！」

「わかってる。わたしたちは、どんなことをしても、それを阻止しなければならないってことも。だけど、真理亜の子供なのよ？　一度だけ、チャンスがほしいの。たった一度でいいから」

「チャンス？　言ってる意味が、全然わからないんだけど」

「もし、あの子に、気づかせることさえできたら……！」

わたしは、自分の計画を、覚に説明した。おそらくは、覚にしかできないやり方を。

「正気なのか？　そんなことをしたって、たぶん、何の役にも立たないよ」

「でも、お願い、一度だけ、試してみる価値はあるでしょう？　屏風岩で、サイコ・バスターを使う直前だったら、きっと余裕はあると思うの」

覚は、腕組みをして考え込んだ。

「……約束は、できない」

ようやく絞り出した返答が、それだった。

「そのときになって、もし、時間的な余裕があるようだったら、試してみるかもしれない。しかし、そのために、サイコ・バスターを使うという本来の計画を危険に晒すことはできない。無理だと思ったら、その瞬間に、十字架を叩きつけるよ」

「いいわ。だって、覚の言ってることは、正しいもの」

わたしは、本心から、そう言った。

「無理な話を聞いてくれて、ありがとう。わたしの胸にだけ、収めておくべきだったかもしれない。でも、どうしても、言わずにはいられなかったの」

「わかるよ。……君の気持ちは」

覚は、それだけ言って、黙り込んだ。これ以上は、その話題に深入りしたくなかったのだろう。

そのとき、遠くから、硬質な音が聞こえてきた。金属と岩を打ち鳴らすような、ひどく神経に障る響き。

「あの音……！」

わたしが叫ぶと、覚は、唇の前に人差し指を立てた。

また、聞こえた。音は、複雑な経路を辿って、わたしたちの耳まで届いたようだった。長く曲がりくねった洞窟を反響し、一部は、固い岩盤を直接伝わって。

「やつらだ。地下と地上とで、連絡を取り合ってるんだ」

ついに、狩りが始まったのだろう。敵が追っている獲物は、奇狼丸に違いない。

そして、その次の瞬間、別の音が聞こえてきた。狼の遠吠えのように長く余韻が残る、独特の声だった。

「奇狼丸だ！」

覚が、叫んだ。もう、近くまで来ている。予定通り悪鬼をおびき寄せ、連れてきているという合図だった。

「来るぞ。隧道(トンネル)に入ろう。……たぶん、もう、あと二、三分だ」

わたしたちは、所定の位置に付いた。木の根を縒り合わせて作った、小さな松明に点火する。最初の瞬間が、大きな関門だった。悪鬼に、わたしたちの姿を、しっかりと見せてやらなければならないのだから。

心臓が高鳴る音で、指先まで震えた。冷や汗が出始める。今にも、すぐ近くの穴から、悪鬼が現れる。失敗は、絶対に許されない。それは、わたしたち二人の命にとどまらず、数え切れない人たちの命運をも左右する。

緊張で、眩暈と吐き気に襲われた。こめかみが、ずきずきと痛み出す。

そのときだった。

意識が、奇妙なくらい清明になり、突然、思考の幅が何倍にも広がったような気がした。それは、自分が自分でなくなったような不思議な体験だったが、けっして不快なものではなかった。むしろ、それは、目眩くほどの歓びを伴っており、あえて最も近い感覚を挙げれば、性的な絶頂感だろう。そうだ。間違いない。瞬が、今、わたしの耳元でささやき、わたしと思考を共有しているのだ。

わたしは、それまで感じていた漠然とした不安、疑惑を、まるで別人の目を借りているかのように、客観的に眺めることができた。

奇狼丸に関する疑念が、完全に払拭されたわけではなかった。だが、わたしの感じていた不安の根は、別のところにあったことがわかる。

『敵は、あくまでも我々を狩るつもりでしょうが、狩りに夢中になっている者ほど、自分が獲物になることに、寸前まで気づかないものです』

奇狼丸の言葉が、耳朶によみがえった。これは、敵について語った内容だが、そっくりそのまま、我々にも当てはまるのではないか。

同じような言葉を、どこかで聞いたことがある。そうだ。和貴園で囲碁を教わっていたときのことだ。

取ろう取ろうは取られの元……。相手の石を取ろうと夢中になっているときほど、自分の石が危ういものだと戒める格言だった。

なぜ、それが、こんなに引っかかるのだろうか。

野狐丸……。まだ、スクィーラと呼ばれていた頃だった。たしか、囲碁の本から戦略を学んだと言っていた記憶がある。

あれほど狡猾なバケネズミが、こちらの意図に、まったく気づいていないということがあるだろうか。奇狼丸の巧みな戦術によって、大打撃を受けた直後だというのに、またも、やすやすと誘い出され、切り札である悪鬼を危険に晒すだろうか。

いや、それだけではない。野狐丸は、本当に、予期せぬ奇襲によって、七匹もの兵士を失ったのか。そもそも、自らの部下をも平然と捨て石にするのが、野狐丸の冷徹きわまりない戦略の特徴だったのではないだろうか。

もし、わたしたちが、終始、野狐丸の掌の上で踊らされていたのなら……。

再び、どっと冷や汗が流れ始めた。

だが、もう、引き返すことはできない。

前方の穴から、奇狼丸が飛び出してきた。わたしたちと目でコンタクトを取り合うと、すぐさま、別の穴に飛び込んで姿を消す。

「来るぞ……！」

覚が、低い声で叫んだ。

ついに、恐怖が、その姿を現すのだ。

4

奇狼丸が飛び出してきたのと同じ穴から、数体の黒い影が、次々に這い出してきた。

バケネズミの兵士だ。ほとんど裸体で、革袋のようなものを背負い、狭い空間では弓矢より使い勝手がいい吹き矢の筒を携えている。

わたしたちの臭いを、感じ取ったのだろう。兵士たちは、すばやく広い場所に散開し、吹き矢の筒を口元に構えて、臨戦態勢を取る。暗視能力には自信があるためか、もともと視覚にはあまり頼っていないのか、松明を持っているのは、四匹中一匹だけだった。

続いて、一体の影が出現する。暗くて判別できなかったが、おそらく、野狐丸か悪鬼に違いない。

影は、怖れる様子もなく、前に出てきた。バケネズミの兵士たちと体格は変わらないが、洞窟内の蒸し暑さにもかかわらず、頭からすっぽりとマントのようなものを被っている。暗闇を透かして、周囲の様子を窺っているようだ。

兵士たちが、臭跡を辿って、奇狼丸が逃れた穴を見つけたようだった。全員の注意が、そちらに向く。マントを着た存在が、少し前屈みになった瞬間、松明の反射で、フードの前から垂れ下がった髪の毛の房が見えた。炎を映して、まるで血のように赤い……。

悪鬼だ。

わたしと覚は、一番よく見える場所にいた二匹の兵士の首を呪力で捻った。頸椎が砕ける音が響き、二匹は悲鳴を上げる間もなく崩れ落ちる。残りの二匹は、一瞬、何が起きたのかわからない様子だったが、恐慌にとらわれ、手近な穴に飛び込もうとした。

唯一、フードを被った存在だけが、傲然と立ったままだった。ゆっくりと頭を巡らし、こちらを見る。

わたしたちは、瞬時に岩陰に引っ込むと、隧道の奥へ向かって走り出した。

悪鬼が、わたしたちの姿をはっきりと認めたかどうかは、確信が持てない。とはいえ、二匹の兵士が呪力で殺されたことは、嫌でもわかっただろう。

あとは、こちらの目論見通りに、悪鬼が追ってくるかどうかだ。わたしたちは、隧道を二十メートルほど進んだ曲がり角で立ち止まった。木の根の松明に点火すると、わたしは、固唾を呑んで、背後を見守った。

隧道（トンネル）の入り口に、松明を手にしているらしい影が伸びた。フードを被った小柄な死神の、黒いシルエットだ。

それが、死を賭した競走の始まりを告げる号砲だった。わたしたちは、再び、弾かれたように走り出した。

後ろを振り返る余裕などなかった。ただ、ひたすら、全速力で駆け続ける。

追う側は、好きなペースで走れるが、逃げる側は、選択の余地がない。スタミナ配分を考えることなど、できようはずもなかった。こちらが速度を抑えているときに、向こうが一気に殺到して、たとえ一瞬でも後ろ姿を視界に捉えられれば、すべてが終わるのだ。

打ち合わせ通り、わたしが先頭を走り、すぐ後ろに、覚がぴったりとくっついていた。恐怖に足が萎えそうになる自分自身を叱咤（しった）し、強く地面を蹴って、曲がりくねった洞窟を飛ぶように進んでいく。

わたしは、懸命に走り続けた。何も考えるな。よけいなことに意識を向けると、足下がおろそかになる。一個の岩の出っ張り、割れ目の一つに足を取られたら、わたしたちは、二人とも、短かった人生に終止符を打つことになる。

背後から、ひたひたと迫ってくる悪鬼の恐怖で、心臓が破裂しそうだった。

悪鬼との間には、必ず、曲がり角を一つ以上挟まなければならない。そうすれば、こちらの姿を視界に捉えられることはないはずだ。

悪鬼も、無闇に呪力で攻撃することはできない。下手をすれば、洞窟全体が崩壊して、自分も生き埋めになるし、そうでなくても、わたしたちと悪鬼の間に、自ら障壁を作ってしまうことになりかねないからだ。

しかし、わたしたちの臭いが、向かい風に乗り、確実に背後へ届いているはずだと思うと、地面を蹴る足裏の感覚も、妙にふわふわと頼りなく感じる。自分が、正しいバランスで走っているのか、今にも顚倒（てんとう）しそうになっているのかさえ、わからなくなってくるようだった。

「早季！　早季！　だいじょうぶだ。スピードを落とせ！」

覚が、後ろから声をかける。

「やつは、ゆっくり追いかけてくるみたいだ」

そう。追う側は、けっして焦る必要はない。無理のない速度で追尾しながら、こちらが暴走してバテるのを待てばいいのだ。

わたしたちは、駆け足程度にまで速度を落とした。悪鬼の松明の光は、曲がりくねった洞窟に阻まれて、こちらまでは届かない。だが、かすかな足音は、聞き取ることができた。規則正しい歩調は、走るというよりは、むしろ、早足で歩いているのに近い。

わたしたちも、さらにペースを緩めることにした。駆け足と早足を交互に繰り返して、息が上がるのを防ごうとしたが、最初に全力疾走したのが響いて、すでに、呼吸するのも苦しくなっている。

背後からまた、金属と岩を打ち鳴らす音が響いてきた。それも複数だ。地下から地上へ向けて、何かを通信しているのだろう。このときは、わたしたち二人とも、ほとんど気に留めていなかった。

「いい感じだ。このまま、行けばいい」

覚の声も、かなり息が乱れてはいたが、手応えをつかんだような響きがあった。

「やつの方は、余裕を見せてるつもりなんだろう。しかし、これだけ間隔を空けられれば、御の字だ。とにかく、最初から飛び出してこられるのが、一番怖かった」

「……このままで、いいのよね？」

「ああ。屏風岩まで、できるだけ呼吸を整えて行こう。早季は、もう少し前に行け。僕は、ぎりぎりまで下がって、やつの様子を窺ってるから。いきなり速度を上げてきたときは、『来たぞ』って叫ぶから」

「うん」

漠然とした不安は、また、強くなり始めていた。だが、今は、覚の指示に素直に従う。気のせいだ、と自分に言い聞かせた。すべては、計画通りに進行している。

ほんの少しだが、気持ちにゆとりができたせいか、脳裏に、様々な思いが浮かんでは、駆けめぐる。

奇狼丸が敵と通じているのではないかという疑惑や、すべては野狐丸の策略なのではないかという心配は、心の中から追い出すようにする。すでに、賽は投げられているのだ。正否は、ほんの数分のうちにわかるだろう。今さら、そんなことを考えてみたところで、得るものはない。

代わって無意識の底から浮かび上がってきたのは、奇妙なことに、ずっと昔、和貴園で教わった日本の創世神話だった。

妻である伊弉冉尊を、お産の際の火傷で失った伊弉諾尊は、どうしても妻の面影が忘れられずに、死者が住む黄泉の国へ行く。そして、「絶対にわたしの姿を見ないでください」というイザナミの言葉にもかかわらず、彼女の姿を目にしてしまう。それは、腐敗して、蛆が湧いた恐ろしいものだった。

イザナギは、恐怖に駆られて、大地の底から洞窟を通って逃げ出した。自分の恥ずべき姿を見られたイザナミは激怒して、黄泉醜女という化け物らに後を追わせるのである。

もちろん、命がけの逃走の最中に、のんびり神話について思い出していたわけではない。それは、ほとんど幻視に近い、極彩色の奇怪なイメージの奔流となって、暗い洞窟の中で躍動していたのだ。おそらく、わたしの意識を占拠していた、呪術的ともいえる恐怖が、記憶の彼方から、似た話を呼び覚ましたにすぎないのだろうが。

イザナギは、化け物に追いつかれそうになるたびに、髪飾りや櫛の歯、桃の実を投げて、からくも難を逃れた。

だが、今のわたしたちは、悪鬼をかなり引き離している。この分だったら……。

おかしいぞ。

誰かの声が聞こえた。

瞬……。瞬なの？　わたしは、心の中で訊ねた。

おかしい。変だと思わないか？

かすかな声は、執拗に続ける。

変？　変って、何が？

聞こえるだろう。

そのとき、また、背後から、敵が通信をする音が響いていた。やはり、一箇所からではなく、複数の地点から同時に発信されているようだ。だが、それが、何なのだろう。

危ない。これは、罠だ。

それは、今や、はっきりとした瞬の声になって聞こえてきた。

止まるんだ。早季。

「止まる？　どうして？　そんなことできないわ！」

わたしは、思わず、声に出して叫んでいた。

気づかないのか？　さっきから、悪鬼は、追ってきていない。

わたしは、早足から駆け足になりかけていた速度を緩めると、再び早足になり、そして、その場に立ち止まった。

「早季！　何してるんだ？　早く行け！」

追いついてきた、覚が叫ぶ。

「覚。これは、きっと罠よ！」

「何言ってるんだ？　君は、幻覚を見てるんだ。さっきから、ぶつぶつ独り言を言ってただろう？」

覚は、わたしの背を押そうとした。

「待って。悪鬼は、全然、追いかけて来ないわ。どうしてだと思う？」

覚は、はっとしたように、背後を振り返った。

「たぶん、歩いてるんだろう。でも、こんなことしてたら、すぐに追いつかれるぞ！」

「でも、足音が聞こえる？　さっきから聞こえてくるのは、雨音と、敵が通信する音だけじゃない？」

覚は、絶句した。

「本当だ。……しかし、どのみち、前に行くしかないんだ。一本道なんだから」

「でも、待って。もしかしたら、これは……」

わたしは、懸命に、覚を押しとどめた。そして、それが、間一髪で、わたしたち二人の命を救うことになった。

わたしたちが、今まさに進もうとしていた前方の洞窟が、轟音とともに崩壊した。

大量の岩石の破片と水が落下してきて、洞窟の床にぶつかって跳ね上がり、こちらに押し寄せてくる。

「逃げろ！」

わたしたちは、きびすを返して、元来た方へ走り出した。しかし、そちらには、悪鬼がいるはずではないか。もはや、絶体絶命かと思われた。覚は、首から提げていた十字架を、固く握りしめる。どうせ悪鬼に殺されるなら、道連れにしようというつもりらしい。

隧道を四、五十メートル戻っても、そこには、悪鬼の姿はなかった。

「どこへ行ったんだ？」

覚は、足を止め、震える声でつぶやいた。

わたしは、振り返って、わたしたちが進んでいた方向を透かして見た。崩落は、一応、止まったようだった。もうもうとした砂煙は、雨と湿気のせいか、徐々に収まりつつある。さっきまで真っ暗に近かった洞窟が、薄ぼんやりとだが明るくなっていた。崩落によって、地上まで風穴が開いたらしい。

「戻りましょう」

「戻るって、どっちに？」

覚は、混乱し、すっかり自信を失っているようだった。

「最初に走ってきた方……風下よ」

「そっちには、悪鬼がいるんだぞ？」

「いないじゃない」

わたしの心臓は、依然として、恐怖に鷲づかみにされていたが、頭の一部は、霧が晴れたように明晰になっていた。

「わからない？　今のは、罠だったのよ。野狐丸は、わたしたちが逃げる方向を読んで、崩落を仕掛けたんだわ」

「じゃあ、奇狼丸も、グルだったのかな？」

「それは、わからないけど……。とにかく、あっちに行くのは自殺行為よ。敵は、わたしたちを待ち伏せしてたんだから」

「しかし、向こうには、悪鬼がいる」

覚は、心底、怯えた表情を見せた。

「そうだ。やっぱり、前進しよう。今の崩落で地上まで縦穴が開いたとしたら、そこから逃げられるかもしれないだろう？」

「だめよ！　よく考えて。やつらは、どうやって固い岩を崩したと思うの？」

わたしの問いかけに、覚は、真っ青になった。

「火薬じゃない。硝煙や硫黄の臭いがしないし、爆発音もなかった。ただ、岩盤が崩れる音だけだ。……でも、まさか、そんな」

そのとき、わたしの目が、隧道の地面にある物体を捉えた。わたしの視線に気づいて、覚も、そちらを見る。

そこに落ちていたのは、切り取られた赤毛の房だった。

「畜生！……最初から、完全に騙されてたんだ」

覚が、苦しげに呻く。

やはり、わたしたちは、終始、野狐丸の掌の上で踊らされていたのだった。

考えてみれば、悪鬼がマントを着ていたのは、不自然だった。蒸し暑い洞窟の中だし、あの姿では、わたしたちに普通のバケネズミの兵士と誤認され、殺されてしまう危険性もある。もちろん、殺した側も愧死することになるだろうが、敵からすれば、切り札である悪鬼を一人の人間と引き替えにするのでは、とうてい勘定が合わない。

あれは、悪鬼ではなかった。悪鬼から切り取った髪の毛で、バケネズミの兵士を悪鬼に変装させ、まんまとわたしたちを追い立てたのだ。そして、わたしたちが逃げる方向を、音の合図によって地上に伝えたのだろう。地上からだったら、自分が生き埋めになる危険を冒さずに、洞窟を崩落させることも可能だ。

だとすれば、わたしたちを待ち受けていたのは……。

わたしは、覚を促そうとして、彼が、茫然と目を見開き、わたしの背後を凝視しているのに気がついた。

薄くなった砂煙を通して、光る松明を持つ、ほっそりした子供のシルエットが浮び上がっている……。

「逃げよう！」

わたしたちは、脱兎の如く駆け出した。

背後から、軽快に疾走してくる足音が響いてきた。悠長に追跡するのではなく、一気に勝負をつけに来たのだ。わたしたちと悪鬼の間を隔てるのは、曲がり角が一つだけだった。長い直線に入れば、こちらの姿は悪鬼に丸見えになり、わたしたちは、たちまち首を引きちぎられるだろう。

ほとんど、瞬間のインスピレーションだった。わたしは、右手を伸ばし、目の前にある覚の背嚢をつかんだ。

「早季？　何するんだ？」

覚が、叫んだ。わたしは、背嚢の中に手を入れてニセミノシロモドキを探り当てると、背後に向かって抛り投げた。魔法の道具を使って急場を凌いだ、イザナギのように。

突然、洞窟に放り出されたニセミノシロモドキは、危険を察知したらしく、たくさんの歩行肢を波打たせながら、フナムシのように壁を上り始めた。

わたしたちが、次の角を曲がった直後のことだった。背後から、強烈な光が射してきた。ニセミノシロモドキが、自己防衛のために光を放ち、悪鬼の目を眩ませたのだろう。

七色の光は、数秒間、激しく点滅したかと思うと、急に、蠟燭を吹き消すように消えた。ニセミノシロモドキの運命は不明だったが、少なくとも数秒は、悪鬼を足止めすることができたようだ。光が消えたとき、わたしたちは、ちょうど長い直線の終わりにさしかかったところだったから、その数秒がなければ、命運は尽きていたはずだ。

その間に、充分な距離を稼いだと思ったのも束の間、背後から、再び、すばやい足音が聞こえ始める。子供の足は、思っていた以上に速い。小さく身軽な身体は、狭い洞窟内で楽々と方向転換しながら走れるようだ。

必死に逃げるわたしたちにも、わずかだが有利な点があった。この隧道の中は、すでに何度も通っている。どこに曲がり角や障害物があるのか、しっかり頭に入っていた。

そのお陰で、しばらくの間は、差を縮められずに、逃げ続けることができた。しかし、それも長続きはしなかった。

肺が、充分な空気を吸い込むことができず、悲鳴を上げている。気管は、焼けるように熱かった。わずかな距離しか走っていないのに、持久力は限界に近づいている。恐怖が、わたしたちの体力を根こそぎ奪おうとしていた。

最悪だったのは、わたしたちが、当初の計画とは逆に、風下に向かって逃げていることだった。これでは、たとえ、心中覚悟でサイコ・バスターを使ったとしても、風上にいる悪鬼は、まったく胞子を吸い込まない可能性が高い。

ふいに、覚が立ち止まった。走り続けるわたしをやり過ごし、後ろに出る。

「どうするの?」

わたしは、叫んだ。

「君の提案だ。やってみる」

覚は、背後の空間に、意識を集中した。薄暗い洞窟に紗のスクリーンがかかったような状態になり、光がほとんど遮られて、こちら側は真っ暗になった。

そのわずか二秒後に、悪鬼が姿を現した。悪鬼が手にしている松明の光が紗を透過して、向こう側の様子がうっすらと見える。だが、悪鬼の側からは、光の大部分が反射しているために、完全な鏡面にしか見えないはずだ。

悪鬼は、立ち止まった。松明を高くかざしながら、疑念にとらわれた様子で、こちらを凝視している。身につけているのは、腰簑(こしみの)と靴だけだった。こうして見ると、ただの幼い少年でしかない。

もし、あの子に、気づかせることさえできたら。

わたしは、覚に、自分の計画を説明した。あの子は、バケネズミに育てられたために、自分をバケネズミだと思っているはずだ。それがもし、鏡を見たら、どうなるだろうか。わたしたちは、バケネズミのコロニーで、一度も鏡を見たことがない。バケネズミには、鏡を見る習慣がないのだ。あの子も、水面に映った影は見たことがあるかもしれないが、まじまじと、自分の姿を注視したことはないだろう。

自分がバケネズミだと思っていた子が、自らの姿が敵である人類そのものであることに気づいたとき、はたして、彼の自己同一性(アイデンティティ)は揺らがないだろうか。もしかしたら、ほんのわずかでも、人に対する攻撃抑制を呼び覚ますことができるのではないか。

正気なのか? そんなことをしたって、たぶん、何の役にも立たないよ。

覚は、あのとき、そう言った。しかし、彼は今、命がけで鏡面を作り、わたしの提案を実行してくれている。

「早季。ここは僕にまかせて、逃げろ」

覚が、ささやいた。

「嫌よ」

わたしは、梃子でも動かないつもりだった。これ以上、走るのは御免だった。まして、一人で逃げる気になど、とうていなれない。どのみち、これが失敗したら、逃げ切るのは不可能だろう。

悪鬼……真理亜の息子は、じりじりと、鏡に向かって近づいてきた。こちらに見えるのは、輪郭がぼやけたシルエットだけなので、表情まではわからない。だが、その動作には、あきらかに当惑が感じられた。

「……そうだ。よく見ろ。おまえは、人間なんだ。僕らと同じ、人間だ」

覚が、低い声でつぶやく。

すると、まるで、それに呼応したかのように、悪鬼が声を発した。

「Grrrr……ΠϒガШ▼Ё◎⊿?」

「ΠϒガШ▼Ё◎⊿?」

悪鬼は、あきらかに、バケネズミ語で同じ言葉を繰り返していた。そして、首を傾げて、自分の鏡像に見入ったかと思うと、突然、甲高い子供の声で咆吼した。

「ギ★*∀§▲ЖАДヺヸ!」

その瞬間、悪鬼の真横の壁に、無数の亀裂が入った。

「危ない! 逃げて」

わたしは、叫んで、頭を低くした。覚も、それに倣ったが、一瞬だけ遅かった。

亀裂の入った壁から剝がれた数十個の石礫が、唸りを上げて飛んできたのだ。石礫は、鏡を通り抜け、わたしの頭上を飛び去った。そのうちの一個が、覚のこめかみをかすめたのである。

覚は、その場に崩れ落ちそうになったが、かろうじて、踏みとどまった。

わたしは、顔を上げて、息を呑んだ。

鏡面は、すでに雲散霧消していた。

わたしと覚の距離は、十五メートル。そして、覚から、わずか十メートルほどの距離に、悪鬼が佇んでいた。

覚は、身じろぎもせず、その場に立ちつくしている。こめかみからは、鮮血がぽたぽたと滴っていた。わたしたちは、もはや、蛇に睨まれた蛙も同じだった。

悪鬼は、警戒する様子もなく、のんびりとした歩調で迫ってきた。こちらが反撃できないことは、百も知り尽くしているのだ。一房が切り取られた赤毛の下にあるのは、天使のように美しく整った顔である。しかし、その双眸に宿っているのは、鼠を嬲(なぶ)り殺しにしようと舌なめずりしている猫のような、残忍な光だった。

「早季。逃げろ」

覚が、静かに言った。どうするつもりなのかと訝ったとき、洞窟内の風が弱まった。

「覚?」

狭い隧道(トンネル)の中とはいえ、彼には、呪力で風向きを逆転するほどの技術はなかったはずだ。だが、覚の懸命の力業によって、さっきまで吹いていた風は止んで、束の間、無風状態が訪れた。

「これで終わりにする」

「だめ……やめて！」

彼がやろうとしていることを悟り、わたしは、声にならない悲鳴を上げた。

覚と、ゆっくりと近づいてくる悪鬼の距離は、すでに、五メートルを切っていた。

「贈り物だ。受け取れ！」

覚は、すばやく十字架を振りかぶると、悪鬼の足下に向かって力いっぱい叩きつけた。

突然、わたしの時間感覚は、何十倍にも引き伸ばされたようだった。

すべての映像が、まるで微速度再生されているように、緩慢な動きに変わる。わたしの目には、覚が叩きつけた十字架の動きが、まるで百枚の静止画を連続して見せられているかのように、くっきりと映った。

オニユリの花弁か悪魔の角のような畸形の十字架は、岩盤に衝突し、ぽっきりと折れた。そして、灰色味がかった白い粉末が、煙のように広がっていく……。

ああ、これですべてが終わる。そう思った。わたしたちの使命は、ようやく完了した。わたしたちがどうなるにせよ、悪鬼は滅びるだろう。そして、神栖(かみす)66町は救われ、再び、平和と秩序が訪れる……。

いや、違う。こんなのは、嘘だ。こんなことは、絶対に許せない。この距離では、悪鬼だけでなく、覚までが、間違いなく、サイコ・バスターに感染してしまうではないか。

わたしの脳裏に、理屈を超えた狂おしい思いが噴出した。

わたしは、これまで、愛する人たちを、次々と失ってきた。姉。瞬。そして、真理亜と守まで……。

たとえ、わたしが助かったとしても、この上、覚まで失ったら、わたしは独りぼっちになってしまう。わたしたちの一班は、わたし一人しか残らないではないか。そんなことが、本当に、神の望んだ結末だというのか。

嫌だ！

わたしは、心の中で、絶叫した。

ゆっくりと、水の中に落とした白い絵の具のように拡大しつつあった、強毒性炭疽菌の胞子は、眩い光を放ちながら発火した。

炎は、たちまち白い粉の拡散速度に追いつき、たった一個の胞子をも逃さず、光り輝く舌で舐め取った。千年の時を生き延びてきた呪われた兵器、サイコ・バスターは、清浄な業火の中で焼き尽くされた……。

はっと気がついたときには、事態は、急展開を迎えていた。

覚は、茫然として、その場に尻餅をついていた。

そして、悪鬼は……。

大声で泣き叫びながら、よろめくように逃げ去っていく。サイコ・バスターの微粒子が、激しく燃焼した際に、どこかに火傷を負ったのだろう。

「覚！　逃げよう！」

わたしは、彼の腕をつかんで、強引に立たせた。

「早季。いったい……？」

覚は、呆けたようにつぶやく。

「いいから、早く！」

わたしたちが、きびすを返したとき、背後から、恐ろしい雄叫びが響いた。

振り返ると、悪鬼が、憤怒の表情も露わに、こちらを睨みつけていた。髪の毛が焦げ、両方の掌が赤く焼け爛れているのが見える。

今度こそ、終わった。

痺れるような恐怖の中で、わたしは、悪鬼を見た。

今にも、自分の命が消されてしまうことを、疑わなかった。わたしの、愚かで衝動的な行為が、これまでの努力を、多くの人たちの犠牲を、すべて無にしてしまった。ついに悪鬼を斃すことができずに、この地獄の底で土に還る……。

わたしは、死を覚悟し、受け入れようとしていた。だから、それに続いて起きたことは、すぐには理解不能だった。

わたしたちの背後から、一個の石礫が唸りを上げて飛来したのだ。石礫は、悪鬼に命中する寸前に呪力で弾き飛ばされたが、悪鬼は、なぜか、あきらかに怯(ひる)んだ表情になって、後ずさった。

低い姿勢で、背後の暗がりから飛び出してきたのは、奇狼丸だった。

「こっちです！」

奇狼丸は、わたしと覚の襟首をつかむと、悪鬼とは逆方向に走り出した。

それは、まさに魔の一瞬だった。折り重なるようにして逃走するわたしたちは、完全に、悪鬼の視界の中に捉えられていたはずだ。悪鬼は、わたしたち全員を火だるまにするのも容易だったはずだが、不思議なことに、何事も起こらない。

曲がり角を越えたとき、わたしは、ようやく、奇跡的に助かったことを理解した。

まだ、状況は、絶体絶命に近い。死神は、すぐ後ろから追い迫ってくる。しかし、たった今、わたしたちは、その顎に捕らえられていたのだから。そう思うのも、無理はなかったと思う。わたしたちは、たしかに、九死に一生を得た。しかし、同時に、長蛇を逸してもいたのだった。

わたしたちは、地下の隧道を、必死に逃げ続けた。

「悪鬼は、まだ、追ってこないようですな」

奇狼丸が、鼻をひくつかせて言った。現在、悪鬼は風上にいるため、接近してくれば、すぐにわかるのだという。

「けっこう、火傷がひどかったみたいだからな。先に手当をするつもりかもしれない」

覚が、つぶやく。そう言う彼のこめかみの血も、まだ乾いていなかった。

わたしたちは、走るのを止め、歩き始めた。

「これから、どこへ行くの？」

わたしの質問に、奇狼丸は、難しい顔になった。

「わかりません。とりあえずは、悪鬼から隔たることが先決です」

「ごめんなさい。わたしのせいで、サイコ・バスターは……」

「悠長に後悔している暇はありません。前方に注意してください。野狐丸が、伏兵を置いているかもしれません」

隧道をほとんど戻りきるまで、敵の襲撃はなかった。それも当然だろうという楽観が、しだいに頭をもたげ始めた。敵の切り札である悪鬼は、わたしたちの背後に取り残されている。いくら、野狐丸が策士でも、バケネズミの兵士だけで、呪力を持つ人間と正面から戦う道は選ばないのではないか……。

だが、隧道の出口に来たとき、奇狼丸は、立ち止まった。わたしたちは風上にいるので、向こうの臭いはわからない。しかし、バケネズミ特有の鋭敏な聴力は、何かを聴き取ったようだった。どうやら、敵兵に待ち伏せされているらしい。

奇狼丸は、無言のまま、手で、わたしたちを制した。ゆっくりと隧道を後退しようとしたとき、激しい銃声が轟き、壁から岩の破片が弾け飛んだ。

わたしたちは、隧道を、二、三十メートル駆け戻った。そして、第二波の銃撃。今度は、さらに奥まで銃弾が届いた。

反撃しようにも、相手の姿は見えないし、下手に見ようとすれば、その瞬間に射殺されてしまうだろう。だからといって、呪力で洞窟を破壊したりすれば、自分自身が生き埋めになってしまう公算が大だった。

助かったと思ったのもほんの束の間、わたしたちは、追い詰められてしまった。もはや、逃げ場はない。

第三波の銃撃で、敵も盲撃ちしているだけだということがわかったが、跳弾にやられる可能性があるため、隧道（トンネル）の左手にあった脇道に緊急避難する。そこは、文字通りの袋小路だった。

隧道の中に、鋭い口笛のような音が響いた。野狐丸の側から、悪鬼に連絡を取っているらしい。

「……悪鬼の臭いです。ようやく追いついて来たようですな」

奇狼丸は、鼻をうごめかせ、知り合いが訪ねてきたというような調子で言った。

「焦げ臭さと血の臭いが混じっている。汗の臭いには、恐怖が感じ取れます。怪我をしているせいか、非常に慎重な動きで、今、我々から三、四十メートルほど離れた場所で止まりました。こちらの様子を窺っているようですな。どうやら、我々が、ここにいることは、わかっているようだ」

なぜ、一息に、わたしたちを屠（ほふ）ってしまおうとしないのだろう。ぼんやりとした疑問が、わたしの頭に生まれる。

「もう、だめだ」

覚が、頭を抱えて座り、深い溜め息をついた。

「僕らは、ここで身動きが取れない。切り札だったサイコ・バスターも失われた。もはや、これまでだ……」

サイコ・バスターのことでは責任を痛感していたので、ひどく心が疼いたが、意外にも、奇狼丸が、これに反論する。

「そうと決めつけるのは、まだ早いかもしれません」

「どうして？　何か、いい考えでもあるの？」

わたしは、一縷の望みを込めて訊ねたが、答えは期待はずれだった。

「いや、事ここに至っては、たしかに、手の打ちようがないように見えます。……しかし、野狐丸の方も、一気に決着を付けることはできずにいるようです」

奇狼丸の言葉は、わたしがさっき感じた疑念をも代弁していた。

「向こうは、もう、焦る必要がないんだろう。圧倒的優位に立ってるんだから、このまま、こちらが自滅するのを待てばいいんだ」

覚は、すっかり悲観的になっていた。

「いや、そうとばかりも言えません」

奇狼丸は、冷静に事態を分析していた。

「こちらには、まだ、最後の手段があります。敵と一緒に生き埋めになるのを覚悟して、呪力で洞窟を破壊してしまうことです」

「じゃあ、野狐丸は、それが怖くて、わたしたちを追い詰められないでいるの？」

だとすれば、すでに、こちらは、大規模な崩落によって敵も死ぬという、僥倖に期待するしかないことになる。

「それもあるでしょう。現在は、向こうが圧倒的に有利ですが、決め手が見つからないという状況かもしれません。お二人の呪力が怖いので、野狐丸の兵士は、隧道に入ってくることができない。一方で、悪鬼も、単身突っ込んでくることには、躊躇いがある」

「どうして？」

「一つには、私がいるからでしょう。私には呪力こそないものの、悪鬼を攻撃することに何の逡巡もない。……それに、もしかしたら、別の疑念が生じているのかもしれません」

「別の疑念？」

「先ほどの遭遇戦で、悪鬼は、ひどい火傷を負いました。自分は、呪力による攻撃は受けないと高をくっていたのが、ここへ来て、本当にそうなのかという疑いに苛まれているのではないでしょうか？」

「そういえば……」

覚が、顔を上げた。

「早季は、サイコ・バスターを燃やすことで、悪鬼を攻撃したことになるよな。どうして、そんなことができたんだろう？」

「それは……」

わたしは、文字通り、自分の胸に手を当てて考えてみた。

「たぶん、サイコ・バスターを燃やすことが、結果的に悪鬼の命をも救うことだったから、できたんだと思う。命を救おうとして、たまたま相手に怪我をさせたとしても、それは、攻撃にはならないでしょう？」

「なるほど……」

覚は、唸った。

「何とか、それを応用できないかな？　表面上、あたかも悪鬼の命を救うかのような形で呪力を発動して……」

「無理よ」

わたしは、首を振った。

「そういう、攻撃の意図を擬装するようなやり方は、これまでに出現した悪鬼に対しても、嫌というほど試されたわ。成功したことは、ただの一度もないのよ。……本人が、欺瞞を認識している限り、攻撃抑制や愧死機構を騙し通すことはできない」

そもそも、そんな単純ないかさまが功を奏するのなら、こんな地獄の底まで、サイコ・バスターを探しに来る必要もなかっただろう。

そのとき、ふいに、隧道の外から、野狐丸の大きな声が響いてきた。

「話し合いをしましょう！　私は、塩屋虻コロニーの総司令官、野狐丸です。これ以上、無益な殺し合いはやめにしませんか？」

「いったい、何をほざいてるんだ、あの外道は？」

覚が、腹立たしげに、ささやく。

「いきなり、闇討ちみたいな攻撃を仕掛けてきて、罪もない人々を無慈悲に虐殺したのは、誰だと思ってるんだ？」

「どうか、私の声に答えてください。人間とバケネズミは、種こそ違えど、知性を持った存在です。いかなる利害の相違があったとしても、すべて、話し合いによって解決できるはずです。そのための第一歩としては、まず、お互いにコミュニケーションを取る必要があるのです」

「答えてはいけません」

奇狼丸が、小声で注意する。

「やつは、こちらの返事で、位置を確認するつもりかもしれません」

「……このままでは、いずれ、皆さんを殲滅せざるを得ません」

野狐丸は、返答がないのにもかかわらず、続ける。

「そういう方法は、私の本意ではないのです。野狐丸の名、名誉にかけてお約束します。今、投降されたなら、皆さんの命は保証します。加えて、捕虜として人道的な扱いをすることも、お約束しましょう」

「カヤノスヅクリが、鳥に対して、君たちが僕の巣に卵を産んでも絶対に食べませんと、公約しているようなものですな」

奇狼丸は、皮肉った。

「あの二枚舌も、まさか我々が信用して、のこのこ出て行くとは期待していないでしょう。一応言ってみたところで、実害はないというだけのことです」

こちらが、音無しの構えを崩さないとわかると、野狐丸の声も、ぷっつりと途絶えた。

そして、いよいよ後は、敵の満を持しての攻撃を待つだけになった。

重苦しい沈黙が訪れる。

「覚……。ごめんなさい。わたしが、馬鹿だったわ。サイコ・バスターで、覚も感染してしまうと思ったから。でも……」

「いいよ。わかってる」

覚は、心ここにあらずという様子でつぶやいた。

「あのまま、サイコ・バスターを使ってたら、たしかに、悪鬼は感染したかもしれない。だけど、僕は、感染云々という前に、悪鬼に捻り潰されていたはずだ。……それを思えば、多少は命が延びたってことかもしれないな」

「……結局は、あなたが言ったとおりになっちゃったわね」

わたしは、奇狼丸に向かって、自嘲気味に言った。

「わたしは、悪鬼と刺し違えられたはずのチャンスを、ドブに捨ててしまった。きっと、そのことを後悔しながら、死んでいくんだわ」

「我々の社会には、繰り言は、墓穴に入ってから蛆に聞かせろという諺があります」

奇狼丸の片目は、まだ、爛々と輝いていた。

「皆さんは、諦めが早すぎる。我々の種族は、心臓が鼓動を止める、まさにその瞬間まで、逆転する方策を探し求めます。それが無駄な努力に終わったところで、失うものはありません。兵士の本分という以前に、生きている限りは戦い続けるのが、生き物としての本分なのです」

この期に及んでも闘志を失わない奇狼丸には、敬服するしかない。しかし、このときのわたしには、ただの空元気か、現実逃避にしか聞こえなかった。

わたしたちは、すでに万策尽き果てて、大地の底の、さらにどん詰まりにいるのである。ここから、いったい、どういう策が考えられるというのだろう。

「奇狼丸。一つ、君に訊きたいことがあるんだけど」

覚が、両手で抱えていた頭を上げた。

「何でしょうか?」

「僕らは、まんまと野狐丸の罠に嵌った。そのとき、正直言って、君に裏切られたんじゃないかと思ったんだ」

「なるほど。精神的なショックから、そう思われたのも、無理はないかもしれませんな。私自身、まんまと裏をかかれたことは認めます」

奇狼丸は、動じた様子もなかった。

「しかし、冷静に考えれば、そんな可能性はないことがわかるでしょう。第一に、私には、お二人を裏切って、あの二枚舌に荷担する動機がありません。今や、私の生きる目的は、我が女王を救い出した暁に、奴を挽肉にして豚の餌にすることだけです。第二に、もし、私が敵方であれば、お二人はとうの昔に鬼籍に入っていたでしょう。二手に分かれたときなら、いくらでも機会はありました。正直に申せば、赤子の手を捻るようなものだったと思います」

「たしかに、その通りかもしれない」

わたしは、真正面から奇狼丸の目を見た。何度見ても、背筋がうそ寒くなるような感じがするのは否めない。

「あなたは、わたしたちが悪鬼に殺される寸前に、命の危険を顧みず、助けに来てくれた。この上、疑うなんて、どうかしてるわよね。……でも、わたしにも、もう一つだけ訊いておきたいことがあるの」

「何なりと。生きているうちであれば、お答えできます」

「あなたは、昔、部下を連れて東京に来たって言ったわね？　たしかに、ここの地理にも精通していた。でも、いったい何のためだったの？　部下の三分の一を失うような危険を冒してまで、なぜ、こんな恐ろしいところに来る必要があったの？」

奇狼丸は、大きな口を耳まで広げて、にやりと笑った。

「なるほど。私に対するお疑いの根っこは、そこにあったようですな。この話は、あまりお聞かせしたくなかったのですが、今さら、誤魔化す必要もないでしょう」

奇狼丸は、立ち上がった。耳をそばだて、鼻をひくつかせ、敵の動きに変化がないことを確認してから、続ける。

「我々が、東京の地下を探索することにしたのは、今回と、まったく同じ理由からです。人類の古代文明の遺物である、大量破壊兵器を入手するためでした」

「……何のために？」

わたしの質問に、奇狼丸は、失笑を漏らす。

「何のため、ですか？　兵器が欲しいときは、通常、コレクションのためではありません。使うためです。サイコ・バスター程度では力不足ですが、もし核兵器か大量の放射性物質を入手できれば、人類に取って代わり、我々の覇権を打ち立てることも不可能ではないと考えました」

「なぜだ？　大雀蜂(オオスズメバチ)コロニーは、人類と良好な関係を築いてたじゃないか？　それなのに、君たちまで、野狐丸と同じような野望を抱いてたっていうのか？」

覚が、信じられないというように叫ぶ。

「まず、野望云々という次元の話ではないことをご理解ください。すべての生物は、自らが生き延び、繁殖することを目的とするよう作られています。我々のコロニーに関しては、コロニーが将来にわたって存続し繁栄することが、唯一無二の目的なのです。したがって、安全保障上、あらゆる危険を想定し、対策を用意する必要があります。大雀蜂コロニーは、傘下に多くの有力コロニーを抱えていましたが、敵対コロニーのみならず、すべての友好コロニーに対しても、急襲して皆殺しにするための戦闘計画が立案されており、必要なら、いつ何どきでも実行可能でした」

奇狼丸は、淡々と続ける。

「そう考えたとき、人類の存在が、我がコロニーにとって、どれほど大きな不確定要因であり脅威であるかは、容易に想像していただけるでしょう。良好な関係とは、いったい、何でしょうか？　我々は、人類に対して忠誠を誓い、山海の幸を献上し、役務を提供することで、ようやく生存を許される立場です。しかし、それでさえ、いつ風向きが変わるかわかりません。ときには、まったく不可解な理由で、コロニーが丸ごと抹殺されてしまうのも、珍しいことではないのです」

「それで、先手を打って、人類を滅ぼす気だったのか？」

「先制攻撃をかけて勝つ見込みが充分にあれば、そうしていたでしょう。今回、野狐丸がやったように。しかし、残念ながら、核兵器も、それ以外の兵器も発見できませんでしたので、そうした企ても自然消滅しました」

「そもそも、核兵器の存在を、どうやって知ったんだ?」

「当然、ご存じかと思いましたが。あなたがたがミノシロモドキやニセミノシロモドキと呼んでいる、図書館の端末です。我々は、かなり以前に、知識こそ力であることに気づいていました。そのため、一体でも多くの図書館端末の捕獲に努めてきたのです。端末も、以前は、もっぱら対人類用の防御装置を進化させてきたのですが、最近は、我々に捕獲されにくい、新しいタイプのものが現れています。……我がコロニーで保有していた端末は、残念ながら、野狐丸に奪い取られてしまいましたから、やつは、現在、少なくとも四台の端末を保有しているはずです」

わたしたちは、呪力という圧倒的な力を持つが故に、あまりにも無防備だったのだろう。支配者の権力基盤は、いつの時代も、油断と慢心に白蟻のように食い荒らされることから、崩壊への道を辿ってきたのかもしれない。

「そこまで正直に話してくれたことには、感謝するわ。でも、そんなことを聞いた後で、あなたを信用できると思うの?」

「むろんです。信用していただかなければならないからこそ、包み隠さず、お話ししたのですから」

わたしの質問に、奇狼丸は、当然という口調で答える。

「我々は、いたずらに人類を敵視しているわけでも、征服欲に取り憑かれているわけでもないのです。私の衷心よりの願いは、我がコロニーの存続と繁栄しかありません。しかし、目下のところ、我がコロニーは存亡の危機にあります。そして、その元凶は、我が女王を幽閉している、野狐丸と塩屋虻(シオヤアブ)コロニーです」

奇狼丸の目が、ぎらりと刃のような光を放った。

「やつは、肥大した権勢欲の虜であり、コロニーのために生きるという我が種族の本能を失った化け物です。民主主義に名を借りた危険思想を広めることにより、すべての権力を掌握し、自らが独裁者になるつもりなのです」

奇狼丸の声に、怒りのためか、獣の咆吼のような響きが混じり始めたが、敵に聞こえることを警戒したらしく、トーンを落とす。

「これまで、我が種族は人類への隷属を強いられてきましたが、我々の独自の文化、醇風美俗(じゅんぷうびぞく)を継承することは許されていました。もし、ここで野狐丸の覇権が打ち立てられてしまえば、我が種族は終わりです。生みの母にロボトミー手術を行い、奴隷化するような社会だけは、絶対に到来させてはならないのです」

わたしは、塩屋虻コロニーで見た、『家畜小屋』の悲惨な光景を思い出した。奇狼丸に対し、初めて、種を越えた共感のようなものを感じる。

「……したがって、私は、どんな手段を使っても、悪鬼を斃し、野狐丸の野望を打ち砕かねばなりません。その一点においては、皆さんと私の利害は、完全に一致しているのです。ご納得いただけたでしょうか？」

「ええ。納得したわ」

わたしは、うなずいた。

「そうだな。僕も、納得はしたけど……」

覚は、その後は続けようとしなかったが、何を言いたかったのかは、あきらかだった。今さら奇狼丸が信用できるとわかったところで、状況は、毫も好転しないのだ。もはや、打つ手はない。わたしたちは、全員、そう信じていた。奇狼丸すら、例外ではなかったはずだ。おそらくは、野狐丸の方も、同じ認識だっただろう。

だが、実際の形勢は違っていた。そのことに気づいてさえいれば、それ以上、まったく血を流さずに勝利することすら可能だったはずだ。

とはいえ、この瞬間、実は、わたしたちの側が圧倒的な優位に立っていたなどということを、いったい、誰が想像しえただろうか。

……おもしろい。

また、頭の中で声が聞こえた。
瞬？　どういうこと？　おもしろいって？
覚と奇狼丸に不審に思われないよう、わたしも、思考だけで問いかける。
奇狼丸だよ。ジョーカー……というより、切り札になるかもしれない。
言ってる意味が、わからないわ。説明して。
言っただろう。あれは、悪鬼じゃない。そのことを考えれば……。
瞬の声は、急速に、遠のいていった。
瞬。瞬！　どうしたの？　教えて。
……かってるだろう……君に見せたはず……地上で……僕の姿……うなったか。
そして、唐突に、何も聞こえなくなってしまった。
わたしは、しばらく茫然としていた。
「早季。どうしたんだ？」
わたしの様子を見て、不審に思ったらしく、覚が訊ねる。
瞬のことを打ち明けようかと思ったとき、奇狼丸が、ささやいた。
「来ます……悪鬼が」
わたしたちは、ぎょっとして、入り口の方に視線を向けた。わたしたちのいる袋小路は、途中で大きく湾曲しているため、隧道(トンネル)までは視界に入らない。

「ゆっくりと、足音を忍ばせて歩いています。だんだん、近づいてきました。あと、もう、二、三メートル……」

悪鬼は、本当に、わたしたちの居場所に気づいているのだろうか。もし、この袋小路に入ってこられたら、逃げ場はない。わたしは、洞窟を崩壊させるための精神統一を始めた。だが、それは、自殺であるだけでなく、悪鬼を道連れにする目的、つまりは、対人攻撃にほかならない。最後の瞬間、攻撃抑制が、わたしの呪力を金縛りにするだろう。

だとすれば、今、やるべきではないのか。まだ、悪鬼の姿が見えないうちに。

わたしは、洞窟の天井を見上げた。……だめだ。絶望に、押しひしがれる。

ここで洞窟を崩壊させれば、覚を殺すことになる。やはり、呪力は発動できない。

わたしは、目を閉じて、終わりを待った。

だが、しばらくすると、奇狼丸が、安堵した様子でささやいた。

「悪鬼は、通り過ぎました。おそらく、野狐丸たちと合流しに行ったんでしょう」

とたんに、止まっていた血液が全身を巡り始めたようだった。今さらのように、動悸が激しくなり、どっと汗が噴き出してくる。

「なぜ、悪鬼は、移動したんだろう？」

覚が、大きく息を吐きながら言った。

「我々が、乾坤一擲、野狐丸の側に向かって特攻をかけるのを、怖れたのかもしれません。銃弾を呪力でそらすことで、お二人のうち一人が生き残れば、やつらは皆殺しにできますから」

奇狼丸は、首を捻っていた。

「しかし、今までは挟撃態勢だったのが、あえて一方を放棄したわけですから、我々には退路ができたことになります。これは、逃げろという誘いの隙なのか、それとも……」

「たとえ罠でも、逃げるべきだ。向こうには、別の部隊が待ち受けてるのかもしれないが、今を逃したら、もう逃げるチャンスはないぞ」

覚は、そろそろと、袋小路を戻ろうとし始めた。

「待って！」

わたしは、叫んだ。

わかった。ようやく、瞬が何を言おうとしていたのかが、腑に落ちたのだ。

あれは、悪鬼などではない。もし、本物のラーマン・クロギウス症候群の患者であれば、富子さんが言っていたように、わたしたちには、手の打ちようがなかっただろう。

だが、あれは、悪鬼ではないのだ。だとすれば……。

「早季？」

覚が、不思議そうな目で、こちらを見る。

「わたしたちの目は、節穴だった。今まで、絶好の機会は何度も訪れてたのに、ただ手をこまねいて見送ってきたんだわ」

「どういうことですか？」

奇狼丸が、身を乗り出した。

「だけど、まだ、チャンスはあるかもしれない。さっきよりは難しくなったけど……でも、もし、逆だったら？　それを、うまく逆手に取ることさえできたら……」

「早季。頼むから、僕らにもわかるように言ってくれ！」

覚が、我慢できなくなったように叫んだ。

「たった一つだけあったのよ。悪鬼を斃せる方法が……！」

「ずっと、疑問に思ってたのよ。どうして、よりにもよって、真理亜たちの子供が悪鬼になってしまったのか」

5

わたしは、唇を舐め、頭の中を整理しながら話した。

「突然変異によって悪鬼が誕生する確率なんて、本当に、微々たるものなのよ。それが、歴史上で初めてバケネズミの手に落ちた子供に起きるなんていうのは、さらに天文学的な確率になるわ」

「……しかし、やつらが、何らかの操作をした可能性だってあるだろう？　バケネズミは、精神を操る薬も使うっていうし」

「たぶん、それが先入観になってたと思うの。だけど、人間の赤ん坊を手に入れたのは、野狐丸たちにも、初めての経験だったはず。それが、今まで一度も人間には試したことのない薬を使って、好きなように心を作り変えたりできると思う？」

「その手の薬物で、我々が使用しているのは、せいぜい数種類です」

奇狼丸が、口を挟む。

「我々の先祖であるハダカデバネズミの女王は、尿に含まれる向精神物質で、ワーカーを支配していたそうです。その特徴は我々の女王にも受け継がれていますが、我々の智能が飛躍的に進歩した結果、完全な精神支配は難しくなっており、大麻などを混ぜることで、兵士の恐怖心を取り除く効能を高めています。……しかし、おっしゃるとおり、我々とは種族の違う、人間の赤ん坊に効くかどうかは疑問ですし、ましてや、都合良く攻撃抑制を麻痺させて、悪鬼を創り出すなどという離れ業ができるとは、とても思えませんな」

「じゃあ、どういうことなんだ？　あいつが、悪鬼じゃないとしたら？」

覚は、混乱したように言う。こめかみから流れる血は、まだ完全に乾ききっておらず、見ていて、ひどく痛々しかった。

「……いや、やっぱり、どう考えても、悪鬼としか思えないだろう？　だって、あいつがやったことを見てみろよ！」

「それが、わたしたちの目を曇らせていた、最大の原因だったわ」

話すうちに、わたしの中でも、しだいに論点が整理されていくような気がする。

「あの子が平然とやってのけた大虐殺に対する、恐怖と感情的な衝撃が、わたしたちを、一足飛びに結論に向かわせた。あれは、悪鬼なんだって。そう考えることによって、早く安心したかったんでしょうね」

「安心？　何言ってるんだよ？　どうして、悪鬼なのに安心できるんだ？」

「ラーマン・クロギウス症候群は、少なくとも未知の存在ではないからよ。人間にとって、既知の恐怖は、未知の恐怖に比べれば、まだ受け入れやすいんだと思う」

覚は、腕組みをして、考え込んでしまった。

「あの子が悪鬼じゃないっていう、決定的な根拠があるの。悪鬼には、冷静に頭を働かせる秩序型と、完全に無意識の暗黒面に呑み込まれてしまった混沌型の違いはあるにせよ、周囲に存在するありとあらゆる生命を、無差別に殺し尽くすという点では共通しているわ。もし、あの子が本当に悪鬼だったんなら、なぜ、野狐丸たちは無事でいられるの？」

「……それこそ、薬物を使って、コントロールしてるんじゃないか？」

「無理よ。悪鬼を飼い慣らすことなんて、絶対に不可能。そんなことができるくらいなら、わたしたちの町が、とっくにやってるはずだし、過去に何度となく起きた惨禍も、ずっと被害が少なくてすんだはずだわ。それに、意識が朦朧とするくらい薬漬けにしたとしたら、町を襲って人間を殺すことなんて、できるはずがないでしょう？」

覚は、ぽかんと口を開けた。

「じゃあ、どうして、やつには、攻撃抑制も愧死機構も無効なんだ？」

「たぶん、無効じゃないんだと思う」

「どういうこと？」

「ごく単純に、考えてみて。あの子は、産まれてすぐ両親から引き離され、バケネズミによって育てられたんでしょう？　だから、自分のことを、バケネズミだと思ってるはずだわ。人間ではなく」

「そうかもしれないけど、それが、いったい……」

覚は、はっとしたようだった。

「もしかすると、こういうことなのか？　悪鬼……あいつの攻撃抑制は、人間じゃなくて、バケネズミが対象になってるのか？」

「間違いないわ」

わたしの中でぼんやりと渦巻いていた考えは、今や、確信に変わっていた。自らをバケネズミだと思っているあの子には、同族であるバケネズミを殺すことはできない。しかし、異類である人間なら、何の逡巡もなく抹殺できるのである。

「しかし、だからといって、あんなにも無慈悲に、人を殺せるものだろうか？」

「わたしたちだって、平気でやってるじゃない」

「えっ？」

覚は、ぎょっとしたようだった。

「相手が、バケネズミの場合には、だけど」

そう言ってから、聞いている奇狼丸がどう思うかが、少し気になった。

「……なるほど。その通りです。私としたことが、そういう可能性には、まったく気づきませんでした」

奇狼丸は、隻眼を大きく見開いていた。

「もっと早く、おかしいと感じるべきでした。そもそも、我が精鋭部隊が全滅させられたとき、やつは、直接呪力で我が兵を皆殺しにするのではなく、こちらの放った矢を防ぎ、武器を奪うことに専念していました。あのときは、こちらを手も足も出ない状態に追い込んでから、嬲り殺しにするつもりとしか思いませんでしたが……。直後に、私は、逃げる途中で悪鬼と遭遇しましたが、まったく攻撃を受けませんでした。あのとき、私とやつの距離は、二、三十メートルしかなかった。私に気づかなかったわけがない」

奇狼丸は、地響きのような唸り声を漏らした。

「さっきもそうです。お二人が悪鬼と相対していたとき、私は、一個の石礫だけを武器に突っ込みました。あそこであなたがたを失っては、勝負にならないと思ったからですが、正直、逃げ切れるとは思っていませんでした。何とか一人の損失ですめば御の字だったんですが、あのときも、悪鬼は、ただ指をくわえて、わたしたちが逃走するのを見ていた。攻撃しなかったのではない。私を巻き添えにするから、やつには攻撃できなかったのだ！」

奇狼丸は、頭を掻きむしり、身をよじって悔しがる。

「ちょっと待てよ。じゃあ、こういうことなのか？　あいつが一人でいる間に、奇狼丸が引き返して、襲いかかっていれば……？」

覚が、震え声で言う。

「ええ。あの子は、奇狼丸に対しては呪力を使えないから、なすすべがなかったはずよ。仕留めるのはたやすかったでしょうし、たぶん、生け捕りにだってできたと思う」

「くそっ！」

覚が睨んだ洞窟の壁にぴしりと罅(ひび)が入ったので、一瞬、ひやりとした。

「僕らは、完全に勝利を手中にしていたんだ！　なのに、掌から滑り落ちたことにさえ、気がつかなかった。なんで、もっと早く、よく考えてみなかったんだろう？」

「ねえ、落ち着いて。まだ、遅くないわ」

わたしは、できるだけ平静な声で言った。

「土壇場でも、とにかく、気がついたんだもの」

「いや、せめて、悪鬼……やつが、この脇道の前を横切る前に気づくべきだったんだよ。やつは、野狐丸たちと合流してしまった。今となっては、奇狼丸が単身で突っ込んでも、射殺されるだけだ」

覚は、腕組みをして、深い溜め息を吐いた。

それでも、まだ方法はある。わたしは、そう考えていた。成功の見込みは薄いかもしれないが、ゼロではない。だとすれば、この方法に賭けるよりないだろう。

しかし、ここまで冷酷非情なやり方には、躊躇せざるを得なかった。立場が逆であれば、そう、これが野狐丸だったら、直ちに実行するだろう。しかし、わたしには、どうしても抵抗があった。人間も、バケネズミも、生きており、心臓が鼓動し、熱い血が流れている。笑い、泣き、怒り、考える……知性を持った存在だ。使い捨てにしていいゲームの駒ではないのだ。奇狼丸とずっと行動をともにしている間に、わたしは、そのことを深く感じるようになっていた。

それに、あの子、真理亜と守の忘れ形見のことを考えると、胸が張り裂けそうになる。

町を襲い、建物を破壊して、大勢の罪もない人たちを殺したのは、まぎれもない事実である。わたし自身、いっときは憎悪と復讐心の虜となっていた。

だが、あの子は、悪鬼ではなかった。

あの子には、本来、何の罪もないのだ。両親をバケネズミに殺され、バケネズミによって育てられ、その命令により、大量殺戮を行った。自らをバケネズミと信じていた彼には、何の疑問も、良心の呵責もなかったことだろう。人間とは、彼らを奴隷のように使役し、一方的に殺す悪の権化だと言われれば、そのとおりだからだ。

それだけではない。あの子は、バケネズミの命令に対して、いっさい逆らうことができないのだ。なぜなら、強固な攻撃抑制と愧死機構に縛られているあの子は、バケネズミを攻撃することは不可能なのに、バケネズミの方では、自由にあの子を攻撃できるからだ。

つまり、あの子は、文字通り、バケネズミの奴隷なのである。

いったい、どんな生活を送ってきたのだろう。真理亜と守が亡くなってから、彼が辿ったであろう過酷な日々のことを思うと、心が疼いてたまらなかった。

しかし、もし、ここで、わたしたちが敗れてしまえば、どうなるだろうか。

生き残った町の人たちは、皆殺しになるか、遠くへ逃げ延びるしか選択肢がないだろう。野狐丸は、あの子を前面に立てることで、他の町からの報復を回避し、時間を稼ぐはずだ。十年のうちには、町から奪った赤ん坊たちが呪力を備えるようになる。そうなれば、もう、手の施しようがない。日本全土は、バケネズミによって征服されるのを待つだけになる。

どうすべきかと悩む贅沢は、許されていなかった。

わたしは、鬼になるしかない。

富子さんなら、きっと、わたしと同じ決断を下すはずだ。

「早季」

覚が、顔を上げた。

「さっき、悪鬼を斃せる方法が、一つだけあるって言ってたよな?」

「ええ」

わたしは、うなずいた。

「それには、まず、敵の位置関係を知る必要があるわ」

わたしたちは、忍び足で、袋小路が隧道と交わる地点から四、五メートルのところまで、にじり寄った。

隧道(トンネル)からも、まったく音は聞こえてこない。

わたしが手真似で合図すると、覚が、空気中の水蒸気を集めて微細な水滴の層を作り、隧道の左手の目立たない場所に小さな鏡を作った。ゆっくりと鏡を傾けていき、反対側、敵のいる方向を映し出す。

見えた。その瞬間、覚は、鏡を消滅させた。わたしたちは、再び、そっと袋小路の奥に戻る。

一瞬だったが、はっきりと確認できた。敵の兵士が五匹、袋小路の入り口から、わずか二十メートルほどの場所に伏せている。さらに、その五メートルほど後ろには、あの子が佇んでいた。

「悪鬼……やつが、場所を移したのは、野狐丸たちと合流するためだけじゃない。僕らを罠にかける目的もあったんだ」

覚が、ひそひそ声で言う。

「不用意にここを出て、逃げようとなんかしてたら、それで終わりだった」

「先鋒に我が同族の兵士を配し、悪鬼を後詰めにしてるのも、理に適った陣立てです」

奇狼丸も、声を潜めながら論評した。

「あれでは、わたしが先頭に立って突っ込むことはできません。先鋒の兵士らに蜂の巣にされるのが落ちでしょう。かといって、お二人が出れば、後ろで目を光らせている悪鬼の呪力によって、八つ裂きにされてしまう」

「野狐丸の姿は見えた？」

「いや……。あの臆病者めは、ずっと後方に引っ込んでるようですな」

わたしたちの目標である悪鬼……あの子は、バケネズミの兵士の背後に守られているが、これは、ほぼ予想通りである。

その一方で、野狐丸が前線にいないというのは、朗報だった。勝負は、一瞬で決まる。野狐丸の頭脳なら、もしかしたら、一瞬で、わたしたちの企みを看破するかもしれない。だが、後方にいたのでは、行動を起こしたときには、手遅れになっているはずだ。

野狐丸には珍しい戦略ミスだった。それまで孤立していた『悪鬼』と合流して、不敗の態勢を築いたと信じたとき、あの猜疑心の塊だった野狐丸にも油断が生じたのだ。

向こうが、そのことに気づかないうちに、迅速に行動しなければならない。

そして、その切り札になるのが、奇狼丸だった。

「あなたに、お願いしなければならないことがあります」

わたしは、奇狼丸の方に向き直って言った。

「なんなりと。……勝利に役立つことであればですが」

わたしは、計画を説明した。

奇狼丸は、さすがに驚愕の表情になり、言葉を失った。

「そんな……方法があったのか。でも、どうやって、思いついたんだ？」

覚が、愕然としたように訊ねる。

「瞬が、教えてくれたの」

「シュン？　瞬って……ああ！」

ようやく、覚の中でも、記憶の封印が破れたようだった。

しばらく絶句していた奇狼丸が、突然、哄笑した。

「すばらしい。あなたは、一流の戦略家です。……完全にチャンスを逸したと思っていましたが、まさか、こんなに簡単な方法が残されていたとは」

「やってくれる？」

「もちろんです。当面の問題は、臭いですな。我々は風上におり、前線にいる我が同族の兵士たちは、こちらの臭いを簡単に嗅ぎ分けますから」

「そうね……」

わたしたちは、袋小路の中を捜して、壁からかなりの量の水が流れ落ちているのを見つけた。雨は、依然として強く降り続いており、水が涸れる心配は、当分はなさそうだった。

奇狼丸は、身体をていねいに水で洗い、泥をなすりつけた。覚は、着ていた服をすべて脱ぐ。

「コウモリの糞があれば、完璧だったのですが、まあ、これでも、相当わかりにくくなったはずです」

奇狼丸が、自分の身体の臭いを嗅ぎながら言う。

「これだけじゃ、まだ不完全でしょうね。……覚。隧道(トンネル)の風向きを変えられる？　ほんの数秒でいいんだけど」

覚は、難しい顔になった。

「鏡も作らなきゃならないからな。でも、数秒くらいだったら、何とかなると思う」

それから、かすかな笑みを浮かべる。

「瞬だったら、同時に二つぐらいの技を使うのは簡単だったのにな。……ここを切り抜けられたら、君が思い出した、瞬の話を聞かせてくれよ」

「ええ」

覚に話したいことは、山ほどあった。

奇狼丸は、覚の脱いだ服を着るために悪戦苦闘していたので、わたしたちも手伝った。そもそも身体のつくりが違うために、かなり無理はあったものの、何とか押し込むことができた。これで、隠さなければならないのは顔だけになった。

「そうだ。こいつを使おう」

覚は、腕やこめかみの出血を押さえていた包帯を解いた。こびりついている瘡蓋(かさぶた)を引き剝がすと、傷口から新しい血が溢れ出てきたが、もはや、意に介した様子もない。

「なるほど。これなら、騙せるでしょうな。悪鬼も、サイコ・バスターが燃えたときに、顔に火傷を負ったのだと思うかもしれませんし……」

奇狼丸は、覚から受け取った血まみれの包帯で、頭部をぐるぐる巻きにする。

「さあ、これで準備万端整いました。ですが、その前に、今度は私から、お二人にお願いしたいことがあります」

木乃伊男(ミイラ)のように不気味な風体になった奇狼丸が、改まった口調で言った。

「いいわ。何でも言ってみて」

「これが終われば、おそらく、町の方々は、すべてのバケネズミを駆除せよという意見に傾くと思います。しかし、どうか、我が大雀蜂コロニーの女王だけは、救ってください。コロニーの構成員すべての命であり希望である……我が母だけは」

「わかった。約束するわ」

「僕も約束する。どんなことをしても、必ず君の女王は救い出すし、殺させたりしない。コロニーも、きっと再興させる」

特徴である大きな口は包帯で隠されていたが、奇狼丸は、にやりとしたようだった。

「それだけ聞けば、思い残すことはありません。あの口先三寸の外道の野望を、とうとう木っ端微塵に打ち砕いてやれると思うと、わくわくして待ちきれませんな」

わたしたちは、袋小路と隧道の交点の近くまで、にじり寄った。

「じゃあ、さっき決めた手順のとおり、わたしが十から逆に秒を読んでいくから、ゼロでスタート。今度は、一から順に秒を数えていく。一で、覚が、風を止める。二、三、四で、風を逆転し、鏡を作る。五、六、七で、わたしが、攻撃する。そして、八で飛び出す……」

「わかった」

「了解しました」

わたしは、ゆっくりと深呼吸した。

あと一分以内に、すべての正否が決まる。そう思ったら、脚が震え始めた。あれだけの修羅場を連続してくぐってきたのだから、度胸が付いたと思っていたのに、いざとなると、やっぱり恐ろしかった。

わたしは、死ぬかもしれない。

まだまだ、やりたいことは、いっぱいあったのに。こんな地の底で、意識が無に帰して、身体が朽ち果ててしまうことになるかと思うと、たまらない気持ちだった。

いや、そうじゃない。

本当に怖いのは、犬死にすることだ。悪鬼を斃すこともできず、ただ、無駄に命を落とすこと。今わの際に、野狐丸の凱歌を聞かされ、すべての人たちに、力不足を詫びながら逝かなければならないことだった。

緊張に、口の中がからからになり、軽い眩暈さえ感じる。

落ち着け。

目の前の使命に集中するんだ。

わたしは、懸命に、自分に言い聞かせた。

「じゃあ、準備はいいわね？　十、九、八、七……」

カウントダウンの間、心臓が激しく動悸を打ち出した。身体が、これから始まる戦いに備えようとしているのだ。

「三、二、一、ゼロ」

隧道の中の風が、急速に弱まっていく。覚が、隧道（トンネル）の左手奥に壁を作って、風を遮っているのだ。さらに、空気レンズを作るときと同じイメージで、壁の手前に真空地帯を作る。

「一」

同時に、空気中の水蒸気を凝結させ、鏡が形作られていく。

「二、三、四」

覚は、真空の手前側を、少し解放した。陰圧で、止まった風が、今度は逆に吹き始める。袋小路にいるので、直接、肌で感じることはできなかったが、細かい埃に目を凝らすと、たしかに、逆方向に微風が吹いているようだ。今度は、鏡がゆっくりと向きを変えていき、我々の右手、敵の布陣を映し出す。

わたしは、鏡に映った敵兵の一匹を選んだ。今回は、静かに首を捻るより、少し派手なやり方をしなくてはならない。口の中で、静かに真言(マントラ)を唱える。

「五」

敵兵の頭部が、血煙を上げて、粉微塵に吹き飛んだ。

「六」

恐慌に陥った敵兵は、いっせいに銃を乱射し始めた。制止しようとする野狐丸の声も、聞こえないようだ。火縄銃は、いったん発射してしまうと、次弾を込めてから撃つまでに時間が必要になる。

「七」

銃声が途絶えた。わたしは、二匹目を宙に持ち上げると、天井に叩きつけた。砕けた岩が、血潮や肉片とともに、敵兵の上に降り注いだ。残る兵士は、三匹。一匹が逃げ出すと、他の兵士も、次々にそれに倣(なら)った。

「八！」

奇狼丸が、飛び出した。わたしも、その後に続く。

多少不格好だが、バケネズミとしては飛び抜けて大柄なこともあり、後肢だけで地面を蹴って走る姿は、暗い隧道の中では、人間と見分けるのが困難だろう。奇狼丸の肩越しに、前方に立ちはだかる小さな姿が見えた。血のように赤い髪。あの子だった。怒りの形相も露わに、こちらを凝視している。

人間に扮している奇狼丸の演技は、見事の一言だった。バケネズミのふりをして危地を脱した乾さんに、勝るとも劣らないに違いない。走りながら、あたかも呪力を使うような身振りで、逃げ遅れた兵士を指さす。

即座に、黒子役のわたしが、見えない刀を振るい、その兵士の首を刎ねた。狭い洞窟の中は、血腥さで、呼吸が苦しいほどになる。

「ギ★＊∀§▲Ж……АДヺヹ！」

悪鬼……あの子が、とても人間の子供とは思えない声で咆吼した。

前を疾駆していた奇狼丸が、ふいに見えない壁にぶつかったかのように、ぴたりと立ち止まる。

奇狼丸の胴中が爆発し、向こう側が見えるほど大きな穴が貫通した。わたしは、頭からその血飛沫を浴びた。腸が背中から飛び出し、地面に垂れ下がるのが見える。

「ギ★＊∀§……」

何かがおかしいと感じたのだろう。あの子は、ふいに唸り声を止めると、あらためて、まじまじと奇狼丸の姿を見た。

人間であれば、意識を失うどころか即死していたはずだ。しかし、奇狼丸は立っていた。まだ、やるべきことが残されているのだ。痙攣する右手を上げて、頭を包んでいた包帯を外していく。

さっきまでの阿鼻叫喚が嘘のように、洞窟の中は、しんと静まりかえっていた。

奇狼丸は、包帯を解き終わり、バケネズミの頭部が露わになった。あの子は、凍りついたように立ちつくしていた。

「Πϒガ……▼Ė……⊿……」

奇狼丸は、最後に、何かバケネズミの言葉を吐き出すと、ばったりと、その場に倒れた。わたしは、思わず奇狼丸のところに駆け寄る。すでに絶命しているのは、あきらかだった。しかし、その大きな口には、会心の笑みを浮かべているように見えた。

前方から、恐ろしい悲鳴が上がり、わたしは、顔を上げた。

「ΠϒガШ▼Ė……◎⊿……?」

悪鬼……あの子は、愕然とした様子で、小刻みに震え始めた。赤毛の下の額には、玉の汗が浮かんでいる。

目を逸らしたかったが、わたしは、あえて、唇を噛みしめ、その姿を見つめ続けた。

あの子、真理亜と守の息子は、地面に膝をつき、左胸を押さえた。

呪力によって同胞を殺害したという認識が、愧死機構を発動させたのである。

わたしは、唇を嚙みしめていた。口の中に、鉄のような血の味が広がる。

逃れる術はない。あの子は、これで……。

そのとき、左胸に、ずきりとする疼痛（とうつう）を感じた。異様な悪寒が背筋を駆け上がってきて、全身の毛が逆立つような感じだった。

それは、まさに青天の霹靂（へきれき）だった。わたしもまた、罰を受けるのだろうか。予想もしていなかったが、同じ人間であるあの子を、結果的に死に至らしめようとしている以上、けっして考えられないことではない。

背後から、覚が駆け寄ってきた。

「早季？　どうしたんだ？」

気分が悪い。わたしは、半ば死を覚悟しながら、胸を押さえた。そして、必死になって、自分に言い聞かせる。わたしは殺していない。わたしは殺していない。わたしは、殺していない……。

ふと、なぜ自分は生き続けたいと願うのかと、不思議に感じた。愛する人たちを次々に失って、これほど多くの屍を乗り越えながら。それでも、なぜ。

だが、気がついたときには、痛みは去っていた。わたしは、まだ生きているのだろうか。顔を上げると、覚は、心底ほっとしたように微笑んでいた。

「心配いらないよ。……もう、だいじょうぶだから」

彼は、わたしを、痛いくらい、きつく抱きしめる。

わたしは、たしかに、あの子を死へと追いやった。しかし、直接攻撃したわけではない。そのため、愧死機構は発動せず、その前駆である警告発作だけですんだらしかった。

もう一度、あの子の方に目をやる。地面に横たわった小さな姿は、ぴくりとも動かない。すでに事切れているようだ。

その傍らに、野狐丸が、茫然と立ちつくしていた。

遺体から地面に垂れた髪の色彩が、わたしの目に飛び込んでくる。それは、在りし日の真理亜を彷彿とさせるような赤だった。

わたしの親友が、この世に残した唯一の証……あの子を死なせたくはなかった。だが、こうする以外に、どうしようもなかった。

涙が、頬を伝って流れ落ちた。

もし、普通に町で生まれていたら、きっと、とても愛らしい、利発な少年に育っていたに違いない。

あの子には、何の罪もなかった……。

今でも、自分の行為の罪深さを思って、ときどき空恐ろしくなることがある。そして、叶わぬことだったとはわかりつつも、思わずにはいられないのだ。せめて、最期だけは、人間として迎えさせてやりたかったと。

神々の黄昏(ラグナロック)を思わせた、恐ろしい戦いと混乱は、急速に収束へと向かった。切り札を失った野狐丸には、戦いの帰趨が最後まで見えたのだろう。すでに、抜け殻も同然となっていた。わたしたちは、野狐丸らを拘束した上で、彼らの船を接収して、町へ凱旋した。

人々は、町を捨てて逃亡する決心を固めており、すでに出発した人も多かったようだ。だが、わたしたちから、『悪鬼』が死んだことを聞かされると、状況は、一変した。

富子さんら、倫理委員会のメンバーは、大半が亡くなってしまったため、それに代わり、臨時の最高意思決定機関である秩序回復委員会が組織され、バケネズミに対する本格的な反攻に着手したのだ。

そして、そのメンバーには、若年ながら、わたしと覚も選ばれた。

これまで町を指導してきた層が、ごっそりと失われてしまい、年齢を問うような余裕はなかったのだ。メンバーの大半は、バケネズミとの戦いの中で頭角を現した、二十代から三十代の青年たちだった。

犠牲者の中には、わたしの両親も含まれていた。そして、覚の家族全員も。

そのことを知り、わたしは、慟哭した。もう、涙など涸れ果てたものと思っていたのに、後から後から、涙は滂沱と流れ、何日も尽きることはなかった。

後に、両親と会ったという人たちから、話を聞くことができた。それによると、二人が町に戻ったとき、戦況は、重大な局面を迎えていたようだ。

『悪鬼』に殺された鏑木肆星氏の遺骸は、野狐丸により、八丁標の綱の上に曝された。それを見た人々の恐怖は、並大抵のものではなかったらしく、多くの人は、抵抗する気力を失ってしまい、ただ逃げまどうだけだった。そのために、『悪鬼』の恐怖を背景にした、バケネズミの『狩り』は、一方的なものになり、百人近い人々が捕らえられた。

この段階では、野狐丸は、殺戮よりは、人質を取ることを優先するようになっていた。そうして敵に拘束された多くの人たちは、呪力を発動できないように目隠しを付けられ、檻に入れられていたらしい。

その一方で、戦いを諦めなかった若者たちは、『悪鬼』と遭遇しないよう細心の注意を払いながら、バケネズミの部隊に対して繰り返し奇襲をかけて、着実に敵の戦力を目減りさせていったらしい。

そうした中、町に到着した両親は、学校などの施設を回って、不浄猫を解放していった。

不浄猫は、わたしが思った以上に、高い智能を持っていたようだ。目標の臭いが付いた遺留物があればもちろんのこと、念写した写真を見せただけでも、正確に目標を記憶し、何週間にもわたって付け狙うことができるというのだ。

両親が放した不浄猫は、全部で十二頭いたらしい。彼らは、町の廃墟に身を隠しつつ、虎視眈々と『悪鬼』を殺す機会を窺った。そして、そのうち一回は、ほとんど成功しかけたらしい。

本来、別々の場所から放たれた不浄猫が、『悪鬼』を発見すると、まるで話し合いでもしたかのような協働作戦を展開したのだという。少し離れた建物の屋上から見た人の話によると、それは、こういう経過を辿った。

バケネズミの護衛兵に守られた『悪鬼』が、通りを南下してきたとき、東西から別々の不浄猫が接近してきた。西からは茶色、東からは灰色の毛並みを持った猫が。

風上にいた茶の方は、バケネズミの嗅覚で臭いを感知され、護衛兵は西側を固めた。その隙を狙って、東から灰色猫が猛ダッシュをかけたのだ。

まるで、それを待っていたかのように、第三、第四の刺客である黒と三毛が、『悪鬼』の背後である北側から殺到してきた。三毛の方は、すばやく迂回すると南側に回り込む。『悪鬼』は、その瞬間、三匹の不浄猫に囲まれることになり、絶体絶命に見えたらしい。鏑木肆星氏のような超絶技巧の持ち主でもない限り、一、二頭の犠牲は覚悟の上での、三頭同時の攻撃は、対処が困難なはずだった。

だが、ぎりぎりのタイミングで、『悪鬼』の周囲を防御した数匹の護衛兵が、不浄猫の攻撃を跳ね返してしまった。護衛兵は、針鼠のような棘で覆われたミュータントであり、殺しに長けた不浄猫も、排除するまでに数秒の時間を要した。前肢の一撃で針鼠兵を倒し、柔らかい腹を切り裂く間に、態勢を立て直した『悪鬼』が、呪力で三頭を屠るのに充分な時間を与えてしまったのだ。

結局、不浄猫は、『悪鬼』を仕留めることはできなかった。だが、『悪鬼』の足取りを鈍らせる役目は、充分に果たしたらしい。その間に、相当数の人々が、町から逃げ延びることができたのだから。

わたしの両親は、不浄猫が『悪鬼』を足止めしている間に、図書館へ行って、敵の手に落ちると危険と思われた書籍や文書類を、すべて焼き捨てることに成功した。ところが、その煙が、敵に不審を抱かせることになったらしい。二人が図書館から出てきたときに、『悪鬼』と、ばったり鉢合わせしてしまったのだ……。

町に殉じた他の人々の場合と同様に、両親の死は、けっして無駄ではなかったと思う。しかし、形勢は、徐々にはっきりしてきた。敵の切り札である『悪鬼』に対処する方法がないため、人間側の非勢は、目を覆うばかりの状態だったのだ。

ところが、そこに来て、突然、『悪鬼』の挙動がおかしくなったという。攻撃を躊躇うようになったばかりか、心ここにあらずという様子で、放心している様が目撃されている。そのお陰で、やはり多くの人命が失われずにすんだという。原因は不明だったが、どうやら、清浄寺で行われていた悪鬼調伏（ちょうぶく）のための護摩が、効力を発揮したということらしかった。

野狐丸は、捕虜を拷問にかけることによって口を割らせ、そのことに気づいたらしい。『悪鬼』と、野狐丸率いる精鋭部隊は、すばやく反応した。町の周辺から姿を消したかと思うと、ほどなくして清浄寺は焼け落ちたらしい。無瞋上人（むしんしょうにん）、行捨監寺（ぎょうしゃかんす）以下、僧侶の大多数は寺と運命を共にし、ついに、『悪鬼』の行動を掣肘（せいちゅう）するものは、何もなくなった。

そして、おそらく、清浄寺において何らかの情報を得たため、野狐丸は、わたしたちを追ってきたのだ。

話を、元に戻そう。『悪鬼』が死んだという情報は、またたく間に広まり、人々の心を悪霊のように支配していた恐怖は一掃された。代わって取り憑いたのは、激怒と復讐心という名の双子の怪物である。

そして、それと符節を合わせるようにして、近隣の町である北陸の胎内84町や中部の小海95町からの救援も到着した。

形勢は、たちまち逆転した。

バケネズミは、『悪鬼』という最終兵器に加えて、頭脳である野狐丸まで一挙に失い、さらに、スミフキなどの、対人間用に創り出したミュータントも、すべて使い切っていた。もはや、切るべきカードは残っておらず、近隣の町から派遣された鳥獣保護官らによって厳重な包囲網が敷かれていたため、逃亡することも不可能だった。

野狐丸に代わって塩屋虻コロニーの指揮を執った、スクィーカーという将軍は、奪い取った赤ん坊を、一人残らず返還するとともに、和平を求める特使を派遣してきたが、秩序回復委員会は、特使を五分で剝製に変え、丁重な断りの文面を口に咥えさせて送り返した。次に、無条件降伏するから兵士の命を助けてほしい旨の文書を持参した使者は、呪力によって生きたまま遺伝子を変異させられ、まったく原形をとどめない癌細胞の塊のような姿になって帰される。

事ここに至っては、スクィーカーも、とうとう覚悟を決めたらしく、全軍を率いると、玉砕覚悟の進軍を開始したのである。

とはいえ、バケネズミの軍勢は、あっさり討ち死にすることなど許されるはずもなく、全員が、怒り狂い、復讐に燃える人間たちから、一寸刻み、五分試しの憂き目に遭ったのだった。

わたしと覚も、バケネズミの掃討作戦に参加していたが、そのときの様子を、事細かに描写することはしたくない。

ただ、どうしても、忘れられないことが、二つある。一つは、広い平原が血で染まり、あたり一面が血腥い靄のようなもので覆われていた、異様な光景。そして、もう一つは、齧歯類特有の甲高い悲鳴が、無数に合わさって木霊する声だった。それは、どう聞いても、大勢の人間が叫んでいるようにしか聞こえなかったのである。

一週間ぶりに見る野狐丸は、およそ精気というものが抜け落ちており、身体の大きさも縮んでしまったようだった。

石畳の上に座り、鎖に繋がれたバケネズミは、顔を上げて、わたしたちを見た。

「野狐丸。わたしたちを、憶えてる？」

わたしの問いかけにも、ごく曖昧な反応しか示さない。

「わたしは、保健所の異類管理課にいた、渡辺早季。こっちは、妙法農場の朝比奈覚よ」

「……憶えています」

ようやく、嗄れた声が返ってくる。

「東京の地下の洞窟で、我らの救世主(メシア)を殺し、私を捕らえた方たちだ」

「何を言う。僕らが、殺したわけじゃない！」

覚が、かっとなったように叫ぶ。

「おまえが、卑劣な奸計を巡らして、真理亜と守を殺したんじゃないか？　その遺児は、おまえのせいで、大勢の人を殺してしまったんだ！　こうなった責任は、すべて、おまえにある」

野狐丸は、答えなかった。

「この後、おまえは、裁判にかけられる。でも、その前に、どうしても、おまえに訊いておきたいことがあるの」

わたしは、静かに言った。

異類が審判を受けることは、普通はありえないのだが、秩序回復委員会で、今回限りの特別法廷を開催することに決まったのである。今から千数百年前にヨーロッパで行われていた動物裁判を参考にして、初めて、人間以外の被告が断罪されるのだ。だが、おそらく、野狐丸には、ほとんど発言の機会は与えられないだろうし、ましてや、正直な答えは聞けないだろうと思われた。

「なぜ、おまえは、あんなことをしたの？」

「あんなこと……？」

野狐丸は、かすかに笑ったようだった。

「おまえの罪状は、数え切れないほどのものだと思う。でも、なぜ、あそこまで無慈悲に、罪もない人を虐殺したのか、その理由を聞きたいの」

野狐丸は、不自由な姿勢から頭を巡らせて、わたしを見た。

「すべては、戦術の一環でしかありません。戦端を開いてしまった以上は、勝たなくてはならなかった。負ければ……今の私のような末路が待ってるんでね」

「じゃあ、なぜ、人間に反逆しようとしたの？」

「我々は、あなたがたの奴隷ではないからだ」

「奴隷って、どういうことだ？　たしかに、貢ぎ物や役務の提供は求めたかもしれないが、お前たちには、完全な自治を認めていたじゃないか？」

覚が、語気鋭く突っ込む。

「ご主人様のご機嫌が麗しいときはね。しかし、いったん、些細な理由で逆鱗に触れれば、たちまち、コロニーごと消滅させられる運命です。奴隷より悪いかもしれない」

わたしは、奇狼丸の言葉を思い出した。言っていることは、ほぼ同じである。

「コロニーを抹消するっていうのは、一番重い処分よ。よほどのことがなければ、そんなことはしないわ。……それこそ、人間を殺傷したり、反逆を企てたりしなければ」

わたしは、異類管理課の行った過去の処分を思い返していた。

「鶏が先か、卵が先か……。いずれにせよ、我々は、まるで淀みに浮かぶ泡沫のように、不安定な立場です。そこから脱したいと願うのは、当然のことではないですか？」

野狐丸は、昂然と頭を上げ、歯を剥き出して喋った。

「我々は、高度な知性を持った存在です。あなたがたと比べても、何ら劣るものではない。違いはといえば、呪力という悪魔の力を持つか否かだけだ」

「聞き捨てならないな。今の発言だけでも、充分、死刑に値するんだぞ？」

覚が、冷然と野狐丸を見下ろした。

「どのみち、運命は変わらんでしょう」

野狐丸は、肩をすくめるような身振りをする。

「おまえは、コロニーのためのようなことを言ってるが、奇狼丸は、違う意見のようだったぞ。コロニーを融合するのはいいとしても、女王の権力を簒奪(さんだつ)して、まるで子供を産む家畜のような扱いをしたことは、どう正当化するんだ？」

「奇狼丸は、勇猛な将軍ではあったが、旧弊な思想に凝り固まった爺(じじ)いにすぎなかった。やつには、まったく本質が見えていなかった。コロニーの実権を女王が握っている限り、改革など不可能だということを。私が、革命をもたらそうとしたのは、自分のコロニーのためではないのだ」

「じゃあ、何のためだ？　おまえの醜い権力欲を満足させるためか？」

「コロニーなどという小さな枠組みを超えて、すべての我が同胞のためだ」

「同胞のため？　調子のいいことを言うな。おまえは、自分の兵士を平気で捨て駒にしたじゃないか？」

「先ほども言ったように、全部、戦術の一環ですよ。勝たなければ意味がない。勝てば、あらゆる犠牲は報われる」

覚は、舌打ちした。

「あいかわらず、よく舌の回るやつだ。しかし、残念だったたな。勝たなければ意味がないらしいが、おまえは、負けたんだ」

「そう。私が万死に値するのは、その一点です。救世主（メシア）という絶対的な切り札を得ながら、単純なトリックにまんまと引っかかり、すべてを失ってしまった」

野狐丸は、がっくりと頭を垂れた。

「歴史を変えられたはずだった……。すべての同胞を解放するという、壮大な夢は破れた。これほどの好機は、おそらく、もう二度と訪れないだろう」

「早季。行こう。これ以上、こいつと話をしたって、時間の無駄だ」

「ちょっと待って」

わたしは、きびすを返しかけた覚を引き留めた。

「野狐丸」

「私の名は、スクィーラです」

「じゃあ、スクィーラ。あなたに、ひとつだけ、頼みたいことがあるの。あなたが殺した人たち全員に対して、心の底から謝罪して」

「いいですとも」

野狐丸……スクィーラは、皮肉な口調で言った。

「その前に、あなたがたが謝罪してくれればね。あなたがたが、何の良心の呵責もなく、虫けらのように捻り潰した、我が同胞全員に対して」


裁判は、一言で言えば、グロテスクな茶番劇だった。

野狐丸の罪状が、次々に述べられていくと、満員の観衆（おそらく、生き残った町の人の中で、重病人や重傷者を除く全員が出席していただろう）は、どよめき、口々に怒りの声を上げた。

検事役の木元さんという女性（以前は富子さんの部下だった）は、観衆を充分煽ったと判断すると、被告席に繋がれている、野狐丸の方に向き直った。

「では、野狐丸。おまえに弁明の機会を与えよう」

「私の名は、スクィーラだ！」

スクィーラは、叫んだ。激しいブーイングが起きる。

「獣であるおまえに、町より下された、有り難い名前を、不遜にも否定するのか？」

「私たちは、獣でも、おまえたちの奴隷でもない！」

この言葉で、観衆の怒りは、最高潮に達した。漏出した呪力により、臨時の法廷の中は、頭が痛くなるような緊張した気に包まれる。しかし、死を覚悟しているらしい野狐丸は、怯まなかった。

「獣でないとしたら、おまえは、いったい何なのです？」

スクィーラは、ゆっくり法廷の中を見渡した。一瞬、わたしと視線があったような気がして、どきりとした。

「私たちは、人間だ！」

一瞬、観衆は、静まりかえった。それから、どっと爆笑が起きた。笑い声が続いている間は、木元さんも、苦笑いしているしかなかった。ようやく、静かになると、木元さんの機先を制して、スクィーラが叫ぶ。

「好きなだけ、笑うがいい。悪が永遠に栄えることはない！　私は死んでも、いつの日か必ず、私の後を継ぐものが現れるだろう。そのときこそ、お前たちの邪悪な圧政が終わりを告げるときだ！」

法廷は、大混乱に陥った。多くの観客が、ここで今すぐスクィーラを八つ裂きにしろと、こめかみに青筋を立てて叫び始めたのだ。

「待ってください。みなさん、待って……！」

木元さんが、懸命に、場内を静めようとする。

「聞いてくださーい！　聞いて！　そんなのじゃ、ぬるすぎる！　ただ、殺すだけじゃ、甘すぎます。そうでしょう？　この悪魔がやったことを、思い出してください。あっさり楽にしてやっても、いいんですか？　わたしは、この外道に、無間地獄の刑を求刑します！」

やんやの大喝采が起こった。

わたしは、そっと、法廷を抜け出した。覚も、続いて出てくる。

「どうしたんだ？　やつには、当然の報いだろう？」

「そうかな……」

「何言ってるんだよ？　君のご両親も、僕の家族も、町の人たちも……数え上げたら、きりがないだろう？　みんな、あいつのために殺されたんだぜ？」

「うん。でも、残酷な復讐をすることに、何の意味があるの？　さっさと命を奪ってやればいい」

「それじゃあ、みんな、収まらないんだ。聞いてみろよ。あの声を」

熱狂した観客の声は、たぶん、何キロも先から聞こえることだろう。それは、やがて、規則正しく、『無間』、『地獄』と連呼する声に変わっていった。

「わたしには、わからない……何が、正しいのか」

わたしは、つぶやいた。

およそ半日の裁判を経て、スクィーラには、求刑通りに、無間地獄の刑が宣告された。それは、全身の神経細胞から脳に極限の苦痛の情報を送りつつ、呪力によって損傷を常に恢復させ、死んだり発狂したりという逃げ道を許さない、究極の刑罰だった。

スクィーラは、その状態のまま、百年の長きにわたって生き続けるはずだった。

富子さんの言葉が、よみがえる。未だかつて、どんな生物も味わったことのないほどの苦痛の中で、ゆっくりと命を奪ってやるという約束が。

それは、今、現実のものになった。

だが、わたしの胸の中に残されたのは、底知れない空虚さだけだった。

6

わたしは、あちこち回って、ようやく掻き集めてきた野菜屑や球根を、ボウルに入れた。食欲旺盛なハダカデバネズミたちには少なすぎるが、今は、人間のための食糧も不足気味なのだから、贅沢は言えない。

まだ、破壊の跡も生々しい保健所の中を抜けて、飼育室の残骸に入る。建物は、屋根がきれいに消失して青空が見えるが、四囲の壁は途中まで残っている。巣の代わりにしていたガラス管は、一部が破損して危険な状態だったので、三十五頭のハダカデバネズミは、自然の状態と同様に、地面に掘った穴の中で生活している。壁は、地中深くまで続いているので、彼らが脱走して野生化することはないはずだった。

野菜屑を餌場に撒くと、かすかな振動を聞きつけ、働き鼠（ワーカー）たちが次々に穴から出てきた。最後に現れたのは、女王の沙裸美（さらみ）と、愛人である雄たちだった。サラミ・ソーセージそっくりの巨体を揺すって、ワーカーたちを追い散らすと、自分たちで餌を独占する。

あれほどの破壊と殺戮の後で、この連中が無事だったのを知ったときには、よかったと喜ぶより、何だか拍子抜けし、理不尽な感じさえ抱いたものである。とはいえ、もちろん、ハダカデバネズミには何の罪もない。殺処分にするわけにもいかないし、放したりすると、環境に悪影響を及ぼす可能性がある。そのため、とりあえず、飼い続けることになったのだった。

それにしても、見れば見るほど、げんなりさせられる生き物だった。容姿の醜さもさることながら、近親相姦を行い、排泄物まで食べるという習性も、およそ共感を持ちにくい。前から思ってはいたが、なぜ、こんなに醜悪な生き物に、わざわざ呪力で品種改良を施し、人間並みの智能を持った存在に変えたのだろうか。

餌やりを終えて、わたしは、保健所に戻った。建物は、補修が困難なくらい壊されていたが、火事にはなっていないので、書類の大半は無事だった。数日のうちに必要なものを選別して、新しい建物に移動させなければならない。

異類管理課は、保健所の指揮下を離れて、新しい倫理委員会の直属の組織になるのだ。そして、わたしは、倫理委員会のメンバーと、異類管理課の初代の課長を兼任することが決まっていた。その初仕事は、倫理委員会を説得して、関東近郊のすべてのバケネズミを駆除するという決定を覆すことである。人類に忠実な陣営のコロニーにまで懲罰を与えるというのは、どう考えても無意味だからだ。最悪の場合でも、奇狼丸と約束したとおり、大雀蜂コロニーの女王だけは、何としても救わなくてはならない。

柳行李（やなぎごうり）五十箱分の書類に目を通すのは、容易な作業ではなかったが、わたしは、誰の助けも借りずに、独力でやろうと決めていた。異類管理課の書庫の奥深くしまい込まれて、これまで目に触れる機会のなかった書類を見ていくうちに、様々な疑問が湧いて来たためだった。

もしかすると、これらの書類の一部は、関係のない人間には、けっして読ませてはならないものかもしれない。心の奥で、何かが、そう警告しているような気がする。

この日も、新たに出てきた文書のいくつかが、ひっかかった。まだ、チェックしなければいけない書類は、山のように残っているのだが、どうしても、それらの文書に見入ってしまうのを止められない。

今日は、それ以外に、どうしてもやると決めていることがあったから、あまりぐずぐずしていられないのだが。

「早季」

壊れた戸口から、ふらりと入ってきたのは、覚だった。

「ねえ、また、変な文書が出てきたの。聞いてくれる？」

覚は、何か言いたいことがあったようだが、短く「ああ」と答える。

「最初のは、英文から翻訳された文書みたいなんだけど、バケネズミの学名に関することなのよ。先祖のハダカデバネズミは、『Heterocephalus glaber』という学名だったらしいの。『Heterocephalus』は、ギリシャ語で『異なった頭』、『glaber』は、『禿頭』っていう意味ということなんだけど……」

「うん。それで？」

覚は、眉を上げた。

「人間の学名は『Homo Sapiens』でしょう？　『同じ（Homo）』と『異なる（Hetero）』って、ちょうど逆の意味じゃない？」

「それは、単なる偶然だろう？　昔から存在する生物の学名は、古代文明で付けられたものだし」

「もちろん、そうよ。だけど、この文書が、バケネズミの学名として提案しているのが、まるで、その二つを組み合わせたみたいな、『Homocephalus glaber』なの。おかしいとは思わない？」

一笑に付されるかと思ったが、覚は、なぜか、ひどく深刻な顔になった。

「……それで、その学名は、採用されたのかな？」

「わからない。図書館にある資料を見てみないと。あと、もう一つ、和名をバケネズミとすることについての提案書が出てきたの。どちらも、日付の部分が薄れてて読めないけど、紙の状態からすると、数百年前に書かれた文書だと思う」

「じゃあ、まさに、バケネズミが誕生した頃のものだろうな」

覚は、瓦礫が散乱している保健所の中を見回すと、壊れていない椅子を見つけて、腰を下ろした。

「それが、『化け鼠』の『化』という文字の成り立ちに言及してるんだけど、その出典が古代の漢和辞典なの。いい？『人と、そのひっくりかえったさま（亻＝匕）とにより、人が形を変える、ひいて［かわる］意を表わす』……。漢和辞典に当たってみたんだけど、その記述の部分だけが、今は削除され、第四分類の『訞』扱いになっているのよ」

覚は、再び立ち上がると、落ち着かない様子で、保健所の中をうろうろと歩き回った。

「覚……。どうしたの？」

「いや。このことは、君には言わないでおこうと思ったんだが」

「何のこと？」

「調べてみたんだよ。バケネズミの遺伝子を」

わたしも、思わず、立ち上がった。

「でも、どうして？」

「ずっと、気になってたんだ。あの裁判で、野狐丸……スクィーラの言った一言が」

「……わたしもよ」

木元さんが、「獣でないとしたら、おまえは、いったい何なのです？」と訊ねたとき、スクィーラは、「私たちは、人間だ！」と答えた。それが、ずっと、わたしの心に引っかかっていたのだ。彼は、人間に対して、激しい憎悪を抱いていたはずではなかったか。それが、なぜ、自分たちを指して『人間』などと言ったのだろう。

「農場の近くにあったバケネズミの死体の一部を、こっそりと冷凍保存しておいたんだ。君は知らないかもしれないけど、バケネズミの遺伝子は、倫理規定により、あらゆる分析、研究が禁止されている。今までは、その理由がわからなかったけど」

「それで、どうだったの？」

わたしは、固唾を呑んで訊いた。

「DNAを解析するまでもなく、あきらかだった。バケネズミの染色体は、性染色体を含めて、二十三対だったんだよ」

そう言って、覚は、かすかに首を振った。

「何、それ？　意味がわからないんだけど。わかるように言って」

「先祖であるはずのハダカデバネズミの染色体は、三十対なんだ。つまり、成り立ちからして、まったく別の生き物ということになる」

「つまり……バケネズミと、ここで飼ってるハダカデバネズミは、元々、関係がないっていうことなの？」

「いや。バケネズミの持っている形質の、かなりの部分は、ハダカデバネズミの遺伝子を組み込まれたために生じたとしか思えない。ただ、ベースになる生き物は、別にいたことになるんだ」

「それは……まさか」

「人間の染色体も、二十三対だ。ほかに、二十三対の染色体を持つ生物は、僕の知る限り、オリーブの木くらいなんだよ。まさか、バケネズミが、オリーブの木から創り出されたとは思えないだろう？」

バケネズミが、人間ではないかと、うすうす疑うようになったのは、いつ頃からだっただろうか。

唐突に、夏季キャンプでミノシロモドキを捕らえたときに、瞬がした質問が、わたしの脳裏に浮かび上がった。

「……奴隷王朝の民や狩猟民たちは、呪力……ＰＫがなかったんだろう？　その人たちは、いったいどこへ行ったんだ？」

それに対するミノシロモドキの答えは、不得要領なものでしかなかった。

「その後、現在に至る歴史について、信頼のおける文献はきわめて少数です。そのため、残念ながら、ご質問の点に関しては不明です」

背筋を、悪寒が走った。わたしたちの先祖である呪力を持った人々が、呪力を持たないそれ以外の人間を、バケネズミに変えてしまったというのか。

「でも、どうして？　いったい何のために、そんなことをしたの？」

「目的は、はっきりしてると思う」

覚は、陰鬱な声で言った。

「呪力を手にしてからの人類は、それまで以上に血みどろの歴史を刻んできた。ようやく安定が訪れたとき、呪力による対人攻撃を不可能にしようとして、攻撃抑制と愧死機構を遺伝子の中に組み込んだんだ。だが、そうなると、厄介な問題として浮かび上がったのは、呪力を持たない人間の扱いなんだよ」

「どういうこと？」

「それまで、呪力を持った人間は、究極の特権階級だったんだ。パワーエリートっていう言葉があったらしいけど、呪力を持たない人間を支配して、栄耀栄華をほしいままにしていたんだよ。しかし、攻撃抑制と愧死機構のために、対人攻撃が不可能になると、立場は逆転する。呪力を持つ人間は、持たない人間を攻撃できなくなるのに、その逆は可能だからだよ。ちょうど、悪鬼……真理亜たちの息子とバケネズミみたいな関係になってしまうんだ」

「じゃあ、呪力を持たない人間にも、攻撃抑制や愧死機構を組み込んでおけば、よかったんじゃない？」

「そうしなかった理由は二つあると思う。一つは、呪力を持つ人間は、それ以外の人間の生殺与奪を握る、圧倒的な優位を手放したくなかったということ。もう一つは、攻撃抑制はともかく、愧死機構は、呪力を持たない人間に組み込むのが不可能だったからだよ。愧死機構のメカニズムを憶えてる？　まず、脳が、同じ人間を攻撃したということを認識する。すると、無意識の念動力の発動でホルモンの異常分泌が起きて、最終的には心停止に至るんだ」

愧死機構とは、いわば、呪力による強制的な自殺なのだ。したがって、呪力がなければ、愧死機構も機能しないことになる。

「それで、邪魔になった人たち……呪力のない人間を、獣に変えてしまったのね」

わたしは、これまで自分の暮らしていた社会が、いかに罪深い存在だったかを悟って、戦慄していた。

「ああ。単なるカースト制では、不充分だったんだ。呪力を持たない人間を、攻撃抑制や愧死機構の対象外になるまで貶めるために、遺伝子をハダカデバネズミと混ぜ合わせて、人以下の獣に変えてしまったんだ。……呪力を持った能力者たちに、彼らの労働と貢ぎ物によって暮らす、特権階級としての地位を約束するためにね」

そして、呪力を持った『人間』たちは、異形(いぎょう)の姿へと変えられたかつての同胞たちを、獣のように惨殺し続けてきたのだ。

「でも、よりにもよって、どうして、あんな醜い生き物に？」

「おそらく、それこそが理由なんだ。醜いからだよ」

覚の答えは、何の救いもないものだった。

「醜い生き物だからこそ、異類であることが一目瞭然だし、ほとんど同情を感じないで、殺すことができるんだ。……もちろん、哺乳類には珍しい真社会性を持った生き物だから、より管理がしやすいっていう理由もあったかもしれないけど」

どうして、もっと早く気がつかなかったのかと思う。そう考えれば、すべてが符合するではないか。バケネズミは、先祖とされていたハダカデバネズミと比較すると、何百倍も大きい。たとえ呪力で進化を促進したにせよ、短期間にこれだけ巨大化すれば、どこかに無理が生じるはずだ。

犬と比較すれば、よくわかるだろう。長い年月をかけて、多くの品種に分化された犬ですら、歯を見れば、ひずみが生じているのがわかる。チワワのような小型犬では、小さな顎にぎっしりと歯が詰まっているのに、セントバーナードのような大型犬では、歯と歯の間隔が開いて、すかすかになっているからだ。

バケネズミの歯には、そうした特徴は、まったく見られなかった。

いや、もっと根本的な部分で、疑問を抱くべきだったかもしれない。

なぜ、バケネズミの女王には、子供たちの形状を自由に変えられる力が備わっていたのだろう。胎児の発生を、子宮の中でコントロールしているとしたら、それは、一種の限定的な呪力ではないだろうか。本来、呪力を持たないために獣に変えられてしまった人々であったとしても、その起源が人間にあるなら、形を変えた呪力の萌芽があっても不思議はないはずだ。

「僕らは、何も知らず、彼らを平気で殺してきた。もちろん、理由もなく殺したことは、一度もない。しかし、殺したことは事実なんだ」

わたしは、覚の言葉に、再びショックを受けた。

「じゃあ、わたしたち、本当は、愧死するはず……そうなるべきだったのかも。だって、人間を殺したのよ。それも、あんなに何人も」

そう思うだけで、動悸が速くなり、冷や汗が流れるような気分になる。

「いや。彼らは、人間じゃない。たしかに、僕らと同じ先祖から別れたかもしれないけど、今では、まったく別の生き物になってるんだ」

「だって、同じ二十三対の染色体を持っているのに……？」

たしか、チンパンジーですら、染色体の数は、人間とは異なっているはずだった。

「それが、すべてじゃないよ。要は、僕らが、バケネズミたちを同胞として認識できるかどうかだ。土蜘蛛の叢葉兵（そうようへい）や、風船犬、スミフキみたいな……あんな異形の化け物まで、君は、本当に、同じ人間だって思えるのか？」

覚の問いかけは、ずっと、わたしの耳の奥に残っていた。

本音を言おう。理屈はともかくとして、わたしには、バケネズミや、彼らが生み出したミュータントが人間であるというふうには、とても思えなかった。

そうは思わないようにしていたのも、本当である。

わたしの手は、血塗られている。ほとんどは正当防衛で、自分自身や他の人たちを守るためには、やむを得ない行動だった。しかし、バケネズミとの戦争で、数え切れないほどの殺戮を行ったのは、事実である。今になって、それが殺人だと言われても、どうしたらいいのかわからない。今はまだ愧死機構が発動する兆しはないが、くよくよ考え込んでいるうちに、スイッチが入ってしまうことだって、考えられなくはない。

それに、もう一つ。この日、わたしがやろうとしていたことのためには、どうしても、そう考えるわけにはいかなかったのだ。

茅輪の郷の中心部には、新しい公園ができていた。バケネズミの襲撃によって、大勢の人が亡くなった悲劇を忘れないための記念公園だった。

公園には、花壇が設えられ、鎮魂のための碑が建てられていた。戦争が終わって、まだ、一ヵ月にしかならず、町中の多くの建物は廃墟のまま残されていたが、この公園だけは、早々と完成していた。

公園の一番奥には、戦いの記憶を風化させないための戦争記念館が作られていた。

完成当初は、この建物の前には、長蛇の列ができていた。日々、憎しみを新たにして、復讐心をかき立てるための列が。中には、毎日、必ず通ってくる老人もいた。息子や娘、その妻と夫、それに孫たちの一家全員を、バケネズミのために皆殺しにされたということだった。

わたしは、戦争記念館の中に入った。見学者はいなかった。今日は、見晴の郷で、戦没者を追悼するための行事が行われているので、ほとんどの人が、そちらの方へ出向いているのだ。

壁に沿って、バケネズミの悪行を再現する展示が、多数並んでいる。彼らの用いた武器。卑怯な騙し討ちで、無辜の人々を虐殺した兵士たち。バケネズミの身体的特徴を誇張するように変形されているものの、すべて、本物の剝製が使われていた。

普通のバケネズミの兵士の隣には、ヒトモドキの標本もあった。夜目遠目には、人間と見まがうばかりだが、こうして間近で見た場合は、かえって違いが際立つために、不気味だった。

その向こうには、奇跡的に残っていたスミフキの頭部と、全身の十分の一の模型が飾られていた。パネルには、粉塵爆発の威力に関する、科学的な解説もある。

そして、展示室の一番奥には、大きなガラスケースが鎮座していた。

ガラスケースの前には、一人の職員が座っていた。二十四時間、四交替制で、展示課の職員が詰めることになっていた。その日、当番だったのは、小野瀬さんという初老の男性だった。

「おや、渡辺さん。今日は、追悼式典へは行かれなかったんですか？」

小野瀬さんは、意外だという顔で言った。

「いえ、今行ってきたところです。小野瀬さんは？」

「もちろん、出たかったんですが、誰かが付いてないといけませんからねえ……」

心底嫌そうな目でガラスケースを見ながら、こぼす。

「じゃあ、お出になったらいかがですか。ここは、わたしが見てますから」

「いやいや、そんな。倫理委員会の方に、こんな仕事を押しつけるわけには……」

小野瀬さんは、固辞したが、行きたそうなそぶりは隠せない。

「だいじょうぶです。今から行ったら、まだ、献花には間に合いますよ？　亡くなられたお嬢さんに、お花をあげて来てください」

「そうですか……それは、申し訳ありません。せっかくなんで、お言葉に、甘えさせていただきます」

小野瀬さんの表情に、喜色が広がったが、去り際に、ガラスケースを睨みつける。

「何もかも、こいつのせいです。この、醜く腐りきった悪霊めの……どうか、たっぷりと苦痛を与えてやってください」

「ええ。わたしも、両親や、たくさんの友人を失いましたから……。さあ、少し急がれた方がいいかもしれませんよ」

「すみません。それでは、ちょっと行ってきます」

小野瀬さんは、早足になって、戦争記念館から出て行った。

わたしは、小野瀬さんが引き返してくるかもしれないので、しばらく待った。それから、ゆっくりと、ガラスケースに歩み寄る。

強化ガラスの中にあるものを見たとき、思わず、目をそむけないではいられなかった。だが、見なければならない。深呼吸し、十数えてから、視線を戻す。

そこに横たわっているのは、すでに生き物であることを止めて、ただ苦しむためにのみ存在している肉塊だった。

「スクィーラ……」

わたしは、そっと呼びかけた。もちろん、何の反応もない。

「もっと早く、来てあげればよかったわね。だけど、今日しか、チャンスがなかったの。まわりに人がいなくなる時が来るのを、待つしかなかったから」

スクィーラの神経細胞には、間断なく苦痛を流し続けるために作られた特殊な腫瘍が、無数に植え付けられていた。わたしが、呪力で苦痛の情報を遮断すると、小刻みな痙攣が止んだ。たぶん、この一ヵ月間で初めてのことに違いない。

「あなたは、もう、充分苦しんだわ。……だから、終わりにしましょう」

覚から、あんな話を聞かなければよかった。あらためて、後悔に襲われる。はたして、自分にできるだろうか。ここに横たわっているのが、かつての人間の末裔であると知っていながら。

鬼手仏心（きしゅぶっしん）という言葉が、脳裏に浮かんだ。

目を瞑（つむ）り、もう一度、静かに真言（マントラ）を唱える。いつもなら、瞬時に思い浮かべるだけだが、あえて、ゆっくりと唇を動かしながら。

そして、呪力によって、スクィーラの呼吸中枢を麻痺させる。

「ねえ、スクィーラ。わたしたちが、初めて会ったときのことを憶えてる？」

わたしは、優しく語りかけた。ガラスケースに阻まれて、わたしの声は届かないかもしれないし、届いたとしても、理解できるかどうかは怪しかったが。

「わたしたちは、土蜘蛛に捕まってたんだけど、何とか逃げ出してきたの。そうしたら、また、バケネズミに出会って、今度こそ、だめだと思った。でも、それが、あなたのいる塩屋虻コロニーだったのよ。あなたは、わたしたちの命の恩人だったわ」

　ガラスケースの中の肉塊からは、もちろん、応答は返ってこない。しかし、わたしには、何となく、スクィーラが耳を傾けているような気がした。

「あなたは、立派な鎧兜（よろいかぶと）を着ていて、とても流暢な言葉を喋ったわ。それを聞いたとき、どれだけほっとしたか、とても、言葉では言い尽くせない」

　かすかな、溜め息のような音が聞こえた。おそらく、呼吸が止まったことによる生理的な反応にすぎないのだろうが、あたかも、スクィーラが返事をしたようだった。

「あれから、いろんなことがあったわね。奇狼丸に追われながら、一緒に夜道を逃げたこともあった。でも、あなたは、あのとき本当は、わたしたちを裏切って、奇狼丸に内通してたんでしょう？　まったく信用できないんだから。だいたい……」

　わたしは、はっとして言葉を切った。

　スクィーラの様子をたしかめ、これでよかったんだと、自分に言い聞かせる。

　この一ヵ月は、永劫のように感じられたことだろう。だが、苦しみは、終わったのだ。

　復活させられたりすることがないよう、スクィーラの遺体を炭化するまで焼いてから、わたしは、戦争記念館を後にした。

つい、憎しみと激情に駆られて、やってしまった。追及されたら、そう抗弁するつもりだった。それで、厳罰は免れるはずだ。倫理委員会のメンバーとしては、これほど簡単に規則を無視するというのは、とんでもないことだろう。しかし、この頃、わたしは、規則より大事なものがあると思うようになっていた。

公園を出るとき、遠くから風に乗って、メロディが聞こえてきた。再建された公民館が、『家路』を流している。

遠き山に日は落ちて
星は空をちりばめぬ
きょうのわざを　なしおえて
心軽くやすらえば
風はすずしこの夕べ
いざや楽しまどいせん
まどいせん

やみにもえしかがり火は

ほのお今は静まりぬ
眠れやすくいこえよと
さそうごとく消え行けば
やすきみ手に守られて
いざや楽し夢を見ん
夢を見ん

どうしてなんだろうと、わたしは、ひとりごちた。なぜ涙が止まらないのか、自分でも、よくわからなかったのだ。

この長い手記も、ようやく終わりに近づいてきたようだ。

その後、現在までに起きたことについて、簡単に触れておきたい。

スクィーラを安楽死させたことに関連して、わたしは、一ヵ月の謹慎処分を受けたが、さほど非難を受けることはなかった。戦いを終結に導いた功績が、高く評価されていたこともあったが、もしかすると、多くの人たちは、無間地獄の刑に処せられたバケネズミの存在に、うんざりしていたのかもしれない。当初の激情が収まると、苦しみ続ける生き物を見るのは、心地よいものではなくなっていたのだろう。誰もが、何となく祟りがありそうな気分になっていたのは、いかにも日本人的な心情と言うべきかもしれない。

町の周辺に存在するバケネズミを根絶するという提案は、激論の末、小差で否決された。終始一貫して人間に忠実だったと認定された大雀蜂コロニー以下、五つのコロニーだけが存続を許されることになり、奇狼丸との約束は、何とか果たすことができた。

一方で、それ以外のコロニーは、すべて地上から抹殺されてしまったが、それに対する反対票は、わたしが投じた一票だけだった。

それから二年後、わたしは、覚と結婚した。

そして、さらに三年後、わたしは、正式な選挙を経て、倫理委員会の史上最年少の議長に就任し、現在に至っている。

多くのものが灰燼（かいじん）に帰した、あの日から、十年の月日が経過した。

十年という区切りに、両手の指の数という以上の意味はないだろう。だが、最初に書いたように、山積みだった懸案に決まりがついて、新体制が軌道に乗り始めた今になって、皮肉なことに、将来に対する疑いが芽生え始めたのだ。

中でも、最も緊急の課題を突きつけたのは、悪鬼と業魔に関する一通のレポートだった。現在、これまでに例を見なかったくらい、悪鬼や業魔が出現する可能性が高まっているというのだ。

これまでは、悪鬼や業魔が誕生するのは突然変異によるもので、偶然の産物と考えられてきた。だが、そのレポートによると、過去に悪鬼や業魔が出現した事例と、その十年前の社会情勢には、あきらかな相関関係が見られたらしい。

その原因については、まだ仮説の域を出ないものの、共同体を構成する多くの人々が、著しい緊張や、感情的な動揺に曝された場合、呪力の漏出によって遺伝子に変異が起き、攻撃抑制と愧死機構が不完全な子供が生まれてくる確率が高くなるのだという。

また、そうした遺伝子の変異に加え、精神的に不安定な両親によって育てられた子供は、業魔と化す確率が飛躍的に高まるという分析もあった。

もし、それが本当に、悪鬼や業魔が生まれてくるメカニズムだとすれば、今ほど危険な時期はないというのも、杞憂ではないだろう。十年前、わたしたちの町は、未曾有とも言える悲劇に見舞われた。暴力による大量死を経験したことで、今でも多くの住民が、精神的外傷(トラウマ)を抱えている。さらに、バケネズミとの熾烈な戦闘の間には、誰もが、少なくとも一時は、強烈な怒りと攻撃への欲求に、心を支配されたのだから。その直後に生まれた子供たちは、もうすぐ、呪力を持つようになる。もし、その中から、たった一人のラーマン・クロギウス症候群、または、橋本・アッペルバウム症候群の患者が生まれてくれれば、わたしたちの町は、今度こそ滅亡の危機に瀕することになる。

倫理委員会は、苦渋の決断を迫られた。そして、十年ぶりに、不浄猫を再製することが決まったのである。計画は、覚が場長を務める妙法農場で、極秘裏に進められ、つい最近、二十二匹の可愛らしい仔猫たちがお目見えした。今はまだ、普通の猫と大して変わらない大きさだが、早いものは一年で、剣歯虎を凌ぐ猛獣に成長する。今はただ、この子たちの出番がやって来ないことを、祈るばかりである。

わたしたちの新しい倫理委員会の仕事は、それだけではなかった。

これまで、日本列島に点在する九つの町は、最小限の連絡を取り合う以外は、お互いに没交渉だったが、わたしは、まず、そこから変えていこうという発案をした。

十年前のバケネズミとの戦争は、そうした気運を高める契機になったとは言えるかもしれない。とりあえず、救援に来てくれた北陸の胎内84町、中部の小海95町、それに、東北の白石71町との間で、今後の町作りについて話し合う連絡協議会を発足させた。

さらに、それらの町と、細々とながら交渉が続いていた、北海道の夕張新生町、関西の精華59町、中国の石見銀山町、四国の四万十町、九州の西海77町とも、交流を推進するための下準備が始まっている。

それだけではない。西海77町を窓口にして、朝鮮半島の南にある伽倻郡という町へも親書を送ったのだ。（翻訳は、新たに捕獲したミノシロモドキにやらせた）海外との交流が復活するのは、おそらく、この数百年間で初めてのことだろう。

しかし、本当にやらなくてはならないことは、まだ、残っている。

つい最近、わたしは、覚と、こんな会話を交わしたばかりだった。

「……みんな、臆病というか保守的すぎて、ときどき嫌になるわ。今の倫理委員会には、わたしより若いメンバーだって、たくさんいるのに」

覚は、微笑した。

「焦ることはないよ。たぶん、みんな、早季ほど大胆にはなれないだけだから」

みな、そう言うのは、なぜだろう。わたしほど、慎重な人間はいないと思うのだが。

「ときどき、呪力は、人間になんの恩恵も与えなかったんじゃないかって、思うことがあるわ。サイコ・バスター入りの十字架を作った人間が書いてたみたいに、悪魔からの贈り物だったのかもしれないって」

「僕は、そうは思わない」

覚は、きっぱりと首を振った。

「呪力は、宇宙の根源に迫る神の力なんだよ。人間は、長い進化を経た末に、ようやく、この高みに達したんだ。最初は、たしかに、身の丈にそぐわない力だったかもしれない。でも、最近になって、やっと、この力と共存できるようになってきたんだ」

覚の意見は、科学者らしい楽観主義に満ちていた。

「ねえ。わたしたち、本当に変われると思う？」

「変われるさ。変わらなきゃ。どんな生物も、変わり続けることで環境に適応して、生き抜いてきたんだから」

問題は、どう変わるかということだろう。

わたしは、それに対する自分の意見を、まだ、人に聞かせたことはない。とても賛同を得られるとは思えないからだ。

だから、ここにだけ書き記しておこう。

攻撃抑制と愧死機構は、たしかに、平和と秩序をもたらしたかもしれない。

だが、それは、あまりに硬直的で不自然な解決方法だったのではないか。

固い甲羅によって身を守っている亀は、いったん、甲羅のひび割れから中に虫の侵入を許すと、好き放題に身体を食い荒らされるのを、どうすることもできない。攻撃抑制と愧死機構の裏をかかれてしまうと、どんなに恐ろしい事態が起きるのかは、十年前の事件や、過去の悪鬼の事例が証明済みだろう。

わたしたちは、いつか、この二つの重い枷を、脱ぎ捨てなくてはならない。

たとえ、そのために、もう一度、すべてが灰燼に帰することがあっても。

けっして信じたくはないが、新しい秩序とは、夥（おびただ）しい流血によって塗り固めなければ、誕生しないものなのかもしれない。

「早季。何を考えてるの？」

覚が、不思議そうな顔で訊いた。

「ううん、なんでもない。……この子が大きくなる頃には、もっといい社会になってると信じたいわね」

「だいじょうぶ。絶対、そうなるよ」

覚は、わたしのお腹の上に、そっと手を当てた。

わたしの胎内には、現在、新しい命が宿っている。わたしたちの初めての子供だった。

今まで、子供を持つのが怖いと感じたこともあったが、今は違う。子供は希望であり、この先、どんなことがあろうと、逞しく育ってくれると信じている。

二人で話し合って、男の子なら瞬、女の子なら真理亜という名前にすると決めていた。

十年前の事件以来、瞬は、一度も現れていない。きっと、わたしの心の奥底、無意識の大海の中で長い眠りについているのだろう。しかし、彼は、どんなときも、わたしたちを見守っているはずだった。

深夜、あたりが静かになってから、椅子に深く腰掛けて、目を閉じてみることがある。

浮かんでくるのは、判で押したように、いつも同じ光景だ。

お堂の暗闇をバックに護摩壇の上で燃えさかる炎。地の底から響いてくる真言（マントラ）の朗唱に、合いの手を入れるように弾ける、オレンジ色の火の粉。

そのたびに、なぜこの光景なのだろうと不思議になる。

ずっと、通過儀礼（イニシエーション）の際の催眠暗示が、それだけ強力だったのだろうと思っていた。

だが、この手記を書き終えようとしている今は、そうではないような気がしている。

あの炎は、きっと、変わらぬもの、未来に向かってずっと続いていく何かを、象徴しているのだろう。

この手記は、当初の予定通り、原本と複写二部をタイムカプセルに入れ、地中深く埋めることにする。そのほかに、ミノシロモドキにスキャンさせて、千年後に、初めて公開できるような手段を講じるつもりだ。

わたしたちは、はたして変わることができたのだろうか。今から千年後に、あなたが、これを読んでいるとしたら、その答えを知っていることだろう。

願わくば、その答えが、イエスでありますように。

二四五年十二月一日　渡辺早季

蛇足かもしれないが、最後に、全人学級の壁に貼られていた標語を、ここに記しておきたい。

想像力こそが、すべてを変える。

解説

大森　望

チェコの作曲家、アントニン・ドボルザークが一八九三年に作曲した交響曲第9番『新世界より』の第二楽章は、日本では「家路」「遠き山に日は落ちて」などの名でよく知られている。この曲を聞くと、放課後、生徒たちに下校を促す校内放送を反射的に思い出す人も多いはず。本書の最初のほうでも、こんなふうに記されている。

毎日、日没少し前になると、拡声器から同じメロディが流れる。『家路』という題名で、ドボルザークという奇妙な名前の作曲家が、大昔に作った交響楽の一部ということだった。（中略）『家路』が流れると、野原で遊んでいた子供たちは、揃って家路につく決まりだった。だから、この曲のことを思い出すたび、脳裏には条件反射のように夕方の情景が浮かんでくる。黄昏の町並み。砂地に長い影を落とす松林。鈍色(にびいろ)の空を映す、数十枚の鏡のような水田。赤トンボの群れ。だが、何といっても一番印象的なのは、見晴らしの丘から眺めた夕焼けだった。

懐かしい記憶が鮮やかに甦ってくる一節——。ただしこれは、昭和四十年代の情景ではない。時は今から千年ほど未来、ところは神栖66町。利根川流域の七つの郷(さと)から成る町だ（現在の茨城県神栖市付近らしい）。語り手の〝わたし〟こと渡辺早季は、そのうちのひとつ、水車の郷で生まれ育った女性。物語は、三十四歳の彼女が書いた手記という体裁をとり、〝わたし〟の子供時代から幕を開ける。一見、ノスタルジックな雰囲気に包まれた少年少女小説のようだが、やがて少しずつ、未来社会の異様な姿が明らかになってくる。

さて、あらためて紹介すると、本書『新世界より』は、二〇〇八年一月に講談社からハードカバー上下巻で刊行された書き下ろし長編。貴志祐介にとっては、第七長編（著書としても七冊目）にあたる。四百字詰め原稿用紙にして二千枚近い分量に恐れをなす人もいるかもしれないし、はるか未来の〝呪力が支配する社会〟という設定にとまどう人もいるかもしれないが、ご心配なく。とにかく文庫上巻二二八ページまで読み進めば、あとは一気呵成。後半は怒濤のクライマックスが待ち受ける。『悪の教典』から貴志祐介にハマった人なら、同書下巻のアレを百倍にスケールアップした活劇シーンを想像していただければ、あたらずといえども遠からず。

骨格となるアイデアと設定はSFだが、プロットはミステリー、モチーフは伝奇とファンタジー、クライマックスはモダンホラーと戦争アクション。少年小説の瑞々しさもあれば、冒険小説のスリルもある。あらゆるジャンルの面白さをぶちこんで疾走する波瀾万丈一気通読の娯楽作。『黒い家』『天使の囀り』『青の炎』『硝子のハンマー』『狐火の家』『悪の教典』など、傑作揃いの貴志作品の中でも、私見ではこれがきわめつきの最高傑作じゃないかと思う。

その証拠に、本書単行本は、本の情報誌〈ダ・ヴィンチ〉が選ぶ二〇〇八年のプラチナ本（ブック・オブ・ザ・イヤー）第1位に輝いたほか、〈月刊PLAYBOY〉が選ぶ第2回PLAYBOYミステリー大賞を受賞。SF方面では、『SFが読みたい！2009年版』の「ベストSF2008」国内編1位と、第29回日本SF大賞の二冠を獲得（後者は磯光雄原作・監督のTVアニメ「電脳コイル」と同時受賞）。さらには、ミステリチャンネル「闘うベストテン2008」3位、『このミステリーがすごい！2009年版』国内編5位など、テレビやムックの各種ミステリー・ランキングでも軒並み高評価を得た。ジャンルをまたいで幅広い読者層に支持される、だれが読んでもおもしろい小説なのである。それ以上とくに解説すべきこともないのだが、せっかくページを頂いたので、ここは蛇足を承知で、本書のSF的な成り立ちについて少々書き記しておくことにする。ご用とお急ぎのない方だけごらんください。

本書の舞台となる神栖66町の特徴は、科学技術ではなく呪力を文明の基盤にしていること。長じて呪力を発現させた子供たちは、その正しい使い方を学ぶため、〝全人学級〟に入る決まりになっている。一種の魔法学校みたいなもので、学園生活の描写は、《ハリー・ポッター》のホグワーツ（もしくはカズオ・イシグロ『わたしを離さないで』の全寮制私立学校）を連想させる。しかし、それ以上に印象的なのは、周辺に棲息する恐ろしく奇妙な生物群。化けネズミ（バケネズミ）、風船犬（フウセンイヌ）、猫騙し（ネコダマシ）、茅の巣作り（カヤノスヅクリ）、袋牛（フクロウシ）……。中でももっとも謎めいているミノシロモドキとの遭遇を契機として、早季たちは世界の秘密に触れることになる。

町はなぜ八丁標（はっちょうじめ）と呼ばれる結界に閉ざされているのか。悪鬼・業魔とはなんなのか。わずか千年先なのに、どうしてこれほど奇妙な動植物がいるのか。かつての技術文明(現代文明)はなぜ滅亡したのか……。

少年少女が世界の秘密を発見するというのは、黄金時代のSFの定番。アーサー・C・クラーク『都市と星』(およびその原型の『銀河帝国の崩壊』)をはじめ、数々の名作が書かれている。〝世界はじつは巨大な宇宙船だった〟とか、〝戦争を避けて地下で暮らしているはずなのに、地上ではとっくに戦争が終わっていた〟とかが典型的なパターン。その構造は、たとえば押井守監督の劇場アニメ「うる星やつら2　ビューティフル・ドリーマー」や、ウォシャウスキー兄弟の「マトリックス」、あるいは鈴木光司『ループ』などなど無数の作品に引き継がれている。『新世界より』は、このパターンに正面から挑み、黄金時代のSFの醍醐味を現代エンターテインメントとしてみごとに再生させる。子供のころアシモフの『ファウンデーション』やクラークの『幼年期の終り』を初めて読んだときと同じ感動を今の読者に与えられる小説なのである。物語の背景をじっくり説明するスタイルは、最近のSFの書き方からすると、いくぶん古風に見えなくもないが、むしろそれが狙いだったらしい。SFマガジン〇八年四月号掲載のインタビューで、著者いわく、

〈いま、SFって高度化してますよね。過去に書かれたSFの上に乗っている。そうすると、初心者がいきなり最先端のものを読むとなかなかとっつきにくいかもしれな

いなと。入門篇というわけじゃないんですけれども、SFを読み込んできた人も十分楽しめて、なおかつ読んだことがない人でもだいじょうぶな作品にしたいというつもりはありましたね〉

日本SF大賞の「受賞の言葉」（SF Japan〇九年春号）によると、本書のアイデアは、二十五年以上前からあたためていたもの。発想のきっかけは、動物行動学の古典、コンラート・ローレンツの『攻撃　悪の自然誌』だった。鋭い牙を持つオオカミや硬く長い嘴を持つワタリガラスなど、殺傷能力の高い動物には攻撃抑制の仕組みが備わっている。だが、動物には及びもつかない武器を手に入れた人間の本能は、攻撃抑制の仕組みを持たない。この本を読んだ著者は、〈これこそが私の書きたい小説のテーマだ〉と直感する。いわく、〈『悪』＝『種内攻撃』という切り口は新鮮で、もし、人間がオオカミの牙やワタリガラスの嘴を持っていたらという、ローレンツの提示した比喩は、大いに想像力をかきたててくれた〉。こうして貴志祐介は、大学卒業間際に、〈『嘴』が象徴する攻撃性を社会が無理やり封じ込めようとした際に、内向するであろうひずみ〉をテーマに据え、「凍った嘴」と題する作品を書きはじめる。

このときは未完に終わったものの、生命保険会社に就職したのち、数年を経て再挑戦。百二十枚の中編として完成させた「凍った嘴」を一九八六年の第十二回ハヤカワ

SFコンテストに応募し、これがみごと佳作受賞を果たす（岸祐介名義）。

同コンテストは、早川書房SFマガジンが主催する短編SF新人賞。一九六一年から一九九二年にかけて（二度の中断をはさみ）十八回実施され、小松左京、半村良、筒井康隆、神林長平、大原まり子、藤田雅矢、森岡浩之、松尾由美らを輩出した。めったに入選作が出ないことでも知られていて、この第十二回も入選作なし（この回の選考委員は眉村卓、石原藤夫、伊藤典夫、今岡清SFマガジン編集長）。他に参考作として、藤田雅矢「一万年の貝殻都市」と、野波恒夫「生が二人を分かつとも」が選ばれているが、この回の応募作では「凍った嘴」がもっとも高い評価を得たわけだ。

佳作を受賞した「凍った嘴」はついに活字にならずじまいだったが、翌八七年のSFマガジン九月号には、著者の記念すべき商業誌デビュー作となるハードSF短編「夜の記憶」（岸祐介名義）が掲載されている（その後、〇九年四月号に再録）。貴志祐介は、ホラー作家以前に、まずSF作家としてスタートを切っていたのである。

もっとも、著者がSFマガジンに発表したのはこれ一本だけ。その後、貴志祐介は新人賞のターゲットを日本ホラー小説大賞に切り替え、『十三番目の人格（ペルソナ）　ISOLA』で第三回同賞長編賞の佳作に入選。さらに『黒い家』で第四回の同賞大賞を射止め、新進気鋭のホラー作家としてセンセーションを巻き起こす。こうしてみると、著者初の本格SF長編『新世界より』は、二十数年ぶりに原点へ回帰する試みだったことになる。

では、幻の原型中編、「凍った嘴」は、いったいどんな作品だったのか。受賞作発表号（SFマガジン八六年十一月号）にあらすじが掲載されているので、抜粋して引用してみよう（『新世界より』のネタバレ回避のため、一部伏せ字）。

〈すべての人類が強力なPKと弱いテレパシー能力を持った未来、人々はあらゆる作業をPKでおこなっていた。また彼らは過度なくらいの他者への思いやりに満ちた社会を形成していた。しかし、農夫のホルトは妻とのぎくしゃくとした生活、急死した友人への人々の態度、そして古代遺跡の調査などから彼らの社会に対する疑惑を深め、ある日彼の家が〝蟻〟と呼ばれる＊＊＊に襲われたことから〝街〟へ行ったホルトは真相を知るに至る〉

このあとの結末まで含め、『新世界より』のSFアイデアの根幹は「凍った嘴」からそのまま引き継がれている。しかし、ごらんの通り、ストーリーとキャラクターはまったく違う。伊藤典夫の選評の一部を引用してみよう。

「凍った嘴」は、何よりも本格SFを書こうとする姿勢が選者たちに評価された。

工夫も随所にこらされ、たとえば冒頭にしても、①〝見えない〟耕作者たちの行進、②彼らの動きからはからずも明らかになる主人公の内的禁忌、そして③ＰＫ能力が日常化した世界と、二段、三段構えで謎をつきつけてくるところがいい。途中も、人類が弱いテレパシー能力を持った結果、感情をイメージやサインで伝える(そのため表情に乏しくなっている)とか、ＰＫでこしらえたパーティ料理の献立紹介など、気がきいている。しかし読後感は、結局それらが雑然とまとまっているという印象だけにとどまった。(中略)人物に精彩がなさすぎた。未来世界は、それがどんなに嫌悪すべきものであっても、とりあえず読者をその中へ巻き込む〝生きた人物たち〟がいなければ、独立した世界として成立しない。

ここで指摘された欠点を二十年がかりで完璧に修正した結果が『新世界より』だといえなくもない。応募時に百二十枚だった分量は二千枚近くにまでふくらみ、本格ＳＦの骨格はそのままに、堂々たるエンターテインメントとして見違えるように変貌した。

前出のインタビューで、著者は「凍った嘴」についてこう語っている。

……ＳＦなので壮大なテーマに挑戦したわけなんですけれども、さすがにこのテーマで百二十枚というのは無茶もいいところで（笑）。本当に駆け足のあらすじになっちゃってますね。プロット的には『新世界より』の途中までの話で、選評でも「このあとどうなるかが知りたい」という指摘がありましたけれども。（中略）

個人を描く普通の物語と違って、ＳＦの場合は必然的に枚数が要りますよね、人類の未来なんか描こうと思ったら（笑）。なおかつ、歴史の教科書みたいに概観するだけではなくて、個人の問題にまで立ち入ろうとすると、よけいに枚数が必要になる。（中略）

こういう本（『新世界より』）を書いて改めて難しいなと思ったのは、世界の謎を追求するのと、個人が生き延びるために戦うこととをどうやってシンクロさせるか。両者がたまたま一致する確率はほぼゼロじゃないですか（笑）。しかも主人公がたまたま人類の運命を担う中核に居るっていうのも失礼な話で。だからいろいろ試行錯誤してこの形になりました。

千年後の世界を彩る奇怪な動植物群に関しては、〈もともとそういうクリーチャーが好きだっていうのもあるんですけど、千年後の社会をいきなりポンと投げ出されても、読者にはどういうものかさっぱりわからないと思うんです。それを人間の社会の中から説明するだけじゃなくて、搦め手から、へんなところに影響が及んでるっていうのを生物で表現したかった〉と語っている。袋牛、風船犬などのネーミングの下敷きは、ブライアン・W・オールディスの名作『地球の長い午後』（伊藤典夫訳）。これは、椎名誠の日本ＳＦ大賞受賞作『アドバード』にも大きな影響を与えた遠未来ＳＦの古典的名作で、数十億年未来の地球に、綱渡（ツナワタリ）、跳棒（ハネンボウ）、走鞭（ハシリムチ）、笛薊（フエアザミ）など、奇怪な生物群が生息している。貴志祐介は架空の生物の和名をまずルビ付きの漢字で出して、次からカタカナで表記するという同書の翻訳スタイルに惚れ込み、ぜひ一度やってみたいと思っていたという。このため、本書では実在する動植物もすべて、最初はルビ付きの漢字で表記される。語り手にとってはすべて実在の生物だから当然だが、読者にとっては、それによって実在／非実在の境界が曖昧になる効果も生まれている。たとえば、主役級の活躍を見せるバケネズミは架空の生物だが、そのご先祖様にあたる裸出歯鼠（ハダカデバネズミ）はれっきとした実在の齧歯（げっし）類。真社会性の彼らがつくる社会は、それこそ現実とは思えないくらいＳＦ的だ（女王と、兵隊と、ふとん係がいるらしい）。実在するこういう奇妙な生物たちの生態が千年後の世界に投影され、本書の魅惑的な背景をかたちづくっている。

そうした動植物群に限らず、社会構造や技術レベルなど、小説に登場しない背景も含めて、細部まで綿密に設定されているのが本書の特徴。当然、この世界が誕生するまでの歴史も（ミノシロモドキのデータベースさながら）著者の頭の中に収められている。いずれ、人類が呪力を手に入れた頃の話を書くかもしれないとインタビューで語っているので、首を長くして待ちたい。

本書は二〇〇八年一月に小社より単行本として刊行され、
二〇〇九年八月にノベルス版として刊行されたものです。

|著者|貴志祐介　1959年、大阪府生まれ。京都大学経済学部卒業。生命保険会社に勤務後、作家になる。'96年、『十三番目の人格(ペルソナ)――ISOLA』が第3回日本ホラー小説大賞長編賞佳作となる。'97年、『黒い家』で第4回日本ホラー小説大賞、2005年、『硝子のハンマー』で第58回日本推理作家協会賞長編部門、'08年、本書『新世界より』で第29回日本SF大賞、'10年、『悪の教典』で第1回山田風太郎賞受賞。他の著作に『クリムゾンの迷宮』『天使の囀(さえず)り』『青の炎』などがある。

新世界(しんせかい)より（下）

貴志祐介(きしゆうすけ)

2011年1月14日第1刷発行
2012年5月29日第9刷発行

発行者――鈴木　哲

発行所――株式会社　講談社

東京都文京区音羽2-12-21　〒112-8001

電話　出版部（03）5395-3510
　　　販売部（03）5395-5817
　　　業務部（03）5395-3615

Printed in Japan

講談社文庫

定価はカバーに
表示してあります

デザイン―菊地信義

本文データ制作―講談社デジタル製作部

印刷―――大日本印刷株式会社

製本―――株式会社国宝社

ISBN978-4-06-276855-9

講談社文庫刊行の辞

二十一世紀の到来を目睫に望みながら、われわれはいま、人類史上かつて例を見ない巨大な転換期をむかえようとしている。

世界も、日本も、激動の予兆に対する期待とおののきを内に蔵して、未知の時代に歩み入ろうとしている。このときにあたり、創業の人野間清治の「ナショナル・エデュケイター」への志を現代に甦らせようと意図して、われわれはここに古今の文芸作品はいうまでもなく、ひろく人文・社会・自然の諸科学から東西の名著を網羅する、新しい綜合文庫の発刊を決意した。

激動の転換期はまた断絶の時代である。われわれは戦後二十五年間の出版文化のありかたへの深い反省をこめて、この断絶の時代にあえて人間的な持続を求めようとする。いたずらに浮薄な商業主義のあだ花を追い求めることなく、長期にわたって良書に生命をあたえようとつとめるところにしか、今後の出版文化の真の繁栄はあり得ないと信じるからである。

同時にわれわれはこの綜合文庫の刊行を通じて、人文・社会・自然の諸科学が、結局人間の学にほかならないことを立証しようと願っている。かつて知識とは、「汝自身を知る」ことにつきていた。現代社会の瑣末な情報の氾濫のなかから、力強い知識の源泉を掘り起し、技術文明のただなかに、生きた人間の姿を復活させること。それこそわれわれの切なる希求である。

われわれは権威に盲従せず、俗流に媚びることなく、渾然一体となって日本の「草の根」をかたちづくる若く新しい世代の人々に、心をこめてこの新しい綜合文庫をおくり届けたい。それは知識の泉であるとともに感受性のふるさとであり、もっとも有機的に組織され、社会に開かれた万人のための大学をめざしている。大方の支援と協力を衷心より切望してやまない。

一九七一年七月

野間省一

講談社文庫　目録

香月日輪　妖怪アパートの幽雅な日常①
香月日輪　妖怪アパートの幽雅な日常②
香月日輪　妖怪アパートの幽雅な日常③
香月日輪　妖怪アパートの幽雅な日常④
香月日輪　妖怪アパートの幽雅な日常⑤
香月日輪　妖怪アパートの幽雅な日常⑥
香月日輪　妖怪アパートの幽雅な日常⑦
香月日輪　大江戸妖怪かわら版①〈異界より落ち来る者あり〉
近衛龍春　直江山城守兼続(上)(下)
近衛龍春　長宗我部元親
小山薫堂　フィルム
小林　篤　足利事件〈冤罪を証明した一冊のこの本〉
佐藤さとる　だれも知らない小さな国〈コロボックル物語①〉
佐藤さとる　豆つぶほどの小さないぬ〈コロボックル物語②〉
佐藤さとる　星からおちた小さなひと〈コロボックル物語③〉
佐藤さとる　ふしぎな目をした男の子〈コロボックル物語④〉
佐藤さとる　小さな国のつづきの話〈コロボックル物語⑤〉
佐藤さとる　コロボックルむかしむかし〈コロボックル物語⑥〉
早乙女　貢　沖田総司(上)(下)

早乙女　貢　会津啾々記〈脱走人別帳〉
佐藤愛子　戦いすんで日が暮れて
佐木隆三　復讐するは我にあり(上)(下)
佐木隆三　成就者たち
佐木隆三　慟哭〈小説・林郁夫裁判〉
澤地久枝　時のほとりで
澤地久枝　私のかかげる小さな旗
澤地久枝　道づれは好奇心
沢田サタ編　泥まみれの死〈沢田教一ベトナム戦争写真集〉
佐高　信　日本官僚白書
佐高　信　孤高を恐れず〈石橋湛山の志〉
佐高　信　官僚たちの志と死
佐高　信　官僚国家＝日本を斬る
佐高　信　石原莞爾その虚飾
佐高　信　日本の権力人脈（パワー・ライン）
佐高　信　わたしを変えた百冊の本
佐高　信　佐高信の新・筆刀両断
佐高　信　佐高信の毒言毒語
佐高　信　田原総一朗とメディアの罪

佐高　信　新装版　逆命利君
佐高信編　男の美学〈ビジネスマンの生き方20選〉
佐高　信／宮本政於　官僚に告ぐ！
さだまさし　日本が聞こえる
さだまさし　いつも君の味方
さだまさし　遙かなるクリスマス
佐藤雅美　影帳　半次捕物控
佐藤雅美　揚羽の蝶(上)(下)〈半次捕物控〉
佐藤雅美　命みようが〈半次捕物控〉
佐藤雅美　疑惑〈半次捕物控〉
佐藤雅美　泣く子と小三郎〈半次捕物控〉
佐藤雅美　髻塚不首尾一件始末（もとどりづかふしゅびいっけんしまつ）〈半次捕物控〉
佐藤雅美　天才絵師と幻の生首〈半次捕物控〉
佐藤雅美　恵比寿屋喜兵衛手控え
佐藤雅美　無法者（アウトロー）
佐藤雅美　物書同心居眠り紋蔵
佐藤雅美　隼小僧異聞〈物書同心居眠り紋蔵〉
佐藤雅美　密約〈物書同心居眠り紋蔵〉
佐藤雅美　お尋者〈物書同心居眠り紋蔵〉

講談社文庫　目録

佐伯泰英　朝廷〈交代寄合伊那衆異聞〉
佐伯泰英　混沌〈交代寄合伊那衆異聞〉
沢木耕太郎　一号線を北上せよ〈ヴェトナム街道編〉
坂元純　ぼくのフェラーリ
里見蘭／三田紀房／原作　小説ドラゴン桜〈カリスマ教師集結篇〉
里見蘭／三田紀房／原作　小説ドラゴン桜〈挑戦！東大模試篇〉
佐藤友哉　フリッカー式〈鏡公彦にうってつけの殺人〉
佐藤友哉　エナメルを塗った魂の比重〈鏡稜子ときせかえ密室〉
佐藤友哉　水没ピアノ〈鏡創士がひきもどす犯罪〉
佐藤友哉　クリスマス・テロル〈invisible×inventor〉
桜井亜美　チェルシー
桜井亜美　Frozen Ecstasy Shake
サンプラザ中野　大きな玉ネギの下で〈小説〉
櫻田大造　「優」をあげたくなる答案・レポートの作成術
桜井潮実　「うちの子は『算数』ができない」と思う前に読む本
佐川光晴　縮んだ愛
沢村凜　カタブツ
沢村凜　あやまち
沢村凜　さざなみ
佐野眞一　誰も書けなかった石原慎太郎
佐藤多佳子　一瞬の風になれ　第一部／第二部／第三部
笹本稜平　駐在刑事
佐藤亜紀　鏡の影
佐藤亜紀　ミノタウロス
佐藤千歳　インターネットと中国共産党〈「人民網」体験記〉
samo　きみにあいたい〈あかりが生きた239日、そして12時間〉
斎樹真琴　地獄番 鬼蜘蛛日誌
桜庭一樹　ファミリーポートレイト
司馬遼太郎　新装版 播磨灘物語 全四冊
司馬遼太郎　新装版 箱根の坂 (上)(中)(下)
司馬遼太郎　新装版 アームストロング砲
司馬遼太郎　新装版 歳月 (上)(下)
司馬遼太郎　新装版 おれは権現
司馬遼太郎　新装版 大坂侍
司馬遼太郎　新装版 北斗の人 (上)(下)
司馬遼太郎　新装版 軍師二人
司馬遼太郎　新装版 真説宮本武蔵
司馬遼太郎　新装版 戦雲の夢
司馬遼太郎　新装版 最後の伊賀者
司馬遼太郎　新装版 俄 (上)(下)
司馬遼太郎　新装版 尻啖え孫市 (上)(下)
司馬遼太郎　新装版 王城の護衛者
司馬遼太郎　新装版 妖怪 (上)(下)
司馬遼太郎　新装版 風の武士 (上)(下)
司馬遼太郎／海音寺潮五郎　新装版 日本歴史を点検する
司馬遼太郎／井上ひさし　新装版 国家・宗教・日本人
司馬遼太郎／陳舜臣／金達寿　新装版 歴史の交差路にて〈日本・中国・朝鮮〉
柴田錬三郎　岡っ引どぶ 正・続〈柴錬捕物帖〉
柴田錬三郎　お江戸日本橋 (上)(下)
柴田錬三郎　三国志〈柴錬痛快文庫〉
柴田錬三郎　江戸っ子侍 (上)(下)
柴田錬三郎　貧乏同心御用帳
柴田錬三郎　新装版 岡っ引どぶ〈柴錬捕物帖〉
柴田錬三郎　新装版 顔十郎罷り通る (上)(下)
柴田錬三郎　新装版 岡っ引どぶ (続)
城山三郎　ビッグボーイの生涯〈五島昇その人〉
城山三郎　この命、何をあくせく

2012年3月15日現在